Une cruelle absence

Jenny Blackhurst

Une cruelle absence

Traduit de l'anglais par Hélène Colombeau

ÉDITIONS
FRANCE
LOISIRS

Titre original : *How I lost you*
Publié par Headline Publishing Group

Ce livre est une œuvre de fiction. Les noms, les personnages, les lieux et les événements sont le fruit de l'imagination de l'auteur ou utilisés fictivement. Toute ressemblance avec des personnes réelles, vivantes ou mortes serait pure coïncidence.

Édition du Club France Loisirs,
avec l'autorisation des Éditions Belfond

Éditions France Loisirs,
123 boulevard de Grenelle, Paris
www.franceloisirs.com

ISBN : 978-2-298-08866-3

Pour Ash,
et pour Connor
qui ne renonce jamais
et finit toujours par triompher
Je t'aime, mon petit nugget

Lettre de Susan Webster (détenue n° 397609)
au comité de libération conditionnelle
le 23 janvier 2013

Mesdames et messieurs les honorables membres du comité,

Je m'appelle Susan Webster. Il y a près de quatre ans, le 23 juillet 2009, j'ai tué mon fils de trois mois. Il m'a fallu beaucoup de temps pour accepter cette vérité, et il m'est toujours aussi douloureux de l'écrire.

Lors de ma détention provisoire, puis pendant les deux ans et huit mois que j'ai purgés à Oakdale, j'ai lu tout ce qui existait sur la psychose puerpérale, la forme de dépression postnatale dont j'ai souffert après la naissance de Dylan. Ces recherches m'ont aidée à comprendre que je n'étais pas maîtresse de mes actes en ce terrible jour. Je sais aussi à présent que j'ai idéalisé mes douze semaines passées avec Dylan, une façon, selon les médecins, de nier la colère profonde que j'éprouvais contre lui. Les précieux souvenirs que j'ai gardés de mon adorable bébé – et qui sont tout ce qui me reste de lui – ne sont donc que le produit de mon esprit tordu. Cette idée est encore plus difficile à accepter que celle d'avoir tué mon petit garçon.

Dans mes moments les plus sombres, je me prends à rêver de ressentir à nouveau cette haine, cette indifférence, à l'égard de la vie que j'ai engendrée. Peut-être alors trouverais-je un peu de paix, un peu de répit dans le chagrin et la culpabilité qui me rongent au quotidien. Je m'en veux d'avoir de telles pensées. Mes souvenirs, qu'ils soient réels ou fantasmés, sont les seuls liens qui me rattachent à la personne que j'étais avant. Celle que je pensais être, du moins. Une épouse, une mère, peut-être un peu désordonnée, assurément piètre cuisinière, mais jamais, même dans mes pires cauchemars, une meurtrière.

Si je me suis résignée à l'horreur de mon geste, je n'attends pas pour autant qu'il me soit pardonné. Je ne me pardonnerai jamais moi-même. Je demande seulement que mes remords soient pris en compte lors de mon audience de libération conditionnelle, et qu'on m'offre une chance de me reconstruire, d'œuvrer pour la communauté, et de me racheter du mal que j'ai fait.

Avec tout mon respect,

Susan Webster.

1

24 avril 2013

Elle est encore là.

J'ai beau quitter la pièce et tenter de vaquer à mes occupations, chaque fois que je retourne dans la cuisine, je la vois.

Elle est arrivée ce matin, cachée sous les publicités aux couleurs criardes et les factures menaçantes. J'appréhende toujours de relever mon courrier. Pour dire, le dimanche est mon jour préféré, car le facteur ne passe pas.

Malheureusement, aujourd'hui, on n'est pas dimanche.

Mon aversion pour tout ce qui se présente sous enveloppe doit provenir de la quantité de factures que je reçois quotidiennement. Je ne suis ici que depuis quatre semaines, et j'ai déjà l'impression que toutes les entreprises de service public du pays me réclament de l'argent. Chaque fois que me parvient une lettre portant l'en-tête « Au locataire des lieux », je repense à tel ou tel prélèvement automatique que j'ai oublié de mettre en place, et je me lamente de mon manque d'organisation et de la maigreur de mes ressources.

Néanmoins, la lettre qui est arrivée aujourd'hui n'est pas une facture, comme le prouve l'adresse écrite à la main sur l'enveloppe. Elle ne vient pas non plus d'un ami ou d'un correspondant. De couleur marron, elle a la taille d'une carte postale ; l'écriture fine, en lettres cursives, semble être celle d'une femme. Quoi qu'il en soit, rien ne justifie qu'elle attende encore sur mon plan de travail.

Je pourrais la jeter directement à la poubelle. Je pourrais demander à Cassie de passer et de l'ouvrir à ma place, comme une lycéenne demande à sa mère de regarder pour elle ses résultats d'examens. Mais je décide de le faire moi-même, et sens les battements de mon cœur s'accélérer en découvrant les mots qui y sont écrits.

Susan Webster, 3, Oak Cottages, Ludlow, Shropshire.

Susan Webster est morte. Vous pouvez me croire, c'est moi qui l'ai tuée il y a un mois.

Personne n'est censé savoir où j'habite ni qui je suis. C'est le but, quand on change d'identité. Même ma conseillère de probation m'appelle Emma – il m'arrive d'ailleurs encore d'oublier de répondre. Emma Cartwright est mon nouveau nom, mais cela ne doit rien vous dire. Il y a quatre ans, j'étais Susan Webster. Je vous imagine d'ici, fronçant les sourcils… Vous avez l'impression d'avoir déjà entendu prononcer ce nom quelque part, mais où ? Si vous vivez dans le sud-est de l'Angleterre, vous vous direz peut-être : « Ah oui, c'est cette femme qui a tué son bébé ! Quelle honte. » Mais si vous venez d'ailleurs, vous ne pouvez probablement pas savoir qui je suis. À l'époque où c'est arrivé, une star venait d'être arrêtée pour trafic de drogue ;

mon histoire n'a même pas fait la une des journaux nationaux.

C'est décidé, je vais le faire. Les mains tremblantes, je déchire l'enveloppe, prenant soin de ne pas en abîmer le contenu. Tandis qu'un petit morceau de papier tombe dans le creux de ma paume, je me demande si je n'aurais pas mieux fait de mettre des gants, au cas où il s'agirait d'une lettre de menace. Cela doit vous sembler étrange que je m'attende à recevoir ce genre de courrier. Croyez-moi, je n'aurais jamais imaginé me retrouver dans ce genre de situation.

Il est trop tard pour se préoccuper des empreintes. D'ailleurs, ce n'est pas une lettre : c'est une photo. Celle d'un petit garçon de trois ou quatre ans, qui regarde l'objectif avec un beau sourire franc et chaleureux. Mon inquiétude laisse place à la confusion. *Qui est cet enfant ?* Je n'en connais pas de cet âge. Les quelques mamans que j'ai rencontrées dans des groupes parents-bébés avant que… bref, ces femmes-là se sont bien gardées de rester en contact avec moi. Sans doute une façon de nier ce qui s'est passé, comme si Dylan et moi n'avions jamais existé.

Pourquoi m'a-t-on envoyé cette photo ? Je la jette sur le plan de travail, où elle retombe à l'envers. Alors ma vision s'étrécit, et je ne vois plus que ce petit rectangle de papier glacé posé devant moi. Au dos de la photo, de la même écriture soignée, trois mots : *Dylan, janvier 2013.*

2

— C'est une farce, décrète Cassie en reposant la photo sur le plan de travail.

C'est tout ? Vingt longues minutes d'attente à la regarder examiner le bout de papier, et tout ce que je récolte, c'est une *farce* ? Je me force à respirer calmement.

— Je m'en doute, Cass, mais de qui ? Qui, à part toi, sait que je suis ici ? Est-ce une menace, ou quelqu'un veut-il vraiment me faire croire que Dylan est vivant ?

Elle détourne les yeux, et je devine aussitôt à qui elle pense.

— Mark. Tu crois que ça vient de Mark.

Cassie serre les dents. Elle se retient de répondre, ce qui n'est pas facile pour elle. Il faut savoir que Cassie déteste mon ex-mari. D'une manière générale, elle ne porte pas les hommes dans son cœur, mais Mark doit battre tous les records. Je suis certaine qu'il ne l'aurait pas aimée non plus, s'ils avaient eu l'occasion de se rencontrer.

Cassie est la meilleure amie que j'aie jamais eue, le genre d'amie que j'ai toujours rêvé d'avoir. Pourtant, on ne se connaît pas depuis très longtemps. On n'a pas sympathisé un jour de rentrée des classes alors qu'on était encore des petites filles timides, on n'a pas non plus partagé la même chambre à la fac. Quand j'ai rencontré Cassie, c'était sur fond de hurlements et de portes d'acier qui claquaient derrière moi. Assise sur le lit du haut, ses cheveux blond décoloré empilés sur la tête et ses fins sourcils brun froncé, elle a sauté du lit et atterri devant moi avec la souplesse d'une chatte – j'ai appris plus tard qu'elle s'était cassé la cheville la première fois qu'elle avait tenté cette acrobatie. Elle portait un pantalon de prison trop grand, couleur lierre, qui laissait dépasser ses hanches osseuses, et un débardeur blanc minuscule remonté sur son ventre laiteux. Elle avait l'air frêle au point de s'envoler au premier coup de vent, et pourtant, je n'avais jamais vu personne doté d'une présence physique aussi imposante.

—Je dors en haut, a-t-elle déclaré en guise de bonjour. T'en fais pas, je ne pisse pas au lit comme d'autres ici. Touche pas à mes affaires et tout ira bien.

Ce jour-là, jamais je ne m'étais sentie aussi seule ; je ne savais pas encore que cette fille me sauverait.

Nous nous sommes connues parce que nous sommes des criminelles. Des tueuses. Contrairement à moi, néanmoins, Cassie se souvient précisément de son crime. Elle se fait même un plaisir de le décrire dans ses moindres détails, comme un chef scout raconte des histoires d'épouvante autour du feu de camp. Elle s'agace quand je lui dis que son indifférence est un « mécanisme de défense contre le souvenir de son crime ». La première fois que je lui ai suggéré cette interprétation, elle m'a appelée Freud pendant une semaine, jusqu'à ce que je lui promette d'arrêter de la psychanalyser. Elle n'a jamais été aussi près de reconnaître que j'ai raison.

— D'accord, admettons que ce soit Mark, dis-je pour lui faire plaisir. Mais comment m'a-t-il retrouvée ? Pourquoi voudrait-il me faire croire que notre fils est toujours vivant ?

— Il est dans l'informatique, non ?

— Oui, mais ce n'est pas un hacker.

Une fois de plus, je me lève pour aller préparer du thé. Mes mains tremblent si je ne les occupe pas.

— Ça ne répond pas à la deuxième question, Cassie. Pourquoi mon ex-mari, devenu pirate informatique, m'enverrait-il la photo d'un petit garçon qui ne peut pas être mon fils ?

— Parce que c'est un connard ? Parce qu'il a envie de te faire culpabiliser encore plus, ou de te détraquer la tête ? « Janvier 2013 », ça ne veut pas forcément dire que ce gamin *est* Dylan, mais que Dylan aurait pu ressembler à ça si tu ne l'avais pas… enfin, s'il n'était pas…

— J'ai compris.

— Tu as encore les photos de ton fils, dans l'album que ton père t'a donné ?

— Oui, il doit être quelque part, dis-je distraitement, n'ayant aucune intention d'aller le chercher. Mais je ne pense pas que ce soit un coup de Mark.

Dévasté par la mort de notre fils – quel père ne l'aurait pas été ? –, Mark ne s'était pas moins efforcé de me soutenir. Il m'avait même rendu visite à deux reprises à l'hôpital-prison, et s'il avait été chaque fois mal à l'aise et incapable de me regarder en face, cela m'a fait du bien de voir qu'il essayait de me pardonner. Puis, brusquement, il a cessé de venir. Quelques semaines plus tard, j'ai reçu les papiers du divorce, accompagnés d'un petit mot : *Je suis désolé.* C'est à ce moment-là que Cassie a fabriqué une cible avec les photos que j'avais de lui, et qu'elle a pris l'habitude de la bombarder avec des boules d'essuie-tout mouillées, pour me remonter le moral. On n'avait pas droit aux fléchettes, à Oakdale. Ni aux crayons bien taillés.

— Donc, c'est une farce, et pas une menace, dis-je comme pour tenter de m'en convaincre. Sauf que le mot « farce » suppose quelque chose de drôle, et qu'il n'y a absolument rien de drôle là-dedans.

— Un canular, si tu préfères. Comment ils disent, au service de la répression des fraudes ? Une escroquerie.

Ça, c'est Cassie quand elle a décidé qu'elle avait raison. Ses longs ongles vernis de bleu pianotent sur la table, trahissant son besoin de fumer. Pour moi, les ongles de Cassie illustrent parfaitement la transformation qu'elle a opérée depuis sa sortie d'Oakdale. Quand je l'ai rencontrée, elle se les rongeait jusqu'au sang, et ils étaient couverts de vernis écaillé. Ce laisser-aller n'est plus qu'un souvenir, tout comme les minijupes en denim et les débardeurs qui s'arrêtaient au nombril. Aujourd'hui, Cassie Reynolds porte des vêtements qui lui couvrent la peau, et sa manucure est toujours impeccable.

— Oui, un simple canular, murmuré-je.

Je me débarrasse de Cassie en prétextant des courses à faire. Elle n'est pas dupe, mais elle n'insiste pas et m'embrasse, laissant sur ma joue une trace de rouge à lèvres rose vif et, dans l'évier, une boule d'essuie-tout mouillée.

Tandis que j'examine l'enveloppe pour la centième fois, un détail que je n'avais pas noté auparavant me fait frémir : il n'y a pas de timbre. Quelqu'un est donc venu jusque chez moi déposer discrètement cette lettre sur mon paillasson, avant même le passage du facteur, alors que j'étais à l'intérieur. Cette pensée me donne la nausée et je me couvre la bouche d'une main. *Ce n'est pas une menace,* me répète une petite voix. Ce courrier ne contient rien de vraiment menaçant – hormis l'avertissement implicite que quelqu'un connaît mon nom, sait qui je suis et ce que j'ai fait. Quelqu'un qui était là, devant ma porte, ce matin même…

Je n'ai plus la force de lutter. Plus l'envie. Je m'écroule à genoux sur le carrelage froid de la cuisine et me mets à sangloter.

3

Jack : 23 septembre 1987

Un coup de pied au visage, un autre dans les côtes : le garçon de quinze ans se recroquevilla, laissant échapper un grognement – mais pas une seule larme, nota Jack avec un certain respect. Quand le sang commença à couler, Matt Riley s'avança pour intervenir, mais Jack le retint par le bras. C'était trop tôt. Encore deux ou trois bleus, une côte cassée, peut-être. De leur poste d'observation à six mètres de là, appuyés contre les préfabriqués marronnasses, le passage à tabac semblait presque chorégraphié, fascinant. Quand un craquement se fit entendre, comme une petite branche qui casse, et que les grognements cessèrent, Jack se redressa, épousseta la manche de son pull et fit signe à Riley de le suivre vers le joyeux petit groupe.

— Barrez-vous.

Les trois garçons se retournèrent. L'un d'eux gardait un pied sur le poignet cassé de l'adolescent, comme si celui-ci risquait de s'échapper.

— Occupe-toi de ton cul, répliqua Numéro 1 en faisant mine de lui donner un coup de tête.

Pauvre crétin.

— Qu'est-ce qu'il vous a fait ?

—Il a balancé Harris, répondit Numéro 2, avant d'appuyer plus fort sur le poignet de sa victime. Pas vrai, Shakespeare ?

—C'était pas moi, gémit le tas de loques ensanglanté.

—Qui, alors ? intervint Numéro 3, qui devait être le fameux Harris.

Bien qu'il fût le plus costaud du groupe, il était aussi celui qui avait le moins participé à la bastonnade. Peut-être qu'il n'aimait pas se salir. Jack le comprenait.

—Je sais pas, mais c'est pas moi.

—Sale petit menteur.

Numéro 2 s'apprêtait à frapper à nouveau quand Jack l'attrapa par le col de son blazer bordeaux.

—Je vous ai dit de vous barrer. Il ne t'a pas balancé, il dit la vérité.

—Ah ouais ? Et comment tu le sais ?

—Je sais tout, crétin. Si tu veux trouver celui qui t'a dénoncé, va voir Mike Peterson.

Harris plissa les yeux. À côté de Jack, Riley en fit autant.

—T'es sûr ?

—Oui, je suis sûr. Et une dernière chose : lui, il est avec moi, maintenant. S'il vous pose un problème, c'est moi que vous venez voir. Et si je vous surprends encore à toucher à un seul de ses cheveux, je vous casse les jambes, à chacun de vous. Tu pourras dire adieu à ta carrière de rugbyman, Harris tête de nœud.

Jack retint son souffle. Finalement, Harris fit signe à ses acolytes, et ils s'éloignèrent tous les trois comme s'ils venaient de terminer une simple partie de foot.

—Ça va ? demanda Riley en aidant le garçon à s'asseoir.

Ses cheveux bruns, qui lui arrivaient aux épaules, luisaient d'un mélange de graisse, de sueur et de sang. Quand il voulut relever la tête pour regarder Jack qui se tenait debout au-dessus de lui, il grimaça et se concentra de nouveau sur le sol.

— Pourquoi tu leur as dit ça ? articula-t-il difficilement à travers ses lèvres qui commençaient déjà à gonfler. Peterson n'a rien fait. C'était moi.

— Ils étaient en train de te mettre une raclée, non ? Tu veux que je les rappelle ? Que je leur dise que je me suis trompé ?

Jack se tourna dans la direction que les garçons avaient prise, sachant pertinemment qu'ils ne pouvaient plus l'entendre.

— Eh, Harris !

— Non, pardon, c'est pas ce que je voulais dire, supplia le garçon en grimaçant de douleur.

— Putain, ils t'ont sacrément amoché. Viens, je te ramène chez moi. Mes parents ne sont jamais là, et Lucy saura te soigner.

— C'est qui, Lucy ?

— La gouvernante. J'étais furax quand j'ai appris qu'elle viendrait vivre chez nous, je savais que mes vieux lui demanderaient de me surveiller. Mais en fait, elle est cool. Elle a à peine plus de dix-huit ans, une belle paire de nibards, et elle fait des croque-monsieur à se taper le cul par terre. Moi, c'est Jack, et lui c'est Matt. Pourquoi ils t'ont appelé Shakespeare ? C'est ton surnom ?

Le garçon tenta de froncer les sourcils malgré le sang qui lui recouvrait le visage.

— Non, je déteste ça. J'ai eu vingt sur vingt à un devoir de littérature, et Miss Bramall a dit que j'étais un *petit Shakespeare. Maintenant, tout le monde m'appelle comme ça. Mon nom, c'est…*

— Ça me plaît, le coupa Jack. Ça veut dire que tu es intelligent, et j'aime les gens intelligents. Je peux t'appeler Billy pour faire plus court, si tu veux, ce sera notre petite blague à nous. Parce qu'on est potes, maintenant, pas vrai ?

— Pourquoi tu veux qu'on soit copains ? Je ne suis pas comme toi et tes amis.

— Ah oui ? Et ils sont comment, mes amis ?

— Riches, beaux, et tout ça.

Jack échangea un regard avec Matt et ils éclatèrent de rire.

— T'aimes bien les garçons, Shakespeare ? Ils te branchent, mes copains ?

— Ce n'est pas ce que je voulais dire. C'est juste que…

Jack secoua la tête. Quel ringard, ce type ! Mais il pourrait leur être utile.

— Allez, viens, on va te débarbouiller.

4

Comme souvent le samedi, la ville grouille d'adolescents, de couples et de mamans qui traînent leurs rejetons geignards dans les quelques magasins qui n'ont pas encore mis la clé sous la porte.

— Ludlow n'a pas échappé à la crise, me dit Rosie Faircough en me servant une énorme part de gâteau au chocolat encore tiède. On a besoin de sang neuf comme vous pour relancer l'économie.

Je me retiens de rire. Si elle avait la moindre idée du genre de « sang neuf » qui est venu s'installer dans sa petite ville tranquille, Rosie la curieuse serait horrifiée. Voilà qui ferait un bon sujet de ragots pour le club de broderie.

Tout en m'attaquant goulûment à mon gâteau, je risque un coup d'œil par la fenêtre. Des rues pavées bondées de monde, c'est tout ce qu'il y a à voir. Ma peur est ridicule : je ne vis quand même pas dans un film d'espionnage à petit budget ! Personne ne me surveille. Il faut absolument que j'essaie d'oublier les événements de ce matin, cette *farce* stupide. Je ferais aussi bien de m'intéresser aux gens qui m'entourent.

Une femme est assise près du comptoir. Perdue dans ses pensées, elle touche à peine à sa part de gâteau aux carottes – tout l'inverse de moi. Bien qu'elle ait à peu près l'âge que ma mère aurait aujourd'hui, elle n'a visiblement pas encore besoin de s'inquiéter de son poids. Je devine à son expression qu'elle est préoccupée. Ses longs cheveux blonds retombent sur son visage tandis qu'elle regarde fixement le journal posé devant elle, et elle ne se donne pas la peine de les repousser. Je me prends à m'interroger sur son histoire. Une querelle amoureuse ? Un mari infidèle ? Ou bien quelque chose de plus grave…

Soudain, elle lève les yeux vers moi et croise mon regard. Gênée d'avoir été surprise en flagrant délit de curiosité, je détourne bien vite la tête. « On ne dévisage pas les gens, ma chérie, m'aurait dit ma mère. Ce n'est pas poli. »

Rosie sourit en voyant ce qui reste de mon gâteau au chocolat.

— Eh bien, il n'a pas fait long feu ! Vous en voulez une autre part ?

Mon Dieu, oui.

— Mon Dieu, non ! dis-je en riant un peu trop fort. Mes hanches ne me le pardonneraient pas.

J'ai toujours eu des relations conflictuelles avec la gloutonne qui sommeille en moi. Je me réfugie volontiers dans la nourriture. Les rares fois où ma mère me voyait bouder mon assiette, elle se tournait vers mon père en disant : « Oh, oh, je crois qu'on a un problème, Len. » Elle me taquinait, mais c'était sa faute si on aimait tant manger dans cette famille. Ses plats faits maison, et en particulier ses desserts, étaient tellement réputés que mes amis se bousculaient pour se faire inviter. Quant à mes paniers-repas du midi, ils rendaient jaloux tous mes camarades de classe. Roulades de viande, cakes au citron, meringues à la framboise, j'étais la dealeuse de l'école primaire. Pour la plus grande déception de mon mari, je n'ai pas hérité des talents de cuisinière de ma mère, si bien qu'il devait se contenter du dimanche midi chez la belle-famille pour se régaler les papilles.

— Rosie, puis-je vous poser une question ?

Le regard de la serveuse se met à briller, comme si je venais de lui proposer un ticket de loto gagnant. Rosie est connue pour être une mine d'informations, un rôle qu'elle prend très à cœur.

— Je me demandais comment étaient les gens ici. Est-ce qu'il y a beaucoup de problèmes ?

— Non, pas vraiment. Enfin, il y a bien quelques bagarres entre jeunes le samedi soir, mais c'est tout. Pourquoi ? Vous avez eu des soucis avec quelqu'un ?

Je regrette aussitôt d'avoir posé cette question. Je sais que Rosie est une commère, mais serait-elle capable d'aller fouiller sur Internet pour en apprendre plus sur le passé mystérieux d'Emma Cartwright ? Paranoïa, ma vieille amie, tu m'as manqué, pendant cette dernière heure.

— Oh, rien d'important, dis-je bien vite. C'est juste que j'ai trouvé un œuf devant ma porte ce matin. J'ai pensé que les gens du coin n'aimaient peut-être pas trop les nouveaux venus.

Rosie semble déçue.

— C'était sans doute des gamins. Ici, ce n'est pas comme dans certaines petites villes où tout le monde est au courant de tout. On préfère rester dans notre coin. À votre place, je ne m'inquiéterais pas pour ça.

— Vous avez raison, dis-je, soulagée que mon petit bobard n'ait pas soulevé d'autres questions. C'est ce que je pensais, c'était juste une farce.

Quand je repars, le gâteau au chocolat pèse lourd sur mon estomac et les paroles de Rosie tournent en boucle dans ma tête. *Ici, ce n'est pas comme dans certaines petites villes où tout le monde est au courant de tout.* Avant de quitter Oakdale, on m'a prévenue que les gens risquaient de se montrer hostiles s'ils découvraient qui je suis. Je m'étais préparée à un lynchage public, pas à ce qu'on joue à me soumettre des énigmes. Reste que, même s'il s'agit d'une mauvaise blague, quelqu'un connaît mon ancien nom.

Le carillon de l'épicerie Deli on the Square tinte bruyamment tandis que j'en pousse la porte. Pays de la bonne chère, Ludlow est une des meilleures adresses du Shropshire pour la cuisine à base de produits locaux – chaque année en septembre, la ville organise d'ailleurs un festival gastronomique. La gloutonne qui sommeille en moi *adore* Ludlow.

— Bonjour, Emma, m'accueille Carole. Comment vas-tu ?

— J'irai encore mieux quand tu m'auras donné un camembert et un pain bien croustillant.

Carole disparaît quelques instants et revient avec un sac en papier marron. À l'intérieur, le pain encore chaud dégage une délicieuse odeur.

— Je vais prendre une bouteille de vin, aussi.

Carole hausse les sourcils.

— Quelque chose à fêter?

— Non, c'est plus pour me remonter le moral, dis-je en me forçant à sourire. Je te raconterai peut-être un jour.

Carole a assez de tact pour ne pas chercher à en savoir plus. On a beau se tutoyer depuis le jour où j'ai découvert cette épicerie, on est loin d'être amies.

Je crains de ne jamais réussir à me sentir proche de quelqu'un qui ne connaît pas mon passé. Trop risqué.

— Régale-toi bien, dit-elle en prenant ma monnaie.

Tandis que je ressors dans la rue, bien décidée à rentrer chez moi pour détruire la photo et l'oublier à jamais, j'aperçois quelque chose que je ne peux pas vraiment voir. Devant moi, une femme mince aux longs cheveux bruns tient un petit garçon par la main. Le même petit garçon que j'ai vu sourire sur la photo qu'on a déposée sur mon paillasson. Mon fils.

J'essaie d'appeler, mais aucun son ne sort de ma gorge. Après quelques pas chancelants, je me mets à courir.

— Dylan ! réussis-je à crier.

Ça ne peut pas être lui, et pourtant, il est bien là. Au bout de tout ce temps, le voir si près de moi me donne envie de tomber à genoux.

Quelques personnes se retournent, tandis que mon fils et sa kidnappeuse continuent d'avancer. C'est peut-être mon imagination, mais j'ai l'impression que la femme a accéléré le pas. En quelques secondes, j'arrive à les rattraper.

— Dylan !

Je saisis le petit garçon par la manche de son manteau bleu marine, l'adrénaline coulant à flots dans mes veines. L'inconnue fait volte-face.

— Qu'est-ce qui vous prend ? Ne touchez pas à mon fils !

Elle soulève Dylan dans ses bras et recule d'un pas, un mélange de peur et de colère sur le visage.

— C'est mon petit garçon, c'est Dylan…

Je ne finis pas ma phrase, car ce n'est pas mon fils. Mon fils est mort, parti pour toujours, et cet enfant s'agrippe au cou de sa maman, terrorisé par la folle qui leur crie après. Subitement, il ne ressemble plus du tout au garçon de la photo, il n'a aucun trait commun avec moi, Mark ou n'importe quel autre membre de la famille. Cet enfant est parfaitement à sa place, dans les bras de sa mère. Je vacille, fais un pas en arrière. Je voudrais courir, mais mes jambes me trahissent. Quand elle comprend que je ne représente plus une menace, la femme se jette sur moi.

— Vous êtes folle, ou quoi ? Comment osez-vous attraper mon fils comme ça ? Je devrais appeler la police, espèce de tarée !

— Je suis désolée, je...

Les mots me font défaut. J'aimerais me justifier, mais comment ? Comment expliquer que mes bras me semblent vides en permanence ? Que mon cœur pleure l'absence de mon fils ? Que mes yeux voient un enfant mort à chaque coin de rue ? Comment faire comprendre à quelqu'un, *a fortiori* un étranger, l'horreur de perdre un être que l'on a fait grandir en soi ?

— J'espère bien, que vous êtes désolée ! Espèce de malade mentale !

Elle repousse brutalement mon bras – je ne m'étais même pas rendu compte que je continuais à le tendre.

Soudain, une voix forte et familière s'élève derrière moi :

— Elle vous a dit qu'elle était désolée. Elle s'est trompée. Vous devriez peut-être accepter ses excuses et continuer votre chemin.

Quand je me retourne pour voir qui est venu à ma rescousse, une vague de soulagement m'envahit. Carole. L'autre femme marmonne entre ses dents et tourne les talons.

— Merci, Carole.

Quand je m'aperçois qu'une foule s'est amassée autour de moi pour assister au spectacle, je ferme les yeux, mortifiée.

— Oublie-les, murmure Carole en me prenant gentiment par le bras.

Puis elle parle plus fort pour que les autres l'entendent :

— Ils n'ont rien de mieux à faire.

Quelques personnes détournent le regard, un peu honteuses ; une femme hausse les épaules, un groupe d'adolescents ricane bêtement, mais tous finissent par s'en aller.

— Ça va ? me demande Carole.

Évidemment que ça ne va pas. Sa gentillesse me fait monter les larmes aux yeux.

— Ça va aller, c'était juste un malentendu. Pourquoi m'as-tu suivie ?

Carole me tend un morceau de papier.

— Tu as fait tomber ça en sortant ton porte-monnaie de ton sac.

Par réflexe, je prends le papier, alors que je ne le reconnais pas. C'est une coupure de presse, et en la regardant de plus près, je découvre avec horreur une photo en noir et blanc de mon bébé, prise quelques jours après sa naissance. Le titre de l'article a été coupé, mais je m'en souviens parfaitement bien : SIX ANS DE PRISON POUR UNE MÈRE INFANTICIDE.

— Non, ça ne peut pas être tombé de...

Je m'interromps devant l'expression embarrassée de Carole. D'où peut bien venir ce papier, sinon de mon sac ?

— Enfin, oui, c'est à moi. Merci encore.

— Ça va, vraiment ?

— Oui, dis-je d'un ton plus assuré. C'est gentil de t'inquiéter pour moi, mais je dois y aller.

Carole semble sur le point de me poser une question, mais, Dieu merci, elle se retient.

— Tu sais que je ne suis pas loin, si tu as besoin de moi, se contente-t-elle d'ajouter.

— Pardon ?

— Ah, je pensais que tu étais au courant… On vit dans la même rue.

Comment ai-je pu ignorer cela ? Ai-je vécu là quatre semaines sans voir personne autour de moi ? Carole m'a vue, elle… qui d'autre m'a surveillée ?

— Emma, tu es sûre que ça va ? Tu es toute pâle.

Je n'ai jamais eu autant besoin de réconfort, mais ce n'est ni le moment ni l'endroit pour inviter des étrangers dans ma vie, quand bien même ils tiendraient un magasin de fromages et de vins.

— Je vais bien. Merci, Carole.

5

La bibliothèque est déserte, même pour un samedi. C'est en errant sans but dans les petites rues, les doigts crispés sur la coupure de presse, que je me suis retrouvée devant le grand bâtiment en pierre et ai décidé d'y entrer.

Quand je m'avance vers l'accueil, l'employée au visage sévère ne se donne même pas la peine de me regarder. À en croire son badge, elle se prénomme Evelyn.

— Oui ? demande-t-elle, concentrée sur l'énorme registre ouvert sous ses yeux.

— Je voudrais une carte de lecteur, s'il vous plaît, dis-je à ses cheveux gris.

En entendant ma voix, elle relève brusquement la tête. Son expression s'adoucit aussitôt.

— Oh, excusez-moi ! Je croyais que c'était encore ce type, là-bas.

Elle me montre un homme au style vestimentaire étrange – veste verte en coton huilé et chapeau mou – qui regarde intensément l'écran d'un des ordinateurs.

— Il n'arrête pas de râler contre les restrictions d'accès à Internet. J'ai peur d'aller voir ce qu'il essaie de regarder. C'est une bibliothèque, bon sang, pas un salon du porno !

Je ne peux me retenir de pouffer. Entendre cette vieille dame sérieuse prononcer tout haut le mot « porno » dans une bibliothèque, c'est tellement décalé !

— Donc, vous voulez une carte, c'est ça ? me demande-t-elle en souriant.

Dix minutes plus tard, je m'installe devant un écran – le plus loin possible du type louche – et mes doigts tapent le nom « Dylan Webster ».

La recherche a toujours été mon salut. La petite pièce qui servait de bibliothèque à Oakdale n'était rien comparée à celle de Ludlow – les premiers mois, je ne savais même pas qu'elle existait. J'avais passé des semaines à regarder les murs de ma chambre, pendant que Cassie s'évertuait à engager la conversation avec la carpe qu'on lui avait refourguée comme colocataire. Un après-midi, en revenant de son service à la cantine, elle m'a prise par le poignet. Ça y est, ai-je pensé. Elle a perdu patience, elle va m'attaquer. Peut-être que je ne survivrai pas. Peut-être que je retrouverai enfin Dylan.

— Tiens, m'a-t-elle dit en m'obligeant à ouvrir la main. Prends ça et viens avec moi.

Dans ma paume, elle avait fourré trois jetons argentés et brillants. À l'extérieur, ceux-ci n'auraient pas été plus utiles que des pièces de dînette, mais ici ils avaient plus de valeur que des lingots d'or. Ces jetons, reçus en échange d'heures de travail ou de bonne conduite, nous permettaient d'acheter des produits de luxe tels que des cigarettes, des sous-vêtements neufs ou des magazines, et nous donnaient accès aux lieux de grand standing comme la salle de gym – ou la bibliothèque. Cassie m'a forcée à me lever et je l'ai laissée m'entraîner hors de la chambre, à travers les couloirs aux sols métalliques, jusqu'aux parties communes. Sur une porte que je n'avais pas encore remarquée, à gauche du foyer, une pancarte indiquait « Bibliothèque ». D'un côté de la porte, un trou rectangulaire au-dessus duquel était précisé « trois jetons pour une demi-journée » ; dessous, un lecteur de badge. Cassie a sorti le mien de sa poche – Dieu seul savait quand elle me l'avait volé, à cette époque je ne surveillais pas encore assez mes affaires –, l'a glissé dans le lecteur, avant d'insérer les jetons.

— Vas-y, tu as une demi-journée, m'a-t-elle dit en ouvrant la porte et en me poussant à l'intérieur. Fais tes recherches sur le truc purital dont le Dr La Tremblote n'arrête pas de nous rabâcher les oreilles en thérapie.

— Puerpéral, ai-je marmonné. C'est la psychose puerpérale.

— Ouais, c'est bien ce que j'ai dit. Quand tu ressortiras, tu pourras peut-être me faire un cours là-dessus.

C'est dans cette caverne sombre et silencieuse, avec ses trente-trois rayons de livres et ses deux ordinateurs tellement sécurisés qu'on ne risquait pas de trouver grand-chose à part des photos de petits lapins, que j'ai appris tout ce que j'avais besoin de savoir sur l'affection dont j'avais souffert. Et plus j'en apprenais, plus cela me paraissait sensé. L'impact de la FIV sur mon état mental, le traumatisme de la césarienne qui peut plonger une femme dans la dépression postnatale... Tout s'expliquait enfin : l'épuisement, les étourderies, les sautes d'humeur que j'avais attribuées au manque de sommeil.

Des images que j'avais difficilement réussi à refouler me reviennent soudain en mémoire, comme l'eau filtre à travers les rochers. Je me revois le jour où je me suis réveillée à l'hôpital, non pas progressivement mais d'un seul coup, les yeux grands ouverts.

— Le bébé ! Au secours, mon bébé !

Je suis seule dans la pièce, et quand je tente de me redresser, mon ventre hurle de protestation. Que m'est-il arrivé ? Qu'est-il arrivé à mon bébé ?

— Hé, ne bouge pas.

En quelques secondes, Mark est à mes côtés, et il presse le bouton d'appel accroché à mon lit.

— Tout va bien, ma chérie, reste allongée.

— Le bébé, Mark, est-ce qu'il va bien ?

Par réflexe, mes mains palpent mon ventre. Il est dur, et je sens un frémissement à l'intérieur, un mouvement chaud et rassurant qui m'arrache un soupir de soulagement.

La chambre sent le gel antibactérien, une odeur que j'associerai toujours à la maladie et au cancer, au lent déclin de ma mère. Mark me sourit, mais avant qu'il ait pu prononcer un mot, une femme entre dans la pièce. Elle a les cheveux teints en blond foncé et relevés en chignon flou. Je ne me souviens pas de son visage.

— Il va bien, me chuchote Mark. Le bébé va bien.

Son sourire s'élargit, comme s'il y avait quelque chose que je devrais savoir, que je devrais comprendre.

— Il s'en est bien sorti, vu les circonstances, renchérit l'infirmière. Vous pourrez le voir quand le médecin vous aura examinée.

— De quoi parlez-vous ? dis-je en pressant de nouveau une main sur mon ventre. On m'a fait une autre échographie ? C'est un petit garçon ? Que s'est-il passé ?

— Tu as eu des contractions, ma chérie, tu te rappelles ? m'explique Mark d'un ton apaisant. Il y a eu un problème avec le bébé, ils ont été obligés de t'endormir. Tu ne t'en souviens pas ? Pourtant, tu as donné ton accord.

Tu as donné ton accord. Pourquoi mon mari parle-t-il comme un avocat ? Pourquoi cette femme me regarde-t-elle avec autant de pitié ?

— Il y a eu des complications, madame. Le bébé ne réagissait pas très bien, il fallait le faire sortir rapidement. Mais il va bien, maintenant, il est en pédiatrie. Si vous voulez, je vais chercher le médecin.

— Il est vraiment magnifique, Susan, je suis tellement fier de toi ! Tiens, regarde.

Mark sort son téléphone de sa poche et me montre une photo du plus petit bébé que j'aie jamais vu. Où veut-il en venir, au juste ?

— Qu'est-ce qui se passe, Mark ? demandé-je sèchement, agacée par son sourire béat. À qui est ce bébé, et pourquoi t'obstines-tu à dire « il » ?

Je vois son visage se décomposer ; ses pattes-d'oie – ses rides de bonheur, comme je les appelle – s'effacent complètement.

— Susan, c'est notre bébé. Tu as eu une césarienne, il est né, et il est là, à la maternité. C'est lui, répète-t-il en me forçant une nouvelle fois à regarder la photo.

La colère et la confusion ont raison de moi : je repousse brutalement le téléphone, qui vole à travers la pièce et s'écrase contre le mur. Je me mets à crier :

— Arrête de me montrer ça ! Ce n'est pas mon bébé ! Il est encore dans mon ventre, je le sens bouger !

— Bon sang, Susan !

Mark se précipite pour ramasser son précieux iPhone. Lorsqu'il se retourne vers moi, il est tout rouge, les yeux plissés.

— Qu'est-ce qui te prend ? Je te dis que c'est notre fils. Ton fils.

— Non non non ! Tu te trompes, ce n'est pas mon bébé. Ce n'est pas mon bébé !

Il ment. Je le saurais, si j'avais accouché! J'aurais poussé en hurlant, Mark m'aurait tenu la main, j'aurais entendu mon bébé crier, je l'aurais senti contre ma poitrine. *Je le saurais.*

Au final, il a fallu trois infirmières, un médecin et une bonne dose de sédatifs pour me calmer. Quatre heures après m'être réveillée, je n'avais toujours pas vu ce bébé qu'ils disaient être le mien. Quand j'ai regardé pour la première fois à l'intérieur de la petite bassine en plastique qu'ils avaient poussée jusqu'à moi, je n'ai pas reconnu la vie que j'avais si soigneusement fait grandir dans mon ventre pendant les huit derniers mois. J'avais l'impression que ces gens m'avaient dépossédée de mes premiers instants avec mon fils. J'ai eu le droit de le tenir dans mes bras, les infirmières ont pris des photos en poussant des exclamations d'encouragement, et j'ai enfin commencé à ressentir l'amour que j'avais éprouvé dès l'instant où j'avais su que j'étais enceinte. Mais ce sentiment d'injustice ne m'a jamais quittée. Je n'avais déjà pas eu le droit à une conception naturelle, et voilà qu'on me privait aussi d'un accouchement naturel. Je me souviens de m'être dit, à l'époque, que je n'étais peut-être pas faite pour être mère.

Au début, je pensais que toutes les jeunes mamans en passaient par là. Grâce à mes recherches et à la toute-puissance de Google, j'ai compris que ce n'était pas le cas. Je me suis inscrite pour la collecte des ordures et le nettoyage des toilettes, prête à tout pour gagner les jetons qui me permettraient de passer du temps à la bibliothèque – et de rembourser Cassie. Jusqu'au jour où un surveillant m'a offert la plus belle planche de salut dont j'aurais pu rêver: un job de quelques heures par semaine à la bibliothèque, en échange d'un accès illimité.

Jusqu'aujourd'hui, je n'avais jamais tapé le nom de mon fils dans le moteur de recherche. Je n'imaginais pas à quel point il serait difficile d'appuyer sur la touche « Entrée », et de patienter pendant les quelques secondes interminables que durait le chargement.

Je garde la flèche de la souris pointée sur la petite croix dans le coin de l'écran, prête à fermer la page si jamais quelqu'un s'approche. Enfin, je vois s'afficher toute une liste de références à la mort de Dylan, dont le nom apparaît chaque fois en gras. Les premiers résultats renvoient à des articles de journaux concernant le procès. Je les ai déjà vus à l'époque, et, encore aujourd'hui, il m'est difficile d'accepter l'idée qu'ils parlent bien de moi. Des bribes de titres accrochent mon regard parmi les profils Facebook et LinkedIn d'autres Dylan Webster : UNE MÈRE SOUFFRANT DE DÉPRESSION POST-PARTUM CONDAMNÉE À SIX ANS DE PRISON… « JE NE ME SOUVIENS DE RIEN », DIT LA MAMAN INFANTICIDE. La même photo, celle que je tiens encore à la main, illustre chacun des articles. Mon cœur cogne douloureusement dans ma poitrine. Ces textes me replongent dans une période de ma vie que je m'étais efforcée de remiser dans un coin sombre de ma mémoire.

Quelques articles semblent n'avoir aucun lien avec Dylan, mais son nom est forcément cité quelque part. Je les imprime en me promettant de les lire à la maison, où je pourrai craquer à mon aise. Pendant ce temps, je ne cesse de repenser à la coupure de presse qui, d'après Carole, est tombée de mon sac à main. Qui l'a glissée là ? Pourquoi ? Est-ce moi ? Suis-je folle ? Je préfère chasser cette pensée de mon esprit.

Sur un coup de tête, je tape le nom de mon ex-mari, Mark Webster. Outre un service de design (ce n'est pas mon Mark) et un joueur de fléchettes professionnel (certainement pas lui non plus), je tombe sur un article que je connais, intitulé « Que sont-ils devenus ? » dans lequel l'université de Durham se félicite du succès de ses anciens élèves. Sur la photo, mon ex-mari regarde fièrement l'objectif. Je me rappelle comme il était content de lui le jour où le papier est sorti dans le *Guardian*, annonçant au monde entier que Mark Webster était associé dans un important cabinet d'informatique. Son orgueil m'avait fait sourire – Mark avait toujours eu de l'ambition et beaucoup d'autosatisfaction pour tout ce qu'il avait accompli. L'article du *Guardian* était pour lui une consécration, la preuve qu'il avait *réussi*.

Sans m'en rendre compte, j'ai passé deux heures à la bibliothèque. Dehors, l'air s'est rafraîchi, et je resserre mon gilet de laine en frissonnant. Alors que je me presse, tête baissée, pour regagner ma voiture, je percute de plein fouet quelqu'un qui vient de sortir de la bibliothèque par la porte latérale.

— Oh, excusez-moi !

En levant les yeux, je me retrouve nez à nez avec la femme blonde qui m'avait surprise en train de l'observer au café.

— Non, c'est moi, dit-elle avec un sourire hésitant, visiblement troublée par notre rencontre fortuite.

— Je vous en prie.

Je suis tentée de plaisanter pour détendre l'atmosphère, mais je me retiens, de peur de passer pour une folle. Je ne voudrais surtout pas qu'elle s'imagine que je la suis depuis ce matin.

Après un silence gêné, elle finit par ranger une mèche de cheveux indisciplinés derrière son oreille, et reprend son chemin.

Soulagée de rentrer chez moi, je m'installe par terre devant la cheminée, avec une tasse de chocolat chaud et les articles de journaux étalés devant moi. Comme je ne me sens pas encore prête à affronter ceux qui traitent du procès, je feuillette les plus récents, dans lesquels le nom de Dylan Webster a été cité sans plus de précisions. J'espère juste qu'ils ne parlent pas d'un nageur olympique qui porterait le même nom que mon fils.

Mais ce n'est pas le cas. Le premier titre n'a aucun intérêt – il traite d'une réunion d'anciens élèves d'université. Le second, en revanche, éveille mon attention :

LA FAMILLE D'UN MÉDECIN LÉGISTE S'INQUIÈTE DE SA DISPARITION

Par Nick Whitely, le 20/11/2010

Alors que le Dr Matthew Riley est porté disparu depuis trois jours, ses proches ont fait part de leur vive inquiétude quant au sort de ce mari et père « formidable et exemplaire ».

« C'est une épreuve difficile pour la famille, confie son cousin Jeff Arwater, 34 ans, depuis la maison des Riley à Bradford. Matty est un homme sérieux, un mari extraordinaire, un père aimant. Jamais il n'abandonnerait délibérément sa femme et ses deux petites filles. Nous sommes tous extrêmement préoccupés. »

Kristy Riley, l'épouse du disparu, devrait s'exprimer aujourd'hui à l'occasion d'une conférence de presse.

Le Dr Riley, âgé de trente-six ans, a fait parler de lui récemment pour le rôle qu'il a joué dans la condamnation de Susan Webster, cette mère jugée coupable d'avoir étouffé son fils Dylan il y a trois semaines. La dernière fois que Matthew Riley a été vu, le

17 novembre, il sortait d'un supermarché à Bradford, chargé d'un sac de courses qui contenait vraisemblablement du vin et des chocolats pour fêter ses huit ans de mariage. Quiconque serait en possession d'informations le concernant est prié de contacter la police du West Yorkshire *via* la messagerie de son site Internet.

Matthew Riley... En fouillant dans les images confuses que j'ai gardées de mon procès, auquel j'ai assisté dans un état second, je revois ce médecin qui semblait trop jeune pour être expert en quoi que ce soit, mais qui, d'après l'article de journal, était plus âgé que moi. Je me souviens d'avoir fait l'effort de me concentrer lorsqu'il est venu à la barre, sachant que son témoignage serait capital. Je ne sais pas si c'était le stress, le manque de nourriture et de sommeil, ou les antidépresseurs qu'on m'avait prescrits à l'hôpital, mais j'avais beaucoup de mal à fixer mon attention sur quoi que ce soit après le décès de Dylan. La faute au chagrin, d'après mon père. Il avait vécu la même chose pour la mort de maman. Moi aussi, je l'avais beaucoup pleurée, bien sûr, mais là c'était différent. J'avais l'impression qu'un trou noir attendait que je m'en approche pour me dévorer. Il me fallait concentrer toute mon énergie pour ne pas y plonger volontairement.

Le médecin a prêté serment, puis le procureur s'est avancé vers lui. Petit et hideux, ce dernier me rappelait tellement le puissant magicien d'Oz que je devais me retenir de glousser. Cela n'aurait fait que confirmer ce qu'ils pensaient déjà tous probablement : j'étais vraiment folle. J'ai donc essayé d'écouter attentivement ce que disait le médecin légiste, Matthew Riley :

— ... ne réagissait pas. Pas de pouls, aucun signe de respiration. Je l'ai déclaré mort à seize heures et six minutes, mais, d'après l'autopsie, le décès remontait à environ deux heures.

— Et Susan Webster ?

Jusque-là, Matthew Riley avait regardé les membres du jury. Lorsqu'on lui a posé cette question, il m'a jeté un coup d'œil et s'est éclairci la gorge, gêné.

— Mme Webster a été emmenée en salle d'opération. En la voyant sur le parking de l'hôpital, je l'ai crue morte, mais il est apparu qu'elle était seulement inconsciente.

L'accusation a marqué une pause pour laisser l'information pénétrer dans tous les esprits, alors que les jurés étaient déjà au courant.

— Quelles ont été vos premières impressions quant aux causes du décès de Dylan ?

— J'ai pensé qu'il s'agissait d'une MSN, a répondu le médecin, de nouveau professionnel. Une mort subite du nourrisson.

Le mot « mort » a suffi à me brouiller la vue. J'ai décidé à cet instant que je détestais cet homme. Comment osait-il associer la mort à mon bébé et à moi ?

— Pouvez-vous nous préciser ce qui vous a amené à penser cela ?

— Eh bien, la mort subite du nourrisson reste malheureusement l'une des plus grandes causes de décès chez les enfants de moins d'un an. Lorsqu'un bébé meurt dans son berceau sans signe extérieur de maltraitance, il est naturel d'envisager qu'il a été victime d'une MSN.

— Et qu'avez-vous découvert lors de l'autopsie ?

— J'ai trouvé dans la bouche du petit Dylan des fibres provenant d'un coussin de M. et Mme Webster.

J'ai décelé également un emphysème et un œdème pulmonaire aigus.

Nul besoin d'être expert pour comprendre où il voulait en venir…

— Et en réunissant tous ces indices, qu'en avez-vous conclu quant à la cause de la mort de ce bébé ? a demandé le procureur avec une jubilation perverse.

Le Dr Riley ne m'a même pas regardée en prononçant ces mots accablants :

— Mon opinion en tant que médecin est que Dylan Webster est mort par suffocation. En d'autres termes, il a été étouffé avec un coussin.

Ont-ils fini par retrouver le Dr Riley ? Sa disparition a-t-elle quelque chose à voir avec ce qui m'est arrivé ce matin ? Alors que je me frotte le visage en soupirant, j'entends un bruit. Comme si quelqu'un avait heurté avec fracas les poubelles à l'arrière de la maison. Bondissant sur mes pieds, je cherche autour de moi quelque chose pour me défendre. Le tisonnier ! Assez classique, je sais, mais c'est sans doute justifié. Et sûrement plus efficace qu'un journal roulé en tube.

Après avoir attendu plusieurs minutes derrière la porte du salon, je commence à me sentir un peu ridicule, lorsqu'un cliquetis se fait entendre, suivi d'un frottement. Je suis sûre que quelqu'un essaie de crocheter la serrure de la porte de derrière. Oh, merde… J'ai réussi à survivre trois ans dans un institut psychiatrique, et je vais mourir dans un village pittoresque du Shropshire. Si je n'étais pas aussi terrifiée, j'en rirais peut-être.

Les stores de la cuisine sont baissés, si bien que je n'ai aucune chance de voir ce qui se passe dans mon jardin. Je ne peux donc compter que sur l'effet de surprise. D'autant que l'intrus n'a pas l'air très doué – voilà bien dix minutes que dure son boucan d'enfer, et il n'a toujours pas réussi à forcer la serrure. Je suis tentée d'ouvrir la porte d'un coup en lançant mon tisonnier en avant, comme dans *Pirates des Caraïbes*, mais à la réflexion, je n'ai pas trop envie de me retrouver une fois de plus inculpée de meurtre pour avoir embroché un ivrogne qui s'est trompé de maison.

Le silence est revenu. Peut-être l'intrus a-t-il renoncé à entrer? Le tisonnier à la main, je me glisse dans la cuisine à pas de loup et jette un œil à travers les lattes du store. Dehors, il fait nuit noire, je ne vois que mon reflet dans la vitre. Soudain, une ombre bondit sur la fenêtre, m'arrachant un cri de terreur. Puis je me mets à rire nerveusement en reconnaissant le gros chat noir assis sur le rebord qui gratte la vitre avec sa patte. C'est mon squatteur attitré, Joss. Tout en inspirant profondément, j'ouvre la fenêtre et le laisse entrer.

— Gros imbécile de chat, lui dis-je avec affection.

Peu à peu, le soulagement dilue l'adrénaline dans mes veines tandis que Joss se frotte contre moi en ronronnant, inconscient de l'état de panique dans lequel il vient de me plonger. Je lui sers un bol de Weetabix – c'est son plat préféré – et retourne m'installer confortablement au salon. Un peu plus tard, Joss me rejoint et se couche en boule devant le feu.

Je m'en veux d'avoir réagi aussi bêtement. La seule chose qui rôde dans mon jardin la nuit, c'est un chat errant à la recherche de sa dose de Weetabix et d'un coin pour dormir au chaud. Quelle imbécile! Cela ne m'empêche pas de vérifier que toutes les portes et les fenêtres sont bien fermées – mieux vaut prévenir que guérir.

6

Jack : 24 septembre 1987

— Tiens, Shakespeare, attrape !

Jack lança le chocolat et éclata de rire quand le garçon le reçut en pleine poitrine.

— Joli réflexe !

— Merci. Ils viennent à quelle heure, les autres ?

Depuis qu'ils étaient arrivés à la maison, à peine un quart d'heure plus tôt, Billy avait déjà regardé sa montre trois fois. C'était tordant.

— Bientôt. Pourquoi, tu es nerveux ?

— Non, répondit-il.

Jack savait qu'il mentait. Billy s'était fait beau pour l'occasion, il avait choisi ses vêtements les plus cool, mais ses baskets Asics et son jogging bleu marine ordinaire ne pourraient jamais rivaliser avec les tenues du reste du groupe. Voilà des garçons qui, à douze ans, portaient des Nike et des polos Fred Perry. Billy devait croire que Fred Perry était le nom du marchand de journaux du coin.

— Détends-toi, ils ne mordent pas. Enfin, sauf si je le leur demande.

Jack fit la moue tandis que son Street Fighter perdait encore une vie.

— Il est nul, ce jeu, marmonna-t-il en jetant la manette sur la console. Il faut qu'on trouve de nouveaux trucs à faire.

— Tu as vachement plus de choses que moi, fit remarquer Billy.

Il contemplait la chambre de Jack, absorbant chaque détail. Les vestiges d'anciens hobbies jonchaient toutes les surfaces disponibles : la guitare que Jack avait réclamée pendant des semaines, pour finalement abandonner au bout de six leçons ; les baskets qu'il fallait absolument avoir l'année précédente, couvertes de boue et jetées sur une veste qui devait coûter plus cher que toute la garde-robe de Billy... C'était plutôt amusant de le voir regarder tout ça.

— C'est qu'un tas de vieilleries. Quand Adam sera là, il voudra certainement sortir jouer au Traqueur. Tu risques de salir tes baskets neuves.

Jack ne put s'empêcher de sourire en voyant la tête de Billy. Il passerait sûrement des heures à frotter ses chaussures avant de rentrer chez lui. Quelle plaie d'avoir des parents omniprésents, qui veulent tout le temps savoir où vous allez et avec qui vous traînez ! Jack avait vu la maison de Billy – de l'extérieur, bien sûr, car on ne l'inviterait sans doute jamais à y entrer. Dans une baraque grande comme un timbre-poste, ça ne devait pas être facile de s'éviter.

Quand la sonnette retentit, Billy sursauta. Jack éclata de rire et se leva.

— J'y vais ! cria-t-il, au cas où il y aurait quelqu'un d'autre chez lui.

Il n'avait pas vu Lucy depuis qu'il s'était réveillé à onze heures. Elle était sûrement sortie faire les courses, et elle ne s'inquiéterait pas de ne pas le trouver à la maison en rentrant. Les parents de Jack étaient du genre à penser qu'il fallait laisser les adolescents grandir librement – et à espérer que leur fils ignorait que Lucy fouillait son sac pour vérifier sur son cahier de textes quels devoirs il avait à faire.

Billy resta dans la chambre pendant que les autres montaient l'escalier. Le premier à entrer fut Matt Riley. Billy sembla soulagé.

— Ça va ? demanda Jack à Matt.

— Ça va.

Le deuxième garçon fronça les sourcils.

— T'es qui, toi ?

— Eh, tu lui causes gentiment. C'est Shakespeare, il va rester avec nous.

— Shakespeare ? C'est quoi, ce nom ? Ta mère était bourrée quand elle l'a choisi ?

— C'est un surnom, ducon. Parce qu'il est fort en anglais. Shakes, je te présente Adam Harvey.

Les deux garçons se firent un signe de tête, sans grand enthousiasme.

— T'as une sale gueule, qu'est-ce qui t'est arrivé ?

Jack répondit avant que son nouveau copain ait le temps d'ouvrir la bouche :

— T'aurais dû voir les autres. Il leur a mis une de ces raclées !

— « Les » autres ?

— Ouais, ils étaient trois, de Westlake. Mais il les a écrasés, un truc de malade ! Je l'ai ramené ici avant qu'ils appellent des renforts. Pas vrai, Riley ?

Matt acquiesça.

— Bien joué, commenta Adam avec un certain respect. Tu viens faire une partie de Traqueur avec nous ?

— Évidemment qu'il vient. Où est Peterson ?

Matt haussa les épaules.

— J'en sais rien, je ne l'ai pas vu depuis hier.

Billy lança un regard inquiet à Jack, qui le prit à part tandis que les autres commençaient à descendre l'escalier.

— T'en fais pas pour ça, chuchota-t-il. Je ne dirai à personne que tu as balancé Peterson.

7

Chaque dimanche depuis trois semaines, Cassie et moi travaillons bénévolement pour l'Armée du Salut de Telford, à vingt minutes de Bridgnorth où vit Cass. Pour moi, c'est une façon de me sentir utile et d'expier mes péchés, tandis que Cassie vient parce que je le lui ai demandé. Elle répète sans cesse que ce travail ne lui apporte rien, qu'elle le fait « pour passer le temps », mais je sais que, au fond d'elle, elle n'est pas mécontente d'accomplir une bonne action.

Quand elle me rejoint ce dimanche, elle semble embarrassée.

— Excuse-moi pour hier, dit-elle sans préambule. Je ne voulais pas minimiser cette histoire de photo, mais je ne savais pas quoi en penser.

Je regarde rapidement autour de nous : personne n'est à portée de voix, le refuge étant presque désert aujourd'hui. Avant l'arrivée de Cass, j'étais occupée à trier les dons, installée à une table dans un coin de l'immense pièce. Les événements d'hier n'ont pas cessé de me poursuivre. Dois-je tout raconter à mon amie ?

Au risque de passer pour une folle, je lui résume les faits : la coupure de presse tombée de mon sac, mes découvertes à la bibliothèque, ma grosse frayeur d'hier soir.

— La vache ! Pas étonnant que tu sois nerveuse. Tu veux venir dormir à la maison ?

— C'est gentil, mais je ne suis pas sûre qu'il y ait vraiment de quoi s'inquiéter pour l'instant. Après tout, ce n'était que Joss.

— D'accord, mais qui a bien pu fourrer cet article dans ton sac ? C'est encore plus tordu que de déposer une lettre sur ton paillasson, non ?

Elle n'envisage donc pas que j'aie pu faire tout ça toute seule, et cela me soulage. Je ne lui en aurais pas voulu, car j'y ai pensé moi-même. Après tout, j'ai déjà eu des trous de mémoire par le passé, et ce que j'ai fait alors était bien pire.

Nous sommes interrompues par Bernie, la responsable du centre, qui dépose un nouveau tas de vêtements devant nous. Quand j'ai commencé à travailler ici, j'ai été surprise du nombre de gens qui donnent leurs vieilles affaires. Susan Webster n'aurait pas fait ça : elle aurait tout jeté. Non pas qu'elle s'en fichait, mais l'idée ne lui serait jamais venue à l'esprit d'aider de cette façon.

Je sens Cassie bouillonner d'impatience tandis que Bernie s'attarde auprès de nous. Dès l'instant où la vieille dame s'éloigne – non sans nous regarder de travers –, Cassie se remet à parler.

— Et si ce n'était pas Mark ? Qui d'autre pourrait vouloir te faire croire que tu perds les pédales ? Ses amis, peut-être ? Ou sa mère ?

— Sa mère vit en Espagne, je ne l'ai jamais rencontrée. Je crois que Mark ne lui a même pas parlé de Dylan. Ils se sont brouillés juste avant la mort de son père.

Je jette à la poubelle un pantalon troué en trois endroits. Il y a certaines choses dont même les personnes dans le besoin n'ont pas besoin.

— D'ailleurs, comment les amis ou la mère de Mark auraient-ils pu me retrouver ?

— C'est à la portée de n'importe qui, réplique Cassie. Il suffit d'une connexion Internet et d'un peu de jugeote.

— Et la disparition du Dr Riley, tu crois que ça a un rapport ?

— C'est peu probable.

Ma déception doit être visible, car elle s'empresse d'ajouter :

— Mais je peux me tromper. C'est quand même suspect, et puis je me plante toujours quand j'essaie de trouver le coupable dans les épisodes de l'*Inspecteur Barnaby*.

— Merci.

Belle tentative pour me rassurer sur mes talents de détective amateur…

— Tu as sans doute raison. Qu'est-ce que je fais, maintenant ? J'ai peur de mon ombre, et quelqu'un a bien mis cet article dans mon sac.

— Si c'est Mark, il est forcément dans les parages, tu ne crois pas ? Il ne ferait pas le trajet de trois heures depuis Bradford juste pour déposer une photo.

Un frisson me parcourt à l'idée que mon ex-mari rôde autour de Ludlow. Je jette un coup d'œil vers l'entrée du refuge, m'attendant presque à le voir planté là. Mais il n'y a personne, évidemment.

— Qu'est-ce qu'on fait, alors? On appelle tous les hôtels à trente kilomètres à la ronde pour savoir s'ils ont vu passer un Mark Webster?

— Ou alors, répond Cassie lentement, on appelle chez Mark pour voir s'il répond. C'est quoi, son numéro?

Du coin de l'œil, je vois Bernie qui nous observe d'un air soupçonneux.

— On fera ça de chez moi, dis-je à Cassie en lui faisant comprendre que nous sommes surveillées.

Les trois heures suivantes semblent durer une éternité, et même l'arrivée de Larry, mon habitué préféré, ne m'aide pas à oublier mon ex-mari et la photo du petit garçon. J'ai du mal à imaginer que Mark soit derrière tout ça, mais, après tout, je ne l'ai pas vu depuis longtemps.

— Cela ira pour aujourd'hui, mesdames, nous lance Bernie, comme elle le fait toujours à la fin de notre demi-journée de travail.

Soudain, une idée me vient:

— Dis-moi, Bernie, tu n'aurais pas vu des types bizarres traîner dans le coin la semaine dernière?

— Tu veux dire en dehors de ceux qu'on voit ici toutes les semaines? plaisante-t-elle en désignant Larry d'un signe de tête.

Ce dernier lui donne une tape affectueuse.

— Je ne vois pas de types bizarres ici... En revanche, des folles, ça oui!

Je me joins aux rires, tout en songeant que Larry ne croit pas si bien dire.

8

Cassie rentre chez elle pour se changer – en me jurant que ce n'est pas parce qu'elle a côtoyé des sans-abri – et moi je rentre à la maison, à la fois soulagée et déçue de ne rien trouver sur mon paillasson. À l'intérieur règne un silence presque sinistre.

Je ne sais pas si c'est la photo de Dylan qui a rouvert de vieilles blessures, mais l'odeur du café me donne envie de gratter la cicatrice de la taille d'un poing que j'ai en haut du bras. Un souvenir profondément enfoui dans ma mémoire remonte lentement à la surface : je suis assise à la cantine ; les tables ressemblent aux bancs en plastique que l'on voit dans les parcs, et les murs sont d'un jaune si sale que personne ne sait plus de quelle couleur ils étaient au départ. En face de moi, Cassie regarde fixement son hachis Parmentier refroidi, comme si elle pouvait le transformer en pizza de chez Domino's par la seule force de la pensée. J'ai conscience d'une présence derrière moi, mais je n'y prête pas attention, jusqu'à ce que j'entende les mots sifflés à mon oreille. J'ai l'impression de sentir à nouveau l'affreuse haleine d'égout et de cigarette.

— Tueuse de bébé.

Une vive douleur se répand sur mon bras. Dans un premier temps, je pense avoir été frappée, mais le choc laisse place à l'horreur quand je me rends compte que la douleur ne s'atténue pas. Au contraire, elle empire. Le café bouillant a plaqué la manche de mon uniforme contre mon bras, ma peau absorbe le tissu. La voix de Cassie résonne à mes oreilles, *Oh, merde !* puis elle se penche au-dessus de moi, verse de l'eau glacée sur mon bras, arrache la manche de mon t-shirt. Je l'entends crier *Appelez un médecin !* mais ses mots semblent me parvenir de loin, comme assourdis.

Plusieurs jours plus tard, de retour dans notre chambre – on ne parlait pas de « cellules » à Oakdale, car nous étions des patientes, pas des prisonnières –, Cassie m'a dit que j'avais eu de la chance. Que Netty, l'énorme brute qui m'avait brûlée (internée pour avoir tenté de tuer la femme avec laquelle son petit copain l'avait trompée), avait oublié de mettre du sucre dans le café. Selon Cassie, le sucre aurait fait encore plus de dégâts, car il aurait adhéré à ma peau. Je ne lui ai jamais demandé d'où elle tenait cela, ni ce qu'est devenue Netty Vickers. Ce que je sais, c'est qu'elle a été transférée alors que j'étais encore à l'infirmerie et que plus personne ne m'a traitée de tueuse de bébé après cet incident.

Je suis tellement plongée dans mes souvenirs que je mets un moment à me rendre compte qu'on frappe à la porte. De petits coups discrets, comme si mon visiteur s'excusait de m'importuner. Je me mets à paniquer pour deux raisons. La première est évidente : hier, quelqu'un m'a envoyé la photo d'un petit garçon qui est censé être mort depuis près de quatre ans. La seconde, c'est que, depuis mon arrivée ici il y a un mois, je n'ai eu aucune visite en dehors de celles de Cassie, à qui j'ai donné un double de la clé. Quand on a vécu avec quelqu'un aussi longtemps, il semble bizarre d'avoir à lui ouvrir la porte ; c'est ainsi que la clé qui ne devait servir au départ qu'en cas d'urgence a finalement trouvé un usage quotidien.

Le plus simple serait de ne pas répondre, d'autant plus que je n'ai envie de voir personne. Mais, de même que je suis incapable de laisser sonner un téléphone, je ne peux pas me résoudre à ignorer ce visiteur sans risquer de passer le restant de ma journée à me demander qui c'était.

Lorsque j'ouvre la porte, l'homme grand et brun qui se tenait derrière recule d'un pas.

— Madame Webster ?

C'est la deuxième fois en deux jours que l'on s'adresse à moi en m'appelant par mon vrai nom. L'espace d'un instant, je me demande si j'ai bien entendu, ou si je ne suis pas en train d'imaginer que tout le monde a percé mon secret.

— Pardon, comment m'avez-vous appelée ?

— Excusez-moi, madame Webster, je suis…

— Je ne suis pas Mme Webster. Que faites-vous ici ? Vous êtes journaliste, c'est ça ? C'est vous qui m'avez envoyé cette photo ? Vous n'avez pas le droit de venir ici. Pourquoi ne me laissez-vous pas vivre ma vie ?

L'étranger n'a pas bougé d'un pouce malgré l'avalanche de questions.

— Écoutez, je suis désolé, je n'aurais pas dû vous appeler comme ça.

Il est tout rouge, visiblement confus. Peut-être débute-t-il dans le métier et l'a-t-on envoyé ici pour son baptême du feu. Peu importe : je ne laisserai pas un foutu journaliste s'approcher de moi.

— J'appelle la police.

— Non, je vous en prie ! Je m'en vais. Excusez-moi, j'ai fait une erreur.

Tandis qu'il redescend prestement l'allée, je songe soudain que si je le laisse partir, mes questions resteront sans réponse.

— Attendez !

Je m'empresse de le rejoindre, sans penser que je serai beaucoup plus vulnérable dehors, loin d'une porte à claquer. Mais il a semblé tellement affolé à l'idée que j'appelle la police que je le vois mal m'agresser en pleine rue.

En le regardant monter dans sa voiture, je m'aperçois qu'il est plutôt séduisant, maintenant que son visage a repris un joli teint bronzé. Il a de magnifiques yeux bleus et semble avoir à peu près le même âge que mon mari. Mon ex-mari. *Arrête ça tout de suite, Susan.*

Avant qu'il ne démarre, je frappe à la vitre en espérant ne pas trop avoir l'air d'une folle. Il l'ouvre de quelques centimètres seulement, craignant sans doute que je lui saute à la gorge.

— Pourquoi êtes-vous venu ? Avez-vous déposé quelque chose sur mon paillasson, hier ?

— Non, répond-il, sincèrement surpris. Qu'est-ce qui vous fait croire ça ?

— Vous m'avez appelée Mme Webster. Vous savez qui je suis.

— On vous a fait livrer quelque chose ?

Je comprends trop tard que j'en ai trop dit. Le journaliste ne savait rien de cette histoire de photo, et je viens de lui donner un os à ronger.

— Oubliez, ça ne vous regarde pas. Je ne cherche pas à me faire interviewer. Est-ce qu'on s'est déjà rencontrés ?

— J'ai assisté à votre... hum, au procès.

Il n'est donc pas nouveau, il a déjà écrit des articles sur moi à l'époque. Dans quel camp était-il ? Celui des gens qui me considéraient comme un monstre ? Ou de ceux qui me voyaient comme une pauvre âme perdue ?

— Pour quel journal travaillez-vous ? demandé-je, tout en m'étonnant moi-même d'engager la conversation avec cet homme.

— Je voulais juste vous parler. Je savais que...

— Comment vous appelez-vous ?

Une hésitation. Serait-ce parce que je suis une criminelle ? Pense-t-il avoir le droit de tout connaître de ma vie, sans que je sache rien de lui ?

— Nick, répond-il finalement.

Il semble assez inoffensif, avec ses cheveux bruns qui partent dans tous les sens et ses yeux très, très bleus. J'en oublierais presque mon aversion pour les journalistes. Avec eux, un simple *Je voulais juste vous parler* peut très bien mener à un gros titre du genre « ELLE DÉTESTE LES BÉBÉS » en première page le lendemain.

— Désolée, mais ça ne m'intéresse pas. Laissez-moi vivre en paix.

Je crois déceler de la compassion dans son regard. Après tout, mieux vaut inspirer la pitié que la haine...

Sortant un petit carnet de sa poche, il griffonne un numéro, arrache la feuille et me la tend.

— Si vous changez d'avis, précise-t-il.

— Ça n'arrivera pas.

J'accepte néanmoins le morceau de papier. Nick remonte sa vitre et repart, laissant derrière lui un puissant parfum masculin.

9

Encore ébranlée par la visite du journaliste et le souvenir de Netty Vickers, je sursaute en entendant le bruit de la clé dans la serrure.

— Hou-ouh, il y a quelqu'un ? lance Cassie, avant de me rejoindre dans la cuisine. Ça va ? Qu'est-ce qui se passe, tu as reçu une autre photo ?

— Non, pire. Un journaliste.

À mesure que je lui raconte les vingt dernières minutes, son visage s'assombrit. Cassie est une très belle femme, mais chaque fois qu'elle s'emporte, je repense à tout ce qu'elle a traversé, aux cicatrices physiques et psychologiques qu'elle cache, à la carapace d'acier qu'elle a dû se forger. La seule fois où j'ai aperçu les marques blanchâtres sur son corps – elle pensait que je dormais – je me suis mise à pleurer en silence, et cela l'a rendue furieuse. Elle avait travaillé si dur pour asseoir sa réputation de tueuse implacable ! Je dois être la première personne depuis bien longtemps à connaître la vraie Cassie, avec ses cicatrices et tout le reste.

— S'il revient ici, il ne sera pas déçu du voyage, grommelle-t-elle.

— Oh, je ne pense pas qu'il reviendra… Je lui ai foutu la trouille en le menaçant d'appeler les flics. Tu crois que c'est une coïncidence ? La lettre hier, lui aujourd'hui ?

Pendant qu'elle réfléchit à la question, ses ongles – couleur corail, cette fois-ci – tapotent leur tempo habituel sur la table.

— Oui, sans doute. Tu dis qu'il avait l'air surpris quand tu lui as parlé de la photo. Je te rappelle que tu n'as pas eu droit à une protection policière quand tu as été libérée. Même si tu as changé de nom, ça ne doit pas être si difficile de te retrouver. Tu ne t'appelles pas Ben Laden.

— Merci.

— Tu ne crois pas qu'on devrait prendre un chien de garde ?

Depuis que je suis sortie d'Oakdale, Cassie me tanne pour que j'adopte un chien. Pratique pour elle, qui aurait tous les avantages d'un animal de compagnie lors de ses visites, sans en supporter les contraintes au jour le jour.

— Joss serait furieux.

— Raison de plus. Qu'est-ce que c'est ? demande-t-elle tandis que je lui présente les feuilles que j'ai imprimées hier à la bibliothèque.

— Les articles dont je t'ai parlé, sur le Dr Riley et le procès. Je me disais que tu pourrais peut-être repérer quelque chose qui m'aurait échappé.

— Tu me prends pour Sherlock Holmes ? plaisante-t-elle, tout en lisant les pages en diagonale. Je ne vois rien de spécial. Un homme attaché à sa famille… deux filles magnifiques… Je suis prête à parier que sa femme était sur le point de le quitter pour le comptable de la famille, ou quelque chose dans le genre. Désolée, Suze, mais ça ressemble bien à une coïncidence.

Malgré ma déception, je sais qu'elle a raison. J'ai dû lire trop de polars.

— Ça en fait quand même beaucoup pour un week-end.

— Attends, je crois que j'en ai trouvé une autre. Regarde.

Elle me tend l'article sur Matthew Riley en me montrant le nom du journaliste. Nick Whitely.

— Et merde. Tu crois que c'est le même Nick ? Sacrée coïncidence, encore une fois.

— Si ça se trouve, il sait quelque chose sur la disparition de Riley. C'est peut-être de ça qu'il voulait te parler.

— J'aurais dû accepter de discuter avec lui. Je l'ai viré tellement vite qu'il n'a même pas eu le temps de s'expliquer.

— Rappelle-moi les trois catégories de personnes dont on doit se méfier comme de la peste ?

— Les hommes, les policiers et les journalistes, récité-je. Mais celui-ci ne m'a pas semblé bien méchant. Et si j'essayais de savoir ce qu'il voulait me dire, sans rien livrer de mon côté ?

Cassie fait mine d'y réfléchir.

— OK, on va l'appeler. Mais s'il ne peut pas nous aider, on l'enterrera sous la terrasse.

Je pense qu'elle plaisante. Avec elle, ce n'est pas toujours évident.

— Tu permets ?

Avant que j'aie pu répondre, elle sort son portable et s'empare de la feuille sur laquelle le journaliste a griffonné son numéro.

— Ça sonne, chuchote-t-elle.

— Passe-moi le téléphone.

J'essaie de le lui prendre, mais elle m'esquive.

— Allô, monsieur Whitely? dit-elle d'une voix à peine reconnaissable. Je suis Julie Williams, je vous appelle de la part de Susan Webster. Elle a quelques questions à vous poser et souhaiterait savoir si vous seriez disponible pour un rendez-vous.

Elle fronce les sourcils, puis couvre le combiné de sa main.

— Il veut te parler. Tu t'en tiens au plan.

Parce qu'on avait un plan?

— Madame Webster?

— Oui, c'est moi. Alors, monsieur Whitely, êtes-vous d'accord pour me rencontrer?

— Cela dépend. Qu'attendez-vous de moi?

Que dit le plan, à ce sujet?

— Je veux savoir pourquoi vous êtes venu chez moi.

— Ça, je peux vous le dire par téléphone. Je souhaitais juste vous poser quelques questions, savoir comment vous vous en sortez maintenant, ce que vous avez ressenti quand votre mari vous a quittée. La dimension humaine de l'histoire, en gros. Accepteriez-vous de me raconter votre version des faits?

— Jamais de la vie.

— Que voulez-vous, alors?

Au moins, il s'est montré honnête. Peut-être devrais-je en faire autant…

— Je veux des informations. J'ai besoin de votre aide.

— Je rentre à Doncaster, madame Webster. J'ai quitté Ludlow depuis déjà une heure, vous ne me demandez quand même pas de faire demi-tour ?

— Bien sûr que non, nous viendrons à vous. Demain, c'est possible ?

Après avoir convenu d'un restaurant à une demi-heure de chez lui – et à deux heures d'ici –, je raccroche, puis résume la conversation à Cassie.

— Tu as intérêt à te faire belle, me dit-elle, parce qu'il va falloir convaincre ce type qu'on n'est pas aussi cinglées que le reste du monde le pense.

Facile à dire... Tout de suite, je donnerais plutôt raison au reste du monde.

Comme promis, Cassie appelle chez Mark, en ayant pris soin auparavant de masquer son numéro. Mon ex-mari décroche, torpillant ma théorie selon laquelle il rôde dans le Shropshire pour déposer des lettres sur mon paillasson. Quoi qu'il en soit, c'est un soulagement pour moi de ne pas avoir à entendre sa voix. Je suis impatiente de rencontrer Nick Whitely, même si je crains d'avoir pris une décision insensée en m'embarquant dans cette enquête. Je m'apprête à déterrer mon passé, et j'espère ne pas rencontrer trop de squelettes.

10

Jack : 18 octobre 1987

— Écoute, c'est la troisième fois en un mois que la mère Tape-dur appelle mes parents à cause de mes absences injustifiées. Moi, je n'ai pas une Lucy à la maison qui peut se faire passer pour ma daronne.

— Merde, Billy, détends-toi ! Qu'est-ce qui peut t'arriver, au pire ? Tu n'as qu'à leur dire qu'Adam t'a menacé de te casser la gueule si tu ne séchais pas les cours.

— Hé ! intervint Adam. Pourquoi moi ?

— Parce que sa maman m'adore, jamais elle ne me croira capable de faire une chose pareille, répondit Jack avec un grand sourire. Et Mike…

Il baissa la voix.

— Mike est une mauviette, ce ne serait pas crédible.

Adam parut satisfait. Il voulait bien admettre qu'il avait moins de charme que Jack si on lui assurait qu'il était plus effrayant que Mike.

— D'accord, mais débrouille-toi pour que ta mère n'appelle pas le lycée. Si je suis encore accusé de harcèlement, mon père va me botter le cul.

— OK, répondit Billy en soupirant. C'est quoi, l'idée ?

Jack extirpa une grande feuille de papier de sous son lit.

— Voilà le plan du magasin. Là, c'est le rayon des bières, expliqua-t-il en traçant un cercle à gauche de la caisse. En journée, c'est Walters qui tient le magasin ; il est trop vieux pour travailler la nuit. Il est un peu bigleux, mais il reste toujours près de la caisse et risque de t'attraper si tu n'es pas assez rapide. On entrera deux par deux. D'abord toi et moi, Adam : on feuillette les magazines, on tripote les bonbons en libre-service... En gros, on fait tout pour monopoliser l'attention de Walters. Quand vous entrerez tous les deux pour piquer les bouteilles, il ne vous remarquera même pas. Prenez surtout de la vodka, autant que vous pouvez en transporter.

— Rappelle-moi pourquoi c'est nous qui devons le faire ? demanda Billy. Je n'ai jamais rien volé de ma vie.

— Sans blague, railla Mike en jetant un regard méprisant sur ses cheveux trop longs et gras, sur ses chaussures vieilles de trois ans. C'est parce qu'on a des gueules d'ange, mon pote. Le vieux ne nous regardera pas, il sera occupé à surveiller Jack et Adam. D'habitude, c'est le boulot de Riley, mais il n'est pas là. T'inquiète pas, je fais ça tout le temps. Tu n'auras qu'à tenir le sac.

Jack replia le plan du magasin, avant de le glisser sous le lit. Puis il ouvrit les portes coulissantes de son armoire double et en sortit un gros blouson noir, qu'il lança à Billy.

— Tiens, tu enfileras ça. Il y a de grandes poches à l'intérieur, essaie d'y glisser quelques bouteilles. Quand vous sortirez du magasin, Mike et toi, on attendra cinq minutes avant de vous retrouver dehors. Vous rentrerez tous vous changer, et rendez-vous ici ce soir à huit heures. Prenez de l'avance, on vous rejoint, ajouta-t-il à l'attention de Mike et d'Adam.

Dès qu'ils furent seuls, Jack se tourna vers Billy, qui examinait ses ongles.

— Si tu fais les choses comme il faut, tu pourras revenir ici choisir quelques-unes de mes fringues pour la fête de ce soir chez ma cousine.

— Pourquoi tu veux que… ?

— Écoute, tu n'es pas obligé de faire semblant avec nous. On est potes, OK ? Je sais que ta famille n'a pas d'argent, et je m'en fous. Remplis ta mission et tu pourras venir à la fête en ayant l'air d'être l'un des nôtres. Personne ne remarquera que tu es différent. Il y aura des filles, mon gars, des tas de filles. Tu as déjà eu une copine ?

La réponse se devinait sur le visage de son ami.

— Dans ce cas, c'est ton jour de chance, mec. Tout ce que tu as à faire, c'est voler ces bouteilles. Alors, tu es partant ?

Billy acquiesça, et Jack se fendit d'un large sourire.

— Yesss ! Bravo, mon pote. Allez, on y va.

Ça s'était plutôt bien passé, au magasin. Leur nouveau copain n'avait pas fait tomber de bouteilles, il ne s'était pas non plus dégonflé au dernier moment, même s'il avait fait dans son froc quand il avait découvert, en entrant avec Mike, que ce n'était pas Walters derrière le comptoir mais une fille qui voyait parfaitement clair. Finalement, ce n'était pas plus mal : Jack était bien meilleur avec les femmes qu'avec les vieux. On lui donnait beaucoup plus que ses quinze ans, avec sa mèche brune et ses yeux bleu pâle. La fille, Tina, ne risquait pas de s'intéresser à ce qui se passait ailleurs dans le magasin. C'est Mike qui l'avait étonné, en revanche : quand Tina avait tourné la tête vers lui, il avait lâché son sac et s'était carapaté. Heureusement pour Billy, Matt Riley était arrivé à ce moment-là. Comprenant ce que Jack et Adam mijotaient, et voyant Billy pétrifié sur place, il s'était dirigé vers lui, avait fourré trois bouteilles de vodka dans son sac, puis avait dû pratiquement le traîner dehors. Mike Peterson les attendait avec une gueule d'enterrement.

— Qu'est-ce qui t'a pris, bordel ? lui demanda Jack. Tu as laissé le pauvre Shakespeare se démerder tout seul ! Un peu plus et j'étais obligé de baiser cette fille sur le comptoir pour l'empêcher d'aller voir quelle mouche t'avait piqué ! Une chance que Riley se soit pointé.

— Je suis sûr qu'elle m'a reconnu, protesta Mike. Je me suis dit qu'il valait mieux que je disparaisse. Alors, qu'est-ce que vous avez ramassé ?

Billy s'apprêtait à ouvrir son sac pour montrer son impressionnant butin, quand Jack l'en empêcha, repoussant Mike de l'autre main.

— Fous le camp ! Tu as laissé tomber Billy. Si tu crois que tu vas venir avec nous ce soir, tu te fourres le doigt dans l'œil. Barre-toi.

— Oh, allez, mec ! Je suis désolé, c'est bon.

— Non, c'est pas bon. Dégage.

— Tu sais quoi ? Va te faire foutre ! Tu ne te salis jamais les mains, toi ! cria Mike tandis qu'ils s'éloignaient.

Jack lâcha un petit rire.

— Bon débarras. Ce type est un vrai boulet, de toute façon. Tu nous rejoins chez moi à huit heures, Harvey ?

Adam sembla hésiter à l'idée de revenir sans son ami, mais il finit par acquiescer. Jack fit un geste de victoire.

— Et toi, tu y vas ? demanda Billy à Matt Riley.

— Ouais, sûrement.

— Merci pour ton aide, tout à l'heure.

— De rien, chéri. À plus.

Jack donna une tape amicale sur l'épaule de Billy, puis il l'entraîna par le bras.

— Viens, mon pote, on va te faire beau.

11

Maintenant que ma colère est passée, je constate que Nick Whitely est un bel homme, surtout quand il n'est pas tout rouge comme hier. Lorsqu'il se lève pour me saluer, je devine un physique avantageux sous sa chemise blanche impeccablement repassée. Je ne sais pas s'il a surpris mon regard appréciateur, mais je décèle une pointe d'amusement dans ses yeux bleu électrique tandis qu'il me serre la main en souriant.

— Enchanté, madame Webster. Et vous êtes Cassie Reynolds, si je ne m'abuse ?

— Je croyais qu'on avait rendez-vous avec un journaliste, pas avec un détective, rétorque Cassie.

Mon coude vole tout seul dans les côtes de mon amie.

Sur la table se trouvent déjà une bouteille de cabernet-sauvignon et une carafe d'eau fraîche. Pour un journaliste d'une feuille de chou locale, M. Whitely – dois-je l'appeler Nick ? – sait accueillir ses interlocuteurs. Tout occupée à admirer ses bras (je me demande depuis combien de temps un homme ne m'a pas serrée dans les siens), je mets un moment avant de me rendre compte qu'il me parle.

— Pardon, vous disiez ?

— Servez-vous, répète-t-il en montrant la bouteille.

Je préfère m'en tenir à un verre d'eau. Cassie, elle, opte pour le vin.

— Monsieur Whitely…

— Je vous en prie, appelez-moi Nick.

— Nick, vous devez vous demander pourquoi je vous ai recontacté, après vous avoir renvoyé comme un malpropre hier.

Nick m'effleure brièvement du regard – un geste si intime qu'il me fait rougir – puis ses yeux bleus se fixent sur les miens.

— Ce que je me demande, Susan – je peux vous appeler Susan ?

J'acquiesce.

— Ce que je me demande, c'est ce que vous pouvez bien attendre de moi.

— Est-ce seulement par curiosité que vous êtes venu à ce rendez-vous ? Vous connaissez déjà mon adresse et ma nouvelle identité, vous avez sans doute aussi quelques photos. Qu'est-ce que vous y gagnez ?

— J'étais curieux, je l'admets. Je suis journaliste, alors jetez-moi la pierre si vous voulez.

Un sourire fugace passe sur son visage, puis il se tourne vers Cassie.

— Je précise que c'est une métaphore.

Cassie lui renvoie son sourire, narquoise. Je ne suis pas certaine que Nick Whitely plaisantait.

Songeant qu'il est temps d'entrer dans le vif du sujet, je sors l'article de mon sac à main en cuir et le donne au journaliste, qui le survole rapidement avant de me le rendre.

— Je l'ai déjà lu, dit-il, amusé. En fait, c'est moi qui l'ai écrit.

— Justement. Que pouvez-vous m'apprendre sur la disparition du Dr Riley ? J'ai cherché sur Google, apparemment on ne l'a jamais retrouvé.

— Vous êtes une vraie détective : effectivement, Matthew Riley reste introuvable. Beaucoup pensent qu'il avait de mauvaises fréquentations et qu'il a été obligé de disparaître. D'autres disent qu'il s'est suicidé à cause de ses dettes. Mais la police n'a trouvé aucune preuve de cela – M. Riley n'a pas laissé de lettre – ni aucun élément qui pourrait faire pencher vers un acte criminel. Tout suggérait qu'il était heureux dans son mariage, il avait une très belle femme et deux adorables petites filles.

— Et vous, qu'en pensez-vous ?

Alors que Nick Whitely s'apprête à répondre, un serveur empressé apparaît à notre table, armé d'un bloc-notes et d'un stylo.

— Avez-vous choisi, messieurs-dames ?

— Je vais prendre une salade de poulet sans sauce, répond Cassie.

Nick m'interroge du regard.

— Hum… Pour moi, ce sera des penne au poulet, une portion de frites et des petits pains à l'ail.

Et alors ? J'ai faim.

Nick sourit.

— La même chose pour moi. J'aime les femmes qui savent profiter de la vie. Que vouliez-vous savoir à propos de Matthew Riley ? me demande-t-il une fois le serveur reparti.

— À votre avis, que lui est-il arrivé ? Pourquoi un homme qui a un bon travail et une famille aimante disparaîtrait-il du jour au lendemain ?

— Les gens font des choses imprévisibles tout le temps, répond-il en buvant une gorgée de vin.

Fait-il allusion à moi ?

— C'est sans doute vrai, dis-je prudemment.

— Pourquoi vous intéressez-vous à la disparition de Matthew Riley ?

Cassie fait des signes de tête insistants en direction de mon sac à main. J'imagine que le moment est venu de jouer ma carte maîtresse... Je sors donc la photo et la remets au journaliste, qui, visiblement, en ignorait l'existence jusqu'à cet instant.

— J'ai reçu ça il y a deux jours. Il n'y avait pas de timbre sur l'enveloppe, elle a été déposée sur mon paillasson pendant que j'étais dans ma cuisine. Et le lendemain, vous frappez à ma porte.

Nick observe un moment le petit garçon au joli sourire, s'interrogeant sans doute sur la conclusion à laquelle il est censé aboutir. Je vois son expression passer de la perplexité à la surprise, puis à la compréhension lorsqu'il retourne la photo et lit les mots écrits au dos.

— Vous voyez où je veux en venir ? dis-je en me penchant en avant, incapable de cacher mon excitation.

Je ne saurais expliquer pourquoi il est si important pour moi que cet homme croie à mon histoire. Je n'avais pas compris à quel point j'ai envie que quelqu'un dise tout haut ce que je pense en secret : que mon fils est peut-être encore en vie.

— Je crois que je vois, oui, répond Nick lentement.

Il repose la photo sur la table et la fixe du regard comme s'il espérait la faire parler. Je n'ai aucune idée de ce qu'il pense : ses yeux sont magnifiques, mais ils ne laissent rien deviner. Cet homme aurait mieux fait de chercher à faire carrière dans la police… Ou comme joueur de poker.

— D'abord, je veux que vous sachiez que je n'ai rien à voir avec cette histoire, même si je comprends que vous puissiez en douter, commence-t-il. Ensuite, j'ai du mal à croire qu'en recevant cette photo – qui pourrait être celle de n'importe quel petit garçon, dans n'importe quel parc –, vous ayez pu en conclure que votre fils est toujours vivant, et que le Dr Riley aurait signé un faux acte de décès pour vous faire accuser de meurtre… Et après ? Il se serait suicidé quatre ans plus tard et serait revenu d'entre les morts pour déposer cette photo de votre fils sur votre paillasson…

Vu comme ça, c'est sûr que cela paraît un peu tiré par les cheveux. Mais je ne vais pas lui faire le plaisir de l'admettre, à ce gros prétentieux.

— Je n'ai jamais dit ça, répliqué-je sur un ton de défi. Et je n'apprécie pas votre petite pique ridicule sur le retour d'entre les morts. Je crains juste que cette photo m'ait été livrée par quelqu'un qui connaît ma véritable identité, quelqu'un qui aurait des comptes à régler avec moi. Pourquoi se donner cette peine, sinon ?

Cassie se frotte le visage avec lassitude, déçue par la tournure que la soirée a prise. Nick Whitely nous considère clairement comme des idiotes. D'ailleurs, je ne vois pas l'utilité de rester plus longtemps, mais comme nos plats arrivent, nous attendons en silence pendant que le serveur s'affaire autour de nous, déplie les serviettes sur nos genoux et retourne nos verres. Dès qu'il s'éloigne, je reprends la parole :

— Le même jour, quelqu'un a glissé ça dans mon sac à main. Encore des questions qui appellent des réponses improbables.

Nick Whitely prend la coupure de presse que je lui tends, sans toutefois me quitter des yeux.

—Je ne nie pas avoir songé à l'éventualité que mon fils soit encore vivant, aussi fou que cela puisse paraître. Mais dites-moi, monsieur Whitely, si vous aviez passé chacun des mille sept derniers jours à vouloir mourir parce que vous ne supportez pas l'idée d'avoir fait du mal à votre petit garçon, et que vous découvriez qu'il y a peut-être une chance, aussi infime soit-elle, que vous soyez innocent et que votre fils soit toujours en vie, est-ce que vous ne saisiriez pas cette chance à deux mains? Quelqu'un a semé cette idée dans ma tête, par cruauté ou bien pour me faire peur. Je veux savoir qui, et pourquoi.

Sa fourchette s'est immobilisée au-dessus de son assiette. Subitement, Nick Whitely me regarde différemment. Envolés, la curiosité, le sourire du chat qui joue avec la souris, et l'étincelle arrogante dans ses yeux; l'homme qui me fait face semble savoir exactement ce que c'est de vouloir désespérément que quelque chose ne se soit jamais produit. Il me comprend. Si bien que lorsqu'il se décide enfin à parler, j'ai du mal à me retenir de me pencher au-dessus de la table pour l'embrasser.

—Comment puis-je vous aider?

Nous restons au Dolce Vita jusqu'à la fermeture. Quand les serveurs laissent tomber le masque de l'obséquiosité et commencent à empiler les chaises sur les tables, nous décidons de quitter les lieux.

Avant de partir, Cassie et moi disparaissons aux toilettes pour faire le point sur la soirée. Mon amie ne paraît pas très satisfaite.

— Heureusement qu'il a flashé sur toi, grommelle-t-elle, sinon on serait déjà de retour à Oakdale.

J'essaie de ne pas rougir.

— Il n'a pas flashé sur moi !

— Arrête, il te bouffe des yeux. Il ne m'a presque pas adressé la parole depuis sa petite remarque sur les pierres que je pourrais lui jeter. Je t'assure, ce n'est pas l'envie qui me manque.

— J'aimerais autant que tu te retiennes, dis-je en frissonnant.

À notre retour, nous trouvons Nick Whitely en train de refermer son téléphone.

— C'était mon chef, précise-t-il. Il me restait quelques jours à prendre, je me suis dit que c'était l'occasion.

— Pourquoi ? demande Cassie, méfiante.

Je sais ce qu'elle pense : passer une soirée à écouter les délires paranoïaques d'une parfaite inconnue, c'est une chose. Mais c'en est une autre d'utiliser des jours de congé durement gagnés pour courir après des criminels imaginaires.

— Ne me remerciez pas, surtout ! réplique Nick en riant.

Je fusille Cassie du regard, affreusement gênée par son impolitesse. Si un beau gosse intelligent a envie de nous faire profiter de ses contacts et de ses ressources, de quoi se plaint-elle ?

— Non, vraiment, je veux savoir pourquoi, insiste-t-elle. Ne me regarde pas comme ça, Susan ! Je ne lui fais pas confiance. Toi non plus, tu n'étais pas censée lui faire confiance ! Qu'est-ce que vous y gagnez, monsieur Whitely ?

Nick ne lui répond pas tout de suite. Il m'observe en silence, les yeux plissés. Alors que je commence à me sentir mal à l'aise, il bascule contre le dossier de sa chaise.

— Disons que ça n'arrive pas souvent qu'un sujet pique autant ma curiosité. Je passe mes journées à écrire des articles sur des affaires limpides – je ne suis pas journaliste d'investigation. Les communiqués de presse, les comptes rendus d'audiences et les dépositions arrivent sur mon bureau, et avec tout ça je bricole des textes que les gens ont envie de lire. Je m'ennuie un peu.

Il lève les mains, comme pour dire que c'est à prendre ou à laisser. Moi, je prends, et je me fiche de ce que Cassie en pense.

— Merci beaucoup, dis-je en me levant. Quand voulez-vous commencer ?

— Je vais rentrer chez moi chercher quelques affaires et réserver un hôtel, et je passe chez vous demain. Ça vous va ?

J'ai tellement envie de revoir cet homme que je ne peux qu'acquiescer.

— Sa femme ne doit pas être jalouse, remarque Cassie sur le chemin du retour. Ou alors, il est gay.

— Il n'est pas gay. Et il n'est pas marié, il n'a pas d'alliance.

— Ça ne veut rien dire, réplique Cassie. Les ordures comme lui ne portent jamais leur alliance. Jim disait toujours que la sienne était trop serrée. Mon cul !

— Peut-être que tous les hommes ne sont pas comme Jim, dis-je assez brusquement.

Cassie ne me parle plus de Nick.

Le trajet dure moins longtemps que prévu – la circulation est fluide, et je ne respecte pas toujours les limitations. En déposant Cassie chez elle, je l'embrasse, la remercie pour son aide et lui promets de la rappeler demain dès que j'aurai eu des nouvelles de Nick.

Trouvant la voiture trop silencieuse sans le bavardage incessant de Cassie, je monte le son de la radio au maximum pour couvrir le bruit de mes pensées. Dois-je faire confiance à Nick Whitely ? Je sais que Cassie se méfie de lui avant tout parce qu'il est beau – s'il y a une chose qu'elle déteste plus que les hommes, ce sont les hommes séduisants. Mais peut-être a-t-elle raison ?

En me garant dans l'allée, je remarque tout de suite que quelque chose ne va pas. Ma porte d'entrée est ouverte. Jamais je n'aurais oublié de la fermer, même en partant précipitamment. Protéger ses affaires et son espace vital, c'est une leçon que l'on apprend très vite à Oakdale. Mais ce qui est encore plus troublant, c'est le liquide d'un rouge brillant qui tombe goutte à goutte de la poignée. Mon perron est inondé de sang.

12

Mon instinct a beau me crier de ne pas entrer dans la maison, je descends quand même de la voiture et me dirige vers la porte.

Tandis que je m'approche du perron, le cœur battant, je laisse échapper un soupir de soulagement. La flaque de sang est un peu trop épaisse, un peu trop rouge… C'est de la peinture. Il n'empêche que quelqu'un est venu ici et y est peut-être encore.

Je devrais sans doute retourner dans ma voiture, m'éloigner et prévenir la police. Au lieu de cela, je me couvre la main avec la manche de mon pull et pousse la porte.

— Il y a quelqu'un ? crié-je nerveusement.

Bravo pour l'effet de surprise, Sherlock. Aucune réponse, évidemment. Comme personne ne m'a encore assommée avec un de mes objets décoratifs, je pénètre dans la maison.

Mon hall d'entrée a été saccagé, il n'y a pas d'autre mot pour décrire la scène qui s'offre à mes yeux. La table sur laquelle je pose mon courrier est cassée, le contenu du tiroir éparpillé par terre, les murs recouverts de peinture rouge. Des gouttelettes, au sol, mènent jusqu'à la cuisine. On croirait une action des militants anti-fourrure.

Dans ma cuisine règne un chaos indescriptible. Les couverts jonchent le carrelage, le grille-pain gît par terre en plusieurs morceaux. Ma centrifugeuse a été fracassée contre le plan de travail. Et sur toutes les surfaces, la même peinture rouge. Ma maison ressemble à un décor de *Massacre à la tronçonneuse*.

Soudain, un bruit sourd à l'étage m'arrache un cri. Quelqu'un est en train de courir au-dessus de ma tête ! Avant même que j'aie eu le temps de réagir, les pas rejoignent l'escalier. Cherchant de quoi me défendre dans la pagaille qui m'entoure, je me rends compte que mon porte-couteaux dernier cri est vide : ses six occupants sont plantés si profondément dans le placo du mur que je n'arrive pas à les en déloger. Là, je commence vraiment à paniquer.

Alors que je tente désespérément d'insérer la clé dans la serrure de la porte de derrière, j'entends celle de devant claquer bruyamment. Le souffle court, le visage en feu, je parviens enfin à ouvrir la porte et manque de tomber dans le jardin. D'une main tremblante, je sors mon portable de ma poche, cherche Cassie dans le répertoire. Elle ne répond pas. Je tente alors un autre numéro, et une vague de soulagement m'envahit quand j'entends la voix grave à l'autre bout du fil.

— Nick ? C'est moi, Susan.

— Et après être sortie par la porte de derrière, qu'avez-vous fait, madame Cartwright ?

Face au policier, je m'efforce de contenir mon impatience. Cela fait près de trois heures que je suis au poste de police de Ludlow, et c'est la quatrième fois que je répète mon histoire. Ils savent qui je suis : le service de probation les a informés de ma présence, en prévision de situations comme celle-ci, j'imagine. Quand les agents sont arrivés, ils n'ont même pas eu l'air étonnés.

— Eh bien, c'est à ce moment-là que j'ai appelé Nick. Enfin, M. Whitely.

Je sais déjà ce qu'il va me demander ensuite, mais j'ignore la réponse.

— Et comment se fait-il qu'après avoir découvert votre maison saccagée, et alors que l'intrus s'y trouvait encore, vous ayez préféré, plutôt que de prévenir la police, appeler un journaliste que vous ne connaissez que depuis aujourd'hui ? Et qui, en plus, habite presque à trois heures de route d'ici ?

— L'intrus n'était plus dans la maison.

Je sais que ça ne répond pas à sa question, mais je n'aime pas ce que le policier insinue. Et quand quelqu'un me met en rogne, j'ai tendance à faire exprès de ne pas comprendre.

— J'ai d'abord essayé d'appeler ma meilleure amie, mais elle n'a pas répondu.

— L'individu était peut-être encore dans les parages, et vous avez eu toute une conversation avec le journaliste avant de demander de l'aide ?

Il n'a pas tort, mais il peut toujours courir pour que je le reconnaisse. Ils n'ont pas à savoir pourquoi j'ai contacté Nick avant de les appeler. En tout cas, ce n'était certainement pas pour lui livrer un scoop, comme ils semblent tous le penser ici. Tous, c'est-à-dire ce policier et les trois autres qui m'ont interrogée depuis qu'ils sont venus me chercher, toute tremblante, au fond de mon jardin.

— Je n'ai pas eu « toute une conversation », dis-je, consciente de m'enfoncer encore plus. Et je ne vois pas en quoi c'est important. Je me suis tournée vers la première personne qui me venait à l'esprit, l'homme avec qui j'avais passé la soirée. Il m'a dit d'appeler la police, qu'il me rejoindrait au plus vite. Ma conversation avec Nick n'a pas duré plus de deux minutes.

Je n'ai pas envie de lui expliquer que la simple vue d'un uniforme me fait paniquer. Que le souvenir des menottes autour de mes poignets me hante encore quatre ans après. J'ai compris que la police n'était pas toujours du côté des gentils. Et qu'on ne sait pas toujours soi-même si on fait partie des gentils.

— Deux minutes, ça peut suffire à retarder l'arrestation d'un criminel potentiel, rétorque le policier. Mais ce n'est pas à *vous* que je vais apprendre ça, n'est-ce pas ?

Ses paroles me font l'effet d'une gifle.

— Je ne vois pas où vous voulez en venir…

— D'habitude, me coupe-t-il, dans un cas comme celui-ci, on essaie d'établir une liste des gens susceptibles de vouloir s'en prendre à la supposée *victime*.

Je suis trop stupéfaite pour me défendre.

— Mais dans le cas présent, je crois qu'on aurait plus vite fait de trouver les gens qui n'auraient *pas* envie de s'en prendre à une mère infanticide.

Il se penche vers moi, implacable.

— Ludlow est une petite ville tranquille, madame Cartwright. On n'apprécie pas trop les criminels, par chez nous.

Avant que j'aie pu répondre, la porte du bureau s'ouvre sur un policier à peine sorti du berceau, qui traverse la pièce sans m'accorder un seul regard. Il murmure deux ou trois mots à l'oreille de mon interrogateur, qui acquiesce et se tourne de nouveau vers moi.

— On dirait que votre chevalier servant est arrivé.

Cette information me rend nerveuse. Il est donc venu ? Que vais-je bien pouvoir lui dire ? Maintenant que je me suis calmée, j'ai honte d'avoir demandé à un homme que je ne connais même pas de parcourir plus de deux cents kilomètres pour venir me sauver. *Autant en finir au plus vite*, me dis-je en suivant l'officier dans le couloir.

Nick est debout dans le hall, tête baissée, les mains enfoncées dans les poches de son jogging gris clair. Je ne sais pas pourquoi je pensais le voir arriver en pantalon de ville et chemise blanche. Il est trois heures et demie du matin : de toute évidence, je l'ai tiré du lit. L'espace d'un instant, je l'imagine au réveil, vêtu d'un simple boxer… Alors que je m'avance vers lui en m'efforçant de chasser cette image de mon esprit, il se précipite pour me serrer dans ses bras.

Autant dire que je ne m'attendais pas à cela, et pourtant, c'est exactement ce qu'il me faut. Je me fiche du regard moqueur des policiers, je me fiche du fait que je connais cet homme depuis moins de douze heures : après ce qui m'est arrivé ce soir, et surtout après l'interrogatoire de cet horrible policier, j'ai bien besoin d'un peu de chaleur humaine, d'un peu de compassion. Les larmes me montent aux yeux et Nick me serre plus fort tandis que je sanglote, le visage enfoui dans son sweat à capuche bleu marine. Quand la crise est passée, il me tient à bout de bras.

— Ça va, Susan ?

Là, je me sens stupide. Évidemment que ça va, je ne me suis quand même pas fait agresser. Tout en m'écartant de lui, je m'essuie les yeux avec la manche de mon pull.

— Je vais bien. Excusez-moi.

Nick me sourit gentiment, avant de se tourner vers les policiers qui, derrière leur bureau, ne cherchent même pas à faire semblant de regarder ailleurs.

— On peut partir ? demande-t-il sèchement.

L'officier qui a été si horrible avec moi tout à l'heure acquiesce, la gentillesse incarnée.

— Nous avons tout ce qu'il nous faut, monsieur. Mes hommes ont relevé les indices nécessaires chez vous, madame Cartwright, mais vous devriez peut-être vous installer ailleurs le temps de faire réparer vos serrures.

— Je vais rappeler mon amie. J'irai dormir chez elle.

Nick m'entraîne vers le parking.

— Vous n'irez pas chez Cassie, décrète-t-il. Elle ne vit pas à côté, et on a tous les deux besoin de dormir. J'ai déjà réservé un hôtel à Ludlow.

Il m'ouvre la portière passager – c'est à peine s'il ne m'installe pas lui-même sur le siège.

— On va juste passer chez vous pour que vous puissiez récupérer quelques affaires. On sera couchés avant que vous ayez eu le temps de dire « ouf ».

En voyant ma tête, il se met à grimacer.

— Je voulais dire dans des lits séparés, s'empresse-t-il de préciser. Dans des chambres à part. Je n'ai pas envie de... Enfin, ce n'est pas que je n'en ai pas *envie*, mais...

Il soupire.

— Écoutez, il est tard, je n'arrive même plus à parler clairement. Indiquez-moi le chemin, qu'on puisse vite aller à l'hôtel et dormir.

Le Travelodge est fermé, mais Nick s'est arrangé avec le gardien de nuit pour qu'il nous remette les clés de nos chambres. Après avoir remercié mon sauveur et lui avoir assuré que je ne suis pas au bord de la crise de nerfs, c'est avec un vif soulagement que je me glisse dans le lit confortable et remonte les couvertures en ne laissant dépasser que mon visage, comme lorsque j'étais petite. Je suis certaine qu'il me sera impossible de dormir, et pourtant, à peine ai-je posé la tête sur l'oreiller que je plonge dans un profond sommeil.

13

Il fait froid dans la pièce.

C'est quoi cette pièce ? Où je suis ? Fait-il vraiment froid, ou bien c'est moi qui suis gelée ? Je ne peux pas ouvrir les yeux. Pour l'instant, ma perception du monde se limite à mes quatre autres sens.

L'odorat... Je sens le parfum frais et citronné du désodorisant que je vaporise régulièrement sur la moquette pour couvrir les régurgitations de bébé. Il y a autre chose, l'odeur d'un homme qui n'est pas mon mari. Un parfum cher qui cache bien son jeu, comme celui qu'un de mes ex volait à mon père quand j'étais plus jeune.

Le toucher... Mon corps et la moquette – la mienne, à en juger par l'odeur – ne semblent faire plus qu'un. Quand j'essaie de bouger mes mains, elles n'obéissent pas, ne veulent ni s'ouvrir ni se refermer. Que m'a fait cet homme ? Qui est-il, et que fait-il chez moi ?

Concentre-toi, Susan, que ressens-tu d'autre ? Le goût... Quelque chose d'acide me pique l'arrière de la gorge, ça brûle, sans être douloureux. J'ai la bouche sèche, j'ai dû dormir longtemps. Déglutir ne sert à rien : je n'ai pas de salive, seulement cette impression d'avoir avalé une chaussette moisie. Comme quand j'ai trop bu la veille.

Ai-je bu, hier soir ? Je n'arrive pas à me souvenir de ce qui m'a amenée à m'endormir à même le sol de mon salon, avec un drôle de goût dans la bouche et l'odeur d'un inconnu dans les narines. Et l'ouïe, alors ? Rien : la pièce est silencieuse. Serais-je devenue aveugle et sourde ? Non, c'est juste qu'il n'y a rien à entendre. Et mes yeux sont simplement fermés, je ne suis pas aveugle.

— Elle est morte. Merde, elle est vraiment morte !

Ça, c'était il y a une minute, ou peut-être une heure. J'ai l'impression de m'endormir et de me réveiller sans cesse, comme quand on fait un long trajet en voiture.

Lorsque je me réveille le lendemain au Travelodge, je suis fourbue comme si j'avais boxé dix rounds contre Amir Khan. Je devrais pourtant être habituée au manque de sommeil : mes nuits avec Dylan étaient ponctuées de promenades en pyjama dans la maison, des heures passées à le bercer en implorant le marchand de sable de m'accorder ne serait-ce qu'une seule nuit complète. Plus tard, à l'hôpital puis à Oakdale, j'ai connu un sommeil profond et sans rêves : j'ingurgitais tellement de pilules que je ne savais même pas quand finissait la nuit et quand commençait le jour. Ce qui est sûr, c'est que je n'étais jamais reposée quand je me réveillais. Je ne me souviens pas de la dernière fois où je me suis sentie délassée.

Je me tourne dans le luxueux lit *king-size* pour regarder l'heure sur mon téléphone portable. Neuf heures vingt. J'ai trois messages et quatre appels manqués, que je décide d'ignorer pour le moment.

Dans la douche spacieuse, mes muscles endoloris accueillent avec gratitude le jet d'eau chaude, et je prolonge le plaisir, à l'abri de ce qui m'attend à l'extérieur de ces quatre murs. Je sais que je cherche à retarder le moment où je serai obligée de faire face au parfait étranger que j'ai tiré du lit en pleine nuit, et qui a parcouru deux cents kilomètres juste pour me conduire à cinq cents mètres de chez moi et dormir dans le même hôtel. Je me sens bête, il faut bien le dire. C'est peut-être pour cela que je passe une demi-heure à me laver et à me maquiller. L'avantage, c'est que je ne fais pas trop peur à voir lorsque je me résous enfin à partir à la recherche de Nick, même si je porte les mêmes vêtements que la veille. En attendant l'ascenseur dans le couloir, je lis mes messages – tous de Cassie, qui veut savoir pourquoi j'ai essayé de la contacter hier soir. Deux des quatre appels manqués viennent d'elle également. Les deux autres ont été effectués à partir d'un numéro caché. Nick, peut-être ? Pour en avoir le cœur net, je décide de l'appeler.

Mon sentiment de culpabilité revient en force quand j'entends sa voix un peu rocailleuse – et tout à fait sexy. Celle d'un homme qui n'a pas assez dormi.

— Bonjour. Comment vous vous sentez, aujourd'hui ? s'enquiert-il.

— Mal. Et je meurs de faim. Est-ce que vous m'avez appelée ? Où êtes-vous ? Vous saviez qu'ils ne servent pas de petit déjeuner dans cet hôtel ?

— Toutes mes excuses, répond Nick en riant. Mais il n'y a pas beaucoup d'hôtels qui décrochent le téléphone à minuit et qui prennent en plus votre commande pour le lendemain matin. Je suis au café d'à côté, ils font de la supercuisine. Vous voulez me rejoindre ?

— Avec ces arguments alléchants, je ne peux pas dire non. J'arrive dans cinq minutes, vous pouvez me commander un petit déjeuner complet.

L'établissement se révèle familial et accueillant, comme on peut l'attendre d'une petite auberge du Shropshire. Nick a choisi une table à l'écart du bar et des oreilles indiscrètes, près d'un énorme poêle à bois qui pourrait chauffer toute la ville de Ludlow à lui tout seul. Je m'installe en souriant timidement, remercie Nick pour la tasse de thé qu'il m'a commandée, et commence à manger dès que mon plat arrive. Nick a raison, c'est excellent. Et il me laisse tranquillement finir de dévorer les haricots, le bacon, la saucisse et l'œuf – encore un point pour lui.

— Avant que vous ne commenciez, dis-je en le voyant prêt à prendre la parole, je voulais m'excuser de vous avoir dérangé. Je ne sais pas pourquoi je n'ai pas simplement appelé la police. C'est très gentil à vous d'avoir fait tout ce chemin, alors qu'on se connaît à peine. Je me sens…

— Vous allez arrêter de vous excuser, oui ? Vous m'avez déjà remercié hier soir, ça suffit. Si je suis venu, c'est parce que je voulais m'assurer que vous alliez bien. Je ne peux pas refuser d'aider quelqu'un qui en a besoin, même si je connais cette personne depuis moins de vingt-quatre heures.

— Dans ce cas, merci.

Je fais tourner un morceau de toast dans mon assiette pour essuyer la sauce. *Il serait venu pour n'importe qui*, me souffle une voix sévère. *Qu'est-ce qui te fait croire que tu es si spéciale ?*

— Ce qui est arrivé hier soir prouve que la photo était bien une menace, fait remarquer Nick, avant de me piquer mon dernier morceau de toast.

Je relève la tête et rencontre son regard bleu perçant.

— Celui qui s'est introduit chez vous cherchait à vous faire peur.

— Qui vous dit que c'est la même personne ? Quelqu'un d'autre est peut-être au courant qu'on me harcèle. Mais comment cette personne a-t-elle pu savoir que j'ai reçu une photo ? Vous être le seul à qui nous en avons parlé. J'imagine que vous ne l'avez répété à personne ?

— Évidemment que non. Et vous, vous êtes sûre que Cassie…

Je secoue la tête fermement.

— Cassie n'a rien dit. Elle sait garder un secret.

— À quel point pouvez-vous lui faire confiance ? C'est quand même une meurtrière, Susan.

Je me sens rougir de colère.

— J'en suis une aussi. Vous l'aviez oublié ?

— Excusez-moi, je ne voulais pas vous offenser.

— Cassie m'a soutenue dès mon premier jour à Oakdale. Je lui fais confiance autant qu'à moi-même, et je n'ai pas à justifier notre amitié. Elle a fait ce qu'elle a fait, c'est comme ça – et moi aussi, vraisemblablement. Après, je peux tout à fait comprendre que vous n'ayez pas envie de continuer.

— Je suis désolé, je n'aurais pas dû dire ça. J'essaierai d'être plus sympa avec Cassie, même s'il paraît évident qu'elle se méfie de moi comme de la peste.

— On se débrouille toutes seules d'habitude, mais elle finira par se laisser convaincre. Elle est très protectrice avec moi.

— OK, je ferai un effort, répond Nick en souriant. Donc, si aucun de nous n'a rien répété à personne, peut-être quelqu'un vous a-t-il entendue. Redites-moi ce que vous avez fait après avoir reçu la photo.

Je lui raconte mes moindres faits et gestes depuis l'instant où j'ai découvert l'enveloppe jusqu'à notre rendez-vous au restaurant hier soir. Nick m'écoute attentivement, cherchant à deviner qui a pu se rendre compte que j'avais décidé de mener ma petite enquête.

— Avez-vous parlé à des gens à la bibliothèque ?

— Non. Enfin, j'ai demandé à la bibliothécaire de me faire une carte de lectrice, mais je ne lui ai pas dit ce que j'étais venue chercher.

— Dans ce cas, c'est sûrement la même personne qui vous a envoyé cette photo et qui a tout cassé chez vous hier soir.

Un souvenir me revient soudain :

— Il y a eu aussi ce coup de fil.

Comment ai-je pu l'oublier ? Sur le moment, cela ne m'avait pas semblé important.

— Quel coup de fil ?

— Le téléphone de la maison a sonné la semaine dernière, lundi ou mardi. Je me suis tout de suite dit qu'il s'agissait d'un démarchage commercial, car personne ne m'appelle jamais chez moi. Je ne sais pas pourquoi j'ai répondu, d'ailleurs.

— Et qui était-ce ?

— Personne. Enfin, presque. J'ai entendu des bruits, comme des pas et une télé au loin, puis un enfant – fille ou garçon, je n'en sais rien – a crié : « Mamie ! » Ensuite, ça a raccroché. J'ai pensé que la personne s'était trompée de numéro.

— Et maintenant, vous pensez quoi ?

— Je ne sais pas. Et vous ?

— J'ai envie de dire que c'est une coïncidence, mais combien peut-il arriver de coïncidences à une seule personne en l'espace de deux semaines ? L'article glissé dans votre sac, la photo, votre maison... et maintenant, ce coup de fil ? Ça fait beaucoup, Susan.

J'ai peur, même si je n'ose pas l'avouer. Quand j'ai trouvé la photo, Cassie et moi avons vite conclu à une farce. S'agissait-il d'un acte plus pernicieux ? Quelqu'un a-t-il vraiment décidé de me faire du mal ?

— Vous pensez que ma ligne téléphonique a été mise sur écoute ?

Nick semble impressionné que j'aie pu songer à cette possibilité.

— Vous devez l'envisager, oui. Je ne veux pas être alarmiste, mais il y a quand même une escalade dans la menace. La photo, c'était assez inoffensif, quoique désagréable. Saccager votre maison, c'est déjà un cran au-dessus. Peut-être que celui qui a fait ça savait que vous aviez rendez-vous avec moi.

Je me laisse aller en arrière sur ma chaise, serrant ma tasse de thé entre mes mains pour me réchauffer.

— D'après le policier qui m'a interrogée, les gens du coin n'aiment pas l'idée d'avoir une mère infanticide comme voisine. Il a sans doute raison.

— C'est possible, malheureusement, reconnaît Nick. Il y a des gens qui s'en prennent aux autres parce qu'ils n'ont rien de mieux à faire. Ils ne vous connaissent ni d'Ève ni d'Adam, mais ce que vous avez fait leur suffit.

J'ai de nouveau la migraine. Tout cela me paraît tellement irréel ! Il s'agit de ma vie, pas d'un téléfilm pour femmes au foyer désœuvrées ! Laissant échapper un soupir, j'appuie mon front dans mes mains pour reposer mes yeux fatigués. Cinq bonnes minutes passent ainsi, avant que je relève la tête pour voir si Nick est toujours là. Il est en train de feuilleter un calepin que j'ai vu sur la table à mon arrivée.

— Qu'est-ce que c'est ? demandé-je, cédant à la curiosité.

Nick a griffonné un tableau à deux colonnes, intitulées « Preuves » et « Pistes ». Dans la première, il a listé la photo, l'article de journal, la disparition du Dr Riley et le saccage de ma maison.

— Je vois qu'on est organisé, fais-je remarquer, sans savoir pourquoi cela m'agace à ce point. Mais il faut être réaliste : le plus probable, c'est que je me sois envoyé cette photo moi-même, parce que je suis aussi folle que les médecins le disent.

Je m'arrête net en voyant l'expression de culpabilité sur son visage. Évidemment… Comment puis-je être aussi stupide ?

— Vous y avez pensé, n'est-ce pas ? Vous croyez que c'est moi qui ai fait ça. Vous croyez que je suis folle !

— Ça m'a traversé l'esprit, admet-il. Mais j'ai vu ce qui est arrivé dans votre maison, Susan, et je sais que vous n'en êtes pas responsable.

— Comment pouvez-vous en être si sûr ? Vous ne me connaissez pas.

— Je le sais, c'est tout, réplique-t-il en soutenant mon regard.

Je suis trop fatiguée pour insister. Mon esprit me supplie d'avaler une petite pilule blanche pour apaiser ce sentiment d'impuissance. Il m'en reste peut-être à la maison – pas question d'en quémander au médecin alors que je viens à peine d'être libérée. Ce serait un aveu d'échec.

À la fin du petit déjeuner, Nick me propose de prolonger notre discussion en terrasse, ce que j'accepte volontiers. Je n'ai aucune envie de rentrer chez moi.

— Je peux vous confier quelque chose ? dis-je après une hésitation.

— Bien sûr, tout ce que vous voulez.

Je vois bien qu'il a du mal à contenir sa curiosité. À quel genre de confidence s'attend-il, au juste ?

— Je pense avoir vu Dylan hier.

— Quoi ? Où ça ? Vous ne m'avez rien dit.

— J'étais gênée. Je me suis retrouvée derrière un petit garçon dans la rue, et il ressemblait tellement à celui de la photo ! Évidemment, quand je me suis approchée, ce n'était pas lui, du tout, mais comme je venais de recevoir cette photo…

— Du calme.

J'ai les yeux baissés, et Nick penche la tête pour pouvoir accrocher mon regard.

— Vous veniez de recevoir un choc. Ça arrive à tout le monde de se tromper. Moi, j'ai bien cru voir… Enfin, peu importe. Nos yeux nous jouent des tours à tous.

— Peut-être, mais tout le monde ne poursuit pas des enfants dans la rue. Je pensais sincèrement que c'était Dylan. Si je me suis trompée sur ça, si je ne peux plus me fier à mes sens…

Nick ne répond pas. Quand il lève les yeux vers moi après un long moment de silence, j'ai l'impression qu'il brûle de me poser une question.

— Vous avez des frères et sœurs ?

Je ne m'attendais pas à celle-là.

— Dites-moi, pourquoi auriez-vous le droit de tout savoir sur moi, alors que je ne sais rien de vous hormis votre choix de carrière douteux ?

Il s'adosse à sa chaise, l'air amusé.

— Que voulez-vous savoir ?

— Vous êtes marié ?

La question est partie un peu vite. Je me sens rougir comme une pivoine.

— Excusez-moi, cela ne me regarde pas.

— Pas marié, répond-il en me montrant sa main gauche.

— Mmh… Cassie dit que l'absence d'alliance ne prouve rien.

Les sourcils froncés, Nick ramasse une fourchette sur le muret de pierre, oubliée là depuis longtemps à en juger par la couche de rouille et de poussière qui la recouvre. Il reste un moment à l'examiner comme s'il y cherchait le sens de la vie, avant de se décider enfin à parler.

— C'est quoi son problème, à Cassie ? Elle est tellement méfiante ! On dirait qu'elle a peur que je me sauve avec vos économies.

Cela ne le mènerait pas bien loin.

— Je vous ai déjà dit de ne pas vous inquiéter pour ça. Cassie ne fait pas confiance aux gens, c'est tout. Elle est comme ça avec tout le monde.

— C'est flatteur. Je suis comme tout le monde, alors.

Je ne peux pas m'empêcher de sourire.

— Vous savez, malgré ses mèches blondes et son langage de charretier, c'est ma meilleure amie. Quand on se retrouve enfermé dans un endroit comme Oakdale, on est obligé de tirer un trait sur la vie telle qu'on l'a connue, ses amis, sa maison. Je n'imagine pas la tête de Mark si je lui avais ramené une fille comme Cassie…

Nick n'a pas l'air de comprendre. Pourtant, les journalistes se sont déchaînés à ce sujet : l'épouse parfaite qui tue son bébé alors qu'elle avait tout pour être heureuse ! Le pire, c'est qu'ils avaient raison sur presque toute la ligne lorsqu'ils décrivaient la vie que nous menions, Mark et moi.

— Mark est plein aux as, dis-je, un peu gênée. On mangeait dans les meilleurs restaurants, je portais mes vêtements une fois et je les jetais… Oui, je sais ce que vous pensez.

Nick a du mal à cacher son mépris, mais je ne lui en veux pas. J'ai conscience du genre de personne que j'étais avant.

— Je ne fréquentais pas les femmes comme Cassie, avec ses accès de colère et ses deux paquets de clopes quotidiens. Jusqu'à ce qu'on m'enferme à Oakdale. Brutalement, je me suis retrouvée plus bas que tout. Je n'étais plus la petite princesse gâtée et pomponnée. Je n'avais pas d'amies, personne ne voulait traîner avec une… avec quelqu'un comme moi.

C'est la première fois que je parle de mon séjour à Oakdale à quelqu'un. Les yeux bleus de Nick se sont arrimés aux miens, et maintenant que j'ai commencé, je ne peux plus m'arrêter.

— Cassie a eu la malchance de se retrouver dans la même chambre que moi. Elle a tout essayé pour me faire parler. Elle m'a prêté des magazines et du maquillage – Dieu seul sait pourquoi elle tenait tant à m'apprivoiser ! Ce n'est pas que je ne la trouvais pas assez bien pour moi. Au contraire, je pensais que je n'étais assez bien pour personne. Je voulais qu'on me laisse toute seule. Qu'on me laisse mourir.

— Qu'est-ce qui vous a fait remonter la pente ?

— Cassie n'a pas renoncé. Comme les magazines et le maquillage ne marchaient pas, elle a commencé à me rapporter de quoi manger. Ce n'est pas que je faisais la grève de la faim, mais je n'avais ni l'énergie ni l'envie de me nourrir. En fait, je ne quittais mon lit que pour aller aux toilettes. Cassie m'achetait des barres chocolatées, des friands. Elle passait des marchés avec les gardiens, et parfois les autres patientes l'aidaient. Un jour, je n'ai pas pu résister à l'odeur d'un sandwich au bacon. Alors qu'elle me tournait le dos, j'ai commencé à manger. Avant que j'aie pu m'en rendre compte, j'avais tout dévoré. Cassie s'est contentée de me faire un clin d'œil. Depuis, quand ça ne va pas, je me réfugie dans la nourriture.

— Ça explique votre appétit d'ogre ! commente Nick en riant.

Puis il regarde sa montre, signe qu'il est temps de partir. Une fois de plus, la conversation a tourné autour de moi, et Nick a répondu à une seule petite question. Soit il évite volontairement de parler de lui, soit il a été psychologue dans une autre vie…

14

Jack : 18 octobre 1987

Il avait fait du bon boulot. Billy était ressorti de sa salle de bains parfumé à l'after-shave de luxe, et vêtu de fringues qui auraient coûté une semaine de salaire à ses parents.

— C'est pas trop tôt. Tu veux boire un coup ? lui demanda Jack en lui versant un fond de vodka.

Billy fronça le nez.

— Non, ça va.

— Sérieux ? C'est toi qui l'as piquée et tu ne veux même pas la goûter ? Allez, fais pas ta fillette.

Il lui tendit de nouveau le verre, renversant une partie du contenu sur ses doigts. Billy prit la boisson et la renifla.

— Vas-y cul sec. Plus t'en bois, meilleur c'est, promit Jack.

Billy rejeta la tête en arrière pour tout avaler d'une traite. Lorsqu'il se mit à tousser, les larmes aux yeux, Jack éclata de rire.

— Voilà, c'est comme ça qu'on fait.

À cet instant, on frappa à la porte de sa chambre.

— Ouais ?

Le visage de Lucy apparut dans l'entrebâillement. Caché derrière la porte, Billy fit un geste obscène qui arracha un sourire dédaigneux à Jack. Ce loser ne saurait pas quoi faire avec une fille comme Lucy. Merde, à quinze ans, il n'avait toujours pas embrassé une seule nana ! Mais c'était peut-être son jour de chance aujourd'hui.

— Tes copains sont arrivés, annonça Lucy, qui regardait Jack d'un air soupçonneux. Tu as bu ?

— Oui. T'en veux ?

Elle finit d'entrer dans la pièce et découvrit Billy, le verre à la main.

— Tiens, salut ! dit-elle en souriant. Je suis impressionnée. Même Jack ne boit pas de vodka.

Billy se tourna vers son ami, bouche bée.

— Ben ouais, c'est dégueulasse, se défendit Jack sans vergogne. Allez, Shakespeare, on descend.

Alors qu'il s'apprêtait à sortir de la chambre, Lucy lui barra le passage, se tenant assez près de lui pour qu'il perçoive son parfum subtil et fleuri. Il avait beau avoir trois ans de moins qu'elle, il faisait déjà cinq centimètres de plus.

— Tu ne m'invites pas à ta fête, Jack ?

— Merci, mais j'ai pas besoin d'un chaperon.

Il la prit par la taille comme pour l'attirer à lui, mais la repoussa sur le côté au dernier moment.

— Viens, Bill.

15

Même si l'idée de retrouver ma maison ne m'enchante guère, je n'ai pas les moyens de me payer l'hôtel indéfiniment. Nous passons donc récupérer mes clés au poste de police, où l'on me donne l'autorisation de rentrer chez moi. À notre arrivée, Nick laisse échapper un grognement en voyant la silhouette assise sur le perron. La voix de Cassie, marquée d'un accent de Manchester à couper au couteau, nous cueille à peine sortis de la voiture.

— C'est quoi, ce bordel ? Qu'est-ce qu'il fait là, lui ? Pourquoi il y a de la peinture rouge partout devant chez toi ?

Lorsque je lui raconte les événements de la soirée, son visage s'assombrit.

— Abandonne, Suze. Ça devient sérieux. On te surveille ? On casse tout chez toi ? Franchement, laisse tomber.

— Je ne peux pas. Même si ce sont les gens du coin qui cherchent à m'intimider, je ne vais pas attendre qu'ils reviennent chez moi ni qu'ils m'agressent en pleine rue !

Comme nous sommes toujours dehors, j'essaie de parler discrètement. Cassie ne se donne pas cette peine.

— Si c'est un taré en mal de vengeance, tu ne dois pas rester seule. Viens chez moi, ou alors je m'installe ici. On oublie cette photo, et on reprend une vie normale.

— C'est quoi, une vie normale ? Pour nous, c'est…

Je n'arrive pas à le dire. La normalité, pour nous, c'est trois repas par jour servis sur un plateau en plastique où sont encore incrustés des restes de la veille. La normalité, c'est partager une chambre de la taille de mon ancienne buanderie avec une femme qui parle de ses fonctions corporelles aussi facilement que mes amies comparaient leurs bougies parfumées.

Maintenant que je suis lancée, je ne peux pas renoncer aussi facilement. La part en moi qui a toujours douté – cette infime partie qui se souvient d'avoir marché jusqu'à l'arrêt de bus pendant que son bébé pleurait sans relâche à la maison – a besoin de connaître la vérité. Je dois patauger dans la vase de mon passé pour voir ce qu'il y a dessous. Est-ce que je mérite ce qui m'arrive aujourd'hui ? Est-ce que je suis folle ?

Quand je reviens au salon avec les boissons, j'ai l'impression que mes invités ont eu une discussion orageuse. Après avoir tendu une tasse de café à Nick, je m'assois à côté de mon amie sur le canapé.

— Qu'est-ce qui se passe ?

— Ton journaliste veut remuer des choses qui n'ont pas besoin d'être remuées, répond Cassie avec une hostilité à peine contenue.

J'interroge Nick du regard.

— Je me disais juste que ça pourrait peut-être aider si… hum… si je voyais quelques… Enfin, si vous avez des…

— Il veut voir des photos de Dylan, le coupe Cassie.

Une vague de nausée m'envahit. Des photos ? J'en ai, bien sûr. Elles se trouvent en bas du buffet en pin, enfermées depuis trois ans dans un album en cuir marron que mon père m'a apporté lors d'une de ses visites à Oakdale, et que je n'ai jamais eu le courage d'ouvrir.

Dans les semaines qui ont suivi la naissance de mon fils, j'ai pris des centaines de photos de lui. Dylan avec son premier nounours, Dylan affichant son premier sourire aux anges, Dylan un mercredi… Vu la taille de l'album, elles n'y sont pas toutes, mais je n'ai aucune envie de savoir lesquelles mon père a choisies.

— Pourquoi voulez-vous les voir ? Ça ne vous avancera à rien, puisqu'on sait que ça ne peut pas être lui. Et puis, tous les bébés se ressemblent.

Ça, c'est faux. Mon fils n'était pas comme les autres nouveau-nés, ces petites choses toutes plissées et disgracieuses. Dylan était magnifique : un visage parfaitement lisse, avec de grands yeux qui ont viré du bleu nuit au marron intense – cette même couleur qui m'avait séduite chez son père quelques années plus tôt ; un fin duvet brun devenu tellement épais en quelques semaines que je devais le coiffer délicatement tous les matins avec une brosse en soie pour bébé ; une petite bouche adorable, même quand elle hurlait son cri de guerre perçant au plus profond de la nuit.

— Vous avez raison, excusez-moi, murmure Nick. Ça ne servirait à rien.

Mais il n'en pense pas moins. Et puisque j'ai décidé de revivre les douze semaines de la vie de Dylan, puisque j'ai choisi de m'imposer cette épreuve, autant commencer par là. Lorsque je me lève, Cassie retient sa respiration.

— Tu n'es pas obligée, Suze. Tu as pris assez de coups comme ça.

— Mais si vous en avez envie, mieux vaut profiter de notre présence auprès de vous, insiste Nick.

— Ça va, Cassie. Je vais le faire.

Ils me regardent en silence tandis que je fais glisser la porte du buffet pour en extraire l'album encore neuf. Je ne sais pas pourquoi, mais je ne peux pas me résoudre à le tendre à Nick.

— Vous n'êtes pas obligée, me dit-il d'une voix douce, faisant écho à Cassie.

Lentement, je me rassois à ma place, l'album sur les genoux. Cassie pose une main sur la mienne et, ensemble, nous tournons la première page.

Sous le plastique adhésif, une seule photo, sur laquelle on me voit assise dans un lit d'hôpital, adossée contre des oreillers, épuisée comme jamais. Je ne suis pas maquillée et mes cheveux blonds sont tirés en arrière. Dans mes bras, mon fils – j'avais enfin accepté l'idée que c'était le mien – a les yeux grands ouverts. Je me souviens parfaitement de cette première photo de famille. On avait eu du mal à la prendre, tant Dylan gigotait comme une petite anguille. Mark, un sourire béat aux lèvres, n'arrêtait pas de répéter : « C'est mon fils, c'est mon fils. » Ce souvenir me fait monter les larmes aux yeux. Étais-je déjà dépressive à ce moment-là ? Les sages-femmes m'avaient parlé du baby-blues, mais ce que je ressentais me semblait tellement plus profond ! N'auraient-elles pas dû réagir ?

Cassie me serre gentiment la main. Je n'ai pas la force de lui répondre.

Au bout de quelques minutes qui m'ont paru durer une éternité, je me décide à tourner la page et suis surprise de découvrir un emplacement vide. Sous le plastique transparent a été glissée une feuille de papier à lettres sur laquelle je reconnais l'écriture en pattes de mouche de mon père : *J'espère que ça t'ouvrira les yeux.* Je lis les mots tout haut, sans en comprendre le sens.

— Comment ça, ça m'ouvrira les yeux ? Qu'est-ce que ça veut dire ?

Ma voix monte dans les aigus, je frise l'hystérie. Je me suis levée et tiens l'album à bout de bras comme si j'avais peur qu'il ne me brûle.

— Pourquoi a-t-il écrit ça ?

— Calme-toi, m'enjoint Cassie.

Malgré mon état, je remarque le regard noir qu'elle lance à Nick. *Vous êtes fier de vous ?* Elle a passé trois ans à me faire remonter la pente, et me revoilà tout en bas.

— Il voulait sans doute vous montrer à quel point vous aimiez votre fils, suggère Nick.

Mon cœur ralentit un peu. Oui, ça ressemble bien à ce que ferait mon père. M'ouvrir les yeux sur l'amour que je portais à Dylan.

— Vous ne pensez pas plutôt qu'il voulait me faire réaliser ce que j'ai fait ? Ce que j'ai perdu ? dis-je d'une voix plaintive.

— Non, répond Cassie avec véhémence. Je suis d'accord avec le journaliste. Ton père t'a soutenue pendant tout le procès, il est venu te voir à l'hôpital tous les jours avant que tu sois arrêtée. Il t'adore, pourquoi voudrait-il te faire du mal ?

J'acquiesce, hébétée. Ils ont raison. Cassie me jette un coup d'œil, avant de tourner la page.

Sur cette deuxième photo, Dylan dort paisiblement dans mes bras, vêtu d'un babygro d'un blanc éclatant. De moi, on voit seulement un coude et un avant-bras. C'est comme ça, quand on devient maman : on est toujours là, mais en arrière-plan, réduite à une paire de jambes ou à une main. Est-ce cela qui me dérangeait ? De ne plus être le sujet principal, le centre d'attention de mon mari et de mon père ? Mark n'avait pas de famille dans la région. Nous avions toujours voulu être juste tous les deux, jusqu'au jour où nous avons décidé de devenir trois... Oui, j'aurais bien aimé que Mark cesse parfois d'admirer son fils et m'aide à faire la vaisselle. Mais étais-je jalouse de mon bébé ? Je ne pense pas.

— Tu m'aimes toujours ? lui ai-je demandé un jour.

Mark avait haussé les sourcils, craignant sans doute de donner la mauvaise réponse.

— Bien sûr que je t'aime, chérie.

J'avais tressailli quand il m'avait attirée à lui et que sa main s'était posée sur mon ventre mou, ce ventre qui avait jadis été si ferme.

— Tu m'aimes plus que Dylan ?

Je l'avais senti se raidir. Quel genre de mère pose une question pareille à son mari ? Mais je voulais seulement être rassurée, savoir qu'il m'aimait encore, qu'il avait encore besoin de moi.

— Je vous aime tous les deux autant, ma chérie.

Nick, les yeux rivés sur l'album, étudie chaque photo comme s'il cherchait des ressemblances avec le petit garçon de trois ans qu'on a voulu faire passer pour mon fils. Je tourne les pages plus vite à présent, et les images défilent : un cliché en noir et blanc montrant la main minuscule de Dylan contre mes doigts de géante

– j'avais dû m'y reprendre à sept fois pour obtenir un résultat acceptable. Plus loin, deux empreintes de pieds à l'encre noire, qui ne doivent pas faire plus de cinq centimètres. Puis une photo en couleur de Dylan endormi dans son transat, à côté de son ours géant deux fois plus gros que lui. C'est l'une des dernières que j'ai prises. Si mon père a vraiment créé cet album pour me montrer combien j'aimais mon fils, alors il a atteint son but.

Nick et Cassie se relaient pour tourner les pages à ma place. Après une série de photos de Dylan dans les bras de mon père et de Mark, les sujets changent subitement. Cinq petits garçons aux cheveux bruns me regardent. Un sixième espace est vide, la photo a été retirée… Retirée, et posée sur mon paillasson il y a deux jours. Entre deux pages, un article de journal plié en deux, soigneusement amputé de sa photo : SIX ANS DE PRISON POUR UNE MÈRE INFANTICIDE.

Le monde se met à tourner autour de moi. Ma tête bourdonne et ma vision se brouille tandis que j'essaie de comprendre ce que j'ai sous les yeux. Cassie fronce les sourcils ; quand je me tourne vers Nick, cherchant des réponses ou du réconfort, il refuse de croiser mon regard.

— J'ai besoin d'air.

Les jambes vacillantes, je me dirige vers la porte donnant sur le jardin. Debout dans le froid de la nuit, je me retiens au chambranle, laissant la pluie fine rafraîchir mon visage en feu.

— Susan ?

Pour une fois, Cassie parle doucement. Surtout pas de gestes brusques, pas de bruits soudains qui pourraient effrayer la dame…

— Je ne sais pas comment ces photos sont arrivées là, Cassie. Je te jure que c'est la première fois que je les vois.

— Je sais, me répond-elle en posant une main sur mon épaule. Viens, tu vas prendre froid.

À cet instant, la porte d'entrée claque bruyamment. Nous nous figeons toutes les deux, prêtes à entendre la voiture de Nick démarrer. A-t-il décidé de partir ? De fuir cette femme mentalement instable ? Soudain, sa voix nous parvient par-delà la clôture, et je saisis quelques mots : « … plus compliqué que ça. » Il est sorti téléphoner, sans se rendre compte que nous ne sommes pas loin. À qui parle-t-il ?

Alors que je m'apprête à rentrer – je n'ai pas envie de l'entendre raconter à je ne sais qui que j'ai perdu la boule –, Cassie me retient par le bras.

— Attends.

Seules quelques bribes de phrases flottent jusqu'à nous, comme si Nick faisait les cent pas sur le perron. « C'est promis… » « Moi aussi… » Puis la porte d'entrée s'ouvre et se referme à nouveau.

— Et voilà, dis-je une fois le silence revenu. Il a compris ce que ça veut dire. Ces photos sont chez moi. Celle que j'ai retrouvée sur mon paillasson vient d'un album auquel je suis la seule à avoir eu accès ces trois dernières années. Comment ai-je pu faire ça ? Rassembler des photos de gamins inconnus, et m'en envoyer une sans m'en souvenir ? Je ne me rappelle même pas avoir tué mon propre fils, Cassie ! Qu'est-ce qui te fait dire que ce n'est pas moi qui ai fait tout ça ?

— Parce que je te connais, Susan. Tu vas mieux, maintenant. Tu n'es pas folle.

Je laisse échapper un rire sans joie.

— Tu ne me connais pas. Tu ne m'as jamais vue en pleurs à trois heures du matin parce que je n'arrivais pas à tirer assez de lait pour le biberon de mon fils. Je ne pouvais même pas le nourrir ! Tu as une idée de ce qu'on ressent dans ces cas-là ? Tu imagines comme on peut se sentir seule, la nuit, devant une rediffusion de *New York, unité spéciale* qu'on regarde sans le son pour ne déranger personne ? Quand j'arrivais enfin à rendormir Dylan, je devais rester le sein à l'air, le téton collé au tire-lait, pour avoir de quoi le nourrir à son prochain réveil. Parfois, il me fallait quarante-cinq minutes pour en tirer trente grammes, et je préférais m'allonger sur le canapé plutôt que d'être arrachée au confort de mon lit une heure plus tard. Il est temps que je regarde les choses en face : je suis malade. Ce n'est pas ma faute, mais je dois quand même en assumer les conséquences. J'ai tué mon fils et maintenant j'essaie de me convaincre que je suis innocente, que Dylan est encore en vie. Et j'ai failli réussir ! J'avais juste besoin de…

J'avais besoin de croire que je n'étais pas capable de faire du mal à un bébé, à *mon* bébé, alors qu'au fond de moi je connaissais pertinemment la vérité. L'esprit a une drôle de façon de vous faire accepter ce que vous refusez d'admettre.

Je pousse un soupir, à la fois effrayée et abattue.

— Ce n'est pas seulement l'explication la plus probable, Cassie. C'est la seule. Plus vite je me résignerai à ce que j'ai fait, plus j'aurai de chances d'aller mieux.

Mais je n'y crois pas moi-même. Je n'irai jamais mieux.

16

Chaque semaine, j'ai rendez-vous avec ma conseillère de probation, Tamara Green, par téléphone ou en personne. Aujourd'hui, mercredi, c'est un entretien téléphonique – et j'en suis soulagée, car je viens de passer une heure à nettoyer les dégâts d'avant-hier dans ma maison. Je ne crois pas que j'aurais eu la force d'affronter Tamara. Toute la nuit, je suis restée assise sur mon vieux canapé marron, à regarder la dernière page de l'album en implorant mon esprit de se rappeler à quel moment j'ai bien pu y coller ces photos. J'ai dû m'endormir, car les chiffres de l'horloge sont mystérieusement passés de 2:45 à 3:52.

Lorsque j'ai trouvé la lettre sur mon paillasson, l'idée m'a traversé l'esprit d'appeler Tamara. Je l'aime bien, et j'étais certaine qu'elle ferait son possible pour m'aider. Heureusement, je ne l'ai pas fait. Aussi sympathique soit-elle, Tamara n'aurait sans doute pas très bien réagi en apprenant que j'ai composé un recueil morbide de petits Dylan contemporains, et choisi une photo au hasard pour me l'adresser à moi-même ; les gentils docteurs d'Oakdale auraient commencé à préparer ma chambre avant même qu'on ait raccroché. Le mieux que je puisse faire, maintenant, c'est garder profil bas et aller au bout de cet entretien, en me retenant si possible de hurler.

— Comment allez-vous, Emma ? me demande Tamara d'un ton chaleureux, bien loin de penser que mon monde est en train de s'écrouler.

— Ça va, merci, dis-je, la voix mal assurée.

— Où en êtes-vous de votre recherche de travail ?

Ainsi commence la ronde des questions habituelles. Cette fois-ci, néanmoins, j'attends. J'attends le moment où elle m'annoncera qu'elle sait tout. Est-ce à cela que va ressembler ma vie à présent ? L'angoisse permanente que quelqu'un perce mon secret ? La peur de me réveiller un matin et de découvrir que j'ai encore fait quelque chose sans m'en rendre compte ?

Mais bientôt, je m'aperçois que Tamara doit être satisfaite de mes réponses, puisqu'elle me donne rendez-vous la semaine prochaine et raccroche.

Aujourd'hui, c'est décidé, je ne fais rien. Cassie et Nick n'ont pas appelé.

Quand ils sont repartis hier soir, je leur ai à peine décroché un mot. Nick m'a dit qu'il allait dormir une nuit de plus au Travelodge et qu'il me recontacterait, mais je sais qu'il n'en fera rien. Son scoop est parti en fumée et mon sort ne l'intéresse plus, maintenant qu'il connaît la pathétique vérité. S'il a bien voulu m'aider au départ, c'est parce qu'il avait pitié de moi. Il devait déjà savoir que j'étais la seule responsable de ce qui m'arrivait.

Pour être honnête, je le savais aussi. J'ai beau avoir les yeux qui piquent à cause de la fatigue et des larmes d'hier soir, je me sens presque soulagée. Je n'ai plus à m'inquiéter, à me poser de questions, à me mentir. En l'espace de deux jours, j'ai enfin réussi à accepter l'idée que mes premiers moments avec Dylan ont été difficiles – ce que je n'ai jamais pu faire en trois ans à Oakdale

– et je n'en suis pas morte, même si mon amour-propre en a pris un coup.

De ça, je peux m'accommoder. Le dégoût de soi est un sentiment que je connais bien depuis que Dylan n'est plus là.

Quand j'entends frapper à six heures du soir, je m'attends à voir Cassie, tout en espérant secrètement qu'il s'agisse de Nick. Mais en jetant un coup d'œil par la fenêtre, je suis surprise de découvrir Carole, la gérante de l'épicerie, en train de regarder nerveusement ma porte. Elle tient un paquet marron à la main. Du fromage, peut-être ? La seule idée de manger me donne la nausée. *Oh, oh, je crois qu'on a un problème, Len.*

Comme je ne peux quand même pas la laisser plantée là, je me résigne à lui ouvrir.

— Salut, Carole, comment ça va ?

Je n'ai aucune envie d'engager la conversation, mais je ne veux pas non plus lui paraître malpolie. J'espère juste qu'elle n'imagine pas que, sous prétexte d'avoir été témoin de ma crise en pleine rue l'autre jour, elle a le droit de se présenter chez moi quand bon lui semble. Et dire que je ne savais même pas qu'on était voisines ! Pourquoi ne m'en a-t-elle rien dit, alors que je suis tout le temps fourrée dans son magasin ? Plutôt que de l'inviter à entrer, je sors sur le perron. Je sais : ça ne se fait pas.

— Excuse-moi de débarquer chez toi comme ça, Emma. Je ne voudrais pas te donner l'impression que je m'impose.

— Bien sûr que non, dis-je, alors que c'est exactement ce que j'étais en train de penser.

— On a laissé ça chez moi ce matin, explique-t-elle en me tendant un paquet enveloppé de papier kraft. J'étais en retard pour le travail, j'ai complètement oublié de te le déposer en partant. J'espère que ce n'est pas trop important ?

Elle a l'air d'attendre une explication, mais je n'arrive pas à détacher mon regard du paquet, qu'elle tient toujours à bout de bras, un peu gênée.

— Est-ce que tu as vu la personne qui l'a déposé ? demandé-je d'un ton sec.

Elle a sa réponse : « Oui, c'est important. Très important. »

— J'étais là quand le livreur est passé. Comme le colis était trop gros pour la fente de la porte, il a laissé un avis de passage sous ton pot de fleurs pour t'informer qu'il l'avait remis à un voisin.

Je retourne le paquet, et là, mon cœur s'arrête de battre.

— Il doit y avoir une erreur. Ce colis ne m'est pas adressé.

Carole regarde le nom, Susan Webster, écrit à l'encre noire sur l'emballage. Puis elle relève vers moi ses yeux emplis de compassion.

— Mais il est bien pour toi, n'est-ce pas ? murmure-t-elle en me touchant le bras.

— Je crois que tu devrais entrer.

Installée sur mon affreux canapé marron, Carole tripote le bord du plaid coloré que j'ai étendu là pour couvrir les taches douteuses laissées par les anciens locataires. De mon côté, je suis trop agitée pour rester assise. Nous n'avons rien dit ni l'une ni l'autre depuis plusieurs minutes quand je me décide enfin à parler.

— Comment sais-tu qui je suis ?

Carole relève la tête, surprise par le ton de ma voix.

— Quand j'ai vu le nom sur le paquet, j'ai fait quelques recherches sur Google, et j'ai fini par tomber sur des photos de toi à l'époque où tu t'appelais Susan Webster.

Voilà, c'est aussi simple que ça. Je savais que les gens risquaient de découvrir ma véritable identité, mais je n'avais pas imaginé que mes voisins iraient fouiner sur Internet pour retrouver de vieilles photos de moi. Comme j'ai été naïve de croire qu'ils auraient autre chose à faire que de fourrer leur nez dans ma vie !

— Je n'en parlerai à personne, si c'est ça qui t'inquiète, m'assure Carole. Qu'est-ce qu'il y a, dans ce paquet ?

— Je n'en sais rien.

Avec l'émotion d'avoir été démasquée, j'en avais presque oublié cette histoire de colis.

— Excuse-moi, ce ne sont pas mes affaires. Je veux juste que tu saches que ton secret sera bien gardé. Je n'ai pas l'intention d'aller le crier sur tous les toits.

Sur ces mots, elle se lève du canapé.

— Reste un peu, dis-je aussitôt. Je vais te préparer un thé.

Le fait est que je n'ai pas envie d'ouvrir ce paquet, ni de me retrouver seule. Mais maintenant qu'elle sait qui je suis, Carole ne pense sans doute qu'à s'enfuir en courant.

— Pourquoi pas, merci, répond-elle à ma grande surprise.

Au final, nous passons près d'une heure à parler. Je lui confie que je n'arrive toujours pas à me souvenir du jour où Dylan est mort, et que l'idée de ne jamais savoir exactement ce qui est arrivé à mon fils me terrifie. En revanche, je me garde bien d'évoquer la photo que j'ai trouvée devant ma porte, et tout ce qui m'est arrivé depuis samedi.

— Moi aussi, j'ai souffert d'une dépression postnatale, m'apprend-elle.

Je lève les yeux, étonnée, mais elle s'adresse à la lampe, au vase ou à l'étagère d'angle, pas à moi.

— Quand ma fille est née, je m'attendais à ressentir cette grosse bouffée d'amour dont tout le monde parle. Eh bien pas du tout. Elle était toute ridée, et elle avait le crâne déformé à cause de la ventouse. Je n'avais même pas envie de la porter. Je la trouvais affreuse.

Quand elle croise enfin mon regard, ses yeux sont embués de larmes.

— C'est la première fois que j'en parle à quelqu'un. Je me suis fait aider, ça s'est arrangé, et maintenant j'aime ma fille plus que tout. Mais je n'ai jamais avoué à personne que pour moi, au début, c'était le bébé le plus moche du monde.

— Personne ne s'en est rendu compte ? dis-je dans un souffle.

— Si, mon mari.

Ses doigts triturent nerveusement un fil qui dépasse du plaid.

— Mais pas tout de suite. Tout le monde disait que ma fille était parfaite, et tellement calme ! Pourtant, chaque fois que je la prenais, elle se mettait à pleurer. J'ai appris plus tard que c'était parce qu'elle sentait mon lait : ma présence lui donnait faim. Mais à l'époque, je croyais qu'elle me détestait. Quand elle me regardait avec ses grands yeux bleus, j'avais honte de ne pas être capable de l'aimer.

— Que s'est-il passé ?

Carole détourne les yeux, boit une gorgée de thé.

— Mon mari nous a laissées toutes les deux pour la journée, et dès l'instant où il est parti, elle s'est mise à pleurer, sans s'arrêter. Pas moyen de la calmer. J'étais épuisée, j'avais passé la nuit à la nourrir toutes les deux heures. Je n'ai pas pu supporter. Alors je l'ai couchée dans son lit et je suis restée prostrée devant la porte d'entrée à l'écouter pleurer. Quand mon mari est revenu, il n'a pas pu ouvrir. Il a été obligé de défoncer la porte de derrière, parce que j'avais laissé la clé dans la serrure. Il m'a emmenée directement chez notre médecin, qui m'a diagnostiqué une dépression post-partum. Ça t'a fait ça, à toi aussi ? me demande-t-elle.

— Je ne me souviens pas vraiment, dis-je en m'asseyant, et en évitant de regarder le paquet posé sur la table. Les médecins m'ont posé tout un tas de questions. Est-ce que je me sentais fatiguée, irritable, nerveuse ? La réponse était oui : lessivée, et à cran la majeure partie du temps. À la naissance de Dylan, on avait tellement de visites – mes tantes, mes voisins et j'en passe – qu'on aurait cru que j'étais la première femme du monde à accoucher. Ils venaient sans prévenir, à n'importe quelle heure de la journée, et ça me démangeait de les envoyer se faire voir. J'avais l'impression de détester tout le monde. En revanche, je ne me rappelle pas avoir ressenti de la haine pour Dylan. C'est bizarre, parce que ça m'est pourtant arrivé de crier : « Tu vas te taire ! Je te déteste ! » à un moment où je n'en pouvais plus.

C'est la première fois que je partage ce souvenir, peut-être parce que Carole vient de me confier un lourd secret. Si quelqu'un peut me comprendre, c'est bien elle.

— C'était une nuit où Dylan ne voulait pas dormir. Du moins, il dormait comme un ange dans mes bras, mais dès que je le reposais, il se réveillait en hurlant. Je n'avais qu'une seule envie : prendre une douche et pouvoir enfin me coucher. J'ai pleuré, supplié, en vain. C'est à ce moment-là que cette phrase m'a échappé : « J'aurais préféré que tu ne naisses jamais. » Mais je ne le pensais pas vraiment. Tu trouves ça idiot ?

— Non, répond Carole. J'ai connu ça, moi aussi.

— Mais il y avait aussi des fois, quand on jouait ensemble ou quand il dormait profondément, où je m'asseyais à côté du berceau pour le regarder, comme si j'avais peur qu'il disparaisse si je le quittais des yeux. Dans ces moments-là, je l'aimais tellement que j'avais l'impression que mon cœur allait exploser.

— Troubles bipolaires.

— Oui, c'est ce qu'ils ont dit. Mais pas seulement : psychose puerpérale. Une maladie si grave qu'elle provoque des hallucinations. On est euphorique un moment, et, l'instant d'après, on tombe dans la paranoïa, on se méfie de tout, on a l'impression de vivre dans un monde imaginaire.

À m'entendre, on pourrait croire que je récite ce que j'ai lu sur un site médical. Ce n'est pas faux : je connais ces textes par cœur.

— Tu ressentais ça, toi ? me demande Carole.

— Je ne m'en souviens pas. Mais il y a un autre symptôme : tu peux te mettre à croire que ton bébé est l'incarnation du mal, et qu'il va s'en prendre à toi si tu ne t'en prends pas à lui d'abord.

— C'était ton cas ?

— Je ne crois pas, ou alors je ne m'en rendais pas compte. J'ai déjà eu des pensées comme celles que tu décris, l'envie que quelqu'un l'emmène très loin, la culpabilité de ne pas réussir à me faire aimer de mon fils. Je me trouvais stupide, grosse, incompétente, paresseuse, mais je ne me rappelle pas avoir jamais voulu le tuer. Regretter qu'il soit né, ce n'est pas pareil que de souhaiter sa mort, n'est-ce pas ?

N'est-ce pas ?

17

Le paquet a la taille d'une boîte à chaussures enveloppée dans du papier kraft. Je suis partagée entre l'envie de déchirer l'emballage le plus vite possible, et celle de tout jeter au feu. Au bout du compte, je le pose sur la table de l'entrée et vais faire chauffer de l'eau dans la cuisine.

Ma mère m'a dit un jour qu'on y voit toujours plus clair après une bonne tasse de thé. Je crois qu'à l'époque, un des rares petits copains que j'ai eus avant de rencontrer Mark venait de me tromper avec une fille plus âgée, mieux roulée et disposée à coucher. Ma mère n'est plus là aujourd'hui, et, de mon côté, j'ai découvert que certains problèmes ne se règlent pas avec une simple tasse de thé. Ni avec une « pause bisou ».

Quand j'étais petite – dans mes souvenirs, j'avais cinq ou six ans, mais mon père dit que ça a commencé bien avant –, ma mère et moi nous asseyions en haut de l'escalier pour le descendre ensemble sur les fesses. À chaque marche, je criais « Pause bisou ! » et nous nous arrêtions pour nous embrasser, avant de rebondir sur la marche suivante. Les jours où nous étions pressées, maman me portait rapidement jusqu'en bas, puis elle me regardait d'un air faussement horrifié. « On a oublié les pauses bisous ! » s'exclamait-elle, et elle me couvrait de baisers, un pour chaque marche, pendant que je gloussais en faisant mine de vouloir lui échapper.

J'ai toujours été étonnée de voir combien mes parents étaient différents de ceux de mes amis. Ils s'embrassaient encore tous les matins avant de partir pour le travail et se tenaient la main quand on allait au parc. Papa rapportait régulièrement des fleurs à la maison, même quand il n'avait rien à se faire pardonner, et maman se levait à l'aube pour lui préparer ses sandwichs du midi.

Le jour où j'ai annoncé à ma mère que Mark et moi avions décidé de faire un bébé, nous étions dans le jardin, en train de feuilleter les journaux du dimanche. Elle s'est contentée de sourire, et de dire : « Il était temps, ma chérie. » Bien plus tard, j'ai compris qu'elle se savait déjà atteinte de la maladie qui allait l'emporter.

Au bout de deux ans de tentatives infructueuses, nous nous sommes décidés à consulter un médecin. À l'époque, maman avait déjà subi deux traitements et semblait aller beaucoup mieux. Elle était sortie trois fois dans le jardin pour s'occuper de ses plants de tomates, et je l'avais même emmenée en ville acheter quelques robes pour le voyage en Italie que mes parents prévoyaient. Ils sont partis le week-end où j'avais rendez-vous à l'hôpital pour le prélèvement d'ovocytes. Trois mois plus tard, j'ai appris que j'étais enceinte. Un mois après, le cancer de ma mère avait récidivé.

Elle s'est battue encore plus cette fois-ci, mais j'ai vite compris qu'elle ne serait pas là pour la naissance de notre bébé. Aujourd'hui, je me console en me disant que, au moins, elle n'a pas eu à subir l'épreuve de la mort de Dylan. Mon père, lui, a perdu sa femme, son seul petit-fils et son unique fille en l'espace de deux ans.

Il est venu tous les jours à mon procès. Le premier jour, j'ai fait l'erreur de le chercher dans le public, et quand je l'ai repéré, nos regards se sont croisés. Il serrait les dents pour ne pas pleurer, pour ne rien montrer de ses émotions. L'espace d'un instant, je l'ai imaginé dévalant les marches pour me prendre dans ses bras, refusant de me lâcher tant qu'on ne m'aurait pas autorisée à rentrer à la maison. C'était la première fois que mon père ne pouvait rien faire pour moi. Pendant les quatre semaines qu'a duré le procès, j'ai préféré éviter son regard. Puis, quand le jury a prononcé le verdict de culpabilité, alors que l'attention des journalistes était focalisée sur mon mari et moi, la mienne était rivée sur mon père. Il sanglotait comme un enfant.

Rapide coup d'œil vers l'entrée : le paquet est toujours là, sur la table. Je le regarde fixement, tentant d'en deviner le contenu par la seule force de l'énergie psychique, quand un coup frappé à la porte m'arrache un cri.

— Susan ?

C'est Nick. Le son de sa voix m'emplit de soulagement. Je m'empresse d'aller lui ouvrir.

— Ça va ?

J'acquiesce, puis lui montre le paquet d'un signe de tête.

— Je sais ce que vous pensez. Que c'est moi qui l'ai posé là. Eh bien, ce n'est pas le cas.

Pourquoi est-ce si important pour moi qu'il me croie ? Peut-être parce que j'espère ainsi me convaincre moi-même…

— Vous ne savez pas ce que je pense, réplique-t-il, avec l'air de n'en rien savoir lui-même.

— Si. Vous vous dites que j'ai fait ça après ce qui s'est passé hier, pour que vous me preniez à nouveau au sérieux. Mais je vous assure que ce n'est pas moi. Carole m'a apporté ce paquet il y a une heure. Elle est venue ici, on a parlé. Vous pouvez l'appeler pour vérifier, si vous voulez.

Je lui tends mon téléphone, dans le répertoire duquel j'ai enregistré le numéro de l'épicière. Nick repousse ma main sans prendre la peine de me demander qui est Carole.

— Vous ne l'avez pas ouvert ?

C'est une question idiote, dans la mesure où l'emballage du paquet est intact. Mais je me retiens d'en faire la remarque et me contente de secouer la tête.

— Vous avez des gants ?

— J'en ai dans ma salle de bains, dis-je après m'être demandé un instant s'il avait froid, et s'il fallait lui donner mes gants en polaire. Pour nettoyer les toilettes.

Tel un technicien de scène de crime, Nick enfile les gants en vinyle et m'en tend une paire. Puis il ramasse le paquet et l'emporte dans la cuisine, où il le pose sur le plan de travail. En le voyant s'emparer d'un couteau et le glisser dans la pliure du papier kraft, je prends soudain conscience que l'heure de vérité a sonné. Je retiens mon souffle, comme si cela pouvait me protéger de la réalité. Nick soulève le couvercle.

— C'est une brosse, dis-je bêtement en saisissant le petit accessoire bleu.

Les poils sont couverts de cheveux. Non pas des cheveux fins de bébé, mais ceux d'un enfant plus grand. Je n'ai jamais vu cette brosse de ma vie.

— Et ça, qu'est-ce que c'est ? demande Nick en soulevant un tissu plié à l'intérieur de la boîte. Ça vous dit quelque chose ?

Et comment. C'est une petite couverture, cousue à la main durant ma grossesse et offerte amoureusement à mon fils à sa naissance. J'avais utilisé des morceaux de ma propre couverture de bébé, des carrés de tissu en nid-d'abeilles bleu clair et verts, ainsi qu'une pièce imprimée de petits soldats que j'avais dégotée dans un magasin d'entraide à Devon, lors de notre dernière excursion avant la naissance de Dylan ; je m'étais aussi servie d'une chute de tissu beige à pois blancs provenant des rideaux que j'avais fait faire pour sa chambre, et d'un carré de polaire décoré d'une girafe et d'un éléphant. J'avais bordé le tout d'un biais en satin bleu clair, si difficile à coudre que j'avais bien failli tout jeter à la poubelle. Cette couverture est unique. Et il n'y a qu'une seule personne au monde qui savait où la trouver.

Les pensées se bousculent dans ma tête. Est-ce lui qui me l'a envoyée ? Et la photo, vient-elle de lui aussi ? Je devrais l'appeler, lui demander à quoi il joue, mais je n'en ai pas le courage. Au moins, maintenant, je sais que Dylan est mort, et ce depuis quatre ans, comme tout le monde me l'a dit. Comme le jury en a été informé lors du procès.

Cela marque-t-il la fin de mon calvaire ? Il ne me reste plus qu'à recoller les morceaux épars de ma vie et essayer d'oublier – ce à quoi je suis presque devenue experte.

Je n'ai pas prononcé un mot depuis que Nick a sorti la couverture de la boîte, et il attend patiemment que je m'explique. C'est d'une voix à peine audible que je me décide enfin :

— C'est la couverture de Dylan. Je l'ai cousue moi-même.

Je marque une pause, avant de me forcer à continuer.

— Les vêtements qu'il avait à peine ou pas du tout portés ont tous été donnés. Mais ses jouets et ses doudous ont été conservés. Je ne pouvais pas demander à Mark de les garder chez nous, alors je me suis tournée vers quelqu'un en qui j'avais confiance. Quelqu'un qui ne me laisserait pas tomber.

— Qui ? me presse Nick gentiment.

Il sait que la réponse peut mettre un point final à cette histoire, et lui permettre de reprendre enfin une vie normale. Or je n'ai pas envie que tout s'arrête là. Pas seulement parce que je refuse de me résigner à la mort de Dylan, mais aussi parce que cela signifierait ne plus voir Nick.

— Mon père, murmuré-je en tentant de retenir mes larmes. Je l'ai donnée à mon père.

18

Jack : 18 octobre 1987

Ils s'étaient tous retrouvés à la fête de sa cousine, dont les parents étaient partis en week-end. Pendant leur absence, elle était censée rester chez sa grand-mère, mais il lui avait suffi d'attendre que celle-ci s'endorme à vingt heures pour retourner chez elle en douce et accueillir tout le monde. Elle et ses copains avaient beau n'avoir que quatorze ans, ils étaient assez vieux pour vouloir un peu plus à leurs boums que des bonbons et des glaces.

— Jack ! s'écria-t-elle en se jetant à son cou. Entre !

Visiblement, elle avait déjà un ou deux coups dans le nez ; mamie avait dû se coucher tôt ce soir. Elle le conduisit à travers le salon, où de petits groupes de filles gloussaient en jetant des regards furtifs aux quelques garçons dans la pièce. Pendant qu'Adam et Matt emportaient l'alcool à la cuisine, Jack fit signe à Billy de le suivre.

— Salut, Shakespeare, contente de te revoir, l'accueillit sa cousine. Je te sers une vodka ?

Billy acquiesça. Il est nerveux, songea Jack avec tendresse. Adorable. Un instant plus tard, sa cousine revint avec Matt et des boissons pour tout le monde.

— Allez, Billy, l'encouragea Jack en montrant d'un coup de menton la vodka qu'on lui tendait. Mets-toi dans l'ambiance.

Matt lança un regard oblique à Billy.

— Tiens, prends plutôt ma bière. Tu supporteras mieux, si tu n'as pas l'habitude de boire.

— Ce n'est pas un bébé, Riley, grogna Jack. Laisse-le boire ce qu'il veut.

— Je vais commencer par une bière, répondit Billy. Je garde les trucs forts pour plus tard, d'accord ?

— Comme tu veux, bougonna Jack.

— Hum, je crois que celle-là a besoin de s'allonger un peu…

Jack guida l'adolescente vers Billy, toujours en grande conversation avec sa cousine. Agrippée à sa taille, la fille – Vicky, ou Nicky – titubait dangereusement. Cinq minutes plus tôt, elle allait encore très bien, jusqu'au moment où Jack lui avait proposé de sortir prendre l'air : une fois dehors, elle s'était mise à vaciller, et elle se serait écroulée par terre s'il ne l'avait pas rattrapée.

— Je l'emmène là-haut, annonça-t-il.

Billy se leva d'un bond.

— Tu ne vas quand même pas la… Elle est complètement bourrée !

— Tu me prends pour qui ? répliqua Jack en riant. Je vais juste la coucher là-haut pour qu'elle cuve un peu. Si elle a de la chance, je la mettrai même en position latérale de sécurité.

— Ne t'inquiète pas pour elle, renchérit sa cousine en posant une main sur le bras de Billy. Vicky est toujours comme ça. Elle va dormir un moment, et après ça ira mieux.

C'était donc Vicky, son petit nom. Autant le savoir, puisqu'il allait se la faire. Et sa cousine avait craqué pour Shakespeare ! Comment avait-il pu rater ça ?

— De toute façon, Jack a sa petite allumeuse de gouvernante qui l'attend à la maison, ajouta cette garce avec un sourire satisfait.

Depuis quand était-elle au courant, pour Lucy et lui ?

— Quoi ? s'exclama Billy. Tu couches avec Lucy ?

— T'es con, Shakes. Elle te fait marcher. Lucy est trop maigre pour moi, j'aime les filles bien en chair.

Pour illustrer son propos, il pinça les fesses de celle qui s'appuyait sur son bras.

— Au fait, Billy, tu ne crois pas qu'il serait temps de te trouver une petite friandise ?

Comme il faisait passer Vicky sur son autre bras, elle se mit à glousser, sans pour autant ouvrir les yeux. Il avait hâte de l'emmener dans une des chambres – celle de son oncle et de sa tante, de préférence – mais il ne partirait pas avant de s'être vengé de sa cousine en lui gâchant sa soirée. Il se tourna vers trois filles qui s'appliquaient à fumer une cigarette comme si ce n'était pas la première fois, et fit signe à l'une d'elles de s'approcher.

— Sally ?

— Non, c'est Samantha.

Jack lui offrit son plus beau sourire.

—Excuse-moi, Samantha. Je te présente Billy, il n'a pas encore vu le bassin, dehors. Tu veux bien lui montrer ?

—Avec plaisir, Jack. Viens, Billy, tu vas voir, c'est supercool.

Avant que Billy ait eu le temps de protester, la fille l'entraînait vers la porte de derrière.

— Connard, marmonna la cousine de Jack.

— C'est ça. La prochaine fois, tu la fermeras.

Alors que Jack s'éloignait, il l'entendit ajouter :

—J'espère qu'elle te filera des morpions.

19

Nick se remet du choc bien plus vite que moi. Sans trop savoir comment, je me retrouve dans le jardin, où je tente d'allumer une cigarette d'une main tremblante pendant que je tiens une tasse de café dans l'autre. Je fumais beaucoup à Oakdale, par ennui ou pour m'aérer – je sais, je sais –, et même si j'ai arrêté le jour de ma sortie, je garde toujours un paquet au cas où. Le thé pour les problèmes, le café et les cigarettes pour les grosses crises.

Il se passe bien dix minutes avant que Nick se décide à me parler.

— Quand avez-vous vu votre père pour la dernière fois ? demande-t-il d'un ton hésitant, comme s'il cherchait à me ménager.

J'avais presque oublié que l'on vient de se rencontrer et qu'il ne sait rien de ma famille.

— Mon père a essayé de me rendre visite à Oakdale, mais j'ai refusé chaque fois de le voir.

Ces mots suffisent à réveiller mon sentiment de culpabilité. Nick n'a pas l'air de comprendre, et je ne lui en veux pas. La journée tire à sa fin, il doit faire froid car il a la chair de poule. Mais il ne se plaint pas. Quant à moi, je ne sens rien ; peut-être mes sens sont-ils en train de me lâcher, l'un après l'autre, et que je finirai un jour par m'éteindre complètement.

— Je croyais qu'il vous avait soutenue. Pourquoi avez-vous refusé ses visites ?

Je revois le visage de mon père se décomposer quand le président du jury a prononcé le verdict. Coupable.

— Il m'a soutenue bien plus que je ne le méritais. Il n'a pas voulu m'abandonner, même quand j'ai été internée, et il s'est obstiné à venir tous les jours à Oakdale pendant six semaines. Puis il a arrêté.

J'étais tellement soulagée et, à la fois, tellement déçue. Même s'il avait tenu plus longtemps que mon mari, il avait fini par faire ce que toutes les personnes de mon ancienne vie avaient fait : renoncer et partir, en laissant l'album photo entre les mains d'un gardien.

Je ne raconte pas toute l'histoire à Nick. J'omets de lui dire, par exemple, que le gardien en question a refusé de me remettre l'album, car je n'avais pas été assez « gentille » avec lui pour mériter le moindre privilège. J'étais coincée, et il le savait. Si je ne lui accordais pas de faveurs sexuelles, je ne verrais jamais ce que mon père lui avait donné pour moi. Et si j'allais me plaindre au surveillant-chef, je serais étiquetée comme balance, et la plupart des gardiens me rendraient la vie impossible. Je n'ai pas l'intention non plus d'expliquer à Nick comment j'ai fini par récupérer l'album, comment Cassie me l'a apporté un matin sans dire un mot, et sans me reprocher une seule fois par la suite de ne l'avoir jamais ouvert. Encore un service pour lequel je lui serai éternellement redevable.

Je voulais que mon père m'oublie, qu'il oublie avoir jamais eu une fille et un petit-fils. Je ne supportais pas l'idée que, à chacune de ses visites, il doive se soumettre aux fouilles des surveillants – des gardiens de prison améliorés, mais de vraies brutes pour la plupart. Ce serait déjà assez dur pour lui de s'entendre rappeler, au travail, au café ou au golf, que sa fille était une meurtrière, sans qu'il doive en plus endurer la honte de venir me voir en prison pour me parler de la météo et des bégonias de la voisine.

Ces quatre dernières années, j'ai pensé à mon père au moins deux fois par jour: que faisait-il? Comment s'en sortait-il? Je me suis beaucoup occupée de lui après la mort de maman, j'avais tellement peur qu'il ne déprime, qu'il ne se sente seul... Après mon départ, qui a pris soin de lui? L'a-t-on laissé s'enfoncer dans son petit monde, où je suis responsable de tous ses malheurs? En est-il venu à me détester? Je ne mérite pas moins.

Nick écoute mon histoire en silence et me prend la main quand je commence à pleurer.

— Mais si votre père vous a soutenue comme ça, pourquoi se mettrait-il à vous tourmenter, tout d'un coup?

— Je ne sais pas. Ce qui est sûr, c'est que cette couverture faisait partie des affaires que je lui ai demandé de ranger avant le début du procès. Je ne pouvais pas me résoudre à la donner, ou pire, à la jeter. Personne d'autre que mon père n'a pu me l'envoyer.

— Et il savait qu'en vous faisant livrer cette couverture, vous en déduiriez que cela venait de lui, observe Nick. Je ne sais pas grand-chose de votre famille, mais ça ne ressemble pas au geste d'un vieil homme rongé par le chagrin. Et comment peut-il connaître votre nouvelle adresse? Il n'a pas l'air du genre à se planquer dans des buissons pour vous épier.

— Je ne sais pas, dis-je une fois de plus, comme un disque rayé.

— Y a-t-il quelqu'un à qui votre père aurait pu donner la couverture ? C'est très important, Susan, réfléchissez bien.

Son insistance me met mal à l'aise. Ce ne sont pas ses problèmes. Vais-je finir avec une autre vie gâchée sur la conscience ? Une autre carrière brisée, un autre homme anéanti ?

— Je crois que vous devriez aller voir votre père, Suzie.

Je sais qu'il a raison, mais ce n'est pas à cela que je pense : il vient de m'appeler Suzie. Or Mark est le seul à m'avoir jamais donné ce surnom, et cela me fait tout drôle de l'entendre de la bouche d'un autre homme. Comme si je trompais mon ex-mari, alors que je n'ai pas vu Mark depuis des années. Je me suis retenue de lui écrire et de l'appeler ; j'ai eu un mal fou à me raccrocher à ce semblant de dignité, quand je ne pensais qu'à le supplier de venir me dire que je n'étais pas toute seule. D'une certaine façon, perdre Mark a été un autre deuil. Je ne pouvais pas lui parler, poser ma tête au creux de son épaule et partager avec lui mon chagrin pour Dylan. Qui sait, peut-être est-il avec une autre femme aujourd'hui ; marié, et même – Dieu sait que j'y ai déjà pensé – à nouveau papa. Après tout, nos difficultés à concevoir venaient de moi, pas de lui, et je me suis torturé l'esprit des centaines de fois en l'imaginant avec sa nouvelle épouse enceinte. Pourquoi ne pourrais-je pas tourner la page et m'autoriser à être heureuse ? Pourquoi serait-ce un crime de vouloir que Nick me serre dans ses bras et m'apporte un peu de réconfort ?

Mais, pour l'instant, celui-ci attend toujours ma réponse.

— Vous me demandez d'appeler mon père tout de suite ?

— Vous voulez savoir pourquoi il a fait ça, non ?

Pour être franche, pas vraiment. Mon père n'a aucune bonne raison de m'envoyer cette couverture. Qu'a-t-il écrit, dans l'album photo ? Qu'il voulait m'ouvrir les yeux. Mais pour voir quoi ? Ce que j'ai fait de ma vie ? Ce que j'ai fait à ma famille ? Dans ce cas, félicitations, papa. Je ne pourrais pas avoir les yeux plus ouverts que maintenant.

Le bruit de la porte d'entrée m'épargne une explication. Je sais que c'est Cassie qui va entrer – du moins, je l'espère –, car elle est la seule à posséder une clé.

— C'est moi ! lance-t-elle gaiement.

Son sourire s'efface lorsqu'elle voit Nick.

— Que faites-vous ici ?

— Bonjour aussi, réplique Nick avec la même froideur. Je pourrais vous retourner la question.

— Non, vous ne pourriez pas. Moi, j'ai une clé, dit-elle en lui agitant l'objet sous le nez. Je viens tout le temps ici. C'est vous qui n'avez rien à faire dans cette maison.

— Cassie, ça suffit.

— Je pensais qu'il serait parti, depuis le temps. C'est tout.

Est-ce mon imagination, ou est-elle vraiment vexée ?

— Il y a du nouveau, Cassie.

— Une autre photo ? Mais je croyais que…

Je devine aisément la fin de sa phrase. Elle croyait que le mystère avait été levé, que j'étais la seule responsable de ce qui s'est passé ces derniers jours. Et que, du coup, Nick était reparti à Doncaster.

— Carole, du Deli on the Square, m'a apporté ça tout à l'heure, dis-je en allant chercher le paquet sur la table. Adressé à Susan Webster, mais déposé chez elle en mon absence.

— Merde. Tu crois qu'elle va parler ? Qu'est-ce qu'il y a, dans ce paquet ?

— Viens t'asseoir. Ça risque de prendre un peu de temps.

Cassie insiste pour que j'appelle mon père, en se gardant bien de reconnaître qu'elle est d'accord avec Nick. Rassurée par leur présence, j'accepte le téléphone qu'elle me tend. À la première sonnerie, je suis à deux doigts de raccrocher. Même chose à la deuxième, puis à la troisième, mais je parviens tout de même à garder le combiné serré dans ma main, jusqu'à ce que mon père décroche. En entendant sa voix, je manque à nouveau de me défiler, si bien qu'il est obligé de répéter « Allô ? » pour que je me décide à parler.

— Bonjour, papa.

Un silence, pendant lequel mon père encaisse le choc de retrouver cette voix qu'il n'a pas entendue depuis quatre ans. Combien de fois a-t-il espéré cet appel ? Cassie me sourit et pose une main sur la mienne pour m'encourager.

— Susan, finit-il par murmurer, sans que je sache s'il est heureux ou s'il s'apprête à me raccrocher au nez.

— Oui, papa, c'est moi. Je suis sortie.

— Je sais. Rachael m'a prévenu.

Comment ça, Rachael l'a prévenu ? Rachael, c'est mon avocate. Ils sont donc restés en contact ? Est-ce elle qui lui a dit de m'envoyer la couverture ? Ces questions me donnent le tournis, mais ce n'est pas le moment de les poser.

— Est-ce que je pourrais te voir, s'il te plaît ? dis-je en retenant mon souffle, certaine qu'il va refuser.

— Bien sûr que tu peux, Suze. Tu m'as manqué.

Mes yeux s'emplissent de larmes tandis que je le revois au procès, s'affaissant sous le poids de ma condamnation. Ce jour-là, j'ai brisé la vie de ceux que j'aimais le plus.

— Merci, papa. Toi aussi tu m'as manqué.

Nous avons décidé de nous voir demain. Papa m'a proposé de venir chez lui, mais j'ai préféré lui donner rendez-vous dans un café à l'extérieur de Bradford pour lui éviter les commérages des voisins. Les deux heures de route ne me dérangent pas. Nick semble fier de moi, et profite d'un moment où Cassie ne regarde pas pour me serrer gentiment le bras.

Inutile d'essayer de convaincre Cassie de passer la nuit à la maison : depuis qu'elle est sortie d'Oakdale, elle refuse de dormir dans un autre lit que le sien, même si on a bu. Elle rentre toujours chez elle, quelle que soit l'heure et malgré le prix exorbitant des trente minutes en taxi. Par chance, mon séjour à Oakdale n'a pas eu le même effet sur moi, qui suis capable de m'endormir partout – ce qui n'est pas aussi excitant qu'on peut l'imaginer.

C'est donc à Nick que je propose d'utiliser ma chambre d'amis, tout en me surprenant moi-même d'avoir à ce point envie qu'il accepte. C'était tellement agréable de passer la soirée à bavarder ! Cassie a même oublié, l'espace de quelques heures, qu'elle détestait Nick, bien qu'elle refuse toujours de l'appeler par son prénom et s'obstine à parler de lui comme du « journaliste », même en sa présence. J'ai beau avoir apprécié ce moment à trois, l'idée de me retrouver seule avec lui m'électrise. Cependant, mes espoirs sont vite anéantis : Nick décline l'invitation, avant d'appeler un taxi pour rentrer à son hôtel.

— Bonne nuit, Suze, me dit Cassie en me serrant dans ses bras. Tout va bien se passer, d'accord ? Appelle-moi quand tu auras vu ton père.

J'acquiesce, tout en me demandant pourquoi les larmes me montent aux yeux. Ce n'est pourtant pas la première fois qu'elle part de chez moi !

— Merci, Cassie.

J'aimerais pouvoir lui dire combien je suis reconnaissante qu'elle fasse autant d'efforts pour que je ne retombe pas dans la dépression, mais les mots ne viennent pas. Lorsque arrive le taxi de Nick, je suis subitement convaincue qu'ils font semblant de se détester, et qu'ils partent chacun de leur côté pour mieux se retrouver après. J'imagine Cassie passant les mains dans les cheveux de Nick et murmurant qu'elle a beau être une tueuse, au moins, elle n'est pas folle. Paranoïa, quand tu nous tiens…

La maison se vide et le calme revient, oppressant – mon salon est tellement petit qu'il suffit de trois personnes pour se croire à une réunion de village. Les pensées que j'ai écartées toute la soirée reviennent me tourmenter : je sais que je n'ai pas détruit ma cuisine, ni versé de peinture rouge sur les murs, ni imaginé l'intrus que j'ai entendu dévaler l'escalier. Et je suis certaine que, ce soir-là, ce n'est pas mon père de soixante ans qui s'est introduit chez moi. Était-ce une coïncidence, alors ? Un voisin haineux qui a découvert mon secret ? Ou bien suis-je surveillée ? Parcourue d'un frisson, je traverse le salon et m'assois sur le canapé, le plus loin possible de la porte et des fenêtres. Puis je monte le son de la télévision pour éviter d'imaginer au moindre bruit que quelqu'un est venu me faire payer le prix de ce que j'ai fait. Trois ans à Oakdale, ce n'est pas suffisant – j'ai toujours su que je m'en étais trop bien tirée. Et maintenant, on cherche à me faire souffrir pour de bon.

20

Le lendemain matin, je mets quelques instants à me rappeler ce qui s'est passé la veille. Depuis que Dylan n'est plus là, chaque réveil est un déchirement. J'éprouve toujours un moment de flottement, juste avant d'ouvrir les yeux, pendant lequel je me crois encore dans mon rêve où je tenais mon fils dans mes bras, lui donnais le bain ou l'allaitais. Parfois, j'ai même l'impression d'avoir les seins lourds de lait. Avec la réalité me revient un poids familier sur le cœur, une douleur permanente associée au souvenir.

Peu à peu, les images d'hier se précisent : la voix de mon père, Nick sortant la couverture de Dylan d'une boîte à chaussures marron… Une boule d'angoisse se forme au creux de mon estomac. Quelque chose me dit que je ne suis pas au bout de mes souffrances.

J'aimerais fermer les yeux, me rendormir, rêver encore de mon petit garçon, mais c'est impossible. Car quelqu'un sonne à la porte, c'est ce qui m'a arrachée au sommeil. Il est temps pour moi d'affronter le monde réel.

— Je voulais être là à votre réveil, m'explique Nick, préoccupé. J'avais peur que vous ne…

Il ne termine pas sa phrase, mais j'ai compris : il craignait que je ne commette un acte désespéré. Tandis que je m'efface pour le laisser entrer, je jette un regard circulaire sur le perron, la pelouse et les buissons. Nick me tend un gobelet en carton rempli de café fumant.

— Quelle heure est-il ?

— Neuf heures et demie. Comment vous sentez-vous, Susan ?

— Très bien. Pourquoi, qu'est-ce qui s'est passé ?

— Il ne s'est rien passé, ne vous inquiétez pas.

Il s'assoit sur le canapé et détourne les yeux, gêné. Je me rends compte alors que je ne porte qu'une robe de chambre en coton léger par-dessus un débardeur et un horrible slip trop grand. J'espère que la robe de chambre n'est pas trop transparente…

— Excusez-moi une minute, je vais aller m'habiller.

— Bien sûr, prenez votre temps, répond-il, encore plus embarrassé. Je n'aurais pas dû venir si tôt.

Je fais donc si peur à voir ? Ai-je l'air à ce point instable qu'il s'est senti obligé de venir ici à l'aube pour s'assurer que je n'avalais pas de médicaments ? Bigre, dans quoi pense-t-il s'être fourré ?

J'enfile un jean, un débardeur propre et une veste ajustée, me passe un coup de brosse dans les cheveux et un peu de mascara sur les cils. C'est déjà beaucoup mieux. Si je faisais davantage d'efforts pour paraître saine d'esprit, peut-être aurais-je moins de mal à convaincre les autres que je le suis. En redescendant au salon, je trouve Nick en train de feuilleter le journal d'hier. Il relève la tête et sourit.

— Vous êtes bien mieux comme ça ! Enfin, vous avez l'air d'aller mieux, je veux dire…

Il pousse un soupir.

— Bref. Vous n'avez pas trop peur de revoir votre père aujourd'hui ?

— Un peu, mais je suis bien obligée. J'ai envie de connaître le fin mot de l'histoire.

Ça, ce n'est pas tout à fait vrai. Car quand j'aurai obtenu des réponses, Nick repartira à Doncaster et je resterai seule face à la rancœur de mon père. Ne serait-il pas mieux de ne rien savoir ?

— Je suis désolé, murmure Nick en me voyant au bord des larmes.

— Rien que d'entendre sa voix…

— Vous voulez que j'appelle Cassie ?

Je dois vraiment avoir une sale tête pour qu'il en vienne à cette extrémité. Mais il est sauvé par la sonnerie de son téléphone portable.

— Excusez-moi, dit-il en extirpant l'appareil de sa poche.

Je m'aperçois que je n'ai aucune idée de qui peut l'appeler, aucune idée de ce à quoi ressemble sa vie en dehors de mes problèmes. A-t-il une famille ? Joue-t-il au football le dimanche, apprend-il une langue étrangère à l'université ? Est-ce qu'il préfère Facebook à Twitter ? McDonald's à Burger King ? Eastenders à Coronation Street ? Je m'appuie sur lui comme sur une béquille, et je ne sais même pas où il a grandi…

— C'est mon collègue, précise-t-il. Je ferais mieux de répondre, vérifier que tout va bien au journal. Ça ne vous dérange pas ?

Je me contente de secouer la tête, de peur que ma voix ne me trahisse. En regardant Nick s'isoler dans la cuisine, je me retiens de le suivre pour écouter sa conversation. Celle-ci est probablement tout à fait innocente – et surtout, elle ne me concerne pas.

Mark a eu raison de me fuir, et je n'ai pas laissé à mon père d'autre choix que de renoncer à me voir ; pourtant, je ne leur ai jamais vraiment pardonné de l'avoir fait, alors que c'est moi qui leur ai tourné le dos. Si j'avais accepté de partager ma peine avec eux, les choses auraient peut-être été différentes. Il faut que j'apprenne à m'ouvrir aux autres, à leur faire confiance. Et, l'espace d'un instant, je me demande si Nick ne ferait pas un excellent professeur.

21

Arrivée devant le café où je dois retrouver mon père, je me rends enfin compte à quel point les prochaines heures vont être décisives. Jusque-là, j'ai évité de penser à ce que j'allais dire, à ce que j'allais ressentir; maintenant, je ne peux plus faire machine arrière. J'ai toujours cru que nos liens étaient indéfectibles. Quand j'étais petite, papa était mon héros, et la mort de ma mère n'a fait que nous rapprocher davantage. Mark et moi l'invitions à manger à la maison tous les dimanches. Il a été le premier informé de la naissance de Dylan, et, ce jour-là, j'ai eu la surprise de le voir arriver dans ma chambre à peine quelques minutes après mon coup de fil: il avait attendu sur le parking de l'hôpital pendant que j'accouchais.

Papa est tombé raide dingue de son petit-fils dès l'instant où il l'a pris dans ses bras. Ce père que j'avais connu maladroit et parfois un peu bourru a littéralement fondu sous mes yeux. J'ai vu les larmes couler sans retenue sur ses joues quand Dylan a serré son doigt autour de son petit poing, avant de se rendormir paisiblement comme s'il sentait que cet homme le protégerait des dangers du monde. La mort de Dylan a anéanti mon père tout autant que Mark et moi. Je sais pourquoi j'ai refusé ses visites à Oakdale : j'étais certaine qu'en le voyant passer les portes de ma prison, j'aurais chaque fois cette vision de lui à la maternité, serrant Dylan dans ses bras comme s'il craignait qu'on ne le lui prenne, admirant son minuscule visage, et murmurant qu'il l'aimerait toujours, sans se douter à l'époque que ce « toujours » serait à ce point éphémère.

La gorge nouée, je cligne des paupières pour retenir mes larmes tandis que j'agrippe la couverture de Dylan, cherchant à me convaincre que je n'ai pas imaginé tout cela. J'essaie de me représenter mon père assis à la table de sa cuisine en train de plier soigneusement cette couverture, puis à la poste, remettant son paquet au guichetier. Je ne lui en veux même pas, je me sens juste triste. C'est moi qui ai gâché notre relation ; est-il trop tard pour que l'on redevienne père et fille ? Je peux lui excuser les quelques jours éprouvants qu'il vient de me faire vivre, mais sera-t-il capable de me pardonner quatre ans d'enfer ?

Si j'attends plus longtemps, je n'entrerai jamais dans ce bar. Après avoir coupé le moteur et fermé la voiture, je me dirige vers le Talluah Arms, en quête de réponses.

Derrière le long comptoir en acajou qui fait face à la porte, le jeune homme occupé à passer le chiffon lève la tête à mon entrée, avant de reprendre sa tâche. Je laisse errer mon regard sur la salle, où des familles et quelques étudiants profitent de leur repas, jusqu'à repérer mon père assis devant une pinte de Guinness à laquelle il n'a pas touché.

Les épreuves de la vie l'ont marqué : il a soixante-deux ans et n'en paraît pas moins. La mort de ma mère l'avait déjà fait vieillir, mais, aujourd'hui, il semble fatigué, accablé, et même vaincu. Petite, il m'arrivait de grimper sur mon coffre à jouets quand mes parents me croyaient endormie, pour jeter un coup d'œil dehors à travers la fente des rideaux. Ma chambre donnait sur le jardin, et chaque fois que j'entendais les craquements familiers du feu dans le brasero, je me postais à la fenêtre. Mes parents étaient assis sur la balancelle, les bras musclés de mon père passés autour des épaules frêles de ma mère. Ils regardaient les flammes, lovés l'un contre l'autre, si proches qu'on aurait dit une seule et même personne. Ma mère souriait, je voyais ses lèvres former un mot, et mon père éclatait de rire – ils n'avaient pas besoin d'aller au bout de leurs phrases pour se comprendre. Un soir, j'ai poussé la porte du jardin, et, d'une voix endormie, j'ai prétendu que j'avais faim. Au lieu de me renvoyer au lit, maman a disparu dans la cuisine, partagée entre l'amour et l'agacement. Elle est revenue avec des chamallows qu'on a plantés sur des piques pour les faire fondre dans le feu, comme sa propre mère le lui avait appris. Mon père la regardait en souriant, fidèle à son habitude. Même le jour de sa mort, il lui a souri, sans montrer son chagrin à personne d'autre que moi.

J'inspire profondément et m'avance vers la table.

— Bonjour, ma puce, dit-il lorsque je m'arrête devant lui.

Quand je suis entrée, il surveillait la porte, et il ne m'a pas quittée des yeux pendant que j'approchais. Revoir son visage, entendre sa voix après toutes ces années me bouleversent, à tel point que je m'assois en face de lui sans pouvoir prononcer un seul mot.

— Tu ne me dis pas bonjour ?

— Bonjour, papa. Comment vas-tu ?

C'est une question tellement idiote, quand j'en ai tant d'autres qui se bousculent dans ma tête…

— Sortons d'ici, propose-t-il.

Nous fuyons l'intérieur confiné du bar pour aller marcher le long de la rivière, comme nous l'avons fait si souvent après la mort de maman. À mesure que mon ventre s'arrondissait, nos promenades s'écourtaient, et je me souviens d'avoir souffert de perdre un complice en même temps que je gagnais cet enfant si convoité. Parcourue d'un frisson, je resserre ma veste pour me protéger du vent froid.

— Tu es trop maigre, décrète mon père, les sourcils froncés.

— Ne t'en fais pas, je prends soin de moi. Est-ce qu'on peut en dire autant de toi ?

— Je fais de mon mieux, ma chérie.

Une vague de culpabilité me submerge à nouveau. Il faut que je règle cette histoire au plus vite avant d'y laisser trop de plumes.

— Papa…

— Nous y voilà, soupire-t-il. La raison de notre présence ici.

— On ne pouvait pas éviter le sujet éternellement.

— C'est vrai. J'ai passé la nuit à me demander pourquoi tu m'avais appelé, Susan.

— J'ai bien reçu la photo que tu m'as envoyée, dis-je lentement, tout en observant sa réaction.

— Quelle photo ?

Là, je suis désarçonnée. Mon père n'a jamais su mentir, et je pensais qu'il suffirait d'aborder la question pour qu'il avoue. Et si je me trompais ? Je sors la photo du petit garçon et la lui tends. Lorsqu'il la retourne et découvre les mots écrits au dos, son visage se décompose. Je prends conscience à cet instant de l'étendue de mon erreur.

— Où as-tu trouvé ça ? Tu crois que c'est moi qui te l'ai envoyée ? Pourquoi ? s'enquiert-il d'un ton blessé.

— Je... Quelqu'un l'a déposée sur mon paillasson à ma nouvelle adresse. Je ne pensais pas que c'était toi, jusqu'à ce que j'ouvre l'album photo... Et puis j'ai reçu la couverture...

— Quelle couverture ? De quoi tu parles ?

Nous nous arrêtons côte à côte face à la rivière, et j'entreprends de tout lui raconter.

Papa m'écoute sans m'interrompre, malgré la centaine de questions qui doivent lui traverser l'esprit. Ses traits s'assombrissent quand je lui parle du journaliste qui a frappé à ma porte, puis de l'inconnu qui a saccagé ma maison. Lorsque j'en arrive à l'épisode de la couverture, je la sors de mon sac et la lui tends, tout en lui expliquant comment elle s'est retrouvée chez une voisine.

— Tu l'as reçue hier ? C'est pour ça que tu m'as appelé ? Parce que c'est à moi que tu avais confié les affaires de Dylan ?

— Excuse-moi, je ne voulais vraiment pas croire que tu avais quelque chose à voir avec toute cette histoire. Mais au téléphone, tu m'as dit que tu avais parlé à Rachael...

— C'est elle qui m'a appelé. Elle voulait m'informer que tu étais sortie d'Oakdale. Elle m'a demandé si j'avais été en contact avec toi.

— Papa, la couverture... Si ce n'est pas toi qui me l'as envoyée, qui est-ce, alors ?

— Je ne l'ai pas vue, ma chérie, répond-il d'un air peiné. J'ai rassemblé les affaires de Dylan, comme tu me l'avais demandé, mais la couverture n'en faisait pas partie. Je n'ai même pas pensé à la chercher. J'aurais dû.

En imaginant mon père rangeant silencieusement ce qui avait appartenu à son petit-fils bien-aimé, je sens mon cœur se serrer. Pourquoi ai-je cru que ce serait plus facile pour lui ? Je n'aurais jamais dû lui imposer cette épreuve si tôt.

— C'était la veille de l'enterrement, reprend-il doucement, le visage froncé à l'évocation de ce souvenir douloureux.

Incapable de me regarder en face, il se remet en marche le long de la rivière, les mains enfoncées dans les poches. Je lui emboîte le pas, suspendue à ses lèvres.

— Je suis allé à l'enterrement de Dylan, tu savais ? Je craignais d'être mal accueilli, mais Mark a fait en sorte que personne ne m'adresse ne serait-ce qu'un regard de travers. J'ai apprécié son attention. La veille, donc, j'ai fait ce que tu m'avais demandé. Je me suis assis par terre dans la chambre de Dylan, et j'ai rangé toutes ses peluches et ses vêtements dans des sacs. Je n'ai même pas pensé à chercher la couverture dont il ne se séparait jamais. Je suis navré, Susan, mais je n'ai aucune idée de qui a pu te l'envoyer.

— Ce n'est rien, papa, dis-je en nouant mon bras autour du sien. Je n'aurais pas dû te demander ça.

— J'avais envie de le faire. C'était important pour moi de t'être utile à quelque chose. Mais je n'ai jamais revu cette couverture, ni chez vous ni à l'enterrement. Alors où est-elle passée ? Comment a-t-elle fini chez toi ?

22

Jack : 24 janvier 1990

— Tu ne vas pas le croire !

Jack n'avait jamais vu Billy dans cet état depuis qu'ils avaient commencé à remplir leurs demandes d'admission aux universités. Peut-être qu'il s'était fait une fille.

— Quoi ?

— Mon père, il a trouvé un nouvel investisseur pour sa boîte. Il a déjà signé quatre gros contrats rien que pour ce mois, et il va pouvoir me payer la fac !

— Yes !

Jack bondit du canapé et leva le poing en signe de victoire. Il avait tout essayé pour convaincre son ami de postuler à Durham : il lui avait proposé de payer son loyer, il s'était même renseigné sur les bourses d'études. Jack ne l'admettrait jamais, mais il ne supportait pas l'idée de partir sans Adam, Matt, Billy, ou même Mike. Avec ses résultats, Shakespeare était celui qui avait le plus de chances d'être accepté.

— Tu vas bien demander Durham ?

Billy baissa les yeux et commença à se triturer les ongles, comme il le faisait toujours quand il était nerveux.

— En fait, le prof principal m'a dit qu'avec mes notes, je pourrais tenter Cambridge... Maintenant que les affaires de mon père marchent bien, il peut me payer l'université que je veux, alors j'ai pensé que...

— Tu as pensé que tu étais trop bien pour nous, le coupa Jack d'un ton cassant. Intelligent et plein aux as... Monsieur a bien réussi dans la vie, hein ?

Ses yeux bleus lançaient des éclairs.

— T'exagères, Jack...

— J'exagère ? Je t'ai donné tout ce que tu voulais, je t'ai prêté des fringues pour que tu n'aies pas l'air d'un manouche, je t'ai présenté tous mes amis alors que tu ne connaissais personne avant de me rencontrer ! Depuis trois ans, je suis le meilleur pote que tu aies jamais eu, et maintenant tu veux me laisser tomber ? Putain, j'étais prêt à payer ton loyer ! Et toi, sous prétexte que tu as une nouvelle coiffure et un peu de fric, tu te barres à Cambridge pour nous humilier tous ?

Billy gardait la tête baissée, conscient que son ami avait raison. C'était grâce à Jack qu'il était devenu populaire, lui le ringard que tout le monde appelait Shakespeare. Son acné avait disparu avec l'aide des crèmes de Lucy ; la mère de Jack l'avait emmené chez le meilleur coiffeur de la ville pour que sa tignasse grasse ressemble enfin à quelque chose ; et c'est Jack qui avait mis la main au portefeuille pour qu'il puisse se taper sa première nana – Billy n'était pas au courant que les filles avaient été payées, ce soir-là. Et maintenant, il allait tourner le dos à celui sans qui il ne serait rien... Jack était intelligent, mais trop paresseux pour obtenir les notes requises pour intégrer Cambridge, et même si son père le pistonnait, il ne tiendrait pas longtemps. Et puis, qu'est-ce que Billy reprochait à Durham ? C'était quand même l'une des meilleures universités du pays !

— Écoute, je pensais que tu serais heureux pour moi. Je ne m'attendais pas à ce que tu le prennes aussi mal. Mon père m'a dit...

— Je me fous de ce que ton père t'a dit. Il signe quatre contrats, et ça y est, c'est Donald Trump ? Vas-y, à Cambridge. Fais-toi plaisir.

Billy faillit répondre, mais il se ravisa et préféra partir. Bon débarras, songea Jack. Pour qui il se prenait, franchement ?

Dès qu'il entendit la porte d'entrée se refermer, Jack se leva du canapé et marcha tout droit vers le bureau de son père. Si Billy croyait qu'il pouvait abandonner tous ceux qui avaient fait de lui ce qu'il était aujourd'hui, il se fourrait le doigt dans l'œil. Il n'irait pas à Cambridge, point barre.

Jack frappa à la porte.

— Papa, je peux te parler deux minutes ?

23

Pendant deux heures, mon père et moi bavardons en marchant au bord de l'eau, comme si nous ne nous étions jamais séparés. Le fait que je l'aie chassé de ma vie pendant quatre ans semble avoir été oublié, aussi facilement qu'une banale querelle autour du choix du programme télévisé.

— Je suis partagée, avoué-je lorsqu'il me demande avec une inquiétude toute paternelle comment je gère la situation. Je ne l'ai jamais dit à personne, mais, au fond de moi, j'ai envie de croire que Dylan est toujours vivant, que quelqu'un s'est mis en tête de me le prouver, et que mon inculpation était une erreur, une farce cruelle. Puis une méchante petite voix me rappelle que, dans la vraie vie, ça ne marche pas comme ça. En revanche, les personnes qui s'en prennent violemment aux meurtriers, ça existe. Les gens se fichent de la vérité, de la justice et de la réinsertion. Ce qui compte pour eux, c'est la vengeance et le châtiment.

— Même s'il s'agit de quelqu'un qui veut te punir, qu'est-ce que ça change ? réplique mon père. Est-ce que tu te crois davantage capable d'avoir tué ton fils ? Si tu veux vraiment découvrir la vérité, il faut que tu arrêtes de douter de toi, Susan. Avant d'être enfermée, tu savais qui tu étais. Moi, je n'ai jamais cru une seconde que tu avais tué ton bébé. Pas seulement parce que je suis ton père, mais aussi parce que je t'ai vue avec Dylan et que tu l'aimais plus que tout au monde. Je ne sais pas s'il est vivant ou mort, mais je suis convaincu que tu ne lui as pas fait de mal. Ça fait trente-deux ans que je suis ton père, alors je pense te connaître un peu mieux qu'un médecin qui t'a rencontrée au moment où tu venais de perdre ton fils. Tu es aussi saine d'esprit que moi, et j'en aurais témoigné devant n'importe quel tribunal si mon avis avait intéressé quelqu'un. Il est temps que tu partages un peu la foi que j'ai en toi. Voilà ce que je pense.

Il se tait, un peu honteux de s'être emporté.

— Merci, papa, murmuré-je, les larmes aux yeux. Merci.

Je le quitte en lui promettant de l'appeler tous les jours. Aujourd'hui, j'ai l'impression d'avoir retrouvé beaucoup plus que mon père : je commence enfin à me souvenir de ce que ça fait d'être Susan Webster.

Papa a raison : avant d'être internée à Oakdale, je savais sans le moindre doute que je n'avais pas tué mon bébé. J'avais confiance en ma santé mentale, je croyais en mon amour pour Dylan. Peu à peu, ces certitudes ont été entamées par de supposés « experts » qui m'estimaient responsable de la mort de mon fils, puisque tel avait été le verdict du jury. J'ai fini par y croire moi-même. Il a fallu la foi de mon père pour me rappeler que jadis, j'ai cru en ma propre innocence. Et si je suis innocente, alors Dylan est peut-être encore en vie.

24

Quand je pousse la porte de chez moi à dix-neuf heures, les émotions m'ont tellement épuisée que je rêve de me glisser sous la couette et de dormir un siècle.

La maison est trop silencieuse sans Nick et Cassie. Après avoir jeté mon sac à main sur le fauteuil, je leur envoie rapidement un texto : *Tt s'est bien passé avec mon père. Rien 2 nveau. À 2main au tél.* Armée d'une tasse de thé et d'un roman féminin, je monte me coucher. Lire m'aide à faire le vide dans mon esprit.

Alors que je pousse la porte de ma chambre d'un coup de hanche, prenant soin de ne pas renverser le thé, une affreuse odeur me saisit avant même que je découvre ce qui m'attend sur le lit. La tasse tombe par terre. L'eau brûlante m'éclabousse les pieds, tandis que mon cri strident déchire le silence.

Je sens l'air froid sur mon visage. Sous mes mains, de la boue : je suis à genoux dans l'herbe, devant ma maison. Comment ai-je atterri là ?

Sur le lit, me souffle une petite voix. *Il y a quelque chose sur le lit.*

— Emma ?

Oh, Seigneur. Que faire ? Que dire ? Carole se précipite à mes côtés avant que j'aie eu le temps de trouver une explication à mon comportement. Qu'est-ce que je fais dehors dans cette position à sept heures du soir ? Je n'ai pas l'air d'être en train de jardiner, c'est certain.

— Tu es blessée ? s'inquiète-t-elle. Tu veux que j'appelle un médecin ?

— Non, non, je vais bien.

Comme il fallait s'y attendre, Carole n'est pas convaincue.

— Emma, tu es à quatre pattes dans ton jardin. Laisse-moi te raccompagner à l'intérieur.

— Non !

Mon cri nous surprend toutes les deux.

— Excuse-moi, Carole, mais je ne peux pas retourner dans la maison.

— Quelqu'un t'a fait du mal ? Bon, viens chez moi. Tu ne peux pas rester assise là. Allez, viens.

Avec mille précautions, Carole me fait asseoir sur son canapé.

— Est-ce que ça a un rapport avec… tu sais, ta vraie identité ? me demande-t-elle. Quelqu'un d'autre est au courant ? Qu'est-ce que je peux faire ? Tu veux que je prévienne un ami, quelqu'un de ta famille ?

Je pense aussitôt à Cassie, mais il est hors de question que je l'attende ici une demi-heure, et encore moins que je retourne chez moi.

— Est-ce que tu peux appeler au Travelodge, s'il te plaît ? J'ai un ami qui séjourne là-bas, Nick Whitely. Il viendra me chercher.

— D'accord. Tu veux boire quelque chose en attendant ?

Je secoue la tête, sachant pertinemment que je ne pourrai rien avaler. Le souvenir de ce que j'ai vu sur mon lit me soulève l'estomac – j'ose à peine ouvrir la bouche, de peur de vomir dans le salon de ma gentille voisine.

— OK, je vais appeler l'hôtel. Je dirai à ton ami qu'il s'agit d'une urgence, d'accord ?

— Oui. Une urgence.

J'aurais dû prévenir Nick de ce qu'il allait voir, mais les mots m'ont manqué quand il est arrivé. Il a remercié Carole, puis m'a aidée à me lever et à m'installer dans sa voiture. À présent, j'attends qu'il revienne pour m'expliquer ce qu'il y a dans ma chambre.

Pâle comme un linge, il émerge de la maison et traverse la pelouse pour me rejoindre. Quand il me prend dans ses bras, je me laisse faire en retenant mes larmes.

— Alors, qu'est-ce que c'est ?

— Un chat. Enfin, ce qu'il en reste, répond-il, écœuré. Il a été… Il a été écorché.

L'image du petit animal étendu sur mes draps ensanglantés me revient en tête, malgré mes efforts pour la chasser. L'odeur du cadavre de la pauvre bête reste imprégnée dans mes narines, à tel point que je me demande comment j'ai pu ne pas la sentir dès la montée d'escalier.

Soudain, une pensée terrible me traverse l'esprit.

— Oh, mon Dieu… Est-ce qu'il avait un collier ?

J'ai l'impression que Nick préférerait passer la nuit à côté du chat mort plutôt que de répondre à ma question. Mais il finit par acquiescer.

— Un collier écossais ?

J'aimerais tant qu'il me réponde non ! Je sais pourtant qu'il me dira la vérité, quelle qu'elle soit. Et, de nouveau, il acquiesce. Une victime de plus parmi ceux que j'aime.

— C'est Joss, dis-je dans un souffle.

Le peu d'énergie qui me restait s'évanouit, et je retombe dans ses bras en pleurant. Imbécile de chat, stupide animal ! Pourquoi n'est-il pas resté loin de moi ? Pourquoi a-t-il fallu qu'il soit si curieux, si affectueux ? Pourquoi me choisir moi ? Les chats sont censés être intelligents, il aurait dû sentir la malédiction qui me colle à la peau et détruit tous ceux qui sont assez fous pour tenir à moi !

— Vous devriez partir, dis-je en m'écartant de Nick. Je vais me débrouiller, je prendrai une chambre d'hôtel.

— Qu'est-ce que vous racontez ? On va appeler la police, et ensuite vous repartirez avec moi.

— Non, vous ne comprenez pas.

Mark, Dylan, mon père, et maintenant, Joss le chat… Comment expliquer à Nick que sa vie finira aussi par être brisée ?

— Qu'est-ce que je ne comprends pas, Susan, au juste ? Que vous avez commis un acte il y a quatre ans et que vous ne vous résignez toujours pas à l'admettre ? Que quelqu'un s'en sert aujourd'hui contre vous pour vous faire croire que votre fils n'est pas mort ? Et que cette personne vous a surveillée de si près depuis votre sortie qu'elle a su tout de suite quand vous m'avez contacté, et a fait saccager votre maison et tuer votre chat ? Vous pensez vraiment que ce n'est pas clair pour moi ?

— Ce n'était pas mon chat.

Voilà tout ce que j'arrive à dire, tant sa tirade m'a soufflée.

— Susan, je suis navré de ce qui vous arrive, mais il serait temps de vous secouer un peu et de me laisser vous aider. Je suis un grand garçon, je peux décider tout seul de croire que vous êtes maudite, que vous avez la poisse ou que vous êtes juste complètement folle. Maintenant, si vous ne voulez plus me voir, dites-le-moi : je vous conduirai chez votre père qui, j'en suis sûr, prendra soin de vous. Est-ce que c'est ça ? Vous voulez vous débarrasser de moi ?

Ses beaux yeux bleus se fixent sur les miens, sondant mon âme. Non, je n'ai pas envie de me débarrasser de lui. On vient juste de se rencontrer, mais Nick est l'une des trois seules personnes avec qui je peux être moi-même.

— Je n'essaie pas de vous chasser. Je suis…

— Non, ne me dites pas que vous êtes désolée. Arrêtez ça, Susan. Je ne vous laisserai pas tomber, je suis là pour vous aider. Je ne suis pas Mark.

Cette dernière phrase me fait l'effet d'une gifle. Sans me laisser le temps de répondre, Nick descend de voiture et se met à faire les cent pas devant ma maison. Puis il sort son téléphone de sa poche, sans doute pour appeler la police. L'ai-je comparé à Mark inconsciemment ? Ai-je voulu le repousser par peur qu'il ne me fuie, comme mon ex-mari avant lui ?

Sa voix me parvient, étouffée, à travers les vitres fermées du véhicule. Oh, Seigneur… Pauvre Joss.

Les policiers mettent une heure à arriver et quarante minutes à prendre ma déposition. L'officier, adoptant une mine de circonstance, me promet qu'ils emporteront Joss pour l'autopsier et qu'ils me tiendront au courant de l'avancée de l'enquête, merci madame.

— Est-ce que je peux entrer chez elle pour lui prendre quelques affaires ? demande Nick.

Non, il vaut mieux laisser les techniciens finir de prélever les indices.

— Je vais prendre une chambre d'hôtel, dis-je depuis la voiture, dont j'ai laissé la portière ouverte. Je m'achèterai d'autres vêtements. De toute façon, je ne veux plus de ceux qu'il a pu toucher.

— Vous n'êtes pas obligée de rester dans le coin, réplique Nick. Je m'inquiète pour vous, vous devriez venir chez moi.

— Non, je…

Je ne vous connais pas.

— Arrêtez ça tout de suite. Les policiers fermeront la maison, et on récupérera les clés au poste. Allez, on y va.

25

Lorsque Nick se gare devant une maison jumelle à Doncaster, je suis agréablement surprise. Je m'étais préparée à une garçonnière, mais l'endroit ressemble davantage au logement qu'un homme marié partagerait avec son épouse férue de design. Je m'attends presque à voir une femme en tailleur ouvrir la porte et accueillir Nick d'un baiser… Mais en quoi cela me regarde, qu'il soit marié ou pas ? De toute façon, il ne m'aide que par intérêt journalistique. Le petit jardin est bien entretenu ; l'occupant des lieux a beau avoir été absent pendant plusieurs jours, l'herbe est tondue, et les fleurs, dans les jardinières, sont resplendissantes. Qui a bien pu s'en occuper ?

Nick descend de voiture et m'invite à le suivre. Il n'a pas l'air pressé. Ne craint-il pas que les gens ne me reconnaissent ? Je traîne mon sac jusqu'à la porte, avant de me tourner vers lui.

— Vous n'avez pas peur de ce que vos voisins pourraient dire ?

— Au contraire, j'espère que ces vieilles commères regardent bien. Elles commencent à faire courir le bruit que je suis gay.

— Ah, donc vous vous servez de moi pour prouver votre hétérosexualité ! Faites-moi plutôt entrer.

Il me laisse passer devant et je découvre une vaste entrée dont la moquette épaisse, couleur crème, s'étire jusqu'au carrelage de la cuisine. Murs rose pâle, meubles anciens en pin disposés avec goût, immense miroir au cadre doré accroché derrière la porte... Je ne peux m'empêcher d'y voir une patte féminine, tant la décoration ressemble à celle que j'avais choisie jadis pour ma propre maison. Mais j'ai beau chercher sur les murs des traces d'anciennes photos, je n'en trouve aucune.

La cuisine vaut le détour, elle aussi, avec ses plans de travail noirs lustrés et ses accessoires en chrome qui semblent n'avoir jamais servi. Ce n'est résolument pas le repaire d'une femme : je ne vois aucun livre de recettes, ni calendrier de chatons, ni étagère à épices.

— Vous êtes sûr que vous n'êtes pas gay ?

— Ce n'est pas moi qui ai choisi la déco, admet Nick, gêné. J'ai fait venir un architecte d'intérieur quand j'ai acheté la maison.

— Pas mal, pour un journaliste d'une feuille de chou locale.

Je regrette aussitôt mon indélicatesse, mais il ne semble pas choqué.

— J'ai gagné un peu d'argent étant plus jeune, et j'ai investi à une époque où les prix de l'immobilier étaient assez bas, explique-t-il. C'était vraiment un coup de chance, quand on voit comme c'est difficile aujourd'hui.

— Excusez-moi. Je ne voulais pas insinuer que vous n'aviez pas les moyens de vous offrir tout ça.

— Non, non, vous avez raison. Je n'aurais jamais pu me payer cette maison si je n'avais pas bénéficié d'un concours de circonstances favorable. Bon, je vais préparer du thé. Ensuite, on pourra monter vos affaires à l'étage. Dans la chambre d'amis, s'empresse-t-il d'ajouter.

— Parfait, merci.

Je dois admettre que c'est un peu étrange de s'installer chez un homme qu'on connaît à peine. *Tu ne t'installes pas. C'est juste une escale le temps d'y voir plus clair. Et Cassie sait où tu es.*

Merde ! Cassie.

— Je n'ai pas prévenu Cass que je venais ici. Je ferais mieux de l'appeler, au cas où elle irait chez moi.

Et au cas où vous seriez un psychopathe, ai-je envie d'ajouter. L'idée qu'elle puisse tomber sur les restes du chat me donne la chair de poule.

En sortant mon téléphone, je découvre une réponse au message que j'ai envoyé hier à mon amie : *Tant pis si t crevée, veux savoir ce ki c passé avec ton père. Rappelle-moi ! <3*

— Elle ne va pas être contente d'apprendre que vous êtes ici, me prévient Nick tandis que je compose le numéro.

— Ne vous inquiétez pas, elle est trop loin pour s'en prendre à vous.

— Mais enfin, où tu es ? me crie Cassie dès l'instant où elle décroche. J'ai appelé chez toi, je t'ai envoyé un texto, tu as disparu ! Bon sang, Susan, je me suis inquiétée !

Elle aurait continué à me sermonner si je ne l'avais pas interrompue pour lui expliquer ce qui s'est passé.

Sa colère se mue rapidement en inquiétude, jusqu'à ce que je lui annonce où je suis.

— Pourquoi tu n'es pas venue chez moi ?

— Nick était plus près, Cassie. Son hôtel est au bout de ma rue. J'étais terrifiée, quelqu'un venait de déposer un chat mort sur mon lit ! Je ne pouvais pas rester dans cette maison. Dites-lui que je vais bien, Nick.

Je mets le haut-parleur, et il lui confirme que je suis toujours en un seul morceau. Tout ce qu'il obtient comme réponse, c'est un grognement. Je raconte ensuite à Cassie comment s'est passée mon entrevue avec mon père.

— Et demain, j'irai voir Mark.

L'annonce me surprend moi-même. Je ne sais pas exactement à quel moment j'ai pris cette décision, mais retourner chez moi me semble être la suite logique de mon investigation.

Visiblement, Cassie et Nick ne partagent pas mon opinion. Ils se mettent à parler en même temps, la voix de mon amie dominant celle du journaliste malgré la centaine de kilomètres qui les séparent. Cependant, rien de ce qu'ils pourront dire ne me fera changer d'avis. C'est agréable de se sentir aussi sûr de soi ; l'obstination ne faisait pas défaut à l'ancienne Susan.

— Vous pensez vraiment que…, commence Nick.

— Suze, je ne crois pas que ce soit une très bonne idée, le coupe Cassie. Ça fait quatre ans, Mark ne voudra pas te voir. Et s'il appelle la police ? Tu risques de t'attirer des ennuis, ou d'aller droit dans le mur.

Depuis quand Cassie Reynolds s'inquiète-t-elle de potentiels problèmes avec la police ? En trois ans, je ne l'ai jamais vue reculer devant le moindre plan, aussi insensé fût-il.

— Cassie a raison, renchérit Nick.

Je ne peux m'empêcher de sourire en imaginant la mine renfrognée de mon amie.

— Vous risquez d'empirer les choses. Il est possible qu'il ne soit au courant de rien.

— Ma décision est prise. C'est mon problème, j'irai voir Mark.

Si je m'entête à ce point, c'est aussi parce que je n'apprécie pas qu'ils se liguent contre moi. Je ne dois pas être encore totalement sortie de l'adolescence.

— Bon, soupire Cassie. Dans ce cas, je t'accompagne.

— Non, pas cette fois-ci. J'ai besoin d'y aller seule. Tu n'as qu'à venir ici aider Nick.

— Alors là, pas question. Je ne lui fais pas confiance.

— Waouh, merci. Venant d'une tueuse...

— Attention, ne me cherchez pas.

— Je ne prendrais pas ce risque.

Nick se tourne vers moi.

— Si elle n'a pas envie de m'aider, on ne peut pas l'y contraindre. Je vais essayer de dénicher un maximum d'informations sur votre procès et le Dr Riley, et on se retrouve ici après.

— D'accord, consent Cassie, qui n'a sans doute aucune envie d'attendre toute seule chez elle. Je veux bien aider, ça me permettra de garder un œil sur le journaliste. Je partirai demain matin.

C'est un soulagement pour moi qu'ils aient cédé aussi facilement ; cela m'évitera de leur mentir. Mais je ne me sens pas pour autant rassurée à l'idée que, dans moins de vingt-quatre heures, je me retrouverai face à l'homme dont j'ai partagé et détruit la vie.

26

Jack : 13 janvier 1991

Sans surprise, Billy avait été dégoûté quand il avait reçu la réponse négative de Cambridge – et Jack avait été là pour lui remonter le moral. Au moins, il avait obtenu son deuxième choix, ce qui voulait dire qu'ils iraient tous ensemble à Durham. Billy s'était excusé platement d'avoir voulu les abandonner, mais Jack lui avait dit de ne plus y penser. Après tout, ils étaient potes, et les potes savent se pardonner, pas vrai ?

Cela faisait maintenant quatre mois qu'ils étudiaient à Durham, et Billy avait déjà oublié Cambridge. C'était la belle vie. Les soirées s'enchaînaient, souvenirs embrumés de fête et de sexe sur fond de drogue. Les filles se jetaient littéralement sur eux. Même Shakes s'envoyait en l'air à tour de bras – sur ce plan-là, il battait Mike, Adam et Matty haut la main. En un an, Billy avait changé de façon spectaculaire. La réussite de son père lui permettait de mener le train de vie dont il avait toujours rêvé. À présent, il pouvait s'offrir des vêtements de marque, grâce à son argent de poche mensuel qui aurait pu rivaliser avec le budget de l'aide internationale. Dernièrement, c'était grâce à lui qu'ils avaient eu accès aux carrés VIP des boîtes de nuit. Jack n'était pas jaloux, il laissait volontiers son copain profiter de son moment de gloire tant que Billy n'oubliait pas qui était le leader du groupe, qui prenait les décisions, qui faisait avancer les choses. Sa seule inquiétude, c'était la proximité qui se développait entre Billy et Matt. Jack n'avait pas déployé toute cette énergie à la métamorphose de Shakespeare pour que Riley lui sabote le boulot.

C'est au cours du troisième mois que Billy leur avait ramené Tanya. Une vraie paire de seins ambulants. Cette fille avait tout ce qu'il faut là où il faut et, plus rare, elle en avait aussi dans la tête. Pas étonnant que Shakespeare ait complètement craqué. Tanya avait passé ces trois dernières semaines collée à lui ; partout où ils allaient, elle était de la partie. Pire, elle se baladait dans l'appartement avec des shorts ras les fesses et des débardeurs ultramoulants, ses longues boucles brunes retombant sur son énorme poitrine. Jack ne pouvait pas faire un pas sans tomber sur elle, en train de se pencher pour attraper la télécommande, les pointes de ses seins poussant le tissu de son tee-shirt. Il l'avait croisée quelques fois sur le campus, mais il n'avait jamais vraiment fait attention à elle avant que Billy ne la leur impose. Maintenant, il ne pensait plus qu'à la toucher. Avait-elle conscience de l'effet qu'elle lui faisait ? Évidemment, et elle aimait ça. Jack rendrait service à Billy en lui montrant quel genre d'allumeuse il s'était dégoté.

Ironie du sort, c'est un vendredi treize que les choses se gâtèrent.

— Salut, Tanya, dit-il en lui ouvrant la porte. Qu'est-ce que tu fais là ?

Un sourire aux lèvres, elle souleva le sac qu'elle tenait à la main, faisant tinter les bouteilles à l'intérieur.

—Je voulais lui faire une surprise. Il est là ? demanda-t-elle en regardant par-dessus l'épaule de Jack.

Tanya appelait Billy par son vrai nom, raison de plus pour que Jack n'aime pas l'avoir dans les pattes. Avec elle, on avait l'impression que ces quatre dernières années n'avaient jamais existé, que tout commençait maintenant, et qu'il n'y avait qu'elle qui comptait.

—Non, il n'est pas là, répondit-il sans bouger d'un pouce. Il est allé travailler à la bibliothèque.

Tanya parut surprise.

—Un vendredi soir ? C'est bizarre. Je vais peut-être le rejoindre, alors.

—Attends-le plutôt ici.

Il la fit entrer et la débarrassa de son sac, qu'il alla poser dans le coin cuisine.

—Tu veux quelque chose à boire ?

Sans attendre sa réponse, il déboucha la bouteille de vin qu'elle avait apportée et lui en servit un verre, avant d'y ajouter discrètement une bonne rasade de vodka – cela ne lui ferait pas de mal.

—Tiens. Je t'accompagne, si ça ne te dérange pas, dit-il en se servant à son tour un peu de vin.

—Merci. Juste un verre et je file à la bibliothèque. Il sera peut-être content d'avoir un peu de compagnie.

—En fait…

Jack s'assit à côté d'elle sur le canapé et posa la bouteille sur la table d'appoint. Passant une main dans ses cheveux courts, il regarda Tanya d'un air ennuyé.

—À ta place, je n'irais pas. Il vaut mieux que tu l'attendes ici.

—Pourquoi je ne devrais pas… Ah, d'accord, j'ai compris.

Sa première gorgée de vin lui arracha une grimace.

— Beurk, c'est dégueulasse.

Cela ne l'empêcha pas d'engloutir son verre d'une seule traite.

— Il est où, alors, s'il n'est pas à la bibliothèque ?

Jack se laissa retomber contre le dossier en se frottant le visage.

— Je ne sais pas, désolé. Si je le savais, je te le dirais, mais…

— Putain, s'il voulait voir d'autres filles, pourquoi il ne m'en a pas parlé ?

— Hé, je n'ai pas dit qu'il voyait quelqu'un d'autre, se défendit Jack. Si ça se trouve, il est vraiment à la bibliothèque.

Tanya sourit, tout en attrapant la bouteille pour se resservir.

— Merci, mais je ne suis pas stupide. On t'a déjà dit que tu mentais très mal ? Ça se voit comme le nez au milieu de la figure.

— C'est vrai que je ne suis pas très doué pour ça, répondit Jack en baissant les yeux. C'est Billy le cerveau du groupe, moi je suis juste le joyeux drille. Je ne vois pas l'intérêt de mentir aux femmes. Avec moi, pas de surprises. C'est un de mes plus gros défauts, malheureusement.

Il se pencha sur elle pour saisir la bouteille, pressant brièvement son torse contre sa poitrine. Quand Tanya prit le verre qu'il venait de lui remplir, Jack eut l'impression qu'elle lui effleurait volontairement les doigts.

— Je ne trouve pas que ce soit un défaut. Au contraire, je salue ton honnêteté, dit-elle en levant son verre, les larmes aux yeux. Évidemment, je ne m'attendais pas à ce qu'un mec ait envie d'une relation sérieuse dès sa première année de fac, mais il avait l'air tellement

amoureux ! J'aurais dû me douter qu'il y aurait d'autres filles. Pourquoi ne me l'a-t-il pas dit ? Les histoires d'un soir, j'ai connu ça, j'aurais pu encaisser.

Elle renifla.

—Je commençais à vraiment bien l'aimer, tu sais.

—Il devait te trouver trop belle pour te laisser tomber, avança Jack en posant une main sur son genou. Il ne faut pas trop lui en vouloir. C'est vrai que quand tu es là… Excuse-moi, c'est déplacé de dire ça. Ça doit être à cause du vin.

—Non, vas-y.

Tanya s'était rapprochée de lui, au point que ses seins lui effleuraient l'épaule. Jack ne savait pas si c'était voulu, mais ça le rendait fou. Il était temps de passer à la vitesse supérieure, car même Billy ne restait pas des heures à la bibliothèque un vendredi soir.

—Je veux juste dire que je comprends pourquoi il a voulu te garder. Tu es superbe, intelligente, et en plus tu as de l'humour. Il a de la chance.

—Il avait, corrigea-t-elle en fronçant son petit nez. Je n'aime pas qu'on me mente, Jack, et ce n'était vraiment pas cool de sa part de te mettre dans cette position. Merci pour ta gentillesse, mais je dois y aller, maintenant.

Alors qu'elle reposait son verre, ses yeux s'agrandirent de surprise quand elle vit la bouteille vide.

—La vache, j'ai vraiment bu tout ça ?

Elle tenta de se lever, mais perdit l'équilibre et retomba lourdement sur le canapé.

—Houlà, j'ai la tête qui tourne un peu.

Jack lui tendit la main pour l'aider.

— Tu sais, tu n'es pas obligée de partir tout de suite. Billy risque d'en avoir encore pour un moment. Je suis désolé.

— Ça va, lui assura-t-elle en se retenant à lui. C'est juste que j'ai bu un peu vite. Cette bouteille était censée durer toute la soirée ! Je veux bien utiliser ta salle de bains, par contre.

— Bien sûr.

Jack la regarda s'éloigner avec la démarche mesurée de ceux qui tentent de se convaincre qu'ils n'ont pas trop bu. Dès qu'elle referma la porte, il s'empressa de vider le verre de vin auquel il n'avait presque pas touché dans celui de la jeune femme, et d'y ajouter encore une dose de vodka. C'est le dernier, Jack, se dit-il. Il fallait quand même qu'elle puisse repartir sur ses deux jambes quand il en aurait fini avec elle.

Lorsqu'elle émergea de la salle de bains, son chemisier à fleurs en mousseline dépassait de son pantalon. Elle avait défait les deux premiers boutons, exposant la peau bronzée de son décolleté. Ses cheveux étaient ébouriffés, comme si elle avait tenté de se recoiffer rapidement avec les doigts. Cela promettait.

— Ça va mieux ? lui demanda-t-il.

— Oui, merci. Tu as vraiment été gentil avec moi. Je suis désolée que tu aies été mêlé à tout ça.

Comme elle étouffait un sanglot, Jack en profita pour lui tendre son verre de vin.

— Tiens, finis ça et je te raccompagne dehors.

Son visage se décomposa.

— Tu as hâte de te débarrasser de moi ?

— Non, répondit-il en lui prenant la main. J'ai juste peur de ce qui pourrait arriver si tu restes. Billy est mon ami, et…

Tanya but une gorgée, avant de reposer son verre.

— Et il est en train de s'éclater avec une pétasse pendant que tu es coincé ici avec sa petite copine. Ce n'est pas très juste, tu ne trouves pas ?

Elle lui toucha le visage, avant de glisser la main derrière sa nuque pour l'attirer lentement à elle. Ses lèvres se posèrent sur celles de Jack, d'abord un peu hésitantes, puis plus assurées lorsqu'elle fut certaine qu'il n'allait pas la repousser. Tout en l'embrassant, Jack l'entraîna vers sa chambre sans qu'elle oppose la moindre résistance, tâtonna pour ouvrir la porte et la guida jusqu'au lit.

— Je ne fais pas ça pour me venger, haleta-t-elle tandis qu'elle lui retirait son tee-shirt.

Ses mains explorèrent fiévreusement le corps de Jack, avant de s'attaquer à la boucle de sa ceinture. Elle défit le bouton du jean, baissa la fermeture Éclair et fit descendre le pantalon sur ses cuisses.

— On ne devrait pas faire ça, murmura Jack tout en finissant de lui déboutonner son chemisier.

Comment avait-il pu résister aussi longtemps alors qu'elle se pavanait tout le temps à moitié nue dans l'appartement ? Franchement, Billy ne pouvait s'en prendre qu'à lui-même. Est-ce qu'on met un pack de bière sous le nez d'un alcoolique ? Jack glissa un pouce dans le soutien-gorge léger de Tanya et lui caressa le téton. Lorsqu'il le prit dans sa bouche et se mit à le sucer, doucement, puis sans ménagement, Tanya laissa échapper un gémissement.

— Il le mérite, ce salaud, souffla-t-elle en se débarrassant de son jean. Ne pense pas à lui, Jack. Tu sais qu'il m'a dit de me méfier de toi ? Que tu risquais d'être jaloux, de tout foutre en l'air ? En fait, il voulait juste t'écarter de moi pour être sûr que tu ne le trahirais pas.

— L'enfoiré ! Il ne s'en tirera pas comme ça.

Tanya se redressa sur les coudes.

— Tu ne crois pas qu'on est aussi minables que lui en faisant ça ? C'est peut-être une erreur...

Oh, pitié.

— Chhh...

Il lui ôta son slip en dentelle, qu'il jeta dans un coin de la pièce. Puis il baissa son caleçon, plaqua une main sur la bouche de Tanya et la pénétra d'un coup, amusé par son regard stupéfait.

— C'est moi, chéri !

Jack entendit la porte d'entrée claquer en même temps que lui parvenait la voix de Billy.

— C'est pas trop tôt, ma poule. Comment c'était, à la bibliothèque ?

Billy ouvrit la porte d'un coup de hanche, les bras chargés de livres.

— Superchiant. Rappelle-moi de ne plus jamais rédiger un devoir à la dernière minute. Et toi, qu'est-ce que tu fais à l'appart un vendredi soir ?

— J'avais envie de passer une soirée tranquille, répondit Jack, les pieds relevés sur l'accoudoir du canapé. Tu nous sers une bière ?

Billy jeta les livres sur son lit, avant d'aller chercher deux bouteilles dans la réserve inépuisable du frigo. Il en lança une à Jack et s'assit dans son fauteuil habituel.

— Alors comme ça, tu n'as rien fait ce soir ?

Presque rien, non, songea Jack avec ironie. Il se tourna vers son ami en affectant une mine soucieuse.

— Écoute, Billy, il faut que je te parle de quelque chose. C'est à propos de Tanya.

Billy poussa un soupir.

— Je m'y attendais. Ça t'emmerde qu'elle soit là tout le temps, c'est ça ? Je suis désolé, mais je l'aime *vraiment bien. Si tu veux, on ira plus souvent chez elle, histoire de te laisser respirer.*

— Ce n'est pas ça, le coupa Jack. Je ne sais pas comment te le dire, mais… En fait, elle m'a fait des avances.

Billy n'aurait pas été plus choqué s'il lui avait flanqué un coup de poing en pleine figure.

— Quoi ? Tanya ? Quand ça ?

— Depuis que tu l'as ramenée ici, répondit Jack en baissant les yeux. Pour être honnête, ç'a été dur de te le cacher. Je pensais qu'elle avait fini par renoncer, mais elle a laissé ça sous mon oreiller l'autre soir.

Il lui montra la culotte en dentelle qu'il avait enlevée à Tanya à peine deux heures plus tôt. Après leur partie de jambes en l'air, elle avait laissé Jack la rhabiller et lui appeler un taxi sans broncher. Elle paraissait un peu hébétée ; peut-être qu'elle n'aimait pas trop l'amour bestial, finalement.

— Je voulais laisser couler, reprit-il, mais ce soir elle s'est pointée ici…

— Quoi ? Tanya est venue ?

— Oui, et elle était complètement bourrée, mec, elle puait l'alcool. Quand je lui ai dit que tu n'étais pas là, elle m'a répondu qu'elle le savait, qu'elle t'avait vu à la bibliothèque. Elle s'est jetée sur moi, elle a commencé à se déshabiller en prétendant que tu la trompais. J'ai été obligé de la foutre dehors avec son chemisier à moitié ouvert. T'inquiète, je lui ai appelé un taxi d'abord. Je me sentais un peu mal, tu vois, d'être aussi dur avec elle, mais je ne voulais pas que tu te fasses des idées. Je sais que tu ne me fais pas vraiment confiance…

Billy avait l'air anéanti.

— Merci, Jack, et excuse-moi. Putain, quelle salope ! Je l'aimais vraiment, tu sais ? Je lui avais même dit de... Enfin, je pensais que tu... Alors que, pendant tout ce temps, c'est d'elle que j'aurais dû me méfier.

Jack se leva et donna une tape amicale sur l'épaule de Billy.

— Allez, mec, je sais que ça fait chier, mais ce n'est pas comme si tu avais prévu de l'épouser, pas vrai ? Oublie-la. On a encore trois ans devant nous pour s'envoyer toutes les Tanya de Durham. Tu sais ce que je ferais à ta place ? Je ne l'appellerais même pas. Va plutôt te faire la petite blonde de St John qui n'arrêtait pas de te coller le week-end dernier.

— Ouais, répondit Billy. T'as raison. Qu'elle aille se faire foutre.

Jack sourit. Les choses allaient enfin reprendre leur cours normal.

27

Dans la cabine d'essayage, je tourne sur moi-même devant le miroir de plain-pied, assez satisfaite de l'image qu'il me renvoie. Le jean noir est parfaitement ajusté sur mes hanches, qui ont perdu depuis longtemps les rondeurs de la grossesse, et les boutons ne compriment pas mon ventre flasque de jeune maman. Mes cheveux, jadis blonds et longs, m'arrivent à présent aux épaules en un carré brun, effilés autour d'un visage beaucoup plus fin. Seuls mes yeux, les « miroirs de mon âme », trahissent les coups durs qui ont marqué ma vie. Si vous me regardiez attentivement, vous pourriez noter qu'ils ne brillent plus comme avant quand je souris. Et parfois, mon regard se trouble, comme si j'étais ailleurs. Dans ces moments-là, c'est souvent avec Dylan que je me trouve, en train de lui chanter des chansons du *Livre de la jungle* pendant que je le change, ou de jouer avec lui quand il prend son bain. Mais il arrive aussi que je sois avec Mark, lors de notre lune de miel à Sorrente, me prélassant au bord de la piscine pendant qu'il joue au water volley, ou sirotant des margaritas glacées au bar. Je nous revois autour d'un vieux château ; je cours devant, tout excitée, m'engouffre dans un escalier caché, saute sur Mark depuis un recoin obscur. Il n'est pas rare également que, dans ces rêves éveillés, je revive nos dimanches après-midi passés à paresser devant la télévision quand j'étais enceinte de huit mois. Une image de ce même canapé me revient alors, un couffin posé à côté... Et le réveil terrifiant dans un lit d'hôpital, encadrée par deux agents de police qui vont m'interroger.

Oui, Mark me connaît – me connaissait – mieux que personne. Il remarquera tout de suite ce qui a changé en moi. Et je suis certaine que ses yeux à lui ne seront pas différents.

J'ai choisi un débardeur blanc et un pull gris et ample qui dégage les épaules, en espérant que Mark n'aura pas l'impression que je cherche à le reconquérir. Ou, pire, que je suis devenue folle.

— Je peux les garder sur moi ? demandé-je à la vendeuse.

Elle semble sur le point de refuser pour le seul plaisir de se montrer désagréable, mais l'idée de perdre une vente lui fait changer d'avis :

— Bien sûr ! Je vais couper les étiquettes, et vous n'aurez qu'à les présenter en caisse. N'oubliez pas de faire retirer les antivols, ce serait bête que vous vous fassiez arrêter !

Elle se met à rire, sans se douter que sa cliente vient de passer trois ans en prison. Mais elle a raison : je n'ai aucune envie d'y retourner.

Vingt minutes plus tard, je jette mon sac à main dans la voiture et m'installe au volant, réfléchissant déjà à ce que je vais dire à Mark lorsqu'il ouvrira sa porte et trouvera son passé sur le seuil.

Nick avait l'air soucieux quand il m'a vue ce matin.

— Vous allez vraiment y aller ? m'a-t-il demandé. Vous n'avez pas peur de sa réaction ?

— Il ne fera rien de stupide, ai-je répondu. Je connais mon ex-mari.

Sur le coup, je n'étais déjà qu'à moitié convaincue ; maintenant que le grand moment approche, je fais beaucoup moins la maligne.

En apercevant la maison, je me souviens de ce que j'éprouvais chaque fois que je rentrais : un sentiment de fierté à l'idée de vivre là et d'avoir construit cette vie à deux. Je suis tout de suite tombée amoureuse de cette belle bâtisse moderne, située un peu à l'écart des autres. C'était mon premier chez-moi, si différent de la petite maison de mon enfance et de l'appartement miteux que j'avais partagé avec deux copines de fac. Je me revois, assise sur le perron, pendant que Mark taille les sapins nains qui bordent l'allée en faisant mine de savoir ce qu'il fait. Moi, je ne m'occupais pas du jardin, mais de la déco ou de la peinture, tâches pour lesquelles Mark n'a jamais eu la patience nécessaire.

En m'arrêtant le long du trottoir, je découvre sa Mercedes gris métallisé garée devant le garage, ce qu'il ne faisait jamais avant : il préférait tenir son petit bijou à l'abri des regards. Plus étonnant encore, la voiture n'a pas été lavée depuis plusieurs semaines. Je me souviens du jour où Mark l'a achetée. Il est resté dehors jusqu'à plus de vingt-deux heures pour l'astiquer. J'étais amusée de le voir si méticuleux avec son auto alors qu'il ne faisait jamais le ménage à la maison.

J'ai la bouche tellement sèche que ma langue me fait l'effet d'un morceau de papier de verre. Mon cœur bat trop vite, j'ai chaud au visage. Pourtant, un rapide coup d'œil dans le rétroviseur intérieur m'apprend que je suis blanche comme un linge. Charmant. J'ai l'air malade, Mark va sans doute me claquer la porte au nez et appeler la police.

Les dix mètres qui me séparent de la maison me paraissent interminables ; quand j'appuie sur la sonnette, j'ai l'impression d'entendre les cloches d'une église annoncer la messe du dimanche – ou des funérailles. J'attends pendant quelques minutes qui me semblent durer une heure… puis Mark apparaît enfin. L'homme que j'ai aimé plus que tout au monde se tient devant moi, et je me rends compte subitement que je n'ai jamais cessé de l'aimer. Est-il seulement possible de se détacher de quelqu'un qui représentait tout pour vous ? Même s'il m'a abandonnée au moment où j'avais le plus besoin de lui, je me souviens encore de ses bras serrés autour de moi pendant que je pleurais la mort de ma mère. Des bras qui m'ont tant manqué à la perte de notre fils. Ses yeux qui me fusillent aujourd'hui me souriaient jadis quand je proférais une de mes « remarques de blonde », comme il disait. Cette voix qui me déclarait son amour tous les jours paraît maintenant si froide que je regrette presque d'être venue ici. Si je me suis évertuée à détester cet homme pendant tout ce temps, c'est parce que je me refusais à faire le deuil de notre relation.

— Qu'est-ce que tu fais là, Susan ?

Je ne sais pas vraiment à quoi je m'attendais. Dans les heures qui ont suivi ma décision, je me suis imaginé une bonne dizaine de fois nos retrouvailles ; Mark s'excusait, il me disait que tout irait bien, qu'il m'aiderait à découvrir ce qui était arrivé à notre petit garçon. Visiblement, cela ne va pas être aussi facile que je l'espérais.

— Je… Je voulais te parler, réussis-je à articuler.

Il m'a suffi de le voir pour perdre tous mes moyens, exactement comme lors de notre première rencontre. Entraînée de force, à la Bridget Jones, dans une soirée arrangée par des couples bien intentionnés, je m'apprêtais à prétexter un appel urgent pour pouvoir m'échapper, quand Mark est arrivé. Cinq heures plus tard, j'étais toujours vissée à ma chaise et suspendue aux lèvres de ce garçon séduisant, chaleureux et amusant, que j'étais sûre d'épouser un jour, ou avec qui j'espérais au moins coucher. Ce soir-là, un peu éméchés et complètement amoureux – moi je l'étais, en tout cas –, nous nous sommes retrouvés dans le même lit, et nous y sommes restés tout le week-end. Avec le recul, ce souvenir me semble mensonger. Je l'ai raconté tellement de fois que j'en viens à me demander si j'ai vraiment eu cette chance, ou si j'ai idéalisé notre relation pour n'en garder que les moments où j'étais le centre de son univers.

— Je ne crois pas que ce soit une bonne idée, déclare-t-il en commençant à refermer la porte.

— Attends ! C'est à propos de… de Dylan.

Mark grimace en m'entendant prononcer le nom de notre fils. Au moins, j'ai réussi à capter son attention.

— J'ai reçu ça, dis-je en lui tendant la photo.

Un voile de confusion trouble ses beaux yeux bruns, laissant peu à peu la place au choc lorsqu'il retourne l'image.

— Où l'as-tu trouvée ? me demande-t-il, soudain très pâle. Attends, tu vas me raconter ça à l'intérieur. Je ne veux pas qu'on te voie ici.

Tel un secret honteux, une maîtresse que les voisins ne doivent surtout pas apercevoir, je pénètre dans le hall en tentant de contenir le flot d'émotions qui m'assaille. L'entrée, avec ses murs couleur crème, son épais parquet en chêne massif et son escalier de bois en colimaçon, paraît nue et froide sans les cadres noirs qui illustraient notre relation. J'avais passé deux jours à mesurer la distance entre les cadres et à choisir les photos de nos meilleurs moments, le mariage, la lune de miel à Sorrente, le premier jour de Dylan à la maternité. Aujourd'hui, il n'en reste plus rien, comme si tout cela n'avait jamais existé.

— Tu as gardé le miroir, fais-je remarquer d'une voix sourde.

C'est le premier achat que j'ai fait seule quand on s'est installés dans la maison. Mark n'a pas manqué, par la suite, de me rappeler régulièrement à quel point ce miroir était énorme et hors de prix.

— Il a coûté presque autant que la maison, répond-il justement. Je n'allais quand même pas le jeter, non ?

Comme tu as jeté nos photos…

Je n'ai pas le temps de lui en faire la remarque : il se dirige vers le salon, ne me laissant pas d'autre possibilité que de le suivre. À peine entré dans la pièce, il se retourne brusquement et me colle la photo sous le nez.

— C'est quoi, cette histoire, Susan ? Une mauvaise blague ?

Je recule d'un pas, choquée par sa réaction.

— Non, ce n'est pas une blague. Tu me prends pour une folle ?

Je regrette aussitôt cette question, mais c'est trop tard : j'ai vu l'expression sur son visage. Pour Mark, comme pour le reste du monde, j'ai tué mon fils. Le fait que je me pointe chez lui avec une photo du petit garçon que j'ai assassiné prouve à lui seul que je n'ai pas toute ma tête.

— Assieds-toi, m'ordonne-t-il, avant de disparaître dans la cuisine.

Trop lasse pour protester, je me laisse tomber sur le fauteuil couleur crème... et sens aussitôt ma gorge se serrer. Le mobilier n'a pas changé depuis que je suis partie d'ici. Le canapé trois places, en face de moi, est celui sur lequel je me suis allongée la dernière fois que j'ai vu mon fils vivant. Mon ex-mari a conservé le coussin dont on m'accuse de m'être servie pour étouffer notre bébé.

Je me relève brusquement, prise de panique. Les pensées tourbillonnent dans mon esprit, sombres, destructrices. Pourquoi a-t-il fait ça? *Comment* a-t-il pu faire ça? À cet instant, Mark revient dans la pièce et me trouve debout, le dos plaqué contre le mur, les yeux rivés sur le canapé.

— Mince, Susan, excuse-moi... C'était vraiment indélicat de ma part.

Il pose les deux tasses sur la table basse, traverse la pièce et m'attire dans ses bras. Je m'effondre contre lui, car mes jambes ne me portent plus. Mark me fait asseoir par terre et s'accroupit devant moi en me murmurant de respirer calmement.

— Ce n'est pas le même canapé, Suzie. Quand tu es partie, j'ai voulu le remplacer, mais je ne savais pas lequel choisir. C'est toi qui t'occupais de ça, d'habitude. J'ai passé quatre heures dans le magasin, et j'ai fini par rentrer à la maison avec le même modèle.

Ses mots font lentement leur chemin jusqu'à mon esprit. *Ce n'est pas le même canapé*. Évidemment, le nôtre était plus arrondi et un peu plus long, il allait mieux dans la pièce. Tout allait mieux quand j'habitais encore ici.

Lorsqu'il est certain que je ne vais pas tomber dans les pommes ou faire une crise de nerfs, Mark se relève pour aller chercher les tasses de thé. Je reste assise par terre, ne me sentant pas encore prête à m'approcher du canapé.

— Alors, raconte-moi, dit-il avec un peu moins de froideur dans la voix. C'est quoi, cette histoire ?

En le voyant prendre la photo sur la table, je m'aperçois que je n'ai pas envie qu'il la touche. Je tends la main, et il me la rend sans faire de commentaire.

— Je ne sais pas, dis-je honnêtement. On me l'a déposée chez moi il y a quelques jours, telle quelle. J'ai pensé que ça venait peut-être de toi.

Je ne peux pas me résoudre à le regarder en face, surtout après avoir omis de lui parler des photos que j'ai trouvées dans mon propre album.

— De moi ? C'est de la folie ! s'exclame-t-il, avant de se reprendre bien vite, conscient de n'avoir pas choisi le meilleur terme. Enfin, je sais à quel point tu t'en es voulu pour ce qui s'est passé. Jamais je n'aurais…

Cela veut-il dire qu'il m'a pardonné ?

— Qui, alors ? Qui me ferait une chose pareille ?

Mon ex-mari paraît soudain épuisé. Pour la première fois depuis que je suis arrivée, je remarque combien il a changé, comme les années ont miné cet homme que j'ai connu si fort. En plus des pattes-d'oie que j'aimais tant, de nouvelles rides de stress entourent ses yeux, signes de vieillesse avant l'heure. Au hâle naturel que tout le monde lui enviait s'est substituée une pâleur que j'ai d'abord attribuée au choc de me revoir, mais qui ne s'est toujours pas estompée. Dans son regard, l'étincelle d'arrogance qui m'avait attirée dès le premier soir a disparu. Voilà ce que j'ai fait au garçon qui croyait sans doute avoir le monde à ses pieds, avec son super job, sa belle maison, sa femme enceinte resplendissante, puis son adorable bébé.

— Je ne sais pas, répond-il. Les gens malveillants, ça existe. Quelqu'un essaie peut-être de te faire du mal, mais je ne sais pas qui ni pourquoi. En tout cas, je t'assure que ce n'est pas moi.

Rassurée, je lui raconte tout : le Dr Riley, Nick, la couverture de Dylan. Je me garde toutefois de préciser que je vis chez un homme qui m'est quasiment étranger. Plus j'avance dans mon récit, plus Mark se rembrunit, et quand j'évoque le saccage de ma maison, il se met à arpenter la pièce, chose que je ne l'ai jamais vu faire auparavant quand il était énervé.

— À quoi tu joues, bon sang ? Tu as une idée du danger que tu es en train de courir ?

Là, je suis soufflée. J'espérais peut-être de la pitié, de la compassion, voire un peu de nostalgie. Je m'attendais même à la colère, mais l'inquiétude ? Je ne sais pas quoi faire de son inquiétude. Bien sûr, il a raison, mais, le souci qu'il a de ma sécurité, il aurait dû l'exprimer il y a quatre ans.

— Je ne suis pas venue ici pour me faire sermonner, dis-je sèchement.

— Ah bon ? Pourquoi es-tu venue, alors ? rétorque Mark un ton plus haut. Ça t'amuse de te pointer chez moi après tout ce temps ? Tu crois que ça me fait quoi, d'ouvrir ma porte et de revoir ton visage ? J'ai passé des années à essayer de t'oublier, et toi tu arrives comme une fleur, et tu fais tout resurgir !

— Oh, pardon ! dis-je en me levant pour lui rendre ma tasse. Je vais te laisser vivre ta petite vie tranquille dont tu as réussi à nous effacer tous les deux ! Si jamais je retrouve notre fils, tu veux que je te prévienne, quand même ?

En voyant le visage de Mark se décomposer, je comprends que je suis allée trop loin.

— Retrouver notre fils ? murmure-t-il. Susan, je l'ai déjà retrouvé. Avec un coussin sur la tête, la peau glacée, étouffé par la femme que je pensais être l'amour de ma vie. Je ne peux pas me permettre le luxe de m'accrocher à l'espoir qu'il soit toujours vivant. Je garde un souvenir très net de ce moment sur le parking de l'hôpital où j'ai serré mon bébé dans mes bras en le suppliant de respirer, en criant à l'aide pour qu'on vienne sauver mon petit garçon. Il est mort parce que tu l'as tué, et ce n'est pas la photo d'un gamin souriant qui y changera quoi que ce soit. Je crois qu'il est temps que tu t'en ailles.

28

Je repars en voiture aussi vite que mon corps secoué de tremblements me le permet, et m'arrête sur le bas-côté dès que je me suis suffisamment éloignée. Le front appuyé contre le volant, je laisse libre cours aux sanglots que je réprimais depuis l'instant où j'ai revu Mark. Il en sait plus qu'il n'en dit. Certes, il semblait sincère en évoquant la découverte du corps de Dylan, mais je suis certaine qu'il y a autre chose. Une chose qui m'échappe pour l'instant.

Quand je parviens à me ressaisir, je sors mon téléphone et compose le numéro de Nick, qui décroche à la première sonnerie.

— Tout va bien, Susan ? Vous lui avez parlé ?

— Oui, je lui ai parlé.

Retenant mes larmes, je lui résume mon face-à-face avec mon ex-mari. Nick reste silencieux un long moment.

— Vous êtes toujours là ?

— Oui. C'est juste que je ne sais pas quoi penser de tout ça.

— Il me cache quelque chose, et je veux découvrir quoi. Je vais y retourner.

— Vous êtes sûre que c'est une bonne idée ?

Décidément, les hommes qui m'entourent semblent s'être donné le mot pour adopter un ton préoccupé avec moi…

— Apparemment, vous avez rouvert de vieilles blessures en allant le voir, continue Nick. Vous devriez peut-être le laisser tranquille.

— Je n'ai pas l'intention de le perturber davantage, répliqué-je, un peu vexée qu'il s'inquiète pour mon ex-mari et non pour moi. Je m'introduirai dans la maison quand il en sortira.

— Pas question. Susan, revenez tout de suite, s'il vous plaît.

— Je ne vois pas où est le problème. Je n'entrerai pas par effraction, puisque j'ai la clé. Je ne pense pas qu'il ait fait changer les serrures : rappelez-vous, il ne risquait rien, j'étais derrière les barreaux.

Je comptais dire cela de façon désinvolte, mais j'ai bien peur de paraître seulement amère.

— Et s'il vous surprend ? Vous ne savez pas de quoi il est capable.

— Comment ça, « de quoi il est capable » ? Mark n'a jamais rien fait de mal dans sa vie. Un jour, il a même rapporté une ceinture au magasin parce que le vendeur avait oublié de l'encaisser. Il ne voulait pas passer pour un voleur.

— Mais est-ce que vous le connaissez si bien que ça, Susan ? Que savez-vous de ses antécédents ?

— De quoi parlez-vous ? Mark n'a pas d'antécédents, c'est ridicule ! Si j'ai une chance de découvrir ce qu'il me cache, c'est maintenant, avant qu'il ne se souvienne que j'ai la clé de chez lui.

— Je vois que je ne pourrai pas vous faire changer d'avis.

De toute évidence, Nick me connaît mieux que je ne le connais.

— Est-ce que vous pouvez au moins attendre que je vous rejoigne ?

— Non, dis-je, inflexible. Je dois faire ça seule. Dès que je l'aurai vu passer en voiture, je retournerai chez lui. J'essaierai de faire vite.

— Et s'il ne part pas ?

— Alors j'attendrai. Il sera bien obligé de sortir à un moment ou à un autre.

29

Nick a peut-être raison : qu'est-ce que je ferai si Mark ne sort pas de la maison ? Rester assise dans la voiture ? Je ne pourrai même pas dormir, je risquerais de rater son départ et d'attendre ici comme une idiote alors que la voie est libre. Cette route est la seule qui mène en ville ou au supermarché, alors à moins qu'il ne décide d'aller se promener à la campagne, je le verrai passer. Encore faudrait-il qu'il passe. Ma bonne idée d'il y a dix minutes me semble soudain ridicule, en plus d'être hasardeuse. Que voulait dire Nick en parlant des antécédents de Mark ? A-t-il découvert quelque chose qu'il préfère me cacher ? Pour éviter d'y penser, je me concentre sur les voitures qui filent à côté de moi, en imaginant quelle vie peuvent mener leurs occupants.

Mark quitte sa maison plus vite que je ne m'y attendais. À peine quarante minutes après mon départ, je vois sa Mercedes gris métallisé passer devant l'aire de stationnement sur laquelle je me suis arrêtée, et tourner à droite au bout de la rue en direction du centre-ville. Je patiente quelques minutes pour m'assurer qu'il ne fait pas demi-tour, puis mets le moteur en marche.

Après m'être garée dans une zone industrielle à quatre cents mètres de chez Mark, c'est dans un état d'extrême nervosité que je parcours le reste du chemin à pied, en jetant tout du long des regards furtifs autour de moi. Si l'on me surprend à m'introduire chez mon ex-mari, je risque gros, quand bien même je n'aurais pas l'intention de dégrader quoi que ce soit. Qui sait, peut-être serai-je renvoyée à Oakdale pour purger le reste de ma peine... Peuvent-ils m'imposer cela ? J'aurais dû demander à Cassie. Ce qui est sûr, c'est que si un voisin me voit, il ne manquera pas d'en parler à la prochaine réunion de surveillance du quartier. L'espace d'un instant, j'imagine Mme Taylor, la voisine d'à côté, collant des affiches « WANTED » sur les lampadaires dans sa chemise de nuit en flanelle de coton.

Convaincue que Mark n'a pas remplacé les serrures, je n'en suis pas moins surprise quand ma clé ouvre la porte en quelques secondes. Je me dépêche d'entrer. Ça y est, je suis donc une criminelle. Du moins, je le suis une seconde fois.

De ce que j'ai revu de la maison, c'est la cuisine qui a le plus changé. Les plans de travail sont les mêmes, mais, sur les murs, le beau vert cendré que j'avais passé des heures à étaler a été recouvert de jaune vomi. Il ne manque plus que les morceaux de carotte.

Tout s'est si bien passé jusque-là que j'éprouve un regain de confiance en moi. Je vais me faufiler dans le bureau de Mark, où un dossier intitulé TOP SECRET m'attendra, bien en évidence sur la table, avec toutes les informations dont j'ai besoin pour retrouver mon fils.

— Tu peux toujours rêver, marmonné-je tout haut dans la maison silencieuse.

Le bureau n'a pas beaucoup changé depuis mon départ. La table de travail se trouve toujours dans le coin à droite quand on entre dans la pièce, en face du fauteuil rouge usé, seule relique de l'ancienne vie de Mark à avoir été conservée lors de notre installation. Quelques nouveaux tableaux ont détrôné les photos de famille, et, pour une raison inconnue, Mark a décroché ses diplômes du mur – étrange, quand on sait comme il était fier de ces morceaux de papier de format A4 marqués du blason de l'université de Durham. Il les a sûrement apportés dans un magasin spécialisé pour les faire restaurer.

Le vieux meuble classeur est toujours à côté de la table, mais je n'ai aucune idée d'où peut se trouver la clé. Par où commencer ? J'ouvre un à un les tiroirs du bureau : ils sont bien rangés et ne m'apprennent rien.

Je m'aperçois aujourd'hui que je ne savais pas grand-chose du travail de mon mari à l'époque où nous vivions ensemble. Pour être franche, l'entendre parler informatique m'ennuyait à mourir, même si je faisais l'effort de sourire et de hocher la tête poliment lors des réceptions organisées par son entreprise. D'ailleurs, nous n'y allions que pour profiter du buffet, car Mark ne supportait pas ses collègues, avec qui il n'avait presque rien en commun. La plupart étaient tellement enfermés dans leur petit monde qu'ils ne comprenaient même pas ce qu'était une blague. De mon côté, je n'entendais rien à leur langage. Pour moi, un cookie est un petit gâteau qu'on déguste avec une tasse de thé en regardant *Coronation Street*... Toujours est-il que je regrette à présent de ne pas être entrée plus souvent dans le bureau de Mark, ne serait-ce que pour voir où étaient rangées les choses. La seule fois où je me souviens d'être venue ici, c'était un soir où Mark travaillait tard et où j'avais envie qu'il vienne se coucher. Je m'étais présentée devant lui vêtue de son déshabillé préféré, que j'avais laissé s'ouvrir avec désinvolture alors qu'il tentait de se concentrer sur l'écran de son ordinateur. Trois minutes plus tard, nous faisions l'amour à même le bureau, riant comme des adolescents parce que j'avais fait tomber du mur le panneau de liège. Je revois encore l'objet traînant par terre, avec cette petite clé fixée au dos par du scotch…

Non, ce serait trop facile. Fébrile, je décroche le panneau et le retourne, m'attendant à ce que la nostalgie et l'espoir aient brouillé mes souvenirs. Et pourtant, la petite clé argentée est bien là. Je ne suis peut-être pas Sherlock Holmes, mais mon mari n'est pas Jim Moriarty non plus.

Je pousse un soupir en constatant qu'il s'agit bien de la clé du caisson de rangement. Dans le premier tiroir, des dizaines de dossiers sont classés par ordre alphabétique. Je ne reconnais aucun des noms ; ceux de Dylan ou du Dr Riley n'apparaissent évidemment pas. Par acquit de conscience, je feuillette tout de même le premier dossier étiqueté « Andrews », et n'y trouve qu'un concentré de jargon informatique et de coordonnées d'entreprise. Je le remets à sa place, en prenant soin de ne laisser aucune trace de mon passage. Au fond du tiroir repose un petit livre en cuir bleu portant l'inscription « Répertoire » en lettres dorées. Je le fourre dans mon sac à main, convaincue que son absence ne sera pas remarquée.

Le deuxième tiroir est clairement dédié à la comptabilité : c'est là que sont rangées les factures d'eau, d'électricité et de téléphone. Si j'avais toute la journée devant moi, je pourrais me pencher sur la liste des appels effectués ces derniers temps, mais comme j'ignore quels numéros chercher, cela ne servirait à rien : je risquerais de me retrouver à recopier ceux du restaurant chinois et de la pizzeria du coin.

Tombant sur un dossier nommé « Banque », j'en extrais un livre de comptes, divisé en trois sections : factures, dépenses, et « divers ». Je ne connaissais pas l'existence de ce dernier compte, mais cela ne veut pas dire grand-chose, dans la mesure où c'est Mark qui s'est toujours occupé de nos finances. Il m'avait appris à gérer mon propre chéquier – mon argent de poche, en somme – mais le reste me passait au-dessus de la tête. Avec le recul, je trouve ça pathétique. La seule fois où j'ai eu un aperçu de notre situation financière, c'est lorsque les avocats de Mark m'ont soumis une proposition de règlement au moment du divorce. Offre que j'ai acceptée sans broncher, car à mes yeux je ne méritais rien du tout. Un rapide coup d'œil au livre de comptes me suffit à comprendre que je me suis fait rouler. Certes, je savais que mon mari gagnait bien sa vie – nous vivions dans une maison de cinq pièces, et je portais une paire de chaussures de grand couturier différente suivant les réceptions auxquelles nous étions conviés – mais j'étais loin de penser qu'il possédait autant d'économies. D'importantes sommes d'argent ont été déposées régulièrement entre 1990, l'année où Mark a commencé à tenir ce livre, et 1993. Avec tout cela, il aurait pu vivre comme un prince. Au début du cahier, une note indique le montant qui se trouvait déjà sur le compte, et cela ressemble fort à une assurance vie. Je sais que le père de Mark était riche, qu'il est mort d'une crise cardiaque avant notre première rencontre, et que père et fils ne s'adressaient plus la parole depuis plusieurs années. Mark n'a jamais voulu en parler. Mais aujourd'hui, je me demande si cet argent était un héritage légitime, et pourquoi mon mari ne m'en a jamais rien dit.

Quoi qu'il en soit, je n'ai pas le temps de me demander si la situation financière de Mark a une importance dans cette histoire. Je ne veux pas de son argent. En revanche, j'imagine que la question intéressera Nick, c'est pourquoi je prends en photo avec mon BlackBerry quelques pages du livre où figurent les numéros de compte, avant de le ranger soigneusement dans le meuble. Je dois me dépêcher, car Mark peut rentrer à tout instant.

Dans le dernier tiroir règne un désordre qui me surprend encore plus de la part de mon ex-mari que la découverte de ses économies cachées. Un tas de papiers jetés les uns sur les autres, des numéros de téléphone glissés entre les lettres, les publicités et les factures… Les battements de mon cœur s'accélèrent : si je dois trouver quelque chose, il y a fort à parier que ce sera ici. Alors que je fouille dans ce bazar en priant pour que la chance continue de me sourire, je tombe sur une photo. Je ne peux m'empêcher d'espérer qu'elle représente mon fils, avec, au dos, une adresse et un texte expliquant qu'il n'est pas mort…

Que dit le dicton, déjà ? *Prenez garde à ce que vous souhaitez, cela pourrait bien arriver.* C'est en effet Dylan que je découvre, lové dans les bras d'une femme radieuse qui semble beaucoup l'aimer. Une femme qui, douze semaines plus tard, se saisira d'un coussin pour le presser contre le visage de son bébé jusqu'à ce qu'il cesse de respirer. J'ai envie de lui crier de se faire aider avant qu'il ne soit trop tard, mais le mal était peut-être déjà fait. Je peux regarder le passé, le tenir dans mes mains, mais je ne pourrai jamais le changer. Au dos du cliché, pas d'adresse, pas de révélation, rien que je ne sache déjà : *Susan et Dylan, trois jours.* Une boule grossit dans ma gorge. Pendant longtemps, je me suis interdit de revoir des photos de mon fils, et voilà que, depuis quelques jours, je me retrouve constamment confrontée à son image. Non seulement dans la réalité, mais aussi en esprit. L'amour que j'ai éprouvé pour lui pendant trois mois n'a pas diminué, et je donnerais n'importe quoi pour pouvoir me glisser dans cette photo, caresser la peau douce de sa joue, embrasser sa petite bouche.

Avec un soupir, je détache mon regard du visage de mon fils, vidée de toute motivation. Je n'ai plus envie de découvrir la vérité : je veux juste rentrer chez moi. Reposant la photo où je l'ai trouvée, je referme le tiroir et replace la clé derrière le panneau de liège. Sur le palier, j'évite de regarder la porte de la chambre de Dylan.

Un bruit venant d'en bas me fige sur place. Mark est-il déjà de retour ? Non, il n'y a personne, ce sont juste les craquements habituels d'une maison. Consciente qu'il s'agit peut-être de ma seule chance, je décide d'aller faire un tour au dernier étage. Ce qui n'était qu'un grenier poussiéreux accessible par une simple trappe lorsque nous avons emménagé a été transformé par mes soins – et par une armée d'ouvriers obligeants – en une belle chambre destinée à Dylan lorsqu'il serait adolescent. L'échelle a été remplacée par un escalier, et un velux a été installé dans le toit. N'importe quel jeune aurait adoré cette mansarde ; c'est tellement injuste que mon petit garçon ne puisse pas en profiter…

En entrant dans la pièce, je comprends vite qu'elle n'a pas servi de chambre à coucher depuis que je suis partie : des cartons s'empilent un peu partout. À côté de ceux qui sont marqués « Photos » ou « Vêtements de grossesse », j'en repère d'autres aux étiquettes moins douloureuses, « Magazines » et « Fac ». Dans le premier carton de cette pile, trois gros classeurs remplis de cours et de devoirs. Je savais déjà que mon ex-mari était un bûcheur, je ne suis donc pas étonnée par la quantité de notes qu'il a pu prendre en classe ni par l'excellence de ses résultats. La deuxième boîte contient encore des classeurs, et je suis prête à renoncer, quand je découvre les diplômes de Mark rangés dans le troisième carton. Ils sont encore dans leurs cadres et en parfait état, pourquoi les a-t-il décrochés du mur ? En les déplaçant, je tombe sur des photos de Mark avec ses amis, dans des bars, des bals ou des festivals. Sur plusieurs d'entre elles apparaît une jolie rousse au visage souriant et constellé de taches de rousseur. Elle ne semble pas maquillée, mais ses yeux me captivent : d'un vert émeraude très vif, ils expriment une telle joie de vivre que je ne peux m'empêcher de l'envier. Ce sentiment s'intensifie à mesure que les photos défilent entre mes mains. Ici, elle enlace Mark, *mon* Mark ; là, ils s'embrassent, rayonnants de bonheur, tenant l'appareil à bout de bras pour se prendre en photo eux-mêmes. Ils sont clairement amoureux, et pourtant je n'ai jamais entendu parler d'elle. Pourquoi Mark m'a-t-il caché son existence ? Entre cet amour de jeunesse et ses mystérieuses économies, j'ai l'impression de ne plus connaître mon mari.

Il n'y a rien d'écrit au dos des photos, et plus je les regarde, plus mon cœur se serre. La même fille sur la plage, Mark avec un sac à dos et une tenue de randonnée, sans doute dans un pays chaud… Il faut que je sorte d'ici. Je replace les photos dans le carton, mais alors que je m'apprête à partir, j'entends la clé tourner dans la serrure de la porte d'entrée.

30

Jack : 27 novembre 1992

Il détestait salir ses chaussures.

Et il détestait encore plus ces satanés bois. La forêt, c'est bon pour les ours et les écolos. Et les cadavres.

Ils l'avaient laissée à la lisière, à l'endroit le plus clairsemé, là où les derniers arbres avaient été plantés. Imbéciles ! S'ils s'étaient enfoncés cent mètres plus loin, les animaux se seraient occupés d'elle avant que la police ne la retrouve, ce qui risquait d'arriver bientôt vu que cette garce de Whitaker avait déjà signalé la disparition de la fille.

Hors de question de la déplacer, en tout cas. Il allait devoir brûler ses vêtements, alors qu'il n'avait même pas touché au corps. Un costume de ce prix-là… Quel gâchis.

Il savait qu'il prenait des risques en venant ici, mais il n'avait pas le choix. On ne peut compter sur personne dans ce monde, il n'était pas arrivé aussi loin sans avoir appris ça. On fait ce qu'on a à faire, et on ne confie pas les missions importantes à des idiots qui ne seront jamais bons à rien.

Le jour avait fini de décliner, et les rayons de lune frôlaient déjà la terre à travers les jeunes arbres, glissant sur tous les reliefs. Il n'y avait aucun bruit mis à part le craquement des feuilles sous ses pieds. À chaque expiration, il voyait son souffle se cristalliser devant lui. Dans quelques heures, la boue deviendrait aussi dure que de la roche, givrée et cassante sous les pas. La fille, elle, serait gelée comme un esquimau.

Il s'approcha du corps autant qu'il en avait le courage. Même morte, elle était belle à couper le souffle. Aucun risque de la prendre pour une junkie victime d'hypothermie : malgré les feuilles et la terre mêlées à ses longs cheveux roux, on voyait que ceux-ci avaient été bien entretenus, et ses vêtements étaient propres, de bonne qualité. Une jeune fille de dix-neuf ans comme les autres, en somme, n'étaient l'entaille béante sur sa gorge et son regard vitreux.

Une petite pointe de regret l'assaillit. Le destin de Beth aurait pu être tellement différent, si seulement elle ne s'était pas foutue de lui en se collant à Shakespeare chaque fois qu'il entrait dans la pièce, et en prétendant qu'elle n'était pas attirée par lui. Billy n'avait pas été mieux, à se pavaner comme un coq. Beth avait découvert la vraie nature de Jack à ses dépens. Elle avait résisté aux fleurs qu'il lui avait offertes, aux bijoux, aux œuvres d'art, mais elle n'avait rien pu faire contre le chiffon imbibé de chloroforme qu'il lui avait plaqué sur la bouche. Au final, elle s'était bien pâmée devant lui, même s'il avait dû l'aider un peu.

Ça l'embêtait qu'ils l'aient rhabillée, mais c'était prévisible. De toute façon, les policiers découvriraient vite ce qui était arrivé à Beth. Il fallait qu'il se dépêche, car ils n'allaient pas mettre longtemps à retrouver son cadavre.

Jack plongea la main dans sa poche, où se trouvaient le porte-monnaie de la fille et une seringue. Penché sur le cadavre, et prenant soin de ne pas le toucher, il enfonça l'aiguille derrière le genou et tira sur le piston. La mort était suffisamment récente pour que le sang n'ait pas encore séché, si bien que le tube s'emplit d'un beau liquide rouge sombre.

Jack aurait bien voulu rester dans les parages pour assister à la découverte du corps, mais il avait encore du boulot.

31

Pétrifiée, je n'ose plus bouger de peur de me trahir. Peut-être ai-je mal entendu ? Après tout, deux étages me séparent du rez-de-chaussée. Mais, à cet instant, la porte d'entrée s'ouvre, quelqu'un jette un trousseau de clés sur le guéridon, puis, après quelques secondes, dépose quelque chose de lourd sur la table de la cuisine. Cette fois-ci, c'est sûr : on va me renvoyer à Oakdale. Je n'ai aucune chance de m'en tirer – je me vois mal prétendre que j'ai oublié mon sac à main et que je suis allée le chercher au grenier.

Ou alors… Deux possibilités s'offrent à moi : soit je me cache en espérant que Mark ressortira sans m'avoir débusquée ; soit je retourne dans le bureau pour sauter sur le toit de l'extension, prenant le risque d'être vue. Et de me casser le cou. Comme alternative, on fait mieux, mais c'est la seule que j'ai. Le plus discrètement possible, je pousse la porte de la mansarde pour écouter ce qui se passe en bas. Les bruits de placards m'indiquent que Mark est en train de ranger ses courses. Je dévale l'escalier et me réfugie dans le bureau.

La distance entre la fenêtre et l'extension ne me paraît pas insurmontable. D'ailleurs, je remercie l'escroc du magasin de vérandas qui avait convaincu Mark de choisir l'option beaucoup plus chère en brique, avec fondations et permis de construire obligatoire, plutôt que celle en verre que j'avais en tête. Le toit devrait supporter mon poids, à condition que je ne rebondisse pas dessus.

Sans un bruit, j'entrouvre la fenêtre et jette un œil dehors. L'extension se trouve juste en dessous, à côté de la cuisine. C'était ma buanderie et je l'adorais. Cela peut paraître ridicule de dépenser autant d'argent pour faire construire une pièce dédiée à la machine à laver et au sèche-linge, mais, à cet instant, je suis bien contente qu'elle existe. Un peu ralentie par mes bottes à talons, je grimpe sur le bureau et ouvre la fenêtre en grand. Mark serait bien inspiré de ne pas aller étendre son linge tout de suite.

Soudain, j'entends la porte de la cuisine s'ouvrir. Il va monter à l'étage, il faut que je me sauve en vitesse. Je lance mon sac à main, qui atterrit avec un bruit sourd sur le toit, puis j'enjambe le rebord de la fenêtre et me laisse tomber, à l'instant où Mark parvient en haut de l'escalier. Pas le temps de vérifier s'il est entré dans le bureau, dans la chambre ou aux toilettes : je suis debout sur le toit de la buanderie – en un seul morceau, heureusement – et ce n'est pas le moment de traîner, car n'importe qui pourrait me voir.

À quatre pattes, je m'approche du rebord. Le sol se trouve trois mètres plus bas, beaucoup trop loin à mon goût, mais, encore une fois, je n'ai pas vraiment le choix. Mieux vaut ne pas penser à l'atterrissage. Je ne sais pas combien de temps Mark va rester à l'étage, et s'il décide de redescendre dans la cuisine, j'ai du souci à me faire. Enroulant la lanière de mon sac à main autour de mon poignet, je m'assois au bord du toit, me tourne et me laisse lentement glisser à terre.

Inutile de mentir : la réception est douloureuse. Alors que mes genoux tremblent encore sous le choc, je m'écarte tant bien que mal de la fenêtre de la cuisine. J'ai réussi à ne pas crier, je suis assez fière de moi, mais voilà que j'entends la clé tourner dans la serrure de la porte de derrière. Jambes molles ou pas, je détale en courant.

Hors d'haleine, des taches noires devant les yeux, je m'arrête au bout de la rue et m'appuie contre le mur du jardin des McKinley, le temps de reprendre mon souffle. Il n'y a personne chez eux. Je n'ai pas été suivie.

Tandis que je rejoins ma voiture, je remercie le ciel d'être en si bonne forme physique. Il y a quatre ans, je n'aurais peut-être pas été capable de me hisser sur le bord de la fenêtre, sans parler de faire un sprint juste après avoir sauté du toit de la buanderie. Je me sens euphorique, plus que je ne l'ai été depuis bien longtemps. Retrouvant ma voiture là où je l'avais garée, sans PV ni sabot, j'ouvre la portière et m'effondre sur le siège, épuisée.

— Alors, comment ça s'est passé ? Vous avez été repérée ? Vous m'appelez du poste de police ?

Nick a répondu à la première sonnerie et n'a pas attendu avant de me bombarder de questions.

— Non, je ne me suis pas fait arrêter. Et je ne suis pas sûre d'avoir trouvé quelque chose d'intéressant : je vous laisserai en juger à mon retour. Vous êtes toujours d'accord pour me recevoir chez vous ?

— Bien sûr.

Nick semble soulagé de ne pas avoir à payer de caution. Combien gagne un journaliste, de nos jours ?

— Soyez prudente, ajoute-t-il, avant de raccrocher.

Le sourire aux lèvres, je range mon téléphone et démarre la voiture. Je me sens un peu plus calme et très satisfaite de moi, même si j'ai mal aux genoux.

32

Quarante minutes plus tard, je me gare dans la rue de Nick. Quand l'adrénaline s'est diluée dans mon corps après ma périlleuse aventure, les dernières paroles de Mark, qui me décrivait la façon dont il a découvert Dylan, me sont brutalement revenues en mémoire. J'ai dû m'arrêter deux fois pour me forcer à respirer calmement.

— Vous voilà enfin !

Ce qui restait de mon euphorie finit de se dissiper devant l'air inquiet de Nick, qui tient quelque chose dans sa main.

— Qu'est-ce que c'est ?

— J'ai trouvé cette enveloppe dans l'entrée, quand je suis venu vous ouvrir. Elle n'y était pas il y a dix minutes.

Cette fois-ci, les photos qui ont été glissées à travers la porte ne sont pas celles d'un petit garçon. Je reconnais tout de suite ma silhouette, même si je tourne le dos à l'appareil. Vêtue d'un pull gris et ample, les cheveux bruns coupés au carré, je sonne à la porte de mon ancienne maison. Cette photo est récente. Elle date de ce matin.

La suivante montre Mark ouvrant la porte ; sur la troisième, on me voit repartir. Encore moi, de retour devant la maison. Puis suspendue au toit de la buanderie. Si je n'étais pas aussi terrifiée, j'éclaterais de rire, car j'ai l'air ridicule, accrochée au toit comme une gamine qui grimpe aux arbres. Je pensais avoir été discrète, alors que quelqu'un me mitraillait avec son appareil photo, avant d'imprimer les clichés et de les déposer chez Nick.

Un coup frappé à la porte me ramène brusquement à la réalité. Les policiers, déjà ? Il est trop tard pour tenter de fuir, ils sont peut-être aussi dans le jardin, prêts à me cueillir. Fourrant l'enveloppe dans mon sac, je me prépare à braver la tempête tandis que Nick ouvre la porte. Le même masque de parfaite innocence se lit sur nos visages. *Je vous jure, monsieur l'agent, je n'ai rien fait !* Mais cela n'a pas marché pour moi la première fois, alors que je me croyais réellement innocente…

Finalement, c'est Cassie que nous découvrons sur le perron, chargée de sacs de courses telle une parfaite ménagère.

— Bon sang, je suis contente de te voir ! dis-je en poussant un soupir. Qu'est-ce qui t'amène ?

— Je te rappelle qu'on a fait des recherches sur ton procès.

J'avais oublié qu'elle était venue ici, chez Nick, sans moi.

— Je suis juste sortie faire quelques courses. Comment ça s'est passé ?

— Pas aussi bien que je l'espérais. Regarde ce qui vient d'arriver.

Cassie retient un cri en découvrant les photos, qu'elle tend ensuite à Nick. L'inquiétude flagrante de ce dernier n'est pas pour me rassurer. Il nous conduit au salon, ferme les volets et allume la lumière.

—Pourquoi faites-vous ça? s'enquiert Cassie.

Ces précautions me semblent un peu exagérées, à moi aussi. On n'est tout de même pas dans un James Bond!

—L'enveloppe a été déposée ici, réplique Nick. Avant même que Susan ne revienne. On savait donc qu'elle ne rentrerait pas chez elle.

Cassie jette un coup d'œil par-dessus son épaule, comme si elle s'attendait à voir quelqu'un derrière elle armé d'un appareil photo ou d'un dictaphone.

—Tu n'as rien remarqué? me demande-t-elle.

—Tu me vois faire coucou sur les photos...? Excuse-moi, je suis un peu sur les nerfs.

—On ne sait pas qui a fait ça, et on ne peut rien y faire pour l'instant, intervient Nick sans relever mon sarcasme. Qu'avez-vous pu tirer de Mark?

Je leur raconte quasiment mot pour mot ma conversation avec mon ex-mari, qui est restée gravée dans ma mémoire. J'évoque l'histoire du canapé, puis je leur parle du compte secret et des photos que j'ai découverts en retournant chez lui. Cassie est furieuse d'apprendre qu'il est plein aux as.

—Comment a-t-il pu cacher tout cet argent au moment du divorce?

—Je ne lui ai rien demandé, dis-je simplement. Son avocat m'a proposé une somme correcte, et je l'ai acceptée.

—Il faut que tu contestes, insiste Cassie.

— Je n'en ai pas envie. En plus, je n'ai aucun droit sur cet argent, les versements se sont arrêtés bien avant que je rencontre Mark. J'aimerais juste comprendre pourquoi il ne m'a jamais parlé de ce compte. Ou de cette fille.

Pour être honnête, les photos de Mark et de son amoureuse m'ont bien plus contrariée que ses économies cachées. Le fait que cette mystérieuse jeune femme soit absolument ravissante n'y est pas pour rien, évidemment.

— Reste à savoir si tout ça a quelque chose à voir avec notre affaire, dit Nick d'un ton songeur.

Il parle de « notre » affaire comme si cela le concernait autant que moi, alors qu'il pourrait très bien décider de ne plus s'en soucier. En les regardant tour à tour, Cassie et lui, je me demande de quoi ils ont bien pu discuter toute la journée, eux qui, encore hier, ne pouvaient pas se supporter. Je montre à Nick les photos du livre de comptes prises avec mon téléphone, et lui remets le répertoire que j'ai trouvé dans le bureau de Mark. Il fronce les sourcils d'un air réprobateur, sans toutefois émettre le moindre commentaire.

— Et vous, vous avez du nouveau ? demandé-je à Cassie tandis que Nick reste plongé dans ses pensées.

— On a récupéré ça, répond-elle avec enthousiasme, en me tendant une liasse de papiers.

Ils portent l'en-tête du cabinet ZBH Avocats-Conseils, celui de Rachael Travis, mon avocate.

— C'est une copie du dossier de ton procès. Ç'a été dur de l'obtenir, mais leur garce de secrétaire a fini par nous l'envoyer par mail quand je me suis fait passer pour toi au téléphone et que je l'ai menacée de saisir la justice. Nick me soufflait tout un tas de noms de lois qui te garantissent l'accès à ton dossier.

Je parcours les notes en diagonale, découvrant quantité d'éléments que je ne comprends pas.

— Que signifient ces résultats toxicologiques ? C'est quoi, la kétamine ? Je croyais que c'était pour les chevaux.

— C'est un médicament. On en a retrouvé dans ton organisme quand tu as été admise aux urgences le jour de la mort de Dylan.

Je n'en savais rien, et je ne lui cache pas mon étonnement. Pendant ce temps, Nick feuillette le répertoire sans rien dire, ce qui m'agace prodigieusement.

— Apparemment, ça n'a pas été mentionné pendant le procès, répond Cassie. La kétamine est utilisée comme drogue du viol, les victimes sont prises de vertiges et n'ont plus conscience de ce qui se passe autour d'elles. Elle peut aussi provoquer des trous de mémoire.

On croirait entendre une étudiante en pharmacie réciter sa leçon…

— Mais comment a-t-on pu me cacher ça ? Pourquoi mon avocate n'en a-t-elle pas parlé au procès ?

Je pensais que Rachael Travis m'avait bien défendue. Mark avait fait appel à elle alors que mon cas semblait perdu d'avance, mais elle s'était quand même battue pour moi. C'est du moins ce que je croyais jusque-là.

— Elle n'a peut-être pas eu accès à mon dossier médical ?

— Oh, que si, répond Nick, sortant enfin de son silence. Vous avez signé une décharge l'autorisant à consulter tous vos dossiers personnels. Elle se trouve quelque part dans ces papiers.

— Rachael savait donc qu'on avait retrouvé de la kétamine dans mon sang, et elle n'a pas pensé à s'en servir pour ma défense ? Et la police, est-ce qu'elle a vu ce dossier ?

— C'est une bonne question. Nous n'avons pu trouver que les communiqués officiels et les informations livrées à la presse. On n'a pas le droit de consulter les notes de la police, et à moins de pirater le système, on n'a aucun moyen de se les procurer. Soit un enquêteur a mal fait son boulot, soit la police était au courant de ces résultats toxicologiques mais n'en a pas tenu compte.

Je commence à avoir la migraine.

— Qu'est-ce que ça veut dire, tout ça ?

— Peut-être rien du tout, admet Nick. Matthew Riley était un médecin consciencieux, et il n'avait aucune raison de mentir. Je ne m'explique pas cette histoire de kétamine, mais quand une affaire est aussi limpide… Pardonnez-moi, s'empresse-t-il d'ajouter en voyant mon visage s'assombrir, mais à l'époque, cela paraissait évident : on vous a retrouvée allongée à côté du corps de Dylan, vous teniez dans vos mains le coussin avec lequel il avait été étouffé, couvert de cellules de peau et de traces de salive…

— Je vous rappelle que j'ai assisté au procès, fais-je remarquer sèchement.

Je regrette aussitôt cette remarque. Nick et Cassie essaient de m'aider, et voilà comment je les remercie.

— Pardon, murmuré-je en me frottant le visage, soudain épuisée.

Cassie pose une main sur mon épaule.

— Tu es sûre de vouloir continuer, Suze ? Je sais que c'est dur pour toi de remuer tout ça.

— Oui, ça commence à faire beaucoup.

C'est difficile d'entendre un observateur impartial raconter en détail les circonstances dans lesquelles j'ai perdu mon fils. Pour ne rien arranger, je surprends un échange de regards entre Cassie et Nick – visiblement, ils s'attendaient à cette réaction de ma part. Je crois que je préférais quand ils se détestaient.

— On a pensé que ça ferait peut-être trop pour toi, me dit Cassie d'une voix douce, comme si elle s'adressait à un enfant.

Ce « On » finit de me pousser à bout. C'est bien le centième que j'entends dans la bouche de Cassie depuis qu'elle est arrivée.

— Ah oui, *on* a pensé ça ? répliqué-je, en oubliant qu'à peine quelques secondes plus tôt, je reconnaissais ne pas faire face.

— On s'est dit que ça allait être difficile pour toi de revivre ton passé, c'est tout.

— Vous faites la paire, tous les deux, pas vrai ? Alors qu'hier encore, tu rêvais de le lapider. D'autres commentaires sur mon état mental, docteur Reynolds ?

Cassie paraît choquée, blessée. Nick, quant à lui, se contente de m'observer avec intérêt. Son attitude impassible ne fait que m'exaspérer davantage, ce qui n'est pas bien difficile à cette minute, j'en conviens.

— Ne t'énerve pas, Susan. On… Enfin, *je* me fais du souci, vu tes antécédents…

Ce n'était vraiment pas la chose à dire, et elle le sait.

— Mes *antécédents* ? De quoi veux-tu parler, Cassie ? De ma dépression ou du fait que je sois une meurtrière ? Tu es pourtant mieux placée que moi pour savoir ce que c'est, non ? Après tout, ce n'est pas moi qui ai tué mon mari de sang-froid parce qu'il avait couché avec une autre femme.

Cassie et Nick en restent muets de stupeur. Je devrais me rendre compte que je suis odieuse et que mon amie ne mérite pas que je la traite comme ça, mais je continue sur ma lancée :

— Alors, chère copine, qu'est-ce qui t'inquiète tant ? Et moi qui pensais qu'on essayait de prouver que je n'ai *pas* tué mon fils dans un accès de rage dépressive ! Tu cherches peut-être seulement à me faire plaisir, en fait ?

— Ça suffit, Susan.

La voix grave de Nick m'a coupée en plein élan, et j'obéis comme une mauvaise élève réprimandée par son maître. Quand je vois Cassie au bord des larmes, je me sens soudain honteuse.

— Mince, excuse-moi. Je ne sais pas ce qui m'a pris. Je suis désolée.

Cassie réagit en véritable amie – j'ai parfois du mal à croire qu'une femme aussi gentille et loyale ait pu faire ce qu'elle a fait. Elle s'approche du fauteuil dans lequel je me suis effondrée et me prend dans ses bras.

— C'est moi qui suis désolée. Je n'aurais pas dû dire ça. Tu veux continuer, ou on s'en tient là pour l'instant ?

— Non, on continue. Vous vous êtes donné beaucoup de mal aujourd'hui, et j'ai envie de savoir ce que vous avez trouvé d'autre. Dieu sait que j'aimerais en finir avec cette histoire, mais ce n'est pas possible, alors autant avancer.

Cassie semble soulagée que je me sois calmée. Nick, lui, ne dit rien. Peut-être est-il de plus en plus convaincu que je suis maniaco-dépressive – je lui donne toutes les raisons de le croire, en tout cas. Après avoir attendu quelques instants, probablement pour s'assurer que je ne vais pas piquer une nouvelle crise, il se penche sur la table basse et tourne quelques pages du dossier, jusqu'à tomber sur un rapport. Celui de mon ancien médecin généraliste, le Dr Choudry. Il est daté du 13 août 2009, soit trois semaines après la mort de Dylan.

— Qu'est-ce que ça dit ?

Nick ne répond pas, préférant me laisser découvrir par moi-même.

Tandis que je parcours rapidement la page, quelques phrases me sautent aux yeux : *Mme Webster exprimait une inquiétude classique quant à la prise de poids un peu lente de son fils... aucun symptôme dépressif... très peu probable qu'elle ait pu souffrir d'une psychose puerpérale... pas de signes d'hallucinations ou de troubles du mécanisme de la pensée...*

— Qu'est-ce que ça signifie ? demandé-je en levant les yeux vers Nick. Pourquoi ça n'a pas été utilisé au tribunal ? Mon médecin écrit noir sur blanc que je n'étais pas dépressive !

Nick tourne encore quelques pages, jusqu'au rapport d'un autre médecin, le Dr Ingrid Thompson. Son nom ne me dit rien, mais ce qui ressort de son compte rendu est encore plus troublant. *La patiente montre des signes sévères de dépression postnatale... elle semble absente, parfois catatonique... la patiente n'a aucun souvenir de l'incident... elle s'agite dès qu'on évoque son fils... elle refuse de parler de lui...*

Le rapport est daté du 30 juillet, sept jours après la mort de Dylan.

— Qu'est-ce que vous en pensez ? me presse Nick en ne me voyant pas réagir.

— Ça a servi de preuve pendant mon procès, je m'en souviens, maintenant. Le Dr Thompson a été citée comme témoin à charge. Pourquoi le Dr Choudry n'a-t-il pas été appelé à la barre pour donner son opinion ? Je ne me rappelle pas l'avoir vu.

— Dans ses notes, votre avocate indique que le Dr Choudry n'était pas un témoin fiable, dans la mesure où on pouvait l'accuser d'avoir écrit ce rapport pour se couvrir, pour justifier qu'il n'ait pas su repérer votre dépression lors des visites postnatales. L'avocate a jugé que cela risquait plus de vous desservir qu'autre chose.

— Elle n'avait sans doute pas tort, dis-je lentement, tout en relisant le rapport du Dr Thompson. Mais ces commentaires… Enfin, évidemment que j'étais en état de choc, je venais juste de perdre mon bébé ! Comment aurais-je dû réagir ?

— Ça manque de rigueur, renchérit Cassie. C'est exactement ce qu'on… ce que j'ai pensé. Et se baser sur le diagnostic d'un seul expert, à l'issue d'un seul entretien ? C'est un peu léger.

— Malgré tout, on n'a pas de preuves solides, prévient Nick. Il ne faut pas s'emballer trop vite. Et on doit décider de ce qu'on fait ensuite.

— Est-ce qu'il y a autre chose ? demandé-je en continuant à feuilleter les pages du dossier.

— Je ne crois pas, mais il vaut mieux que tu vérifies par toi-même, répond Cassie. Ah si, on a aussi récupéré ça, ajoute-t-elle en me tendant une chemise marquée « Dr Riley ».

À l'intérieur, Cassie et Nick ont réuni toutes les notes d'un journaliste sur la disparition du Dr Riley, ainsi que des entretiens avec ses amis et sa famille, une déclaration de son épouse, et des rapports sur l'état de ses finances. Tout mène à la même conclusion : Matthew Riley n'avait aucune raison de fuir ou de se suicider.

Il était heureux, amoureux de sa femme, n'entretenait visiblement pas de liaisons extraconjugales, avait deux petites filles adorables et aucun problème d'argent. Son épouse a confié au journaliste qu'elle l'avait trouvé silencieux les dernières semaines, mais que, en dehors de cela, il n'y avait eu aucun signe qui ait pu laisser présager la suite.

— Je croyais que vous aviez suivi cette affaire, fais-je remarquer à Nick. Ce ne sont pas vos notes.

— Je n'ai fait que rédiger l'article, je ne me suis pas occupé du travail de terrain. Il est peut-être temps que je m'y mette.

Je le regarde sans comprendre.

— Je pense que nous devrions aller voir Mme Riley, précise-t-il.

— Pas question. J'ai déjà fait souffrir trop de gens en remuant le passé. Mme Riley n'a certainement pas besoin qu'on vienne l'ennuyer avec des théories du complot sur la mort de son mari.

— Je lui ai déjà parlé, réplique Nick, et elle est ravie à l'idée de nous recevoir. Elle m'a dit qu'il était temps que quelqu'un s'intéresse de plus près à la disparition de son mari.

— Elle pense qu'il ne s'est pas suicidé ?

Cette éventualité ne m'avait même pas traversé l'esprit…

— S'il a été assassiné, ajouté-je, est-ce qu'on ne prend pas des risques en fourrant notre nez dans cette affaire ?

Nick se met à rire.

— On a fait un peu plus qu'y fourrer notre nez. Pour répondre à votre première question, je crois que

Mme Riley pense elle aussi que son mari s'est suicidé, mais elle veut savoir pourquoi.

— Et elle croit qu'on peut lui apporter des réponses ?

— Moi, ce que je pense, intervient Cassie, c'est qu'elle se sent seule et que ton ami ici présent sait très bien s'y prendre au téléphone.

— C'est vrai ? demandé-je, tout en notant l'emploi de « ton » à la place de « notre ». Vous lui avez fait du charme pour obtenir cet entretien ?

Nick fait le salut scout de la main gauche, le poing droit sur le cœur.

— Tous les moyens sont bons. C'est la devise du journaliste.

— On y va quand, alors ?

— Demain.

Pourquoi attendre, en effet…

— Ce n'est pas tout, Susan, ajoute Cassie en me prenant le bras. Il y a autre chose. Quelque chose d'énorme.

Elle se tourne vers Nick, qui refuse de nous regarder dans les yeux. L'inquiétude me serre la gorge.

— Qu'est-ce qu'il y a ? Qu'est-ce qui s'est passé ?

— C'est lui qui a décidé ça tout seul. Je lui ai dit que ça te mettrait en pétard, et j'étais furieuse quand il m'en a parlé. Mais maintenant, je pense qu'il a eu raison de le faire, même si ça voulait dire agir dans ton dos.

— Tu m'inquiètes, bon sang, de quoi tu parles ?

— Cassie a raison, l'idée vient de moi, confirme Nick. Vous vous souvenez de la brosse à cheveux ?

— Quelle brosse ?

— Celle qui se trouvait dans le paquet avec la couverture de Dylan.

Comment ai-je pu l'oublier? Bouleversée par la réapparition de cette couverture, je n'ai plus pensé à la petite brosse bleue que je n'avais jamais vue auparavant. Pourquoi m'en serais-je souciée, alors que j'étais persuadée que mon père jouait à m'envoyer des énigmes d'un goût douteux?

— Qu'avez-vous fait? dis-je d'un ton lent et mesuré.

Je m'efforce de respirer calmement, de ne pas céder à la panique. Car je connais la réponse. J'en aurais fait autant si mon esprit n'avait pas été aussi embrouillé, aussi obnubilé par mon père.

— Je vous en prie, ne vous énervez pas. Quand je suis venu vous voir hier matin, j'ai pris la brosse, et je vous en ai emprunté une dans votre salle de bains. Je les ai apportées à mon cousin, qui est directeur d'un laboratoire indépendant spécialisé dans les tests de paternité. Il a passé la nuit au labo, et je suis allé chercher les résultats cet après-midi.

Mon cœur se met à battre la chamade, tout commence à tourner autour de moi. Je sens que je vais pleurer.

— Comment avez-vous pu me cacher ça? réussis-je à murmurer.

Cassie me tient la main. Nick s'excuse, mais je l'entends à peine. J'ai devant moi une enveloppe de plus qui pourrait changer ma vie à jamais. Si les résultats sont négatifs, tout est fini. S'ils sont positifs...

— Susan, écoutez-moi. Vous n'êtes pas obligée d'ouvrir cette enveloppe. On peut la jeter au feu et oublier qu'elle a jamais existé. Mais si vous décidez de l'ouvrir, il y a certaines choses que vous devez savoir.

— OK. Allez-y, dis-je dans un souffle.

Nick jette un coup d'œil à Cassie, qui l'encourage d'un signe de tête.

— D'accord. Pour commencer, l'échantillon n'était pas de très bonne qualité. Il n'y avait que quelques cheveux avec leurs racines, les autres étaient cassés. De plus, ils ont été contaminés quand vous avez sorti la brosse du carton. Ce que j'essaie de vous dire, c'est que cette preuve ne serait pas recevable lors d'un procès. C'est juste pour vous.

Je l'écoute, sans me sentir concernée par sa mise en garde. Peu m'importe que les résultats de ces tests ne soient pas recevables ; je ne suis pas un tribunal, et ces histoires d'échantillons contaminés ne me parlent pas. Je veux ouvrir l'enveloppe. Et, en même temps, j'ai une peur bleue de le faire.

Quand Cassie me touche gentiment le bras, je me rends compte que je n'ai rien dit depuis plusieurs minutes.

— Alors, Suze ?

Tu te fais de faux espoirs, chuchote une méchante voix dans ma tête. *Que dirait le Dr Nelson ?* J'emmerde le Dr Nelson. C'était l'un des nombreux psychiatres d'Oakdale, un petit hypocrite chauve et grassouillet, toujours vêtu d'une veste de tweed, qui osait me demander d'accepter mes démons alors que ses mains tremblaient à cause du manque d'alcool. Ma décision est prise. Quel genre de mère serais-je si je ne cherchais pas à connaître la vérité ?

Le genre de mère qui… Non. L'autoflagellation, c'est terminé.

— Vous connaissez déjà le résultat ? Vous savez si ces cheveux appartiennent à mon fils ?

Nick secoue la tête.

— D'accord. Je suis prête.

Ma vue se brouille tandis que je décachette l'enveloppe. Lorsque j'en extrais la feuille, je suis obligée de fermer les yeux un instant pour chasser mes larmes, qui roulent silencieusement sur mes joues et s'écrasent sur le papier.

Je mets un moment à repérer le résultat, noyé dans le jargon scientifique. Les mots sont trop petits pour l'ampleur de ce qu'ils transmettent : *Il n'est pas exclu que Susan Webster soit la mère biologique de l'enfant. Ce résultat se fonde sur une correspondance génétique de 99,999 %.*

Voilà, c'est écrit noir sur blanc : mon fils est vivant.

33

Durant l'heure qui suit, Nick et Cassie doivent m'empêcher d'appeler Mark et la police une bonne dizaine de fois. J'ai la tête qui tourne ; j'oscille entre la colère, la joie et l'abattement, et je ne peux retenir les larmes qui baignent mon visage et inondent mon tee-shirt.

Mon fils est vivant.

Ce serait mentir de dire que je l'ai toujours su. Ces quatre dernières années, les gens de loi qui se sont penchés sur mon cas l'ont tous classé dans la catégorie des crimes odieux ; pas une seule fois il n'a été suggéré qu'il pouvait y avoir eu une erreur, que j'étais peut-être innocente. J'ai déjà rêvé que Dylan était en vie, mais, même dans ces rêves, j'imaginais que je n'avais pas été seule avec lui ce jour-là, ou bien que les médecins m'avaient donné assez de médicaments pour que je reste saine d'esprit. Jamais je n'ai envisagé que tout n'avait été qu'un affreux mensonge.

Je n'en suis même pas encore à me demander *qui*, ni *pourquoi*. La seule question qui tourne en boucle dans ma tête, c'est *comment*. Comment cela a-t-il pu arriver ? Dylan est-il en danger ?

— Quel âge a-t-il ?

En voyant Cassie relever brusquement la tête, je m'aperçois que je suis restée un long moment sans parler.

— Les cheveux, sur la brosse, est-ce que votre cousin a pu déterminer leur âge ?

— C'est impossible, répond Nick. Il sait seulement qu'ils n'appartiennent pas à un bébé de trois mois, mais à un enfant plus âgé.

— Donc, la brosse a pu servir il y a six mois comme il y a un an ? Il peut être arrivé n'importe quoi à Dylan entre-temps. Il peut lui être arrivé n'importe quoi depuis quatre ans, alors qu'il aurait dû être avec moi. Et moi je suis tranquillement assise ici à boire ce putain de thé !

Je me lève et lance ma tasse encore à moitié pleine contre le mur, envoyant une gerbe de liquide brun laiteux sur la peinture. Tandis que j'éclate en sanglots, Cassie se précipite pour me prendre dans ses bras et m'étreint dans la douceur de son pull en cachemire.

— Qu'allons-nous faire, Susan ?

Depuis une heure que nous sommes assis à la table de sa cuisine, c'est la première fois que Nick m'adresse la parole. Il n'est pas intervenu pendant que je pleurais à m'en rendre malade sur l'épaule de Cassie. Il s'est contenté de nous apporter du café, et n'a rien dit quand j'ai enchaîné cigarette sur cigarette dans sa chambre d'amis. Maintenant, il est plus de deux heures du matin, et Cassie s'est assoupie à même le sol de la chambre, refusant pour une fois de rentrer chez elle. Je ne sais pas si j'ai réveillé Nick en descendant, ou s'il n'avait toujours pas dormi. Sans un mot, il m'a préparé une tasse de chocolat chaud et s'est assis en face de moi, avec l'air de celui qui a quelque chose à dire mais qui préférerait se couper un bras plutôt que d'aborder le sujet.

— Désolée pour votre mur.

— Vous pourrez le repeindre un autre jour. N'essayez pas d'éluder ma question, Susan. Il faut qu'on décide ce qu'on va faire.

— Par rapport à Mark, vous voulez dire ?

Il acquiesce. J'ai l'impression qu'un siècle s'est écoulé depuis que je suis passée voir mon ex-mari. À l'époque, je croyais encore que Dylan était mort. Je croyais encore que je l'avais tué.

— Tout me semble si différent, avec le recul... Mark était pressé de me faire entrer. Je pensais qu'il avait peur que les voisins ne me voient chez lui, mais maintenant, je me demande s'il n'y avait pas autre chose.

Nick m'écoute attentivement, bien qu'il ait l'air épuisé. Ses paupières sont gonflées et ses yeux creusés de cernes.

— Vous pensez que Mark est au courant ? me demande-t-il. Qu'il sait que vous n'avez pas tué Dylan ? À votre avis, de quoi est-il capable, Susan ?

Penché en avant, la main serrée autour de sa tasse, il soutient mon regard avec intensité. Quelle réponse attend-il exactement de moi ?

— Ça me semble impossible. Mark était très convaincant quand il m'a décrit le moment où il a découvert le corps de Dylan. Mais il doit forcément mentir, si Dylan est vivant.

Nick ne prend pas la peine de me rappeler que le test ADN n'est pas fiable, que l'échantillon a pu être contaminé. De mon côté, je n'en parle pas non plus, parce que je sais que mon fils est en vie et que je suis innocente.

— Ou alors, avance Nick, Mark a réellement cru que votre bébé était mort. C'était une situation extrêmement angoissante ; il n'a peut-être pas vu qu'il respirait encore. D'ailleurs, c'est aussi ce qu'il a cru pour vous. Et s'il était arrivé quelque chose après votre admission à l'hôpital ?

Je réfléchis un instant.

— Vous voulez dire que quelqu'un aurait kidnappé Dylan et nous aurait fait croire à tous les deux qu'il était mort ?

Je préfère cent fois m'accrocher à cette explication plutôt que de penser que Mark est mêlé à tout ça.

— Ça paraît fou, murmuré-je, mais qu'est-ce qui ne l'est pas dans cette histoire ?

— Vous n'avez toujours pas répondu à ma question, Susan. Pensez-vous que votre ex-mari a pu vous mentir ? Que savez-vous de son passé ? De sa famille ?

Tout. Du moins, c'est ce que je croyais avant de découvrir les photos de la mystérieuse jeune femme. Le fait qu'il m'ait caché un amour de jeunesse y change-t-il quelque chose ?

— Je ne peux plus continuer à me ronger les sangs comme ça, dis-je en poussant un soupir. Il faut que je lui parle, que je lui pose la question.

Je rêve encore que Mark me prenne dans ses bras, qu'il me dise que nous allons surmonter cette épreuve ensemble…

— Ce n'est pas une bonne idée, réplique Nick. C'est peut-être lui qui a fait livrer les photos ici, et qui vous a fait suivre depuis le début. Quant à prévenir la police…

— Ils vont penser que j'ai encore perdu la tête, et ils me feront interner.

— On devrait quand même aller voir Mme Riley demain, conclut Nick. Après tout, c'est son mari qui a constaté le décès de Dylan, et il a disparu quatre mois après. Mais, pour l'heure, il faut se reposer.

Je ne suis pas sûre d'être capable de m'endormir. Pourtant, dès l'instant où je m'allonge sur le lit, avec Cassie étendue à mes pieds, je sens mes paupières s'alourdir. Dans un demi-sommeil, j'entends une voix, si claire que la femme à qui elle appartient pourrait se tenir juste à côté de moi : « Je suis venue vous aider. »

Je me jette en avant pour la repousser. Je dois me défendre, écarter le danger de mon bébé. Soudain, des mains m'attrapent, je recule et trébuche en hurlant. Changement de scène : j'assiste à une pièce de théâtre. Quand je tourne la tête vers mon voisin de gauche, je découvre qu'il a un casque de vélo sur la tête et un appareil photo à la main. Même chose à droite. Même chose devant. La salle est remplie de gens sans visage qui me prennent en photo, et je me demande si je pourrai leur échapper un jour.

34

Jack : 1er décembre 1992

Trois jours avaient passé depuis que le corps de Beth avait été retrouvé, et la police était encore partout. Le plus pénible, c'était que les filles commençaient à devenir paranos. Le premier soir, ç'avait été plutôt marrant : malgré leur inquiétude, elles n'avaient pas voulu arrêter de vivre, elles avaient simplement demandé à se faire raccompagner chez elles ou dans leurs chambres, bien contentes d'être avec quelqu'un de sûr. Mais maintenant qu'elles avaient pris conscience de la réalité, elles étaient trop terrifiées pour sortir. Tout le monde devenait suspect – tout le monde sauf les gars comme lui.

Les rumeurs, c'était ce qu'il préférait dans l'histoire. Beth aurait couché avec n'importe qui, les profs de la fac, mais aussi des types qui la payaient pour ça. Personne ne soupçonnait la vérité. Jack aurait pu aller raconter à la police ce qui était arrivé à Bethany Connors, on lui aurait ri au nez.

Shakes avait craqué quand il avait appris qu'on avait découvert le cadavre de Beth. Jack n'était pas à côté de lui à ce moment-là – ils ne risquaient pas de se réconcilier de sitôt – mais, depuis l'autre bout de la pièce, il avait vu son visage blêmir et de petites gouttes de sueur perler sur son front. Riley avait été obligé de le soutenir, alors qu'il tremblait lui aussi comme une feuille. Après ça, Billy s'était réfugié chez papa – pitoyable. Richard avait beau être un homme puissant, même lui ne pouvait ramener du monde des morts les fiancées assassinées.

Jack devait parler à Billy, histoire de s'assurer qu'il n'irait pas tout déballer aux flics. Il fallait le convaincre, quitte à le menacer, que ça ne valait pas le coup de s'attirer des ennuis. C'est vrai, un accident était si vite arrivé… Shakes finirait par oublier Beth, comme il avait oublié Tanya ; ils lui trouveraient une nouvelle nana, et il serait de nouveau heureux comme un coq en pâte. Tout continuerait comme avant.

35

Mme Riley habite en banlieue proche de Bradford, dans une superbe maison moderne jouissant du genre de panorama qui inspire les poètes. Il y a suffisamment de voisins autour pour me rendre nerveuse, même s'ils ne sont certainement pas médiums. Je m'attends à tout moment à voir surgir quelqu'un de derrière les buissons. Mon impression d'être suivie s'est accrue depuis que je loge chez Nick, depuis la révélation d'hier soir et mon rêve de cette nuit. Maintenant que je sais que je n'ai pas tué mon fils, je me sens plus déterminée que jamais. Mon ennemi invisible s'est-il rendu compte du changement ? A-t-il compris que je suis résolue à le retrouver, et à récupérer Dylan ?

Soit le Dr Riley gagnait vraiment bien sa croûte, soit le couple a hérité : je ne suis pas certaine qu'avec un salaire de médecin, même généreux, on puisse s'offrir une vue aussi pittoresque et un Range Rover comme celui qui est garé dans l'allée. Mais après tout, je n'ai aucune idée de ce que fait Mme Riley dans la vie. Il se peut que je sous-estime cette pauvre femme, et qu'elle soit chirurgienne ou avocate. Quoi qu'il en soit, je ne suis pas mécontente que Cassie ait décidé de rentrer chez elle ce matin : elle aurait détesté cet endroit.

— Belle maison, commente Nick à voix basse tandis que nous nous rapprochons de la porte. On se demande où ils ont trouvé tout cet argent.

Nick réfléchit comme un journaliste d'investigation ; on dirait bien que je me mets à penser comme lui… Prise d'une envie subite de glisser ma main dans la sienne, je m'écarte un peu au cas où l'instinct serait plus fort que moi. Si je ne veux pas me ridiculiser complètement, il faut que je me souvienne qu'il n'est pas mon mari. Mark est le dernier homme en date avec qui j'ai marché main dans la main.

— Vous êtes prête ? me souffle-t-il.

J'acquiesce sans grande conviction. Avant qu'il ait eu le temps de frapper, la porte s'ouvre.

— Désolée, s'excuse Mme Riley en voyant nos airs surpris.

Plus encore que sa rapidité, c'est Mme Riley elle-même qui me laisse sans voix. Une vraie bombe. Quand on pense « femme de médecin » et « épouse délaissée », on s'imagine tout de suite une pauvre vieille dame, certainement pas la superbe créature qui vient de nous ouvrir la porte. Je m'en veux d'avoir oublié que le Dr Riley avait seulement une trentaine d'années. Je m'en veux d'avoir été assez stupide pour penser qu'une vieille dame conduirait un Range Rover. Et je m'en veux de m'être remaquillée ce matin sans prendre la peine de me démaquiller auparavant.

En suivant Mme Riley à l'intérieur, je tente rapidement de discipliner mes cheveux, et me passe l'index sous les yeux pour ôter d'éventuelles traces d'eye-liner. Mon manque de sophistication n'a jamais semblé déranger Mark. Je le revois soudain sur les photos, dans les bras de la magnifique rousse… Voilà une jeune femme qui n'avait pas besoin de travailler son apparence. Quel contraste avec celle qu'il a fini par épouser, un peu potelée et affublée de cheveux qui résistent à tous les fers à lisser! Était-ce voulu? M'a-t-il choisie parce que je ne lui rappelais pas son ancienne amoureuse? M'a-t-il pris Dylan pour aller vivre avec cette inconnue?

— J'ai pensé que nous pourrions déjeuner sur la véranda.

Mme Riley nous conduit vers une vaste extension en verre où nous attendent des sandwichs au concombre, des bagels et des carafes d'eau fraîche, disposés sur une grande table recouverte d'une nappe d'un blanc immaculé.

— Vous n'auriez pas dû vous donner toute cette peine.

Nick paraît gêné. À quel point s'est-il montré charmant pour justifier un tel accueil? Peut-être Mme Riley essaie-t-elle de détourner notre attention.

— Je vous en prie, appelez-moi Kristy, dit-elle en nous faisant signe de nous asseoir. Que voulez-vous boire?

Nous nous installons autour de la table et commençons à manger. Sans surprise, Kristy – qui doit être le diminutif de Kristabelle, ou de Krystal avec un « K » – ne touche presque pas à la nourriture, se contentant de siroter de l'eau dans un verre hors de prix.

— Vous m'avez dit au téléphone que vous vouliez me parler de Matthew?

Comme elle s'adresse exclusivement à Nick, je m'aperçois, un peu vexée, qu'elle m'a complètement ignorée depuis notre arrivée. Son mari m'a pourri la vie ; la moindre des choses serait qu'elle me regarde en face.

— Nous vous en serions reconnaissants, répond Nick avec un sourire plein de sollicitude. Si ce n'est pas trop difficile pour vous, bien entendu.

Au lieu de lui répondre, elle se tourne vers moi, m'accordant enfin toute son attention.

— Vous êtes Susan Webster, n'est-ce pas.

C'est une affirmation, pas une question. Je crois que je préférais quand elle m'ignorait... Autant que je sache, Nick lui a donné mon nouveau nom quand il a pris rendez-vous avec elle, en prétendant qu'il écrivait un article sur le stress dans les métiers de la santé. Il croyait qu'elle avait avalé ce mensonge. Visiblement, nous ne sommes pas aussi malins que nous le pensions.

— Oui, c'est moi, dis-je, préférant jouer la carte de la sincérité. Pardon de vous avoir menti.

— J'ai su que c'était vous dès que j'ai ouvert la porte. Si je n'avais pas voulu vous parler, je ne vous aurais pas fait entrer.

— Pourquoi avez-vous accepté ?

— J'étais curieuse, admet-elle sans honte, me donnant ainsi l'impression fugace d'être une bête de foire. La fameuse Susan Webster qui vient me voir avec un journaliste pour me parler de Matty ! Votre procès est le dernier auquel mon mari a témoigné.

Ce souvenir semble lui être douloureux. Kristy ne sait peut-être pas que son Matty était un sale menteur.

— Je me suis toujours demandé si les deux histoires étaient liées, continue-t-elle. Je n'ai pas oublié votre visage, je le voyais chaque fois que je fermais les yeux. Pendant des années, je vous ai tenue pour responsable de sa disparition.

Ben voyons.

— Et plus maintenant ? lui demande Nick.

— Non, plus maintenant, répond-elle en évitant mon regard. À bien y réfléchir, ça ne tenait pas debout. Matthew avait déjà connu des affaires difficiles et il ne s'était jamais laissé affecter par elles. Il avait sans doute d'autres problèmes que j'ignorais. Peut-être qu'en rejetant la responsabilité sur vous, j'évitais d'assumer les miennes. Je n'ai pas vu ce que j'avais sous les yeux.

— Donc, vous ne pensez pas que la disparition de votre mari ait un quelconque rapport avec le procès de Susan ? C'est pourtant arrivé très peu de temps après.

— Je ne vois vraiment pas comment, répond Kristy. Matthew s'est contenté de témoigner, de dire la vérité telle qu'il l'avait interprétée. Ce n'est pas sa faute si vous avez été jugée coupable. Mais je n'arrive toujours pas à comprendre pourquoi il nous a quittées. Les policiers ont enquêté sur notre situation financière et sur nos relations, ils n'ont rien trouvé. Matthew avait hérité beaucoup d'argent d'un arrière-grand-père, et il gagnait assez pour nous assurer une vie confortable, comme vous pouvez le constater. Je savais qu'ils faisaient fausse route, mais j'étais trop bouleversée pour poser des questions. Aujourd'hui encore, je ne saurais même pas quelles questions poser.

— Avez-vous déjà eu l'impression que votre mari en savait plus qu'il ne le disait sur la mort de Dylan ? demande Nick gentiment.

Kristy rougit de colère.

— Qu'est-ce que vous insinuez, exactement ? Qu'il aurait eu quelque chose à voir avec la mort de ce bébé ?

— Ce n'est pas ce que j'ai dit…

— C'est exactement ce que vous dites ! Qu'est-ce qu'elle vous a mis dans la tête ? fulmine-t-elle en pointant un index accusateur vers moi. Elle croit peut-être savoir quelque chose, mais elle vous ment !

C'est mon tour de sentir mon visage s'empourprer. Nick me supplie silencieusement de garder mon calme, mais je ne lui ai rien promis en venant ici.

— Et vous, Kristy, comment expliquez-vous la disparition de votre mari ? rétorqué-je.

Kristy se lève brusquement.

— Je ne sais toujours pas ce que vous faites ici, mais si vous sous-entendez que mon mari est impliqué dans la mort de votre fils, vous feriez mieux de partir. Je suis navrée de ce qui vous est arrivé, madame Webster. Il n'y a aucune honte à avoir souffert de dépression postnatale, il est d'ailleurs malheureux que vous n'ayez pas pu être aidée à temps, mais je ne vous laisserai pas pour autant salir le nom de Matthew sans réagir.

Elle ramasse mon sac à main et me le fourre brutalement dans les bras.

— Partez, tous les deux.

36

— Allons au cabinet de Rachael. Ce serait dommage de nous être déplacés jusqu'ici et de ne pas en profiter pour passer la voir.

— Vous êtes sûre que c'est une bonne idée, dans votre état ?

Encore ce ton préoccupé... Au début, je trouvais ça mignon, mais, à force, cela me donnerait presque envie de le gifler.

— Vous avez une meilleure idée ? Parce que celle de rendre visite à la femme de Riley a été une vraie catastrophe ! Vous pensiez qu'elle allait nous révéler ce qui est arrivé à Dylan ? Ou bien vous espériez que je joue le rôle du flic méchant pendant que vous passiez pour le gentil ?

Sans rien dire, Nick tourne à gauche.

Le cabinet ZBH Avocats-Conseils se trouve dans un grand immeuble d'apparence aussi démodée que l'intérieur est luxueux. Dans la vaste entrée pavée de marbre, une blonde hautaine accueille les clients derrière un bureau blanc immaculé.

— Nous aimerions parler à Rachael Travis, dis-je en m'approchant.

La réceptionniste m'a reconnue alors qu'on ne s'est jamais rencontrées. Savait-elle que j'allais venir?

— Avez-vous rendez-vous, madame Webster?

— Mon nom est Mme Cartwright, répliqué-je sèchement. Non, je n'ai pas de rendez-vous, mais comme nous passions dans le quartier, nous avons décidé de nous arrêter pour dire bonjour à une vieille connaissance. Pouvez-vous l'informer de notre présence?

Alors que je m'attendais à un refus, elle décroche son téléphone. D'après ce que j'entends de la conversation, Rachael n'est pas étonnée de notre visite – le cabinet doit être en alerte rouge depuis que Cassie leur a demandé mon dossier. Le fait que Rachael accepte si facilement de me recevoir laisse présager que je n'obtiendrai rien d'elle. Telle que je la connais, elle se contentera de me lire une déclaration écrite.

— Mme Travis va vous recevoir, annonce la réceptionniste, avant de se replonger dans son travail.

Le bureau de Rachael se situe au quatrième étage. À notre arrivée, sa secrétaire particulière, Tamsin, nous accueille avec un sourire chaleureux.

— Bonjour, Emma.

L'entendre m'appeler par mon nouveau prénom me la rend aussitôt sympathique. Chaque fois que j'ai eu l'occasion de lui parler au téléphone, Tamsin s'est toujours montrée aimable, sans jamais adopter ce ton réprobateur que beaucoup emploient ici.

— Je suis ravie de vous rencontrer enfin, ajoute-t-elle. Comment allez-vous?

— Bien, merci. Et vous?

— Je suis mon petit bonhomme de chemin, répond Tamsin avec affabilité. Mme Travis vous attend.

— Merci.

Le bureau de Rachael impressionne par son parquet ciré et ses lignes épurées. Sur les étagères reposent de gros volumes de droit, sans doute jamais ouverts ; un fauteuil confortable trône derrière l'imposant bureau en bois. Rachael, debout devant la fenêtre, nous tourne le dos bien qu'elle nous ait forcément entendus entrer. Lorsqu'elle finit par nous faire face, elle ne se donne même pas la peine de sourire. Elle a une nouvelle coiffure en carré plongeant, plus courte, plus stricte, et j'ai l'impression que son visage a changé aussi. Non pas ses traits, toujours taillés à la serpe, avec des pommettes hautes, un maquillage impeccable et de grands yeux marron en forme d'amande, mais son expression. Quand j'étais à Oakdale, Rachael m'apportait des paquets de muffins au chocolat, des cigarettes, des sous-vêtements neufs et des cahiers. Je la revois encore au parloir, assise en face de moi derrière la table en plastique couverte de graffitis et de brûlures de cigarettes, quand elle m'a pris la main en souriant pour me dire qu'elle plaçait beaucoup d'espoir dans mon appel – appel qui n'a mené nulle part, faute de nouveaux éléments. Je me souviens aussi comme elle me répétait, les premiers jours, que j'avais bonne mine et que j'étais très courageuse, alors que j'étais incapable ne serait-ce que de répondre à ses questions.

— Vous profitez bien de votre liberté, Susan ? me demande-t-elle maintenant d'un ton cassant, sans avoir l'air de s'en soucier le moins du monde, et sans même attendre ma réponse.

Se tournant vers Nick, elle lui tend une main parfaitement manucurée. Décidément, on dirait que les femmes que je rencontre aujourd'hui ont décidé de tout faire pour que je me sente mal fagotée et peu séduisante.

— Rachael Travis. Et vous êtes ?

— Nick Whitely.

Il lui serre la main, sans lui rendre son sourire hypocrite – ce dont je me réjouis intérieurement.

— Whitely, répète Rachael. Je connais ce nom. Pourtant, je suis sûre de ne vous avoir jamais vu.

— J'ai suivi le procès de Susan, explique Nick. Mais je ne crois pas vous avoir interviewée.

— Ça doit être ça. Que puis-je pour vous, Susan ? me demande-t-elle, un sourire narquois aux lèvres. J'espère que vous n'avez pas besoin d'un avocat pénaliste ?

— Non, pas encore, dis-je sur un ton ouvertement menaçant. J'ai consulté les notes de mon procès, et j'aimerais discuter de certains points avec vous.

— Qu'est-ce qui vous préoccupe, Susan ?

Rachael nous fait signe de nous asseoir, avant de se percher sur un coin de son bureau dans une attitude faussement décontractée. Je ne suis pas dupe : cela lui permet surtout de nous dominer.

— Les médecins ont retrouvé des traces de médicament dans mon organisme, le jour où mon fils est mort.

Je lance un regard à Nick, qui me fait signe de poursuivre.

— C'était de la kétamine. D'après mes recherches, cela a pu me priver de mes moyens, et pourtant on ne l'a jamais mentionné lors de mon procès.

Rachael ne semble pas surprise. Évidemment.

— La kétamine est une drogue euphorisante, Susan. Si j'en avais parlé au procès, l'accusation se serait fait un plaisir d'en conclure que vous planiez au moment où vous avez tué votre fils. Vous devriez remercier votre bonne étoile qu'ils n'aient rien remarqué. Une mère infanticide dépressive, c'est toujours mieux qu'une mère infanticide défoncée.

Garde ton calme, Susan. Compte jusqu'à dix. Ne pleure pas. Et ne la frappe pas.

— Oui, mais cela aurait pu prouver que je n'étais pas seule ce jour-là.

Rachael inspire profondément.

— C'est donc pour ça que vous êtes venue me voir… Susan, je comprends que vous ayez du mal à accepter ce qui s'est passé – Dieu sait que c'est terrible d'imaginer qu'on ait pu faire du mal à son propre enfant –, mais vous êtes la seule à avoir été impliquée dans la mort de Dylan.

Et dire que je considérais cette femme comme mon alliée ! Comment ose-t-elle appeler mon fils par son prénom alors qu'elle ne le connaissait pas ? J'ai tellement envie de crier et de lui jeter les résultats des tests ADN au visage que je préfère me taire. Silence que Rachael interprète sans doute comme un aveu d'impuissance, car elle continue avec sa psychologie de comptoir :

— Les personnes victimes de ce genre de traumatisme tombent souvent dans un profond déni. Elles cherchent quelqu'un sur qui rejeter la responsabilité pour ne pas reconnaître la leur. Vous avez peut-être l'impression que j'ai mal assuré votre défense, c'est parfaitement naturel et vous ne seriez pas la première. Ce dont vous devez vous souvenir, c'est que j'ai défendu des centaines de personnes avant vous, et si je n'ai pas évoqué certains faits pendant votre procès, c'était pour de bonnes raisons.

Son ton condescendant n'aide pas à apaiser ma colère. Rachael sait de quoi elle parle, je suis un cas typique de criminelle... Je m'efforce de respirer calmement ; exploser de rage n'arrangerait rien.

— Et le rapport du Dr Choudry ? dis-je d'un ton égal. Il ne vous a pas semblé intéressant d'en parler ? Quand cette experte a expliqué à la barre que je souffrais d'une dépression sévère, vous n'avez pas considéré utile de préciser que selon mon propre médecin, qui me connaît depuis que je suis toute petite, j'allais parfaitement bien ?

Visiblement, Mme Travis s'attendait à cette question. Elle implore Nick du regard, songeant sans doute qu'il sera plus sensible à son charme féminin.

— Le Dr Choudry était en disgrâce, lui explique-t-elle d'une voix douce. Une de ses patientes souffrait de psychose puerpérale et il ne s'était rendu compte de rien. Son erreur de diagnostic a eu des conséquences tragiques. Pas étonnant qu'il ait essayé de se couvrir en prétendant que Susan allait bien ! Son témoignage ne nous aurait pas aidées, sans compter qu'il y aurait risqué sa carrière. C'est ce que vous auriez voulu, Susan ?

— Non, bien sûr, dis-je à contrecœur.

Je ne savais pas que le Dr Choudry avait pâti de cette affaire. Lui, Mark, le Dr Riley et sa famille... Combien de vies ont-elles été détruites ? Il faut que je me concentre sur la raison de notre présence ici : Dylan est vivant, je ne l'ai pas tué, je ne suis pas responsable de ces vies gâchées. *Mon Dieu, si seulement cela pouvait être vrai...*

— De plus, reprend Rachael, notre but était de prouver que vous étiez bel et bien dépressive. Si nous avions demandé à des témoins d'affirmer le contraire, vous auriez quand même été condamnée, mais à vingt ans de prison.

— C'est juste, reconnaît Nick.

L'espace d'un instant, je me demande s'il ne va pas renoncer. Il a raison, l'argument de Rachael était pertinent. Peut-être ai-je simplement voulu trouver un coupable. Avant de recevoir la photo avec le nom de mon fils marqué au dos, je pensais que Rachael avait fait du mieux qu'elle pouvait. Est-elle une mauvaise avocate ? Mais Nick n'a pas fini :

— Pourriez-vous nous expliquer une dernière chose, madame Travis, puisque vous vous êtes montrée si franche avec nous jusque-là ?

Cette fois-ci, Rachael semble surprise par la requête de Nick, et elle n'est pas la seule. Que je sache, Nick et moi n'avions pas prévu d'aborder un autre sujet avec mon avocate.

— Je vous écoute.

— Je me demandais pourquoi vous avez téléphoné dix-sept fois au domicile de M. et Mme Webster dans la semaine qui a précédé le procès, alors que Mme Webster était traitée à l'hôpital pour sa supposée dépression... De quoi aviez-vous à discuter avec son mari, au juste ?

J'en reste bouche bée. Rachael cligne des yeux plusieurs fois, avant de me regarder. *Il la tient.*

— Il y avait un souci de... hum, de paiement, finit-elle par répondre.

Mes frais de justice ont été réglés avec l'argent de notre compte commun ; je ne me souviens pas qu'il y ait jamais eu le moindre problème à ce niveau-là.

— M. Webster a préféré voir ça directement avec moi, parce qu'il ne voulait pas perturber Susan avec des questions d'argent.

— Ah bon ? s'étonne Nick. M. Webster nous a donné une version différente. Selon lui, vous rassembliez des preuves pour la défense de Susan.

Nick a donc parlé à Mark ? Comment a-t-il pu me cacher cela ? Rachael se ressaisit assez vite, mais je devine qu'elle se maudit intérieurement d'être tombée dans le piège.

— Je l'ai appelé aussi pour ça, bien sûr, réplique-t-elle. Mais je ne vois pas en quoi cela vous regarde. Qui êtes-vous, déjà ?

Son ton suggère que la conversation est terminée, ce que confirme Nick en se levant. Pour ma part, je suis tellement sidérée que j'arrive à peine à dire au revoir avant de refermer la porte derrière nous.

— D'où est-ce que ça sortait, ça ? m'offusqué-je lorsque Tamsin ne peut plus nous entendre.

Au même instant, une porte s'ouvre en face de nous, laissant apparaître un visage d'une beauté époustouflante. L'inconnu sourit, et aussitôt mon cœur s'emballe.

— J'ai cru entendre des voix.

— Vous vous trompez, rétorque Nick, que je soupçonne de ne pas apprécier les garçons plus beaux que lui.

— C'est bizarre. Attendez une seconde, vous êtes Susan Webster ?

Nick se place devant moi.

— Qui êtes-vous ?

— Rob Howe, répond l'homme en n'accordant qu'un bref regard à Nick. Je suis le « H » de ZBH.

Tout en montrant d'un signe de tête les grandes lettres sur le mur, il me serre la main et la garde dans la sienne un peu plus longtemps que nécessaire.

— Vous êtes le patron de Rachael ? Je m'attendais à quelqu'un de moins…

— … irrésistible ?

Nick pousse un grognement. Je me sens rougir, mais Rob continue de sourire sans la moindre gêne.

— De moins jeune, dis-je finalement.

— Susan, nous devrions partir.

— Je peux vous parler un instant ? En privé, précise Rob en jetant à Nick un regard appuyé.

Avant que ce dernier ait eu le temps de protester, je lui demande de m'attendre à la voiture.

— Sérieusement, Nick, que pourrait-il m'arriver dans le couloir d'un cabinet d'avocats ?

Il hausse les épaules, comme s'il pensait à un million d'exemples dont il sait qu'aucun ne me convaincra.

— D'accord. On se retrouve à la voiture.

— Il est sacrément protecteur avec vous, remarque Rob tandis que nous regardons Nick s'éloigner. C'est qui, votre frère ? Votre petit ami ?

— Non, seulement un ami. Il veille sur moi, c'est tout. Désolée.

— Ne vous excusez pas.

Rob parle tellement bas que je suis obligée de m'approcher pour l'entendre. Parfum haut de gamme, costume Armani, tout en lui respire le luxe. Il ne doit pas avoir quarante ans. Bien bâti, rasé de près, son visage est ciselé à la perfection.

— C'est très bien que quelqu'un veille sur vous, dit-il. Je vous invite dans mon bureau ? Mon assistante est partie déjeuner.

— Comme vous voulez.

Son bureau ressemble beaucoup à celui de Rachael – parquet somptueux, livres reliés de cuir – à la différence près que les murs sont couverts de diplômes au nom de « Robert Lewis Howe, docteur en droit ».

— Je regrette de ne pas avoir eu l'occasion de vous rencontrer lors de votre procès, me confie-t-il en restant très près de moi, malgré la taille de la pièce. Quand votre mari a contacté le cabinet, j'ai voulu me saisir de l'affaire, mais Rachael a insisté pour s'en charger et votre mari était d'accord avec elle. J'ai eu l'impression qu'ils se connaissaient.

— Si c'est le cas, je l'ignorais.

— C'est bien ce que je craignais. Écoutez, je ne devrais peut-être pas dire ça, mais j'ai toujours pensé que M. Webster nous cachait quelque chose. Vous trouvez sans doute que je raconte n'importe quoi…

— Non. Si vous avez des éléments qui vous permettent de l'affirmer, je veux bien les entendre.

— C'est bien le problème : je n'ai rien de concret, seulement des impressions. Si vous voulez, je peux regarder votre dossier. Mais je comprendrais que vous préfériez oublier tout ça, repartir de zéro.

Comment lui expliquer que c'est impossible, sans lui révéler que Dylan est vivant ?

— Regardez mon dossier, et dites-moi ce que vous en pensez. Voilà mon numéro, au cas où vous trouveriez quelque chose.

M'emparant d'un stylo sur sa table de travail, je lui prends la main pour y noter mes coordonnées. Tandis qu'il me regarde faire, son visage se fend d'un large sourire.

— Je rêve ou vous venez de m'écrire sur la main, alors qu'il y a un tas de papiers sur mon bureau ? Personne ne m'avait fait ça depuis le lycée.

— Excusez-moi, murmuré-je en rougissant comme une pivoine. Je n'ai pas réfléchi.

Il se met à rire.

— Ne vous en faites pas. Peut-être qu'on pourrait aller boire un verre, un de ces jours ?

Mon cœur cogne dans ma poitrine. Je ne sais pas si c'est à l'idée de sortir avec Robert Howe – boire du vin avec lui, parler de tout et de rien, l'embrasser, peut-être – ou parce que je sais que je vais refuser. Il a beau être séduisant, ma vie est trop compliquée en ce moment pour y caser un petit ami. À quoi ressembleraient nos conversations ? « Comment était ta journée, chérie ? – Oh, formidable, j'ai passé la matinée à bavarder avec la femme d'un médecin porté disparu, et l'après-midi à chercher mon fils ressuscité. »

Non, ça ne marcherait pas.

— Je suis navrée, Rob. J'ai pas mal de soucis en ce moment, je commence tout juste à me réadapter au monde réel. Je ne me sens pas encore prête à sortir.

Son visage ne trahit pas la moindre déception. Mais peut-être n'est-il pas déçu ; peut-être pose-t-il cette question à toutes les femmes qu'il croise, au cas où.

— Je comprends, répond-il simplement. Si jamais vous changez d'avis…

Il prend le stylo que je serrais encore entre mes doigts, me tourne la main et y note son numéro.

— N'hésitez pas à m'appeler. Vraiment.

Ma peau picote là où il l'a touchée. Bigre, il est temps que je m'en aille…

— Merci pour votre aide, Rob. Je ferais mieux de rejoindre mon ami avant qu'il ne prévienne les forces spéciales. Mais merci. Beaucoup.

Je bafouille, Rob Howe sourit. Avant de me couvrir encore plus de ridicule, je tourne les talons et quitte bien vite la pièce. Arrivée au bas de l'escalier, j'ai la certitude qu'il n'a pas bougé.

— Qu'est-ce qu'il voulait ? me demande Nick sitôt que je monte dans la voiture.

— M'aider.

— Vous ne lui avez pas dit…

— Je ne lui ai rien dit.

Ma réponse était un peu rapide pour être totalement sincère. Si Nick a remarqué le numéro écrit sur ma main, il ne fait aucun commentaire.

— Vous pouvez m'expliquer comment vous avez su que Rachael avait appelé mon ex-mari ?

— J'avais repéré le numéro de votre avocate dans le carnet d'adresses de Mark. J'ai sorti à Rachael un nombre d'appels au hasard, et il se trouve qu'elle a dû effectivement le contacter souvent, sans quoi elle m'aurait répondu qu'elle ne savait pas de quoi je parlais. C'était du bluff.

— Et quand en avez-vous discuté avec Mark ?

— Je ne lui ai jamais parlé, Susan.

Il me regarde comme si j'étais un peu lente à la comprenette. Pardon, mais je n'ai pas vraiment l'habitude de jouer à l'inspecteur Morse…

— C'était un coup de poker, là encore. Je parie qu'à cet instant, Rachael est en train d'appeler Mark, et qu'elle se mord les doigts d'être tombée dans le piège. Qu'est-ce que j'aimerais voir ça !

— À votre avis, pourquoi l'a-t-elle appelé avant mon procès ? Il n'y a jamais eu aucun problème de paiement. L'excuse paraît ridicule, à la lumière de ce que j'ai découvert dans le livre de comptes de Mark ! Et il me semble qu'elle n'avait pas le droit de s'entretenir avec l'un des principaux témoins, non ?

— Sans aucun doute. C'est une question délicate, mais pensez-vous que…

— Je ne sais pas, dis-je tristement. Je ne sais pas s'ils couchaient ensemble. Je ne sais plus rien.

— Votre ex-mari n'est peut-être pas aussi innocent que vous le croyez, Susan.

Je ne cherche même pas à comprendre ce qu'il entend par là. Nick ne connaît pas Mark ni rien de notre vie à tous les deux. Moi, je connais mon ex-mari. Il n'a jamais eu aucun secret pour moi.

37

Depuis que nous sommes rentrés chez lui, je sens Nick préoccupé. Il ne tient pas en place, range des choses qui n'ont pas besoin d'être rangées, et a déjà passé trois coups de fil dans la cuisine sans que je puisse saisir le moindre mot de ses conversations. Quand il finit par m'annoncer qu'il doit s'absenter un moment, je suis presque soulagée.

— Pas de problème, lui dis-je. Est-ce que vous voulez que j'aille faire quelques courses pendant ce temps ?

Malgré mon apparente désinvolture, je brûle de savoir ce qu'il a de si important à faire. Qu'est-ce qui peut être plus urgent que mes problèmes ? Égoïstement, je voudrais qu'il reste avec moi, mais je sais que c'est ridicule, et je n'ai pas envie de passer pour une gamine capricieuse. Il a déjà consacré beaucoup de temps à une parfaite étrangère, c'est normal qu'il s'occupe de ses autres obligations. Mais pourquoi ne pas me dire lesquelles ?

— Non, restez ici. Ça ira ? Vous vous sentez en sécurité ?

Si je réponds non, renoncera-t-il à partir ? Je préfère ne pas être déçue et me contente de dire oui. Je ne suis pas une mauviette.

Après son départ, je déambule dans la maison, sans savoir comment me rendre utile. J'essaie d'éviter de regarder la couverture de mon fils, pliée dans mon sac à main depuis que Carole me l'a apportée. J'imagine Dylan en petit garçon de quatre ans, s'amusant sur une balançoire loin de moi, élevé par des inconnus, appelant une autre femme « maman »... Mieux vaut penser à tout ce qu'on pourra faire ensemble quand je l'aurai retrouvé. Car je vais le retrouver, j'en suis certaine.

Mon téléphone se met à sonner. Cassie.

— Salut, comment tu vas depuis hier soir ?

Je préfère ne pas lui dire que j'ai les yeux qui piquent, le visage tendu à force de pleurer, et la migraine à force de penser. Que je me sens comme une voiture au point mort lancée dans une descente sur l'autoroute.

— Ça va. On a vu Rachael aujourd'hui.

— Ah bon ? Et ça s'est bien passé avec Cruella ?

Je ne peux retenir un sourire. Cassie ne mâche jamais ses mots.

— Oui, pas trop mal. En revanche, c'était un peu moins bien avec Mme Riley.

Tandis que je lui raconte nos deux entrevues, je devine sa frustration d'être si loin et de ne pas pouvoir m'aider.

— Je te promets de te tenir au courant, Cassie. Je t'appellerai tous les jours, ce sera comme si tu étais là.

— J'imagine que tu ne viens pas au foyer demain ?

Mince, on est déjà samedi ? D'un côté, j'ai l'impression qu'un siècle s'est écoulé depuis que j'ai reçu la petite enveloppe marron ; de l'autre, je jurerais que c'était hier. La semaine a filé comme une superproduction hollywoodienne en accéléré.

— Désolée, Cass, est-ce que tu pourras m'excuser auprès d'eux ? J'espère que tu me comprends ? Il faut que j'aille jusqu'au bout, maintenant. Je ne rentrerai pas chez moi tant que je n'aurai pas retrouvé Dylan. Et dès que ce sera fini, je t'emmènerai manger un morceau quelque part, c'est promis.

— Ouais, grommelle-t-elle. Un bon morceau, alors. Et tu as intérêt à m'appeler demain. J'aimerais être avec toi, mais j'ai l'impression d'être de trop.

— Tu plaisantes ? Tu as été super, hier soir. Et je sais que tu as aussi ta vie.

Après avoir raccroché, j'attrape un papier et un stylo. Les listes m'ont toujours aidée à y voir plus clair, peut-être me sauveront-elles encore aujourd'hui. Pour commencer, je note les faits concernant la mort de mon fils ; le dossier de mon procès m'apporte tous les détails que ma mémoire refuse de me livrer sur ce jour de juillet 2009. Enfin, pas tous. Car nulle part il n'est expliqué comment l'ADN de mon fils s'est retrouvé sur une brosse, quatre ans après sa mort.

Je me souviens d'une grande fatigue et d'une grande contrariété, ce jour-là. Pourquoi ? Une remarque de la puéricultrice, je crois, mais je ne me rappelle plus laquelle. En rentrant à la maison, je me suis allongée pour faire une sieste avec mon bébé. Non, d'abord, je me suis préparé un thé pendant que Dylan jouait sur son tapis d'éveil, tapant dans la coccinelle qui pendait à l'arche au-dessus de lui. Je l'ai nourri et lui ai fait faire son rot… Voilà, c'est ça ! La puéricultrice m'avait demandé pourquoi je l'avais passé au biberon, un sacré manque de tact quand on sait combien l'allaitement avait été difficile. J'ai donc donné du lait à Dylan, assez fumasse, puis je l'ai couché dans son couffin à côté du canapé. Ensuite, je ne me souviens de rien, à part de m'être réveillée à l'hôpital dans une chambre gardée par deux policiers, tandis qu'une cohue de journalistes se massait à l'entrée de l'établissement.

Est-ce vraiment tout ce qui me revient en mémoire? Les images floues d'un rêve que j'ai souvent fait depuis me traversent l'esprit – des gens qui parlent, des éclats de voix. S'agit-il vraiment d'un rêve? Si Mark a trouvé son fils sans vie avec un coussin sur le visage, il s'est sans doute mis à crier, et il en a forcément conclu que je l'avais tué. Mais quelque chose dans cette scène ne me semble pas logique, bien qu'elle soit décrite noir sur blanc dans les notes du procès. Pourquoi mes souvenirs ne sont-ils pas plus clairs? C'est étrange, car je me rappelle très bien d'autres moments, comme le jour où j'ai emmené mon fils voir les pelleteuses au parc pendant les travaux, ou lorsque je suis allée au cimetière pour déposer une photo de Dylan et de son grand-père sur la tombe de ma mère. C'est une des raisons pour lesquelles les médecins ont conclu à la psychose: parce que j'avais complètement effacé de ma mémoire la mort de Dylan. Cela contrariait le Dr Thompson, qui se demandait sans doute si je ne faisais pas semblant d'avoir oublié afin d'atténuer l'impact de mon crime.

Pour chasser la migraine qui menace de s'installer, j'avale deux cachets d'aspirine avec un peu d'eau. Puis, sans réfléchir, je choisis une bouteille de vin dans la cave bien garnie de Nick et m'en sers un verre. Je mérite bien un peu de réconfort après ce que je viens de traverser, et mes mains arrêteront peut-être de trembler. Nick devrait revenir bientôt; il pourra m'aider à finir la bouteille.

38

Jack : 16 décembre 1992

Courage, Jack. Tu as tenu le coup jusque-là, ce n'est pas le moment de tout foutre en l'air.

La situation devenait critique, à tel point qu'il avait été obligé d'agir. Shakes ne reviendrait pas à Durham : l'histoire avec Beth l'avait tellement secoué que son père avait dû faire jouer ses relations pour qu'il puisse terminer son année à la maison. Et maintenant, Jack attendait au poste de police qu'on l'interroge à propos du meurtre. Bon sang, la flicaille ne savait vraiment pas où chercher.

Je ne suis pas là en tant que suspect. Je suis venu de mon plein gré, se répéta-t-il.

Ce mantra l'aidait à se calmer, à reprendre de l'assurance. L'inspecteur en charge de l'enquête lui avait proposé de le rencontrer à l'université, par respect pour ses origines familiales, mais Jack avait insisté – non, il se rendrait au poste, il ne voulait pas de traitement de faveur. Voilà comment il se retrouvait là, assis à côté du meilleur ami de son père, avocat de son état. L'inspecteur avait précisé qu'il n'en avait pas besoin, mais le père de Jack n'aurait jamais laissé son fils passer le seuil d'un commissariat sans la présence de Jeremy.

— *Vous connaissiez bien Bethany Connors ?*

— *Pas vraiment, répondit Jack après avoir consulté Jeremy du regard. Enfin, c'était la petite copine de mon ami…*

— *La fiancée, corrigea le policier.*

Pauvre crétin, quelle différence ça fait ? Jack se força à sourire.

— *Oui, bien sûr. Mais je ne l'ai pas croisée souvent.*

L'inspecteur lui rendit son sourire. Son ventre bedonnant frottait contre le bord de la table, poussant celle-ci vers Jack chaque fois qu'il se penchait en avant. À en juger par ses cheveux gras, il ne s'était pas lavé depuis plusieurs jours. Ni rasé, d'ailleurs. L'homme avait beau faire des heures supplémentaires, il ne tirerait rien de Jack. Plutôt mourir.

— *Les amies de Beth m'ont dit que vous étiez amoureux d'elle.*

Jack soupira. On pouvait compter sur ces bonnes femmes hystériques pour tout dramatiser.

— *Je la trouvais bien foutue. Vous l'avez vue, non ? Elle avait une taille superfine, et on aurait pu faire tenir un bol de céréales sur sa poitrine.*

Jeremy se racla la gorge.

— *Pardon, murmura Jack d'un air contrit, tout en se retenant de rire devant la mine dégoûtée du policier. Oui, je la trouvais attirante.*

— *Ça a dû vous ennuyer, alors, quand elle a commencé à fréquenter votre meilleur ami ?*

Fréquenter ? Il vivait où, ce type, dans les années soixante ? Elle couchait avec Billy, c'est tout, et ça ne serait jamais allé plus loin. Jack avait bien remarqué la façon dont elle le regardait, lui, avec ses yeux verts de croqueuse de diamants ; c'était lui qu'elle voulait.

— Les filles comme Beth ne manquent pas à Durham, répondit-il. Je n'ai pas de mal à en « fréquenter », comme vous dites.

— Vous ne lui avez donc pas envoyé de cadeaux ?

Cela ne servait à rien de mentir. Jennifer avait dû tout leur raconter.

— Si, au début. La première fois que je l'ai vue, elle m'a parlé d'un tableau qu'elle aimait bien, et je le lui ai offert. Je ne savais pas qu'elle sortait déjà avec mon meilleur ami. Dès que je l'ai appris, je me suis excusé auprès de Beth, et je lui ai proposé de garder le tableau pour me faire pardonner. Billy est comme un frère pour moi, je ne lui aurais jamais piqué une copine en connaissance de cause.

C'était pitoyable, mais cela marchait. Cet idiot de flic avait l'air de gober son numéro d'ami dévoué.

Il jeta un coup d'œil à Jeremy, qui lui fit un petit signe de tête. Bon sang, son père le payait combien pour rester assis et acquiescer ?

— Donc…

L'inspecteur fut interrompu par des coups discrets frappés à la porte. Un jeune agent entra dans la pièce.

— Pardon de vous interrompre, Monsieur, dit-il en tripotant sa veste. C'est juste que… Enfin, on l'a attrapé.

— Putain, David, tu ne vois pas qu'on est en plein interrogatoire ?

— Pardon, Monsieur, répéta l'autre en rougissant, mais l'inspecteur principal Barnes veut vous voir tout de suite, il m'a dit…

Son supérieur le coupa pour s'adresser à Jack.

— Je suis désolé, je vais devoir vous laisser. Vous pouvez m'attendre ici deux minutes ?

Jack sentit son cœur cogner dans sa poitrine. Est-ce qu'ils avaient trouvé le clochard ? En sortant de la salle, l'inspecteur ne referma pas complètement la porte, et Jack en profita pour se lever et l'ouvrir un peu plus. Il n'entendait rien.

—Je vais pisser, dit-il à Jeremy. Je reviens tout de suite.

L'avocat n'osa pas protester. Alors que Jack s'avançait dans le couloir vers les deux officiers, des éclats de voix l'arrêtèrent dans son élan. Putain, c'était bien ça. Cette fois-ci, on allait peut-être enfin leur foutre la paix.

39

Au bout d'une heure, Nick n'étant toujours pas rentré, je me ressers du vin et me replonge dans mes notes. Selon le témoignage de l'inspecteur chargé de l'enquête, quand Mark nous a trouvés, Dylan et moi, il nous a immédiatement transportés à l'hôpital. En arrivant chez nous, les policiers ont découvert le fameux coussin par terre (Mark me l'avait arraché des mains), ainsi qu'une boîte de cachets d'aspirine vide et une tache de sang à l'endroit où je m'étais cogné la tête en perdant connaissance. Mark a croisé le Dr Riley sur le parking de l'hôpital ; c'est lui qui nous a déclarés morts, mon fils et moi. Pendant qu'ils nous conduisaient en toute hâte au service de réanimation, un autre médecin s'est rendu compte que je respirais encore, à leur plus grande stupéfaction. Quand la psychiatre de la police a décrété que je souffrais d'une psychose puerpérale, et que ma perte de mémoire était probablement due au traumatisme provoqué par le meurtre de mon fils, l'affaire a été pliée. J'ai été admise à l'hôpital, où je me suis réveillée le lendemain.

Bizarrement, mon verre est déjà vide, et quand je veux le remplir à nouveau, je m'aperçois avec étonnement que j'ai fini la bouteille. Comment est-ce possible ? Je me souviens d'une époque où l'on pouvait servir au moins trois verres avec une bouteille de vin… J'en débouche une deuxième et retourne m'asseoir sur le canapé, les pieds relevés. Après quelques gorgées, je décide de fermer les yeux un instant.

40

— Susan ! Susan, réveillez-vous !

Il y a un problème, j'entends crier, on me secoue par les épaules. Où est Dylan ? Est-ce qu'il va bien ? Tandis que je reprends conscience, tout me revient : Dylan n'est plus là, je ne suis pas chez moi, et l'homme qui m'appelle n'est pas mon mari. C'est Nick.

— Eh, doucement, qu'est-ce qui se passe ? dis-je en me redressant difficilement, la tête lourde et la bouche sèche.

C'est à cet instant que je découvre ce qui ne va pas : on croirait que quelqu'un a fait éclater une piñata au-dessus du salon, tant le sol est recouvert de morceaux de papier déchirés. Il me faut un moment pour comprendre qu'il s'agit des notes du procès, du compte rendu d'audience, de tous les articles et rapports médicaux.

— Qu'est-ce que vous avez fait ? m'écrié-je en me levant d'un bond.

Nick ne répond pas. Peu à peu, le reste de la scène m'apparaît. Trois bouteilles de vin vides traînent par terre à côté d'un verre renversé. Ma boîte d'aspirine est posée sur l'accoudoir du canapé ; il ne reste que deux cachets.

— C'est vous qui avez fait ça ? Parce que ce n'est pas moi, Nick. Quelqu'un a dû…

— Comment a-t-on pu entrer ici, boire trois bouteilles de vin, vider une boîte d'aspirine et déchirer tous ces papiers sans que vous ne vous rendiez compte de rien ? me coupe-t-il.

— J'avais un peu bu. Juste une bouteille, pas trois.

— Super. Ça explique pourquoi vous n'avez pas pensé à fermer la porte d'entrée à clé avant de faire votre petite sieste.

— Je croyais que vous l'aviez fermée en partant ! Et je n'avais pas l'intention de dormir. Je voulais juste me reposer quelques instants.

Nick pousse un soupir et se laisse tomber lourdement sur le canapé.

— Pendant une seconde, j'ai cru que…

La fin de sa phrase reste en suspens, mais j'ai compris. Il a pensé que j'avais fait une overdose d'aspirine. Que je m'étais suicidée.

— C'est ce qu'ils voulaient vous faire croire ! Que je suis une soûlarde, une malade. Est-ce qu'il faut appeler la police ?

— Et leur dire que quelqu'un est entré chez moi pendant que vous dormiez…

— … a descendu deux bouteilles de vin, gobé plein de cachets et déchiqueté tous ces papiers à mon insu… OK, ce n'est pas une bonne idée. Ils réagiraient comme vous. N'empêche, on a perdu toutes nos preuves, alors que j'avais enfin l'impression d'avancer.

— Rassurez-vous, j'avais tout photocopié avant de vous remettre le dossier. Sauf…

Sauf les résultats du test ADN, que j'ai gardés avec moi depuis le début. Et que j'avais posés sur la table avant de m'endormir.

— Ils ont disparu, dis-je faiblement. C'était ma seule preuve concrète.

— Ne vous inquiétez pas, murmure Nick en m'attirant dans ses bras. J'en demanderai une copie à mon cousin. L'essentiel, c'est que vous alliez bien.

— Mais est-ce qu'on est vraiment en sécurité, ici ? Est-ce qu'on ne devrait pas prendre une chambre d'hôtel ?

À présent que le choc initial est passé, et que je n'ai plus à convaincre Nick que je n'ai pas tenté d'en finir, je prends pleinement conscience de ce qui vient d'arriver. Quelqu'un s'est introduit ici pendant que je dormais. J'aurais pu finir comme les papiers, en lambeaux.

— Je n'ai pas vraiment envie de retourner à l'hôtel, répond Nick, laissant entendre qu'il envisage cette possibilité, ce qui n'est pas pour me rassurer. Tant qu'on n'oubliera pas de fermer la porte à clé et que je resterai avec vous, tout devrait bien se passer. Et s'il y a encore le moindre problème, on partira d'ici.

Le fait est que je me sens en sécurité avec lui, même si on m'a poursuivie jusque chez lui pour me dissuader de fouiller dans mon passé.

41

Le dimanche a toujours été mon jour préféré, même quand je ne craignais pas encore d'ouvrir mon courrier. À l'époque où Mark et moi étions mariés, nous ne travaillions jamais le week-end ; nous passions la matinée à traîner au lit, avant d'aller faire un tour en ville ou à la campagne. Férue de brocante, je pouvais rester des heures à chiner parmi les vieilleries. Après la naissance de Dylan, nous l'emmenions souvent au parc pour donner du pain aux quelques canards qui y trouvaient encore refuge. Il était trop jeune pour en profiter, mais cela renforçait notre sentiment de former une famille.

À Oakdale, nous avions le droit de dormir une heure de plus le dimanche – une vraie aubaine dans un lieu où les petits plaisirs sont si rares. Ensuite, nous allions à la chapelle pour le service. Je n'ai jamais été très croyante, mais je savourais chacune de ces visites, trop heureuse de garder un contact avec la réalité à travers ce rituel on ne peut plus ordinaire. Et l'idée que Dieu puisse me pardonner m'a permis de tenir le coup semaine après semaine. Depuis ma libération, j'ai remplacé le service du dimanche par le bénévolat au foyer – je pense que Dieu ne m'en voudra pas.

Aujourd'hui, c'est une odeur de petit déjeuner qui me tire du lit. Quand Nick me voit arriver, vêtue de sa robe de chambre bleue, il sourit.

— Quoi ?

— Rien. Je vous ai préparé un petit déjeuner.

— Merci. J'espérais bien que ce n'était pas pour l'autre femme que vous gardez enfermée à la cave.

Ma remarque était censée être drôle, mais Nick baisse les yeux et se détourne. Quelque chose le tracasse, et je n'ose pas lui demander quoi. Plus exactement, je n'ai pas envie d'entendre qu'il ne veut plus m'aider et qu'il me met dehors.

À peine m'a-t-il servie que je dévore le bacon comme si je n'avais pas mangé depuis des semaines. Lorsqu'il me demande si je ne veux pas une louche à la place de ma fourchette, je me mets à rire, et le son me paraît étrange tellement je n'y suis plus habituée.

— J'ai réfléchi.

Ça y est, il va me dire que je lui complique la vie, qu'il doit reprendre son travail.

— Est-ce que vous avez repensé à l'implication de Mark dans cette histoire ? me demande-t-il.

Paranoïa, petite chipie… Soulagée, je ravale ma fierté et lui réponds honnêtement. Bien sûr que j'y ai pensé. Je n'ai fait que ça.

— Je croyais le connaître par cœur. On discutait de tout, et pas seulement au début de notre relation. Quand j'étais enceinte et que je n'arrivais pas à dormir, il me massait le dos et nous bavardions pendant des heures.

Nick m'écoute avec attention.

— Il me parlait de ses relations avec son père qui avaient toujours été tendues, de son enfance, de sa peur que nous n'arrivions jamais à faire de bébés. Il m'a même dit un jour qu'il était sûr que Dieu le punissait pour ses fautes passées.

Nick relève brusquement la tête.

— Il ne voulait pas forcément dire qu'il avait commis un crime horrible. C'était une façon de parler : ce qu'on fait de mal dans la vie revient toujours nous hanter.

Je repense alors à la fille, sur les photos, et à l'argent caché.

— Mais il se peut que je n'aie jamais vraiment connu mon mari, n'est-ce pas ?

Cette éventualité m'attriste. C'est comme si tout ce que nous avons vécu ensemble prenait soudain le goût amer du mensonge.

— Je me suis posé beaucoup de questions sur la mystérieuse jeune femme, avoué-je après un long silence. Qui est-elle ? Pourquoi Mark ne m'en a-t-il jamais parlé ?

— Peut-être qu'elle ne représentait rien pour lui, seulement une conquête de fac qui ne méritait même pas d'être mentionnée, suggère Nick avec une aigreur surprenante.

Ce n'est certainement pas l'impression que j'ai eue en voyant les photos. Leur complicité évidente, leurs voyages… Mark m'a raconté mille anecdotes sur ses années d'étudiant, mais je n'ai rencontré aucun de ses anciens amis. Cela ne m'a pas paru bizarre à l'époque, car j'imaginais qu'ils avaient pris des chemins différents. Aujourd'hui, je brûle de savoir à quoi ressemblait la vie de Mark avant moi. Même s'il s'avère que cette fille n'a aucun rapport avec la disparition de Dylan – et je ne vois pas comment elle pourrait en avoir un – je veux comprendre pourquoi Mark a « oublié » de me parler d'elle.

Lorsque j'explique cela à Nick, je suis surprise de le voir acquiescer.

— Je m'attendais à ce que vous ayez envie d'en savoir plus à son sujet, me confie-t-il. J'ai été étonné que vous renonciez aussi vite. Si cette fille a connu Mark à la fac, peut-être sera-t-elle en mesure d'expliquer d'où vient l'argent dont il vous a caché l'existence.

— Et si je demandais à Mark de me parler d'elle ?

Je sais qu'il tient toujours à moi, et quand je suis allée le voir, j'ai même cru un instant que j'étais encore amoureuse de lui. S'il n'est pas impliqué dans cette histoire, il a le droit de savoir que Dylan est vivant. Mais ai-je vraiment envie de me tourner vers lui ?

Nick semble sceptique.

— Il vous a mise dehors la première fois. Vous croyez qu'il va vous accueillir les bras ouverts et répondre à vos questions sur une de ses ex ?

— Je devrais quand même l'informer…

— Quand on saura exactement ce qui s'est passé, vous pourrez tout lui raconter. Si vous allez le voir maintenant, vous risquez seulement de le mettre sur la défensive.

— D'accord. Qu'est-ce que vous suggérez d'autre, monsieur le journaliste ? Vous connaissez des astuces pour traquer le citoyen lambda ?

— J'ai bien cru que vous ne me poseriez jamais la question, répond-il avec un grand sourire.

Il se lève pour aller chercher son ordinateur portable, qu'il pose devant lui sur la table basse. Après avoir pianoté quelques minutes, il tourne l'écran vers moi. Il s'est connecté au site des anciens élèves de l'université de Durham ; un onglet permet d'accéder directement aux comptes Facebook.

— Pour un informaticien, Mark a la phobie des réseaux sociaux, fait remarquer Nick. Il a quand même un profil LinkedIn sur lequel apparaissent ceux d'autres élèves, mais je n'ai pas reconnu la fille que vous m'avez décrite. Mark n'est pas inscrit sur Facebook.

Cela ne me surprend pas. Mark a toujours détesté Facebook, qui selon lui détruit de nombreuses vies. De mon côté, j'étais rassurée que mon mari ne ressente pas le besoin d'utiliser les réseaux sociaux, de courir après le passé, de « liker » ou de « poker » des femmes au hasard. C'est sans doute une question de génération. Mark me répétait toujours que Facebook et Twitter étaient faits pour que les ados puissent se plaindre de l'école et s'incruster dans des fêtes. À présent, je me demande s'il n'est tout de même pas étrange qu'un homme ayant étudié dans l'une des meilleures universités du pays n'ait aucune envie de garder le contact avec ses anciens camarades.

— Qu'est-ce qu'on fait, alors ?

Nick sourit, satisfait que je lui pose la question.

— Ça, ce sont les coordonnées du département des anciens élèves de Durham, explique-t-il en me montrant le bas de la page. Si on veut trouver quelqu'un qui est allé à cette université, c'est là qu'il faut demander.

— En supposant que la fille était bien à Durham.

— Espérons-le.

Il sort son téléphone de sa poche et compose le numéro.

— Bonjour, je suis Nick Whitely, journaliste au *Star* de Bradford.

Je suis un peu étonnée qu'il donne son vrai nom, mais, finalement, nous ne faisons rien de mal, et les meilleurs mensonges sont ceux qui s'approchent le plus de la vérité. Nick explique qu'il écrit un article sur les médias sociaux ; il aimerait comparer les nouvelles technologies aux anciennes, et veut savoir comment retrouver quelqu'un à partir d'une photo. Il marque une pause pendant que la personne lui répond – une femme, à en juger par le ton charmeur qu'il a adopté.

— Un instant, s'il vous plaît. En quelle année Mark a-t-il obtenu son diplôme ? me demande-t-il après avoir couvert le combiné avec sa main.

C'était cinq ans avant moi…

— En quatre-vingt-treize.

Nick transmet l'information, puis écoute la réponse.

— Merci, ça m'aide beaucoup. Et où peut-on trouver ce genre de renseignements ? Super, Meredith – c'est bien Meredith ? Je ne manquerai pas de vous remercier dans mon article. Bonne journée à vous aussi.

— Meredith avait l'air très obligeante, dis-je en grimaçant tandis qu'il repose son téléphone sur la table.

— Allons, allons. Elle l'a été, c'est vrai. La bibliothèque Bill-Bryson conserve les annuaires de chacun des collèges de Durham depuis 1990, avec les photos d'inscription. Et elle est ouverte le dimanche.

— Il faut combien de temps pour y aller ?

— Environ deux heures.

Nick pianote sur son clavier, jusqu'à ce qu'une photo de la bibliothèque universitaire de Durham apparaisse à l'écran.

— Nous pourrions y arriver à la mi-journée si vous enfilez quelques vêtements.

Nous nous arrêtons dans une épicerie au coin de la rue – appelée fort justement L'Épicerie du coin – pour acheter quelques barres chocolatées et une bouteille de Coca. Dans la voiture règne un silence chargé d'anticipation, mais pas pour autant embarrassant.

— Vous êtes allée à l'université ? me demande Nick au bout d'une dizaine de minutes.

— Oui, à Nottingham, dis-je, bien contente de cette distraction. Mark et moi étions tous les deux diplômés quand des amis communs nous ont présentés.

— Vous êtes restée en contact avec vos copines de fac ?

— Pas vraiment. Certaines me donnaient des nouvelles de temps en temps, mais je me suis rendu compte assez rapidement qu'elles étaient focalisées sur leurs carrières à la City, alors que je ne leur parlais que d'organisation de mariage et de rénovation de maison. Par la suite, je les ai complètement perdues de vue.

— Et vous aviez beaucoup d'amis avant d'aller à Oakdale ?

Nick essaie sans doute de comprendre pourquoi je n'ai personne dans la vie en dehors de Cassie. Je pensais que la réponse était évidente, mais ce n'est peut-être pas le cas.

— La plupart des gens qu'on fréquentait avec Mark étaient des amis communs. Après ce qui s'est passé, c'était plus simple de couper les ponts plutôt que de leur compliquer l'existence en essayant de faire durer les choses.

Je ne sais pas si Mark voit toujours nos amis. Je l'imagine dînant chez Fran et Chris, avec ma chaise laissée vide. Ou pire, occupée par ma remplaçante.

— Si je comprends bien, Mark a récupéré la maison, la voiture et les amis. Et vous, qu'avez-vous eu ?

— J'ai eu Cassie, dis-je en souriant. Quelques-unes de mes amies ont essayé de garder le contact, mais je les ai repoussées comme mon père. Il fallait que je donne mon accord pour recevoir des visites, et, chaque fois, je jetais les demandes aux toilettes. Cassie a tenté d'en signer une à ma place, je l'ai déchirée. À l'époque, je me disais que c'était pour elles que je le faisais, pour qu'elles n'aient aucun lien avec une meurtrière. Avec le recul, je crois que j'étais tout simplement égoïste. Je ne pouvais pas supporter l'idée de les entendre parler de leurs vies alors que la mienne avait été brisée. Quand Mark a cessé de venir, je me suis persuadée que je ne tenais à aucune de mes amies.

— Est-ce qu'elles vous ont contactée ces dernières semaines ? Depuis que vous êtes sortie d'Oakdale ?

— Non, cela faisait trop longtemps. Je ne voulais pas entendre leur pitié, leurs « comment ça va » gênés, leurs excuses chaque fois qu'elles parleraient de bébés ou qu'une histoire de meurtre passerait aux informations. Je me suis dit que la meilleure façon d'avancer, c'était de rencontrer de nouvelles personnes qui ne sauraient rien de mon passé, qui ne se surveilleraient pas constamment avec moi, et qui ne s'attendraient pas à ce que je craque à nouveau.

— Et ça marche ? plaisante-t-il.

Je laisse échapper un petit rire.

— Pas vraiment, pour l'instant. Il y a bien les autres bénévoles du foyer, mais je n'ai pas vraiment sympathisé avec eux. C'est dur de garder un secret aussi lourd, vous savez.

— Oui, je sais, répond Nick avec un peu trop de vigueur, les yeux fixés sur la route.

Alors que je m'apprête à lui demander de s'expliquer, une berline noire surgit du carrefour devant nous et fonce tout droit sur notre voiture.

Je pousse un cri, Nick écrase la pédale de freins. Mais le conducteur continue de rouler sur notre voie à pleine vitesse. Juste avant qu'il ne nous percute, Nick donne un coup de volant, et notre véhicule s'immobilise dans un crissement de pneus sur le trottoir, à un mètre d'un arrêt de bus. La berline noire retourne sur le côté gauche de la chaussée et disparaît au loin.

42

Nick se tourne vers moi, blanc comme un linge. Il ne semble pas blessé. Dehors, six ou sept personnes nous observent, penchées au-dessus du pare-brise. Une vieille dame tape contre ma vitre.

— Tout va bien, là-dedans ? Est-ce qu'il faut appeler une ambulance ?

J'interroge Nick du regard. Il secoue la tête.

— Non, non, ça va. Merci.

La vieille dame opine du chef et recule d'un pas, mais aucun des curieux ne s'éloigne.

— Vous êtes sûr que ça va ?

Pour toute réponse, Nick donne un coup de poing rageur sur le volant.

— Il a essayé de nous tuer, dis-je un peu bêtement.

— Oui, sans aucun doute.

— De nous tuer vraiment.

— Oui, Susan, vraiment.

Il tremble. Sans réfléchir, je pose une main sur son épaule, et il m'attire contre lui. Nous restons ainsi un long moment, choqués, terrifiés, cramponnés l'un à l'autre. Puis Nick me tient à bout de bras pour m'examiner.

— Et vous, vous êtes sûre que vous n'avez pas besoin d'aller à l'hôpital ? Vous n'avez pas mal à la nuque ?

— Non, je crois que ça va, dis-je en bougeant prudemment la tête.

Nick attrape la bouteille de Coca derrière son siège.

— Tenez, buvez-en un peu, le sucre vous aidera à vous remettre du choc.

— Et le chocolat aussi. Le chocolat, ça aide en cas de choc.

Malgré la gravité de la situation, Nick se met à rire.

— Où avez-vous entendu ça ?

Je réfléchis un instant.

— Dans *Harry Potter.*

Nick rit de plus belle, comme s'il s'agissait de la meilleure blague qu'on lui ait jamais faite. Je me surprends à l'imiter. Ma terreur initiale commence à se dissiper.

— Vous êtes prête à repartir, avant que ces gens n'appellent la police ?

Là, je suis soufflée. Nick ne suggère même pas de renoncer à notre voyage, ou de renoncer tout court, comme beaucoup d'autres l'auraient fait à sa place. C'est mon combat, il n'a aucune raison de risquer sa vie comme il vient de le faire. Lorsqu'il tourne la clé de contact, je laisse échapper un soupir de soulagement en entendant le moteur démarrer. Nick donne un coup de klaxon pour chasser les badauds, mais ce n'est pas suffisant ; il commence à avancer, et la foule se disperse enfin.

— Vous ne pensez pas qu'on devrait quand même appeler la police ?

— Non. Enfin, oui, on devrait, parce qu'il s'agit clairement d'une tentative de meurtre. Mais le gars qui a fait ça est déjà loin. Et imaginez les questions gênantes que les policiers nous poseraient.

— Nick, quelqu'un vient d'essayer de nous tuer. Ça vous arrive souvent, à vous ? Vous voulez vraiment qu'on le laisse s'en tirer comme ça, pour qu'il recommence demain ?

— Ça ne m'est jamais arrivé, Susan. Je vous rappelle que je suis journaliste, pas agent de la CIA. Je croyais que vous aviez envie de trouver des réponses, mais si vous préférez passer le reste de la journée dans la salle d'attente d'un commissariat... En tout cas, si la presse a vent de cette histoire, vous pouvez dire adieu à votre nouvelle vie.

— Vous avez raison.

Bon sang, je n'avais même pas pensé aux médias... Heureusement que je voyage avec un journaliste.

— Ça me semble tellement surréaliste ! Quelqu'un essaie de nous tuer, et on continue comme si de rien n'était.

— Vous vouliez la preuve que vous n'êtes pas folle, eh bien maintenant, vous l'avez. La personne qui nous surveille savait peut-être qu'on se rendait à Durham, et elle a pris de gros risques en tentant de nous en empêcher. Cela veut sans doute dire qu'on est sur la bonne piste.

Inutile de nier que j'ai peur : ce n'est pas tous les jours qu'on vous fonce dessus en voiture. Mais en même temps, j'éprouve une certaine excitation à l'idée de découvrir ce qui est arrivé à Dylan. Si nous ne le retrouvons pas, je mourrai en ayant essayé – et cela m'est égal, je suis prête à mourir pour mon fils. Je suis prête aussi à tuer pour lui, s'il le faut.

Façade en verre, lignes épurées, la bibliothèque Bill-Bryson est une véritable œuvre d'art qui s'étale fièrement de tous côtés. En poussant la porte, j'ai l'impression de faire un bond de dix ans dans le futur. On est bien loin du bâtiment préfabriqué qui nous servait de bibliothèque à l'école…

La jeune femme revêche de l'accueil lève la tête à notre arrivée, aperçoit Nick et se fend d'un large sourire. À croire qu'il produit le même effet sur toutes les femmes, aussi bougonnes soient-elles. La tête de celle-ci est surmontée d'une masse de cheveux d'un blond terne qui frisent comme si elle avait mis les doigts dans une prise de courant. Elle est tellement mince qu'elle disparaît dans ses vêtements – on aurait envie de lui offrir un bon repas. Ses yeux noirs font encore davantage ressortir la pâleur de sa peau.

À l'instant où elle daigne enfin me regarder, une douleur intense me vrille le crâne, à tel point que je suis obligée de m'arrêter pour fermer les paupières.

— Ça va ? me demande Nick en posant une main sur mon bras.

— Juste une migraine. J'en avais tout le temps… avant.

Sans que je puisse l'expliquer, mon cœur bat à tout rompre et je sens la panique me submerger. Je ne peux plus respirer. J'ai envie de m'enfuir en courant.

— Vous êtes sûre que ça va ? Vous êtes toute blanche.

— C'est… une crise de panique, réussis-je à articuler.

— Qu'est-ce que je dois faire ? Est-ce que c'est à cause de l'accident ?

Je secoue la tête et appuie mon front sur son épaule tandis qu'il me serre dans ses bras. En me forçant à respirer calmement, les battements de mon cœur commencent enfin à ralentir. Quand je suis sûre que je ne vais pas éclater en sanglots, je jette un regard autour de moi. Je me rappelle alors que nous sommes dans une bibliothèque et que tout le monde peut me voir.

— Ça va mieux, murmuré-je. Désolée de vous avoir fait peur.

— Vous n'avez pas à vous excuser. Est-ce que vous voulez qu'on parte ?

— Non, maintenant qu'on est là, autant continuer, dis-je d'une voix mal assurée. Ça m'est déjà arrivé, ce n'est pas grand-chose.

Pendant quelques secondes très embarrassantes, Nick scrute mon visage, les sourcils froncés. Je ne suis pas sûre qu'il ait cru à mon mensonge. Finalement, il se tourne vers l'assistante de bibliothèque. Celle-ci doit avoir mon âge, ou peut-être un peu plus, mais ses yeux sont déjà creusés de cernes sombres. C'est rassurant de constater que je ne suis pas la seule à paraître épuisée. Après avoir passé du temps avec des créatures aussi glamour que Kristy Riley et Rachael Travis, je suis heureuse d'être enfin celle qui s'en sort le mieux physiquement.

Nick lui explique que nous aimerions consulter les annuaires de l'université, sans donner plus de précisions. La jeune femme nous prépare des cartes « invités », puis elle nous montre où sont rangés les gros volumes étiquetés au nom de chaque collège. Sachant que Mark a étudié à St Chad, nous décidons de commencer par celui-ci. L'assistante nous informe que les étudiants sont classés par date d'arrivée dans l'université, et non selon l'année où ils ont obtenu leur diplôme.

— J'ai été élève ici, précise-t-elle, alors n'hésitez pas à me faire signe si vous avez besoin d'aide. J'espère que vous vous sentez mieux.

Après un dernier sourire, elle nous laisse à nos recherches. La bibliothèque est relativement silencieuse, et la section où nous nous trouvons est carrément déserte.

— Qu'est-ce qui s'est passé ? m'interroge Nick.

— Sincèrement, je ne sais pas. La semaine a été longue.

Il semble sur le point de faire une remarque, puis se ravise et extrait du rayon le livre dédié à la promotion de 1990.

Je ne peux m'empêcher d'éprouver une pointe de nostalgie en regardant la photo de Mark, étudiant juvénile et plein d'enthousiasme. Le contraste avec l'homme que j'ai vu l'autre jour est saisissant.

— C'est lui, dis-je en posant l'index sur la photo.

Nick hausse un sourcil.

— Plutôt beau gosse.

Serait-il jaloux ? Il n'a vraiment pas de quoi : Mark est certes très séduisant, mais il n'arrive pas à la cheville du Clark Kent assis à côté de moi.

— La beauté ne fait pas tout, vous savez.

— Est-ce qu'une de ces filles ressemble à celle que vous avez vue sur les photos ? me demande Nick en ignorant ma remarque.

— Non.

L'université de Durham compte seize collèges, et nous n'avons pas la moindre idée de celui auquel notre femme mystère était inscrite. Sans compter que, pour croiser le chemin de Mark, elle a pu commencer ses études n'importe quand entre 1988 et 1992. Et qui sait si elle a étudié à Durham ? Peut-être était-elle une amie d'enfance de Mark, ou serveuse dans un bar du coin.

Sans nous laisser décourager, nous épluchons chacun des volumes les uns après les autres. Au bout d'une heure, mon regard tombe enfin sur la chevelure rousse et les yeux verts que j'ai été incapable d'oublier ces deux derniers jours.

— C'est elle ! m'écrié-je un peu trop fort.

Par chance, il n'y a toujours personne autour de nous.

— Excusez-moi. C'est elle.

— Bethany Connors, lit Nick en effleurant la photo du doigt. Histoire de l'art, collège Trevelyan. Elle est… magnifique.

Nous avons donc un nom, une année et un sujet d'études, ce qui n'est pas si mal. Voir sa photo me rassure : c'est la preuve indéniable que je n'ai pas rêvé. Nick a raison, elle est très belle, et j'éprouve un pincement au cœur de l'imaginer avec mon ex-mari, partageant de tendres moments, se baladant dans le parc de l'université et pique-niquant aux chandelles.

Nick photocopie la page et la glisse dans sa poche. Nous restons encore un moment à parcourir les comptes rendus d'événements sportifs et les coupures de presse relatant les réussites d'anciens élèves de l'université. Ne trouvant aucune mention de Bethany Connors, nous décidons de nous arrêter là pour aujourd'hui. Il est déjà quinze heures, et les deux heures de route qui nous attendent ne nous enchantent guère après notre journée mouvementée.

— Vous vous sentez mieux ? me demande la bibliothécaire avec sollicitude quand nous lui remettons nos cartes.

Elle s'est passé une brosse dans les cheveux et mis un peu de rouge à lèvres, mais cela ne la rend pas moins quelconque.

— Oui, merci.

— Vous avez trouvé ce que vous cherchiez ?

— Oui, c'est parfait ! répond Nick en souriant.

— Je n'ai pas pensé à vous poser la question, mais c'est peut-être quelqu'un que je connais ?

Nick sort la photo de sa poche et la lui tend.

— Bethany Connors, ça vous dit quelque chose ?

Brusquement, le visage de la jeune femme se décompose. Un rictus amer remplace son sourire, elle fronce ses épais sourcils et regarde Nick comme si elle avait envie de le frapper.

— C'est une plaisanterie ? Qui êtes-vous ? Des journalistes ? Vous ne croyez pas qu'on en a vu suffisamment à l'époque ?

Nick est aussi surpris que moi, mais il fait de son mieux pour le cacher.

— Excusez-moi, je ne sais pas de quoi vous parlez, assure-t-il en reprenant la photo.

— Sortez d'ici, ou j'appelle la police.

Je note avec un certain amusement qu'elle s'adresse aussi à moi, alors qu'il y a deux minutes elle n'avait d'yeux que pour Nick.

— Vous êtes ici sous un faux prétexte, et l'université n'apprécie ni les menteurs ni les journalistes.

Bien que nous ayons tous les deux menti, et qu'au moins l'un de nous soit journaliste, je me sens insultée par cette accusation. Cependant, avant que j'aie eu le temps de protester, Nick m'entraîne bien vite vers la porte. Les mots « vautours » et « charognards » flottent jusqu'à nous.

— Qu'est-ce qui lui a pris ? m'exclamé-je une fois dehors.

Nick, perplexe, ne répond pas.

Lorsque nous remontons en voiture, il sillonne les rues jusqu'à trouver un établissement qui propose le Wi-Fi gratuit et « le meilleur café de Durham ». Pendant que Nick allume son ordinateur portable, je teste cette dernière affirmation.

— Je crois que je sais pourquoi Mrs Hyde a changé si rapidement de personnalité, annonce-t-il au bout de quelques minutes.

— Pourquoi ?

Il me montre l'écran où s'affiche une photo.

— Parce que Bethany Connors a été assassinée en 1992.

43

Carl : 16 décembre 1992

— Comment ça, vous l'avez attrapé ? C'est quoi cette blague ?

David commençait déjà à sortir du bureau. Pour obtenir des réponses à ses questions, Carl était obligé de le suivre, même s'il n'avait aucune envie d'abandonner ce petit con prétentieux de Jack Bratbury. De toute façon, il n'arrivait à rien avec lui.

— Il s'appelle Lee Russon, lut David sur le dossier qu'il tenait à la main. Un clochard bien connu de nos services, quelques menus larcins à son casier, chassé plusieurs fois du parc de l'université où il lui arrivait de dormir. Il a été arrêté pour avoir volé un étudiant, un certain Harvey. Ils ont retrouvé Russon couvert de sang, avec le sac à main de Beth caché sous ses affaires. Il nous attend en salle 12.

Carl entra en trombe dans le bureau de l'inspecteur principal.

— C'est des conneries, et tu le sais, lâcha-t-il sans préambule.

Trois semaines après la découverte du corps de Bethany Connors, ils n'avaient toujours pas la moindre piste. Le petit monde de l'université en avait marre de voir les flics traîner dans les parages : cela mettait les étudiants mal à l'aise et nuisait à leur réputation. Les témoins potentiels s'étaient fermés comme des huîtres, même les copines de la jeune fille commençaient à se montrer hostiles. Et malgré tout, après tout ce temps, ils l'avaient attrapé ?

L'inspecteur principal recula d'un pas.

— Carl, je t'en prie, sois raisonnable. Il a avoué, bon sang ! On me demande de tous les côtés de boucler cette affaire, et voilà qu'on retrouve un junkie couvert de sang, en possession du sac de la fille, qui reconnaît l'avoir tuée. Que veux-tu que je fasse ? Que je lui dise : « Désolé, mon gars, mais j'ai un inspecteur qui pense que ce n'est pas toi, alors retourne dans la rue, sois sage, et essaie de ne pas tuer d'autres étudiantes » ? Allons.

— Elle s'appelait Beth, rétorqua Carl, les dents serrées. Bethany Louise Connors. Ce type a à peine la force de se torcher le cul, tu le crois capable de transporter un cadavre jusque dans la forêt ?

— Il dit qu'il a volé une voiture.

— Où est cette voiture ? Est-ce que tu sais où il l'a tuée ? Ce qu'il a fait de l'arme du crime ?

— Il dit…

— Je me fous de ce qu'il dit ! explosa Carl. Est-ce qu'on a la moindre preuve ? Tu te souviens de ce que c'est, une preuve, John ? Ce truc qui nous sert à étayer une accusation ?

— Écoute, Carl, je vois bien que tu es en colère. Cette affaire t'a remué. C'est dur d'accepter l'idée que la fille – pardon, Beth – soit morte de cette façon. Mais ça arrive. Parfois, les types paumés font des trucs dégueulasses, *et notre boulot c'est de s'assurer qu'ils paient pour ça. Et il paiera, je te le promets. Il paiera très cher.*

L'inspecteur principal John Barnes sortit de son bureau, attendant de Carl qu'il le suive.

— Et si j'avais raison ? insista ce dernier. Et si tu inculpais un innocent ?

44

Bethany Connors avait à peine vingt ans lorsqu'elle a été enlevée devant son collège, violée, assassinée puis abandonnée cinq kilomètres plus loin. Cette jeune fille brillante et talentueuse, en bonne voie de décrocher une licence d'histoire de l'art avec mention très bien, avait déjà été acceptée par deux galeries d'art prestigieuses pour effectuer ses stages. Le jour de sa mort, elle devait retrouver son fiancé, Mark Webster, au bar des étudiants de St Chad. Ne la voyant pas arriver à vingt-trois heures trente, Mark s'en est inquiété auprès de la meilleure amie de Bethany, Jennifer Matthews, qui a à son tour alerté l'enseignante référente du collège de Trevelyan, Mme Whitaker. Celle-ci a appelé la police, et des recherches ont été organisées par un groupe d'étudiants. Le corps de Bethany a été retrouvé à sept heures du matin, soit douze heures après qu'elle a été vue pour la dernière fois, provoquant une onde de choc à travers toute l'université.

Je sais à présent pourquoi mon mari ne m'a jamais parlé de Beth. Selon les articles de journaux, il a été interrogé mais à aucun moment considéré comme suspect, son alibi ayant été corroboré par un grand nombre de personnes. Il n'empêche que ce n'est pas le genre d'anecdote que l'on partage facilement au cours d'un dîner.

Le campus du collège Trevelyan ne se trouve pas très loin en voiture du café où nous nous sommes connectés à Internet, et c'est en silence que nous faisons le trajet. Des étudiantes nous confirment en gloussant que Mme Whitaker est toujours en fonction, et nous indiquent où se trouve son bureau. J'espère que Nick saura convaincre cette femme de nous parler, et qu'elle ne nous menacera pas d'appeler la police dès que nous prononcerons le nom de Beth.

— Bonjour, que puis-je pour vous ?

Mme Whitaker est une petite femme accueillante qui, j'en suis sûre, met ses étudiants à l'aise lorsqu'ils arrivent dans cet environnement nouveau et intimidant. Je me demande si Beth se sentait en sécurité ici…

— Madame Whitaker, je suis Nick Whitely, et voici Susan Webster.

Nous nous serrons la main. Je n'ai pas l'impression qu'elle ait reconnu mon nom.

— Nous aimerions vous poser quelques questions au sujet d'une de vos anciennes étudiantes.

L'enseignante plisse légèrement les yeux, sans se départir de sa gentillesse – pour l'instant. Elle nous fait signe d'entrer dans son bureau et referme la porte derrière nous.

— Je vous en prie, asseyez-vous. Qu'est-ce qui vous amène à Durham ?

Nick s'assoit, ce que je m'empresse de faire à mon tour. J'ai dans l'idée que Mme Whitaker aura ainsi plus de mal à nous mettre dehors. Quelle histoire Nick va-t-il inventer, cette fois-ci ?

— Nous menons une sorte d'enquête, explique-t-il.

— Une enquête ? Vous êtes de la police ?

Elle me regarde d'un air dubitatif.

— Non, nous ne sommes pas policiers. C'est une affaire personnelle. Nous sommes venus vous poser des questions au sujet de Bethany Connors.

— Vous êtes donc journalistes, déduit Mme Whitaker d'un ton nettement moins aimable.

— Je le suis, reconnaît Nick à ma grande surprise. Mais nous ne sommes pas venus chercher de la matière pour un article à sensation.

Mme Whitaker se lève. Nick reste assis, et je fais de même.

— Je n'ai rien à vous apprendre concernant Beth. Je ne peux pas vous aider.

— Je m'attendais à cette réponse, mais peut-être pourriez-vous écouter ce que nous avons à dire ? Ensuite, si vous ne voulez toujours pas nous parler, nous vous laisserons à votre travail.

De toute évidence, Mme Whitaker n'était pas en train de travailler – il y a un livre ouvert sur son bureau –, mais Nick sait faire preuve de finesse psychologique.

La référente hésite un instant, puis hausse les épaules.

— D'accord. Je vous écoute.

— Je vous laisse la parole, Susan. Après tout, c'est votre histoire.

Je dévisage Nick, sidérée. Attend-il vraiment de moi que je dise la vérité ? Je suis incapable d'inventer un mensonge sur commande ! Tandis que Mme Whitaker attend patiemment, Nick m'encourage d'un petit signe de tête. Je prends une grande inspiration avant de me lancer :

— Comme M. Whitely vous l'a précisé, je m'appelle Susan Webster, dis-je nerveusement. Il y a quatre ans, j'étais mariée à un ancien étudiant de Durham, Mark Webster.

— J'ai connu ce jeune homme, et je sais qui vous êtes, Susan. C'est la suite qui m'intéresse, s'il ne vous est pas trop difficile de la raconter.

Cette femme me plaît. Elle me fait penser à ma mère, qui laissait toujours leur chance aux gens avant de les juger. Quelque chose me dit que ses étudiants la déçoivent rarement ; on ne peut que vouloir plaire à quelqu'un comme elle.

— Mark et moi étions pleinement satisfaits de notre vie de famille. Du moins, il semblait l'être. J'ignorais qu'il me cachait un secret, mais, moi, je lui en cachais un : je ne m'en sortais pas aussi bien que je l'aurais voulu. Je doutais de mes capacités à être mère, à tel point qu'il m'arrivait de penser que Mark et Dylan seraient mieux sans moi. À douze semaines, mon fils a été étouffé dans son sommeil, et j'ai été accusée de l'avoir tué.

Il m'est moins douloureux aujourd'hui de prononcer ces mots, car je me sais innocente ; mais cela reste difficile d'avouer mes faiblesses en tant que mère.

— Continuez, Susan.

— J'ai passé presque un an en détention provisoire, en attendant mon procès. On m'a diagnostiqué une psychose puerpérale, puis déclarée coupable d'homicide involontaire. J'ai été internée à l'hôpital psychiatrique d'Oakdale pendant deux ans et huit mois, avant d'être libérée il y a cinq semaines. Samedi dernier, j'ai reçu ça.

Je lui tends la photo du petit garçon, et observe son visage tandis qu'elle découvre avec la même stupéfaction que les autres le nom de mon fils écrit au dos.

— Croyez-moi, j'ai été aussi surprise que vous. J'ai demandé à M. Whitely de m'aider, dans l'espoir que, en tant que journaliste, il puisse m'apporter des éléments nouveaux. C'est ainsi que j'ai appris la disparition du médecin légiste qui avait témoigné à mon procès. M. Whitely m'a été d'une aide encore plus précieuse que je n'aurais pu l'imaginer.

Je lance un regard reconnaissant à Nick, avant de continuer :

— Lorsque je suis allée voir mon mari pour lui faire part de mes questionnements, il a prétendu n'être au courant de rien. C'est à cette occasion que j'ai découvert les photos de Bethany Connors. J'ai besoin de savoir si son meurtre a un rapport avec ce qui est arrivé à mon fils. J'ai besoin de savoir si mon fils est vivant.

Les larmes me montent aux yeux, je sens que mes mains tremblent. Quand Mme Whitaker se lève à nouveau, j'ai la certitude d'avoir échoué. Nick comptait sur mon honnêteté, mais je n'ai pas été capable de la convaincre.

— Je crois qu'on a tous besoin d'une bonne boisson et d'un lieu plus intime pour discuter, annonce-t-elle à mon grand soulagement. Les étudiants savent où me trouver en cas de problème. Pourquoi ne pas continuer cette conversation chez moi ?

Nick me glisse un sourire d'encouragement. Tandis que nous traversons le campus avec Mme Whitaker, il semble perdu dans ses pensées. Je me demande à quoi il songe.

Le petit pavillon de l'enseignante se révèle aussi accueillant que sa locataire. Celle-ci nous invite à nous asseoir, avant de nous proposer des boissons chaudes. Quelques instants plus tard, elle revient dans le salon avec un plateau chargé de tasses de café et de biscuits.

— Madame Whitaker, commence Nick.

— Je vous en prie, appelez-moi Jean.

— Merci, Jean. Nous comprenons parfaitement que vous n'ayez pas envie de reparler de ce qui est arrivé à Beth, mais si vous pensez à quelque chose que nous devrions savoir, nous vous serions très reconnaissants de nous en faire part.

Jean s'empare de la dernière tasse de café, avant de s'asseoir en face de nous.

— Vous avez été honnête avec moi, Susan, et cela n'a pas dû être facile pour vous de me raconter votre histoire. Je suis prête à vous rendre la pareille, mais je dois d'abord vous demander une chose.

— Je vous écoute.

La peur est palpable dans le regard de l'enseignante.

— Si jamais cette affaire devait mener quelque part, s'il s'avère qu'il y a bien un lien entre le meurtre de Beth et ce qui est arrivé à votre fils, j'aimerais que mon nom ne soit pas mentionné.

— Bien sûr. Je vous en donne ma parole.

Elle se laisse aller en arrière dans son fauteuil, rassurée.

— Beth était une jeune fille adorable. Je sais qu'un professeur référent ne devrait pas avoir de chouchous, mais elle comptait vraiment parmi mes élèves préférés. Toutes les personnes qui avaient l'occasion de la rencontrer tombaient aussitôt sous son charme. Elle avait une voix très douce, mais ses camarades étaient tous suspendus à ses lèvres.

Bien qu'elle semble bouleversée par ces souvenirs, Jean fait l'effort de poursuivre.

— C'était une fille intelligente, assidue, promise à un brillant avenir. À la fin de sa première année, elle a commencé à fréquenter Mark Webster.

Les battements de mon cœur s'accélèrent.

— Votre mari était très charismatique malgré son jeune âge. Beth et lui avaient beaucoup de points communs, les gens les adoraient. J'espère que cela ne vous gêne pas que je dise ça, mais ils formaient un couple parfait.

En l'occurrence, cela me gêne.

— Quand ils se sont fiancés, Beth était aux anges. Peu de personnes le savent, mais on lui avait proposé un emploi à Sorrente sous réserve qu'elle obtienne son diplôme, et Mark avait accepté de la suivre.

Ma gorge se serre douloureusement. Sorrente. La ville où Mark et moi avons passé notre lune de miel. A-t-il pensé à Beth tout du long ?

Jean et Nick ne semblent pas remarquer mon malaise. L'enseignante poursuit son récit, sans avoir conscience qu'elle vient de gâcher mes souvenirs des deux semaines qui comptaient parmi les plus belles de ma vie.

— Quelques jours avant sa mort, Beth n'était plus la même. Elle parlait à peine à ses camarades, et je ne la voyais presque plus avec Mark. Beaucoup plus tard, sa meilleure amie Jennifer m'a appris que Beth voulait rompre avec lui, parce qu'il n'était pas celui qu'elle croyait.

— Mark a-t-il été suspecté du meurtre ? s'enquiert Nick.

— Non, jamais. Il avait un alibi, de dix-huit heures ce soir-là à huit heures le lendemain : il avait bu avec des amis jusqu'à l'aube, et était tombé ivre mort sur le canapé d'un de ses copains.

— Il faisait la fête alors que sa fiancée avait disparu ? Cela ne ressemble pas au Mark que je connais…

— Il a expliqué à la police qu'il s'était disputé avec Beth, et qu'il croyait qu'elle lui avait posé un lapin pour se venger. Quand on a retrouvé son corps, Mark était effondré. Je crois qu'il l'était sincèrement. Il avait prévenu la meilleure amie de Beth, qui s'était suffisamment inquiétée pour m'appeler à son tour.

Jusque-là, je n'ai rien appris de nouveau. Nick me jette un coup d'œil comme s'il avait lu dans mes pensées. Une fois de plus.

— La mort de Bethany a bouleversé tout le collège. Perdre une camarade et une amie, c'est déjà dur, mais dans ces circonstances… Bethany avait été agressée sexuellement, ses poignets et chevilles portaient encore les marques des liens avec lesquels elle avait été attachée, et sa gorge avait été…

— S'il vous plaît, madame Whitaker. Nous avons lu ce que Beth a subi. Peut-être pourriez-vous nous raconter ce qui s'est passé *après* sa mort ?

Elle acquiesce, visiblement soulagée.

— Tout le monde avait peur. Ce genre d'atrocité ne se produit pas dans notre petit univers. Les parents exigeaient des réponses. Trevelyan se situe à vingt minutes à pied de St Chad, et le plus pratique est de passer par le parc de l'université. Il n'y a presque que des étudiants dans le coin, ils se sentent en sécurité.

C'est quelques jours plus tard que les rumeurs ont commencé.

Jean inspire profondément. Je m'en veux de lui imposer cette épreuve, mais j'ai besoin de connaître son point de vue. Ce que nous avons lu sur Internet ne suffit pas.

— Un des amis de Mark a signalé à la police qu'il avait aperçu Beth quelques semaines avant sa mort dans un quartier malfamé de Durham, en train de monter dans la voiture d'un homme. Le garçon en question est revenu sur sa déposition – sous la pression de Mark, je crois – en disant qu'il faisait nuit ce soir-là et qu'il s'était peut-être trompé, mais le mal était fait. La rumeur s'est répandue comme une traînée de poudre : Beth aurait gagné de l'argent en couchant avec des inconnus. De là à en déduire que cela s'était mal fini avec l'un d'eux, il n'y avait qu'un pas. En l'absence de preuves, l'enquête a piétiné, et la police a baissé les bras.

Jean est en colère : son visage s'est empourpré, ses mains tremblent et son regard bienveillant brille de larmes.

— Et puis ils ont arrêté ce type, Russon. Un vagabond. Ils ont dit qu'il avait tué Beth parce qu'il ne voulait pas la payer.

— Mais vous, vous ne croyez pas à cette histoire ? demandé-je d'une voix douce.

Elle secoue énergiquement la tête.

— Beth n'aurait jamais fait une chose pareille. Ne me regardez pas comme ça, monsieur Whitely, je ne suis pas une vieille idiote sentimentale et naïve, je ne suis pas prude non plus. Je sais que les étudiants font parfois des choses sordides pour réussir à joindre les deux bouts, mais cela arrive moins souvent à Durham, et c'était tout bonnement inconcevable de la part de Beth. Les policiers le savaient aussi bien que moi. Seulement, des gens très hauts placés sont intervenus pour que l'enquête soit bouclée au plus vite. Cette explication les arrangeait bien, mais je n'en ai jamais cru un mot.

— Et les autres ?

Jean repose sa tasse et me regarde. Ces derniers temps, j'ai pris l'habitude que les gens m'ignorent et préfèrent s'adresser à Nick. Cette attention soudaine me met mal à l'aise.

— Ils ont cru ce qu'ils voulaient croire. Vous ne pouvez pas imaginer à quel point les filles étaient terrifiées. Personne ne voulait salir la mémoire de Beth, mais l'alternative était tellement plus dérangeante ! L'idée qu'un étudiant ait pu lui faire ça les pétrifiait. Si Beth était responsable de ce qui lui était arrivé, cela voulait dire qu'elles-mêmes n'étaient pas en danger. Quand la police est repartie, tout le monde a été soulagé ; loin des yeux, loin du cœur, en quelque sorte… La vie a repris son cours, personne d'autre n'a été tué. Dans l'esprit des étudiants, l'affaire était réglée : il s'agissait d'un fait divers malheureux dont on n'a plus jamais reparlé.

— Personne n'a pris la défense de Beth ? demande Nick.

— Bien sûr que si. Avec d'autres tuteurs, nous avons supplié la police d'enquêter au sein même du collège. L'université a menacé de nous renvoyer si nous nous entêtions à jeter le discrédit sur l'établissement. Le frère de Bethany, Josh, s'est montré plus tenace, mais même lui a fini par renoncer. De toute façon, cela ne servait à rien de nous attirer des ennuis : nous ne l'aurions pas ramenée à la vie.

— Savez-vous ce que sont devenus ses amis après la remise des diplômes ? Pensez-vous que certains d'entre eux seraient d'accord pour nous parler ?

— Je ne sais pas.

Jean se lève pour rapporter le plateau à la cuisine. À son retour, elle nous remet une feuille de papier.

— Voici les noms dont je me souviens. Jennifer était la meilleure amie de Beth. Elle habite encore dans la région, elle travaille même à la bibliothèque de l'université.

Nick et moi échangeons un regard. Je comprends mieux pourquoi la jeune femme de l'accueil a réagi si violemment en voyant la photo de Beth : c'était sa meilleure amie. Je doute qu'elle se montre aussi disposée que Mme Whitaker à nous parler.

— Vous pouvez également essayer de contacter le policier qui était chargé de l'enquête. Quand Russon a été inculpé pour le meurtre de Beth, il a démissionné, car il n'y croyait pas une seconde. Je ne me rappelle plus son nom mais je peux peut-être le retrouver dans mes vieux carnets. Beth avait aussi une sœur, mais je ne sais pas où elle et son frère habitent.

Jean se lève pour nous raccompagner à la porte.

— Merci du fond du cœur. Je regrette de vous avoir fait revivre cette tragédie.

— Ne vous en faites pas pour ça, répond-elle, bien que je doute qu'elle réussisse à trouver le sommeil ce soir. Il y a une dernière chose que vous pouvez essayer... Je me suis toujours demandé pourquoi l'ami de Mark avait fait cette déposition concernant Beth.

Sans ça, la police n'aurait jamais eu une aussi mauvaise opinion d'elle.

— Ça vaut le coup de creuser la question, approuve Nick en sortant son calepin. Comment s'appelait-il ?

— Attendez… C'était le meilleur ami de Mark. Un nom plutôt courant. Bon sang, pourquoi il m'échappe ? Ah oui, voilà ! C'était un garçon charmant, mais je ne lui ai plus jamais fait confiance après ce qu'il a dit sur Beth. On le surnommait Matty : Matthew Riley.

Après l'avoir remerciée une dernière fois, nous repartons, abasourdis. Durant toutes les années où j'ai vécu avec Mark, il ne m'a jamais dit que Matt Riley était son meilleur ami. Pendant le procès, ils ont fait mine de ne pas se connaître.

— Que diriez-vous de rester ici ce soir ? me propose Nick tandis que nous rejoignons la voiture. Comme ça, nous pourrons retourner voir Jennifer demain et mener notre petite enquête sur place.

— C'est exactement ce que je pensais.

En sortant mon téléphone de mon sac, je découvre cinq appels manqués – trois de Cassie, un de mon père et le dernier d'un numéro inconnu. Comme il est trop tard pour rappeler mon amie et mon père, je leur envoie un message à chacun leur assurant que je suis toujours vivante et que je les recontacterai.

Nick et moi prenons deux chambres voisines à l'hôtel Travelodge. Après mon séjour à Oakdale, je ne pensais pas compter si tôt sur la protection d'un homme, mais je dois reconnaître, même si j'en ai honte, que savoir Nick juste de l'autre côté du mur me rassure. En particulier lorsque je pense à ce qui s'est passé sur la route ce matin.

— Ça n'a pas dû être facile pour vous aujourd'hui, me dit Nick sur le seuil de ma chambre. Surtout après l'épisode de la bibliothèque. Mais nous allons bientôt découvrir ce qui leur est arrivé.

— Leur ?

— Ce qui est arrivé à Dylan. Qu'est-ce que j'ai dit ?

— Vous avez dit « leur ». Moi aussi, je suis fatiguée. Vous avez raison, on approche de la vérité, et je n'en serais pas là sans vous. Je ne saurais même pas que Dylan est vivant.

— Suzie, il faut que je vous dise quelque chose...

— Vous devez retourner travailler, c'est ça ?

Voilà plusieurs jours que j'attends ce moment, je devrais y être préparée. Ma déception n'en est pas moins grande.

— Non, ce n'est pas ça. Mon chef a été sympa. Je ne prends presque jamais de congés, alors il m'a autorisé à poser autant de jours que je voulais.

— Dans ce cas, je ne vois pas le problème. À moins que vous en ayez marre de courir dans tous les sens avec moi, ce que je comprendrais tout à fait.

— Je n'en ai pas marre. Et je crois que je ne pourrais pas arrêter maintenant, même si je le voulais. J'ai besoin de connaître la vérité autant que vous. Si je vous parais plus impliqué que je ne le devrais, c'est parce que...

Oh, Seigneur. Est-il en train de me déclarer sa flamme ? Lui ai-je donné de faux espoirs ? J'étais tellement concentrée sur mes problèmes que je ne me suis même pas étonnée qu'un type charmant, et apparemment célibataire, ait envie de tout plaquer pour parcourir le pays avec une femme tout juste sortie de l'hôpital psychiatrique.

— Vous me direz ça demain. Restons-en là pour ce soir, je n'ai pas envie de parler.

J'ai honte de profiter de son soutien sans rien lui donner en retour, mais Nick n'insiste pas. Peut-être notre relation est-elle aussi innocente qu'elle en a l'air, et qu'il veut juste m'aider. Et si c'était moi qui étais allée trop loin ?

45

Le lendemain matin, la sonnerie d'un téléphone me tire du sommeil à dix heures passées. Ce n'est pas celui de la maison, et certainement pas mon portable... Peu à peu, la mémoire me revient. Tout ce qui m'est arrivé, tout ce que j'ai vu et entendu en l'espace de vingt-quatre heures me semble tellement irréel! Je finis par sortir une main de la couette pour attraper le combiné.

— Allô?

— Vous êtes réveillée?

— Maintenant, oui.

— Est-ce que vous pensez que Mark a quelque chose à voir avec l'incident d'hier en voiture? Est-il capable d'aller jusque-là?

— Si vous m'aviez posé la question il y a deux semaines, je vous aurais répondu non. Mais je ne savais pas encore à l'époque qu'il m'avait fait interner alors que j'étais innocente, ni qu'il m'avait caché une fiancée assassinée et une petite fortune à la banque. Maintenant, je ne sais plus quoi penser. Est-ce que je devrais m'inquiéter?

— Aucune idée. A-t-il moyen de savoir où vous êtes?

— À moins qu'il le demande à Cassie, non.

Si je n'avais pas aussi peur, j'en rirais. Je n'imagine vraiment pas mon ex-mari et ma meilleure amie parlant de moi autour d'une tasse de thé.

Mon mal de crâne empire.

— Je n'avais pas l'intention de vous alarmer, me dit Nick d'une voix qui se veut rassurante. Tout ce que nous pouvons faire, c'est trouver assez de preuves pour que la police rouvre l'enquête sur la mort de Dylan. Pour ça, il faut juste rester en vie assez longtemps. Je ne crois pas qu'on ait été suivis après que le type nous a foncé dessus en voiture ; il ne savait peut-être pas où on allait, finalement. Dès qu'on aura rencontré Jennifer Matthews, on partira bien vite d'ici, histoire de garder une longueur d'avance.

— Je vous rappelle qu'ils m'ont vue sortir de chez Mark, ce qui signifie qu'ils m'ont suivie jusque là-bas sans que je me rende compte de rien. Alors je ne dirais pas qu'on a une longueur d'avance.

À l'autre bout de la ligne, Nick marque un silence. Je me surprends à l'imaginer allongé sur son lit, de l'autre côté du mur.

— Vous ne vous sentez pas en sécurité avec moi ? demande-t-il finalement, d'un ton un peu boudeur.

Quelle question stupide ! C'est un réflexe très adolescent de croire qu'il suffit d'un homme costaud pour vous protéger. Cette dernière semaine, ma maison a été saccagée, quelqu'un s'est introduit dans la pièce où je dormais, j'ai été suivie sur plus d'une centaine de kilomètres et prise en photo alors que je sautais d'une fenêtre, et on a essayé de me tuer en voiture ; il me semble que j'ai de bonnes raisons de penser qu'un journaliste d'une feuille de chou locale ne peut garantir à lui seul ma sécurité. Pour être tout à fait honnête, je me sentirais plus tranquille avec Cassie… mais je ne vais certainement pas l'avouer à Nick.

— Bien sûr que je me sens en sécurité avec vous. Oubliez ce que j'ai dit, je suis encore sous le choc de ce qui s'est passé hier. Je serai contente quand on aura parlé à Jennifer et qu'on pourra enfin rentrer.

— Si elle accepte de nous parler. Elle n'avait pas l'air particulièrement ouverte à la discussion, hier, quand on a prononcé le nom de Bethany Connors.

— C'est vrai.

— Je vais nous chercher de quoi manger pendant que vous finissez de vous réveiller. Je frapperai cinq coups à la porte pour que vous sachiez que c'est moi.

J'espère qu'il plaisante…

Nick raccroche, non sans avoir pris ma commande d'un solide petit déjeuner. J'appelle ensuite mon père pour le rassurer, et, sur sa demande, je lui promets d'être prudente – en croisant les doigts dans mon dos.

Je saute enfin dans la douche et y reste plus longtemps que nécessaire, savourant le massage de l'eau chaude sur ma nuque et mes épaules. Si je m'écoutais, je me prélasserais là toute la journée, mais je ne ferais que retarder l'inévitable. Je m'oblige donc à fermer le robinet et m'enveloppe dans une épaisse serviette de l'hôtel. Nick n'a jamais abordé la question de notre relation. Avec un peu de chance, j'ai réussi à lui en couper l'envie. Mais peut-être voulait-il me parler de tout autre chose… Quoi qu'il en soit, je ne suis pas prête à envisager un quelconque avenir avec lui. Ma seule préoccupation pour l'instant est de retrouver mon fils pour pouvoir le serrer de nouveau dans mes bras.

Je n'ai pas encore eu le temps de m'habiller que mon téléphone portable se met à sonner. Je ne reconnais pas le numéro.

— Allô ?

— Susan ?

C'est Mark...

— Où es-tu ? me demande-t-il d'un ton inquiet.

— Je ne peux pas te parler maintenant. Comment as-tu eu mon numéro ? Pourquoi m'appelles-tu ?

— Je m'inquiète pour toi, Suzie.

Suzie... Quelques secondes avec lui au téléphone, et je suis déjà au bord des larmes.

— Reviens à la maison, on trouvera une solution. J'aimerais t'aider.

Mon cœur tambourine dans ma poitrine. J'ai envie de suivre son conseil. J'ai envie de rentrer chez nous, dans cette maison où nous avons été si heureux. J'ai envie que mon mari arrange ce qui ne va pas dans ma vie. C'est pourquoi je me surprends moi-même en répondant :

— Je ne reviendrai pas, Mark. J'ai besoin de savoir ce qui se passe. Ce que tu as fait.

— Je n'ai rien fait.

Il ment. Son ex-fiancée est morte, Dylan est vivant ; je veux savoir qui est l'homme que j'ai épousé. Mais la voix de Nick, dans ma tête, m'enjoint de ne pas lui révéler tout mon jeu. De me montrer prudente.

— Au revoir, Mark.

Je raccroche, avant de fondre en larmes. Je viens de tourner le dos au seul homme que j'aie jamais aimé, au père de mon enfant. Et il est trop tard pour revenir en arrière.

À son retour, Nick ne fait aucun commentaire sur mes yeux rougis. Il n'a peut-être rien remarqué, ou bien il pense que j'ai simplement eu un moment de faiblesse. Cela m'arrange : ainsi, je n'ai pas besoin de lui parler du coup de téléphone de Mark.

Aujourd'hui, la dame qui tient l'accueil de la bibliothèque est plutôt sympathique et ne pose pas de questions lorsque nous lui demandons à quelle heure Jennifer sera là. Cette dernière n'a pas dû avoir le temps de la mettre en garde contre la venue d'odieux journalistes.

— Elle ne commence pas avant treize heures, répond-elle, tout en nous préparant nos cartes. Mais elle arrive toujours un peu en avance pour fumer une cigarette.

Devant l'entrée du bâtiment, Jennifer est la première personne que l'on repère au milieu des étudiants. Non seulement elle a vingt ans de plus, mais son jean *bootcut* et ses chaussures noires ordinaires paraissent d'un autre âge à côté des pantalons ultramoulants et des bottines en daim qu'arborent toutes les jeunes filles sur le campus. Bien qu'il ne fasse pas froid, Jennifer est emmitouflée dans une grosse parka verte qui, portée par une autre femme, aurait pu avoir un certain style. Ses cheveux blond cendré n'ont jamais vu de lisseur, cet accessoire utilisé par la moitié de l'univers – dont moi, quand je n'ai pas trop la flemme. Cigarette aux lèvres, elle fouille son sac d'une main tout en tenant de l'autre un gobelet fumant. Lorsqu'elle nous aperçoit en relevant la tête, une ombre de colère passe sur son visage dépourvu de maquillage.

— Je vais appeler la sécurité, nous menace-t-elle tandis que nous nous approchons.

Tout en vérifiant qu'aucun molosse en uniforme ne traîne dans les parages, je tends à Jennifer le briquet qui ne me quitte plus depuis que je me suis remise à fumer. Après une hésitation, elle l'accepte.

— Donnez-nous une chance de nous expliquer, lui demande Nick. Ensuite, si vous ne voulez toujours pas nous parler, nous partirons sans que vous ayez besoin d'appeler la sécurité.

— Pas question. Des types comme vous, j'en ai vu assez à l'époque, qui débitaient leurs mensonges infâmes à propos de Beth. Vous me donnez envie de vomir.

— Je ne suis pas journaliste. Je suis l'ex-femme de Mark Webster.

Elle hausse les sourcils, étonnée. Lorsqu'elle nous fait signe de nous asseoir sur le muret à côté d'elle, je suis soulagée : pendant un instant, j'ai cru qu'elle allait nous faire chasser du campus.

— Qu'est-ce que vous me voulez ?

— J'aimerais que vous me racontiez ce qui est arrivé à Beth, dis-je avec honnêteté, en allumant à mon tour une cigarette. Ce qui lui est *réellement* arrivé. J'ai besoin de savoir si Mark était impliqué dans sa mort.

— Vous aimeriez que je vous dise qu'il ne l'était pas. Désolée, mais c'est impossible. Si vous n'êtes pas venue pour entendre quelques vérités qui font mal, vous feriez mieux de repartir tout de suite.

— Je suis là pour ça, répliqué-je en jetant un coup d'œil hésitant à Nick. Je ne suis pas sûre d'être prête, mais j'ai besoin de connaître la vérité. Vous étiez la meilleure amie de Beth ; j'aimerais entendre votre version de l'histoire.

— Pourquoi vous préoccuper de ça maintenant ? me demande-t-elle d'un ton amer.

Elle tire une longue bouffée, qu'elle savoure avant de la recracher.

— Mark ne m'a jamais parlé de Bethany. J'ai découvert son existence en tombant par hasard sur des photos, dis-je simplement, ne tenant pas à tout dévoiler à cette femme en qui je n'ai pas confiance.

— Vous êtes donc venue jusqu'à Trevelyan pour enquêter sur une ex de votre ex, sans savoir qu'elle avait été tuée ? Pourquoi cet intérêt ?

Elle scrute mon visage, la tête penchée d'un côté, les sourcils levés. Épais et indisciplinés, ceux-ci ne semblent pas connaître la pince à épiler – ou plutôt les cisailles, dans son cas. Quoi qu'il en soit, Jennifer n'est pas stupide, elle sait que je ne lui dis pas tout.

— Je voulais comprendre pourquoi Mark m'avait caché son existence. Cela me semblait bizarre qu'il m'ait parlé de ses autres petites amies et pas de celle-ci. Je connais mon ex-mari ; ses cachotteries ont éveillé mes soupçons et ma curiosité. Après coup, je regrette d'avoir fourré mon nez dans cette affaire, mais je ne peux pas fermer les yeux sur ce que j'ai découvert.

— Qu'est-ce que vous attendez de moi, alors ?

Sa voix s'est un peu adoucie ; je crois que je commence à gagner sa confiance.

— Susan vous l'a dit, intervient Nick. Nous cherchons à connaître la vérité.

Jennifer semble surprise, comme si elle avait oublié sa présence.

— Et vous êtes ?

— Je suis journaliste, admet-il, mais je ne suis pas là pour écrire un article. Même si j'en avais envie, mon chef ne me laisserait pas remuer une histoire aussi douloureuse. Je suis ici pour aider Susan.

Après un long silence pendant lequel je me retiens de la supplier de parler, Jennifer se décide enfin :

— Vous avez raison quand vous dites que Beth était ma meilleure amie. En fait, elle était plus que ça : elle faisait partie de moi, comme si on s'était connues toute notre vie. Cette fille était tellement géniale ! Avec elle, j'avais l'impression d'être différente – elle faisait ressortir le meilleur de chacun d'entre nous. On ne pouvait pas être déprimé quand elle était là.

Un sourire attendri éclaire son visage.

— Je me sentais si privilégiée. Elle aurait pu fréquenter les étudiantes les plus riches et les plus populaires de Trevelyan, mais elle a choisi de passer son temps avec une fille quelconque comme moi. Je l'adorais, tout simplement. Au milieu de notre première année, la troupe de théâtre de Hill College a mis en scène *Le Songe d'une nuit d'été* de Shakespeare. Évidemment, Beth jouait Hermia. Elle était sensationnelle, tout le monde dans le public n'avait d'yeux que pour elle. Le soir de la dernière représentation, Mark et ses amis sont venus assister à la pièce, puis on s'est tous retrouvés au bar des étudiants.

À en juger par sa mine renfrognée, il paraît clair que Jennifer voyait d'un mauvais œil l'intrusion de mon ex-mari.

— Était-ce la première fois qu'ils se rencontraient ? demande Nick d'une voix douce.

Jennifer ignore sa question. À cet instant, elle est ailleurs, dans un bar bondé et enfumé, plus de vingt ans en arrière.

— Tous les acteurs étaient encore en costume, dit-elle en souriant. C'était le dernier soir, mais on n'avait pas envie que ça se termine. Le lendemain, David Thompson, l'accessoiriste, a piqué une crise : l'université avait loué les costumes à la Royal Shakespeare Company, et Obéron – c'est drôle, je ne me souviens plus de son vrai nom – avait renversé de la bière sur son collant.

— Quel rôle aviez-vous ? demandé-je.

— Je ne jouais pas, répond-elle avec amertume. Mon visage convenait mieux aux coulisses.

Toujours dans l'ombre, sur la touche, pendant que sa superbe amie captait toute l'attention. J'ai vécu la même chose avec Mark : c'était à lui que les gens voulaient parler, avec lui qu'ils voulaient être. Je n'ai jamais été une Bethany Connors ; je ressemblais davantage à la femme assise à côté de moi, ordinaire, quelconque. Qu'est-ce que Mark a pu voir en moi ? Peut-être n'étais-je là que pour lui faire oublier quelqu'un d'autre.

— Ça ne me dérangeait pas, prétend Jennifer comme si elle avait deviné mes pensées. Je me réjouissais du succès de Beth. Elle parvenait à vous donner l'impression que ses réussites étaient aussi les vôtres, c'est pour ça que les gens l'aimaient tant. Les garçons voulaient être avec elle, les filles rêvaient de lui ressembler. Ce fameux soir, elle était radieuse. Tous les gars cherchaient à l'approcher, mais dès l'instant où Mark est entré dans le bar, ils n'avaient plus aucune chance.

Je comprends cela parfaitement. Mark éclipsait toutes les personnes présentes dans la même pièce, et quand il vous adressait la parole, vous vous sentiez privilégié. Ce n'est pas seulement sa beauté ; Mark dégage une telle assurance qu'on se sent irrésistiblement attiré vers lui, et qu'on n'a plus jamais envie de ressortir de sa bulle. Et il ne fait pas bon être en dehors de sa bulle…

— Je m'en souviens comme si c'était hier, reprend Jennifer. Il s'est avancé vers elle et lui a dit : « Alors, ils n'avaient plus de costumes de policière ? » Je pensais qu'elle allait le frapper – personne ne lui avait jamais dit qu'elle ressemblait à une stripteaseuse – mais elle a éclaté de rire et ne l'a plus quitté de la soirée. À la fin, quand il lui a proposé de la raccompagner, elle a refusé poliment, tout en acceptant de le revoir. Lorsqu'on est rentrées à la résidence, elle m'a parlé de lui pendant des heures, comme une adolescente enamourée.

Difficile de ne pas ressentir un brin de jalousie. J'imagine Mark rentrant chez lui ce soir-là, frustré d'avoir échoué dans ses projets et jurant qu'il séduirait cette fille coûte que coûte, tel un vaillant prince de conte de fées. Je me revois soudain, un peu moins distinguée et légèrement plus ivre, tombant dans ses bras dès le premier soir. Quelle déception j'ai dû être pour lui…

Je ne ressemblais en rien aux filles qu'il avait l'habitude de fréquenter. Je n'avais jamais été le centre du monde pour aucun homme, et encore moins un homme comme lui. M'a-t-il choisie parce que j'étais facile ? Parce que j'étais l'opposé de celle qu'il avait perdue ? M'aimait-il vraiment, ou bien me voyait-il comme une sorte de pénitence ?

— Après ce soir-là, ils sont devenus inséparables. Mark était quelqu'un d'important sur le campus, lui et ses amis se pavanaient comme s'ils étaient les propriétaires des lieux – à vrai dire, le père de Mark l'était presque. Je n'aurais pas cru que Beth tomberait amoureuse de lui, elle qui n'avait jamais apprécié le clan des riches.

—Le clan des riches?

—L'élite de Durham. Mark était tout en haut de la liste, juste derrière Jack Bratbury, le garçon le plus riche de toute l'université. C'était un sale type, le seul de la clique que Beth ne pouvait vraiment pas supporter. Je crois qu'il la draguait devant Mark, qui avait trop peur pour réagir. Un seul mot de Jack et il aurait été relégué au rang de moins que rien. Beth détestait la façon dont ça marchait ici, mais le père de Jack se montrait très généreux avec l'université. Et on nous le faisait bien savoir, ajoute-t-elle avec une grimace.

Elle s'interrompt pour finir son thé. J'imagine qu'il a dû refroidir depuis le temps, mais elle n'a pas l'air de s'en soucier.

—Le meilleur copain de Mark, Matty, appartenait lui aussi au gratin de Durham, comme la plupart des garçons avec qui il traînait. Beth disait qu'ils n'étaient pas si horribles que ça, et qu'elle les plaignait plus qu'autre chose de ne pas connaître la vraie valeur de l'argent. En revanche, elle pensait sincèrement que Mark était différent: il détestait autant qu'elle le fonctionnement de l'université et avait honte d'y avoir été accepté grâce aux mérites de son père. La première fois que je me suis disputée avec Beth, c'était à ce sujet. Je me souviens de m'être moquée d'elle en disant que ce pauvre Mark était vraiment à plaindre, et de l'avoir accusée d'être passée à l'ennemi. Que si elle continuait comme ça, elle finirait par jouer la petite princesse en son royaume, elle aussi. J'ai été assez dure… Ça l'a vraiment blessée.

Jennifer secoue la tête comme pour en chasser ce souvenir déplaisant.

— Dès le lendemain, je me suis excusée auprès d'elle, mais plus rien n'a été pareil après ça. Beth a gardé ses distances avec moi, et elle s'est encore plus rapprochée de Mark. Jusqu'au jour où elle a frappé à ma porte, en pleurs, une semaine avant sa mort.

Je dresse l'oreille, le cœur battant. Voilà ce que je suis venue entendre. Je n'ose pas dire un mot de peur de rompre le charme.

— C'était un vendredi soir, la soirée poker pour Mark et ses copains. Quand Beth est arrivée, elle était trempée et dans tous ses états. Je l'ai fait entrer tout de suite, évidemment. Je ne l'avais pas vue d'aussi près depuis plusieurs semaines – avant ça, on s'était seulement parlé au téléphone ou aperçues de loin dans l'amphi. Je lui ai trouvé mauvaise mine. Elle avait énormément maigri, son visage était si pâle et ses yeux tellement creusés de cernes que j'ai cru qu'elle se droguait.

— Que vous a-t-elle dit ? demandé-je, captivée.

— Je n'ai rien compris à ce qu'elle m'a raconté, à part qu'elle devait rompre avec Mark parce qu'il était arrivé quelque chose. Elle n'a pas arrêté de dire qu'elle n'aurait pas dû y aller, qu'elle aurait dû se mêler de ses affaires. Et elle répétait sans cesse le nom d'Ellie Toldot – je n'ai jamais su qui c'était. Je lui ai demandé si Mark l'avait trompée, elle m'a répondu que je n'y étais pas du tout, que je ne comprendrais jamais rien. Non seulement elle était en colère, mais elle avait peur.

— Peur de quoi ? intervient Nick.

— Je ne sais pas. De Mark, j'imagine, de ce qu'elle avait vu. Elle est repartie aussi vite qu'elle était arrivée, en disant qu'elle ne devait pas m'impliquer dans ses problèmes, qu'elle en avait déjà trop dit.

— Vous l'avez revue avant sa mort ?

— On a eu quelques cours ensemble, mais elle m'a évitée. La semaine de sa disparition, elle n'est presque pas venue en classe, et chaque fois que je l'apercevais, Mark était collé à elle. J'avais l'impression qu'elle ne voulait plus me parler. Le soir de sa mort, je suis allée la voir dans l'idée de la raisonner.

— Vous avez réussi ?

— Non, et Dieu sait que je regrette de ne pas avoir insisté. Quand je suis arrivée devant sa chambre, j'ai compris qu'elle était au téléphone. À travers la porte, je l'ai entendue dire : « Qu'est-ce qu'il fait là ? D'accord, Matty, j'arrive tout de suite. » Elle semblait énervée. Avant que j'aie eu le temps de frapper, elle est sortie en trombe de sa chambre, et elle a eu l'air surprise de me voir. Quand je lui ai demandé si on pouvait parler, elle m'a répondu qu'elle était pressée et qu'elle viendrait me voir le lendemain. Elle s'est excusée pour son comportement, m'a expliqué qu'elle avait des choses à régler mais que tout allait s'arranger. Je lui ai fait promettre qu'on discuterait, puis elle m'a embrassée sur la joue et m'a dit que je lui manquais. Je lui ai répondu que c'était réciproque. C'est la dernière fois que je l'ai vue.

— Avez-vous raconté à la police ce que vous avez entendu ?

— Bien sûr que je l'ai fait, mais ils n'ont rien voulu savoir, répond Jennifer, le visage tordu de colère. Quand je leur ai certifié qu'elle devait retrouver Matthew Riley quelque part, ils m'ont répondu que je n'avais aucune preuve que c'était bien Riley qui était à l'autre bout du fil, et que « Matty » pouvait aussi être le nom d'un de ses « clients ».

— Je croyais que Mark et Matthew Riley avaient tous les deux des alibis pour le soir du meurtre de Beth, observe Nick.

Jennifer esquisse un sourire narquois.

— Vous n'avez donc rien compris à ce que je vous ai dit ? Les gens comme Mark Webster et Matthew Riley pouvaient trouver des dizaines de gens prêts à jurer qu'ils étaient sur scène au Carnegie Hall ce soir-là.

— Et le type qu'ils ont arrêté ? Ils devaient avoir des preuves contre lui.

— Oui, ils ont retrouvé le sac à main de Beth dans ses affaires et des taches de sang sur ses vêtements. Selon la police, Lee Russon était un client de Beth. Mais jamais elle n'aurait couché avec un type comme lui. Même pas pour tout l'or de Durham.

Jennifer jette un coup d'œil à sa montre.

— Désolée, mais je dois aller travailler. J'espère que vous trouverez ce que vous cherchez.

— Attendez, la retient Nick alors qu'elle s'est déjà levée et écrase sa cigarette par terre. Une dernière chose.

— Oui ?

— Comment Mark Webster a-t-il réagi quand le corps de Beth a été retrouvé ?

Jennifer se tourne vers moi.

— Ça l'a anéanti. Pour être honnête, quand je l'ai vu comme ça, j'ai vraiment douté de sa culpabilité. Il était tellement effondré qu'il voulait abandonner ses études.

Si son père n'avait pas convaincu le doyen de le laisser finir à la maison, il n'aurait jamais obtenu son diplôme.

—Merci de votre aide, Jennifer. Nous vous en sommes vraiment reconnaissants.

—Mais ça ne change rien, n'est-ce pas? Beth est toujours morte, rétorque-t-elle avant de s'éloigner.

46

— Où tu es ? Pourquoi tu ne m'as pas appelée, bordel ? J'ai cru que tu étais morte !

Cassie crie si fort que je suis obligée d'écarter le téléphone de mon oreille.

— Je t'ai envoyé un texto, dis-je faiblement.

— Ça aurait pu être n'importe qui ! Après tout ce qu'on a traversé, tu crois vraiment que j'ai envie de découvrir ton cadavre dans un fossé en regardant les infos ?

Je suis tentée d'éclater de rire, mais je me retiens en comprenant qu'elle ne plaisante pas.

— Cass, la seule fois où tu as regardé les infos, c'était parce qu'on parlait de toi, répliqué-je le plus sérieusement possible. Et pourquoi ils filmeraient mon cadavre dans un fossé ?

— Tu fais exprès de ne pas comprendre, grommelle-t-elle.

— Si, je comprends, excuse-moi. J'ai été égoïste. Je suis sur le chemin du retour, je peux te rappeler demain ?

— Tu as intérêt.

— Au fait, est-ce que tu pourrais me rendre un service ?

— Deux secondes, il faut que je regarde mon agenda.

Elle fait mine de tourner des pages.

— C'est bête, j'ai encore une journée bien chargée : je dois attendre le coup de fil de ma meilleure amie.

— Est-ce que ça veut dire oui ?

— Je t'écoute.

— J'aimerais que tu fasses une recherche sur une dénommée Ellie Toldot.

Je lui épelle le nom.

— Il ne devrait pas y en avoir cinquante. Tu pourrais regarder sur Internet ? Peut-être sur Facebook et compagnie.

— D'accord, mais tu n'auras les infos que si tu m'appelles demain. Tu m'entends ? Appelle-moi.

Après avoir raccroché, je m'affale un peu plus sur mon siège, soulagée. Je m'attendais à ce que Cassie soit plus en colère que ça, vu la façon dont je l'ai traitée ces derniers jours. À sa place, je serais furieuse contre moi.

Pendant que j'étais au téléphone, Rob Howe, du cabinet ZBH, m'a envoyé un message : *Ai regardé le dossier, rien trouvé pr l'instant. Tjrs partant pr boire 1 verre, si vs avez changé d'avis… Et si vs pouvez échapper à votre garde du corps ! Bises*

Tout en réprimant un sourire, je lui réponds rapidement : *Dslée, tjrs gardée 24/24. Pire que mon père. Est-ce 1 cliché de dire que c'est compliqué ?*

— Elle va bien ? demande Nick.

— Elle est furieuse, mais elle s'en remettra.

Mon téléphone vibre à nouveau : *1 vrai cliché. Est-ce déplacé de dire que venant de vs, même les clichés sont adorables ? Bises*

Je tape *Totalement déplacé*, termine par *Bises*, avant d'effacer ce dernier mot pour le remplacer par un smiley. Vous comprenez pourquoi je n'ai pas d'aventures…

— Comment vous vous sentez ? me demande Nick. Ça n'a pas dû être facile d'entendre tout ça sur Mark.

— Je ne sais pas quoi en penser.

Je n'ai pas envie de lui parler de ma relation avec Mark. Je n'ai pas envie d'admettre que je me sens blessée, humiliée qu'une bibliothécaire m'en ait appris davantage sur la vie de Mark que mon ex-mari lui-même. Je suis perdue. Je ne sais pas si j'étais une simple distraction pour lui, un moyen de lutter contre l'amour qu'il éprouvait pour un fantôme dont je ne connaissais même pas l'existence. Aurais-je fait plus d'efforts si j'avais su ? Aurais-je été plus élégante, plus sophistiquée, aurais-je davantage ressemblé à une épouse digne de l'« élite de Durham » ? À une Kristy Riley, ou à une Beth Connors ? Lorsque je cherche dans mes souvenirs des preuves de ce secret que Mark me cachait, j'ai l'impression que tout ce que nous avons fait ensemble avait un lien avec sa fiancée de la fac. Pensait-il à elle le jour où nous sommes allés voir *Le Songe d'une nuit d'été* au théâtre ? Le contraire me paraît impossible. Pensait-il à elle le samedi où nous avons flâné à la National Gallery ? Et pendant notre lune de miel ? N'ai-je été qu'une remplaçante au rabais ?

Je brûle de lui poser toutes ces questions, mais je ne veux pas voir son visage quand il me mentira. J'aimerais juste savoir quel rapport un meurtre datant d'il y a plus de vingt ans peut avoir avec mon petit garçon.

47

Jack : 17 décembre 1992

— C'est vrai, tu as tout vu ?

L'admiration était palpable dans la voix de la bombe sexuelle aux lèvres brillantes de gloss. Elle se rapprocha de Jack sans se préoccuper du reste de l'auditoire. Un peu plus et elle se retrouverait assise sur ses genoux, mais il n'y voyait pas d'inconvénient. La fille – Sandy ou Sammy, il ne se rappelait plus son nom et s'en fichait – se pencha vers lui, appuyant son avant-bras sur la chaise de Jack. Quand il entrevit son soutien-gorge couleur peau, il ne put s'empêcher d'imaginer les petits tétons pointant contre le tissu léger… Bon sang, ce n'était pas le moment de se mettre à bander, alors qu'il était entouré d'étudiants qui attendaient des détails sur l'arrestation du meurtrier de Beth.

— Oui, j'ai tout vu.

Jack se laissa aller en arrière contre le dossier de sa chaise, invitant son public à se resserrer autour de lui. Ceux des tables alentour écoutaient aussi à présent ; Sandy/Sammy n'avait pas été particulièrement discrète.

— Comme je le disais, je suis allé au poste avec Jeremy pour aider les flics dans leur enquête. Il fallait bien que quelqu'un s'y colle.

Quelques ricanements autour de lui. Les policiers ne s'étaient pas vraiment montrés à leur avantage sur le campus, ces dernières semaines.

— Pourquoi tu y es allé avec un avocat ? demanda Graham quelque chose.

— Mon vieux péterait un câble si je mettais les pieds chez les poulets sans représentation.

L'explication fut acceptée sans plus de commentaires. Rien d'étonnant à ce que le fils de George Bratbury se fasse accompagner par un avocat partout où il allait.

— Bref, on discutait depuis un quart d'heure quand on a entendu un grand barouf dans le couloir, continua Jack en savourant l'emprise qu'il avait sur son auditoire. Le gros crétin qui m'interrogeait est sorti voir ce qui se passait. J'ai viré Jeremy et je l'ai suivi.

L'expression de Miss Gloss valait son pesant d'or.

— Il y avait deux officiers de police, deux énormes gorilles, qui tenaient un clochard chacun par un bras. Le type avait les cheveux longs jusqu'aux épaules et tellement gras qu'on aurait pu huiler toute une troupe de stripteaseuses avec. Je ne vous raconte pas l'odeur dans le couloir…

Jack fronça le nez pour appuyer ce souvenir imaginaire. Ils n'avaient pas besoin de savoir que Russon se trouvait déjà en salle d'interrogatoire quand l'inspecteur avait été prévenu de son arrestation. La seule fois où Jack avait vu le SDF, c'était le lendemain du meurtre, lorsqu'il avait vidé sur lui sa seringue remplie du sang de Beth pendant qu'il cuvait, et fourré le sac à main de l'étudiante sous ses affaires.

— Il était comment ? demanda Miss Gloss en lui touchant le bras.

— Complètement déboussolé, à se jeter dans tous les sens pour essayer d'échapper aux deux primates qui le retenaient. Mais il n'avait aucune chance. Il hurlait des trucs incompréhensibles. Son futal était tellement crade qu'on ne voyait même plus que c'était un jean – il devait le porter depuis des semaines. Et son tee-shirt…

Jack avait gardé le meilleur pour la fin. Chaque fois qu'il inspirait, les autres se rapprochaient, comme attirés par la force de son récit. Il laissa durer le suspense, faisant mine de rassembler son courage. Bon Dieu, si cette nana continuait à se frotter comme ça contre lui, il allait jouir. L'ivresse du pouvoir, le plaisir de mener son public par le bout du nez et de détenir l'information que tout le monde sur le campus et chez les flics rêvaient de connaître…

— Son tee-shirt était maculé de sang. Le sang de Beth.

48

C'est l'odeur de bacon grillé qui me réveille, cet arôme incroyable qui s'infiltre dans tous les recoins de la maison. Alors que je m'apprête à enfiler quelques vêtements pour descendre à la cuisine, on frappe à la porte de ma chambre. J'attrape bien vite un peignoir.

— Entrez !

— Bien dormi ?

Nick s'avance dans la pièce avec un plateau chargé de nourriture : crumpets[1] beurrés, bacon, œufs, saucisse et tomates, tout a l'air délicieux.

— Vous essayez de m'engraisser, ou quoi ? Ça fait une semaine que je ne suis pas allée courir, et vous passez votre temps à me faire à manger.

— Que dirait Cassie si vous arrêtiez à nouveau de vous nourrir ? réplique Nick avec un grand sourire, tandis que j'entame goulûment mon petit déjeuner. Plus sérieusement, qu'est-ce qu'on fait, maintenant ? On n'a toujours aucune idée de ce qui est arrivé à Dylan.

— Je ne sais pas, dis-je en m'essuyant discrètement la bouche. Je suis sûre que la disparition de mon fils est liée au meurtre de Beth, même si je ne vois pas

1. Petites crêpes épaisses consommées au Royaume-Uni. (*N.d.T.*)

comment c'est possible. Si Dylan avait été tué, ou kidnappé contre une demande de rançon, on aurait pu penser à une vengeance, mais la photo que j'ai reçue montre un petit garçon heureux, en bonne santé, souriant. On ne va quand même pas aller chez Mark et lui demander si, par hasard, il n'aurait pas assassiné sa fiancée il y a plus de vingt ans !

Avant que Nick ait eu le temps de répondre, mon portable se met à sonner. *Merde.* Est-ce encore Mark ? Le numéro qui s'affiche ne me dit rien.

— Allô ?

— Susan Webster ? demande une voix grave, masculine.

— Oui, c'est moi.

— Bonjour, je suis Carl Weston, ancien inspecteur de police à Durham. J'ai reçu un appel de Jean Whitaker, qui m'a informé que vous souhaitiez me parler de Bethany Connors.

Et comment ! Couvrant le combiné de ma main, j'articule le mot « inspecteur » à l'attention de Nick.

— Est-ce qu'on pourrait se retrouver quelque part, disons, dans deux heures ? demande Carl Weston.

— Bien sûr, où êtes-vous ?

— J'habite en banlieue de Durham, je viendrai en train.

Nous convenons de nous retrouver dans un café non loin de la gare, avant de raccrocher. Je m'attendais à ce que Nick partage mon enthousiasme, mais il semble inquiet et méfiant.

— Qui était-ce ?

— Carl Weston, le détective qui a démissionné des forces de police de Durham parce qu'il ne croyait pas à la culpabilité de Russon. On le retrouve dans une heure.

— Je ne peux pas, répond Nick. Je dois passer au journal. Allez-y, vous me raconterez.

J'ai du mal à cacher ma déception.

— Vous ne m'aviez pas dit que vous aviez du travail. Ça ne peut pas attendre cet après-midi ?

— Le monde ne tourne pas autour de vous, Susan, réplique-t-il sèchement, avant de se lever. Revenez ici quand vous aurez fini. Et soyez prudente, vous ne connaissez pas ce type.

49

Avec le froid piquant qu'il fait dehors, je préfère attendre Carl Weston à l'intérieur. Lorsqu'il pousse la porte du café, je devine tout de suite que c'est lui : il a l'allure et la démarche d'un policier, et l'œil assez entraîné pour me repérer en quelques secondes.

— Madame Webster ?

— C'est moi. Je vous en prie, asseyez-vous.

Je m'attendais à quelqu'un de plus jeune, mais il doit bien avoir soixante ans. Tout en prenant place, il m'observe avec circonspection, comme si je risquais de le mordre.

— Mme Whitaker vous a-t-elle expliqué pourquoi nous sommes allés la voir ?

— Vous vouliez savoir ce qui était arrivé à Bethany Connors. Vous êtes l'ex-femme de Webster.

— Vous avez eu l'occasion de rencontrer Mark ?

— Ça fait un paquet d'années, mais je me souviens bien de votre mari. On a essayé de l'interroger plusieurs fois.

— Essayé ?

À cet instant, une jeune serveuse se présente à notre table. Carl Weston relève la tête, sourit et commande deux thés, puis il me regarde d'un air interrogateur, comme s'il avait oublié de quoi nous parlions. Ou ce qu'il fait ici.

— Vous disiez que vous aviez essayé d'interroger Mark.

— Ah, oui ! Sans beaucoup de succès, cela dit. La première fois qu'on l'a vu, il était ravagé. Son père lui avait trouvé un ténor du barreau, mais ce n'était pas nécessaire : Webster avait un alibi en béton et il n'y avait pas de raisons de croire qu'il était impliqué dans la mort de Bethany. Il n'a pas arrêté de pleurer, et j'ai même dû interrompre l'interrogatoire pour qu'il puisse aller vomir. À croire qu'on le questionnait en tant que suspect.

— Est-ce un comportement inhabituel ?

— Non. Les gens ne réagissent pas tous de la même façon à la mort d'un proche, madame Webster.

Il a l'air embarrassé. Évidemment, il connaît mon histoire. Je baisse les yeux bien vite pour qu'il ne les voie pas s'emplir de larmes. Par chance, la serveuse revient avec nos boissons, nous donnant un prétexte pour chasser ce moment de gêne.

— J'ai bien peur de ne pas vous être d'une grande aide, reprend Carl. Si je savais quoi que ce soit d'utile, j'aurais trouvé une meilleure explication que Lee Russon.

— Vous ne pensez donc pas qu'il ait pu tuer Beth ?

— Ça me paraît impossible. Quand on l'a ramené au poste, il parlait de façon complètement décousue. Il prétendait avoir volé une voiture pour transporter le corps de Beth jusqu'au bois, mais il ne se rappelait pas où il avait laissé le véhicule.

— Était-ce un malade mental ?

Weston acquiesce.

— Il ne pouvait pas se payer un avocat digne de ce nom, et le tribunal a accepté ses aveux. Alors qu'il purgeait sa peine depuis deux ans, il s'est pendu dans sa cellule. Personne ne s'en est ému.

— D'après Jennifer Matthews, on avait retrouvé le sac à main de Beth dans ses affaires, et du sang sur lui.

Carl laisse échapper un petit rire amer.

— Il a pu trouver ce sac n'importe où, dans une poubelle ou un fossé. Au départ, il a été arrêté pour un simple vol. C'est seulement quand on lui a montré le sac à main qu'il a eu l'air de se rappeler qu'il avait tué quelqu'un. On a retrouvé du sang sur son tee-shirt, mais absolument rien sur son manteau, ni sur ses mains crasseuses, ni nulle part ailleurs. Vous croyez vraiment qu'il aurait tout nettoyé sauf son tee-shirt ? N'importe quoi.

Il n'empêche que, comme il l'a dit lui-même, Carl n'a pas trouvé le vrai coupable à l'époque. Et il n'est pas plus avancé aujourd'hui.

— Et le garçon qui a prétendu que Beth se prostituait ? Matthew Riley ?

— Oui, encore une incohérence. Il a fait sa déposition, avant de revenir dessus dès le lendemain, je crois. Personne n'a pu confirmer que Beth faisait du racolage, mais le reste de l'équipe a pris ça pour argent comptant. J'ai toujours pensé que Riley s'était trompé, et que sa petite copine l'avait convaincu de changer sa déposition. Un beau brin de fille, qui l'a pratiquement traîné de force au poste. Je revois encore ses cheveux blond décoloré et son visage rouge vif. C'est drôle comme on se souvient de certains détails, n'est-ce pas ?

Des cheveux blond décoloré…

— Vous vous rappelez le nom de la petite copine de Riley ?

Carl ébauche un sourire.

— Elle s'appelait Kristy.

Kristy Riley était donc à l'université avec mon ex-mari quand sa fiancée a été tuée… Bizarrement, elle a omis de le mentionner l'autre jour.

— Un joli nom, Kristy, continue Carl. Kristy Travis.

— Travis ?

Ce doit être une coïncidence. Il y a plusieurs Travis à Bradford, la femme de Matthew Riley n'a pas forcément de liens de parenté avec Rachael Travis, mon avocate…

— Un nom de star, vous ne trouvez pas ?

— Est-ce qu'elle avait une sœur ?

Carl grimace.

— Oui, le genre de fille qu'on peut difficilement oublier, même au bout de vingt ans. À l'époque, elle a fait tout un foin, comme quoi on nuisait à la réputation de l'université ; j'ai eu très envie de lui coller le meurtre sur le dos. Heureusement pour elle, je n'ai jamais revu cette Rachael Travis.

50

— Nick, où êtes-vous?

Tout en m'efforçant de respirer calmement, je jette mon sac à main dans la voiture et referme la portière.

— Vous pouvez me retrouver chez Kristy Riley? Je viens de parler avec Carl Weston. Kristy nous a menti l'autre jour: elle a fait ses études à Durham avec Mark et Matt, elle était donc au courant pour Beth. Je vais essayer de voir ce qu'elle nous a caché d'autre. Si ça se trouve, c'est elle qui a Dylan! Au fait, son nom de jeune fille, c'est Travis, comme Rachael. Rappelez-moi dès que vous aurez eu ce message.

J'ai quitté Carl en lui promettant de le recontacter si j'avais du nouveau sur le meurtre de Beth. Ce qu'il m'a appris ne fait que confirmer les soupçons de Jennifer: Beth avait découvert quelque chose d'effrayant à propos de son fiancé, une histoire dans laquelle il trempait avec les autres garçons insaisissables qui formaient l'« élite de Durham ». Pourtant, une semaine plus tard, Beth et Mark étaient toujours ensemble, jouant au couple heureux comme si de rien n'était. Lorsqu'elle a renoncé à se confier à Jennifer, Beth a-t-elle décidé de se remettre avec Mark, avant de se faire violer et assassiner le vendredi suivant? Cela me paraît peu probable. Je crois plutôt qu'elle s'est tournée vers une nouvelle amie, une fille dont le petit copain était lui aussi impliqué. Je pense qu'elle est allée voir Kristy Travis.

Le Range Rover est garé dans l'allée ; je m'arrête juste derrière, le plus près possible. Kristy ne m'échappera pas. Je vais lui demander pourquoi elle ne m'a pas dit qu'elle connaissait mon mari, et ce qu'elle sait exactement au sujet de mon fils. Je ne partirai pas d'ici tant que je n'aurai pas obtenu de réponses. Ou tant qu'elle n'aura pas appelé la police.

Malgré la présence de la voiture, la maison semble déserte. J'ai beau tambouriner à la porte, personne ne répond, et en regardant à travers la fenêtre du salon, je constate que la télévision et les lumières sont éteintes. Alors que je m'apprête à faire demi-tour – tant pis pour ma résolution – un détail me glace le sang. De la fenêtre, je vois la salle à manger, qui donne sur la véranda. Or le magnifique vase en cristal qui trônait sur la table lorsque je suis venue ici la première fois gît à présent en mille morceaux sur le sol. Les fleurs ont déjà fané tout autour, baignant dans leur eau comme dans une flaque de sang.

Je pourrais me convaincre que la maîtresse de maison a fait tomber le vase par accident et n'a pas eu le temps de nettoyer – même si ce n'est pas le genre de Kristy Riley –, mais, derrière la porte entrouverte de la salle à manger, j'aperçois une chaussure à talon abandonnée par terre. Et, à côté, un pied.

Je devrais retourner à la voiture, prévenir la police et m'en aller. Mais avant même que cette pensée raisonnable ne se forme dans mon esprit, je suis déjà en train de faire le tour de la maison pour atteindre la véranda.

Kristy Riley est morte. Je ne l'aurais pas reconnue sans sa chevelure blonde et ses vêtements haute couture. Son joli visage n'est plus qu'une bouillie de sang et d'os.

Je me retiens de crier. Prise d'un haut-le-cœur, je tombe à genoux pour vomir, mais rien ne vient. *Appelle la police*, me souffle mon instinct. *Appelle tout de suite.*

Mais tu ne peux pas, rétorque une autre voix, plus lucide. *Que vont-ils penser ?* Une paranoïaque reconnue coupable de meurtre, convaincue que Kristy Riley sait quelque chose à propos de la disparition de son fils, fait le tour de sa maison et la trouve morte, comme par hasard… Cette fois-ci, ce ne sera pas Oakdale, mais la prison à coup sûr.

Merde. Quelle ligne de conduite adopter ? Mon sens moral m'enjoint de faire confiance au système judiciaire, d'agir en bonne citoyenne et de prévenir la police. Mes parents m'ont inculqué les notions de bien et de mal, et je sais que quitter une scène de crime sans le signaler, c'est mal. Mais ça, c'était avant qu'on m'accuse injustement du meurtre de mon fils, avant que tout le monde autour de moi se mette à mentir sans vergogne. Maintenant, je connais la vérité : les gens de pouvoir sont aussi corruptibles que les autres, et l'honnêteté ne paie pas toujours. C'est pourquoi je décide de m'enfuir en courant.

Je suis déjà dans la voiture et presque en bas de la rue quand je prends conscience des implications de ce meurtre pour Rachael. J'ai beau lui en vouloir d'avoir participé au coup monté dont j'ai été victime, je n'oublie pas qu'elle m'a soutenue à un moment difficile de ma vie. Et il s'agit de sa sœur. Si je ne peux pas lui annoncer la mort de Kristy, je dois au moins la prévenir qu'elle-même est peut-être en danger. L'idée me répugne, mais il se pourrait bien qu'elle doive se méfier de mon ex-mari.

— ZBH Avocats-Conseils, Gemma à votre écoute.

— Gemma, c'est Susan Webster. Pouvez-vous me passer Rachael, s'il vous plaît ?

— Je vais voir si Mme Travis est dis…

— Non, vous n'allez rien voir du tout, Gemma. C'est sérieux. Une question de vie ou de mort. Alors vous allez me passer Rachael tout de suite.

La réceptionniste a dû sentir que je ne plaisantais pas, car la ligne se remet à sonner.

— Rachael Travis à l'appareil.

— Rachael, c'est Susan Webster. Ne raccrochez pas, c'est très important.

— Susan ! s'exclame-t-elle, comme si elle était ravie de m'entendre. Je n'ai pas du tout l'intention de raccrocher. Comment allez-vous ?

— Avez-vous parlé à Mark aujourd'hui ?

Un silence surpris. Je m'engage sur la quatre voies et enfonce l'accélérateur, pressée de m'éloigner de cette maison. Je dois absolument trouver Nick.

— Bien sûr que non, pourquoi je…

— Arrêtez vos salades, Rachael. C'est grave, il y a plus d'une vie en jeu. La mienne, celle de mon fils et peut-être la vôtre, alors soyons claires : je sais que Kristy Riley est votre sœur. Je sais que votre beau-frère et mon mari faisaient partie d'une confrérie ou d'un truc puéril de ce genre à la fac. Je sais aussi que vous étiez au courant de mon innocence et que vous avez saboté volontairement ma défense.

— Je ne vois pas…

— Vous ne voyez pas de quoi je parle, évidemment, et je ne m'attends pas à une confession de votre part, alors fermez-la et écoutez-moi. Si Mark vous appelle, ne répondez pas. S'il vient vous voir au bureau, ne le laissez surtout pas entrer. Vous avez compris ?

— Pourquoi ?

Rachael fait des efforts pour garder son aplomb, mais je devine qu'elle a peur.

— Parce que je crois qu'il est dangereux, et qu'il a peut-être décidé de s'en prendre à ceux qui connaissent la vérité sur Dylan. Suivez mon conseil, restez loin de lui.

— Je lui ai parlé, avoue-t-elle d'une voix paniquée, perdant soudain le sang-froid que je lui ai toujours connu. Il m'a appelée il y a une heure pour me demander où était Kristy.

Mon cœur se serre. Malgré tout ce qui est arrivé ces derniers temps, je continuais à espérer que mon ex-mari n'était pas responsable du meurtre de Kristy.

— Que lui avez-vous répondu ?

— Qu'elle était sûrement chez elle. Il voulait savoir ce qu'elle vous avait dit, et il était au courant de votre visite ici l'autre jour. Il n'a pas arrêté de me poser des questions : de quoi on avait parlé, qui était le type qui vous accompagnait, où vous logiez en ce moment. Est-ce que je dois appeler la police ?

— Pour leur dire quoi ? Que vous avez participé à un coup monté visant à me faire accuser de meurtre, et que l'un de vos complices se retourne maintenant contre vous ? Faites ce que vous avez à faire, Rachael. J'ai rempli mon rôle en vous prévenant.

Je raccroche, en espérant en avoir dit assez pour lui sauver la vie. Je ne sais pas si elle appellera la police ; j'en doute fortement. Si elle le fait, ils voudront m'interroger, mais je n'ai pas le temps de répondre à leurs questions. Je dois rejoindre Nick et ensuite nous irons voir Mark ensemble. Je veux savoir ce qu'il a fait de mon fils.

Tout en me garant devant le siège du *Star*, je cherche en vain la voiture de Nick sur le parking. Mais il y a beaucoup de véhicules, et il a peut-être une place réservée à l'arrière du bâtiment.

— Bonjour, est-ce que Nick Whitely est encore là ? demandé-je à la jolie jeune fille de l'accueil. Je dois absolument lui parler.

— Je ne crois pas l'avoir vu partir. On finit rarement avant six heures, ici. Je vais lui passer un coup de fil, qui dois-je annoncer ?

— Su… Emma. Il saura qui c'est.

Peut-être m'en voudra-t-il d'être venue le trouver sur son lieu de travail, mais dans les circonstances actuelles, c'est le dernier de mes soucis.

Tandis que la secrétaire décroche le téléphone, je me surprends à me demander si Nick a déjà couché avec elle. J'imagine que la plupart des femmes n'hésiteraient pas une seconde si elles en avaient la possibilité… Mais sa vie privée ne me regarde pas.

— Nick ? Une certaine Emma veut te voir.

L'hôtesse d'accueil repose le combiné sur sa base.

— Il va descendre. Vous pouvez l'attendre ici, si vous voulez, dit-elle en me montrant les fauteuils et canapés installés dans un coin du hall.

— Merci.

Je lui rends son sourire, en tentant de ne pas l'accuser d'un crime qu'elle n'a commis que dans mon imagination.

Pendant que je patiente, mes doigts pianotent nerveusement sur mes cuisses. Est-ce que le corps de Kristy Riley a déjà été découvert ? Rachael aura-t-elle appelé la police pour leur faire part de mes soupçons concernant Mark ? Au bout de quelques minutes qui me paraissent avoir duré une éternité, je relève la tête en entendant les portes de l'ascenseur s'ouvrir. Mais il ne s'agit que d'un monsieur assez âgé à l'allure excentrique – chemise blanche tendue sur un ventre rebondi, nœud papillon couleur orange brûlée. Le haut de son crâne chauve brille sous la lumière, tandis que quelques touffes de cheveux bruns et gris s'accrochent encore sur les côtés de sa tête. Il s'avance vers moi, le visage éclairé d'un sourire chaleureux.

— Bonjour, que puis-je pour vous ?

— Oh, on s'occupe de moi, merci. J'attends Nick Whitely.

L'homme paraît surpris.

— Je suis Nick Whitely. À qui ai-je l'honneur ?

51

Beth : 20 novembre 1992

« Si tu veux savoir s'il dit la vérité, tu n'as qu'à le suivre. »

Beth avait trouvé l'idée absurde quand Jen la lui avait suggérée avec autant de désinvolture, et pourtant ce conseil l'avait hantée toute la semaine, à tel point qu'elle avait fini par le mettre en pratique. Maintenant qu'elle se retrouvait accroupie derrière les buissons trempés de pluie, à surveiller le bâtiment désaffecté comme un agent secret, elle se sentait ridicule.

Beth les avait vus arriver un par un, ces garçons que son fiancé considérait comme des amis. Chaque fois, ils avaient frappé quatre coups à la porte de l'entrepôt, avant d'entrer sans prononcer un mot. Elle n'avait plus qu'à s'avancer discrètement jusqu'à l'une des fenêtres brisées, et elle les verrait jouer au poker, ou occupés à Dieu sait quelle autre activité prisée par les garçons quand ils passaient une soirée entre copains. Ensuite, elle rentrerait chez elle, cinq kilomètres à pied dans le froid et la nuit, un peu honteuse mais néanmoins rassurée.

Voilà, c'était aussi simple que ça. Elle avait même préparé une excuse au cas où elle se ferait prendre : sa sœur venait de la prévenir que leur père était malade, et elle devait parler à son fiancé. C'était crédible, non ? S'il jouait bel et bien au poker, Mark ne serait pas fâché. Beth espérait qu'on ne chercherait pas à vérifier son histoire ; elle se soucierait plus tard d'expliquer la guérison miraculeuse de son père. Ou alors, elle dirait que Josh était malade. Les copains de Mark ne voyaient jamais son frère, celui-ci ne risquait pas de la trahir.

C'était insensé. Pourquoi avait-elle besoin de les épier ? Ils étaient tous là, Mark avait dû dire la vérité. Qu'était-elle allée imaginer ? Elle se releva, songeant qu'elle ferait aussi bien de retourner dans sa chambre, récupérer une bouteille de vin et l'emporter chez Jen. Elles la boiraient ensemble, en riant de sa folie passagère. Cela faisait une éternité qu'elle n'avait pas passé du bon temps avec sa meilleure amie ; elle avait délaissé Jen au profit de Mark, et le moment était peut-être venu d'inverser la tendance, de renouer des liens avec elle.

Le bruit lointain d'un moteur de voiture la fit s'accroupir à nouveau. Une Vectra noire qu'elle n'avait jamais vue dans le cercle des amis de Mark s'arrêta à trois mètres de l'entrepôt. Beth retint son souffle quand Jack Bratbury en descendit. Pourvu qu'il ne la voie pas… S'il la trouvait cachée dans les buissons, Mark n'aurait pas fini d'en entendre parler.

Beth détestait Jack. Grande gueule, sans-gêne, c'était le leader de la bande, un vrai tyran. Il s'était entiché d'elle et la draguait à la moindre occasion, même devant Mark. Surtout devant lui. « Il plaisante, avait dit ce dernier quand elle lui avait fait part de son malaise. Il fait ça pour s'amuser, parce qu'il sait que ça t'énerve. » Elle, ça ne l'amusait pas du tout. Et Jack ne correspondait pas à l'idée qu'elle se faisait d'un ami. Mais elle comprenait pourquoi Mark ne disait rien, même si cela la rendait furieuse.

Jack contourna le véhicule pour ouvrir la portière du côté passager, révélant une paire de jambes interminables. Beth ne connaissait pas cette fille – un physique comme ça, cela l'aurait marquée. Ses longs cheveux blonds effleuraient sa poitrine généreuse, à peine couverte par un petit justaucorps moulant. La pauvre devait être gelée. À en juger par sa démarche chancelante, c'était sans doute l'alcool qui l'empêchait de ressentir le froid.

Qui était-elle ? Beth ne se rappelait pas avoir entendu Jack mentionner l'existence d'une petite copine. Et la soirée était censée être réservée aux garçons, un détail qui avait dû échapper à cette créature aux allures de prostituée. Jack l'entraîna vers la porte, frappa quatre coups, et le couple disparut dans l'obscurité.

Plus question de partir, à présent. Beth voulait savoir qui était cette mystérieuse jeune femme, et ce qu'elle faisait là ce soir. Les jambes tremblantes, elle s'approcha furtivement du bâtiment.

Des planches à moitié pourries condamnaient de l'intérieur les fenêtres du local industriel. Beth repéra assez vite un trou de la taille d'un poing dans une des lattes ; il lui fallut plus de temps en revanche pour trouver le courage d'y coller son œil.

Sa vue s'habitua lentement à l'obscurité qui régnait dans l'entrepôt. L'absence d'électricité était palliée par une centaine de bougies de formes et de tailles différentes, qui jetaient une lueur sinistre sur le vaste espace. Une grande table rectangulaire, recouverte d'un tissu noir, occupait le centre de la pièce, visible grâce aux bougies qui en délimitaient le contour. Leurs flammes vacillantes se reflétaient sur des coupes remplies d'un liquide sombre. Des fauteuils en chêne sculpté attendaient autour de la table ; pour l'heure, leurs occupants préféraient rester debout aux quatre coins de la salle.

Cela n'avait rien d'une soirée poker, mais de quoi s'agissait-il au juste ? Les garçons qui étaient entrés un par un dans le bâtiment portaient maintenant de longues robes noires dont les capuches rabattues plongeaient leurs visages dans l'ombre. Impossible de reconnaître Mark dans cette assemblée, les silhouettes étaient à peu près toutes de même stature. Ils se tenaient par petits groupes de deux ou trois ; certains sirotaient le liquide sombre – « Faites que ce ne soit pas du sang », songea Beth avec horreur –, d'autres tiraient nerveusement sur leur cigarette. De son poste d'observation, Beth percevait la tension qui régnait dans cet entrepôt, elle la sentait glisser par vagues sur sa peau. Il allait se passer quelque chose ici, qui n'aurait rien à voir avec une simple partie de cartes.

Où était la jeune femme ? C'était pour elle que Beth était restée, et pourtant, l'espace d'un instant, elle lui avait presque semblé sans importance, perdue dans l'étrangeté de la scène. Quelqu'un donna une brève consigne sans que Beth puisse en entendre les termes exacts. Certaines silhouettes encapuchonnées se tournèrent vers un coin de la pièce, tandis que d'autres répugnaient à regarder. Le mouvement des toges empêcha Beth d'en voir plus.

Lorsque la voix s'éleva de nouveau, grave et autoritaire, Beth crut reconnaître celle de Jack. Les garçons se contentèrent d'obéir et s'assirent à leurs places. Beth découvrit alors l'objet de leur attention : c'était la fille.

52

— Il doit y avoir une erreur, dis-je une fois le premier choc passé. Je suis bien au *Star* ?

— Tout à fait, répond l'homme qui prétend être Nick Whitely. Le seul, l'unique.

Il y a forcément une explication rationnelle, même si elle m'échappe pour l'instant.

— Je cherche un homme qui est censé travailler ici. Vous avez un autre Nick parmi vos collègues ? À peu près un mètre quatre-vingt-cinq, élégant, les cheveux bruns et courts, les yeux bleu vif ?

M. Whitely me regarde d'un air interdit. L'hôtesse a quitté l'accueil et fait mine d'arranger les journaux sur la table à côté de nous, avide de potins à raconter aux collègues.

— Je suis navré, mais je ne vois personne qui réponde à cette description. Terri ?

Le journaliste se tourne vers la jeune femme, lui montrant ainsi qu'il n'est pas dupe de son indiscrétion.

— Si j'avais vu un homme comme ça, je crois que je m'en souviendrais, répond-elle. Désolée.

— Quel est votre nom, déjà ? me demande Nick Whitely.

Je comprends à cet instant qu'il sait exactement qui je suis.

— Excusez-moi, j'ai dû me tromper d'adresse, dis-je en me levant. Au temps pour moi.

Et je me sauve avant qu'ils puissent me poser d'autres questions.

De retour dans la voiture, j'ai le cœur dans la gorge. Nick m'a menti tout du long. J'ai été tellement stupide de lui faire confiance, de m'ouvrir à un parfait étranger ! Je me sens trahie, souillée, comme au réveil d'une aventure d'un soir dont je serais trop soûle pour me souvenir. Où vais-je aller, maintenant ? Que vais-je faire ? Prévenir la police ? Je n'ai pas la force de continuer sans Nick. Quelqu'un est mort, cela devient sérieux.

Au bout de la rue, loin des journalistes, je me gare et tente de me concentrer. Si Nick n'est pas le Nick Whitely du *Star*, qui est-il ? Un ami de Mark ? Mon Dieu, et s'il avait été à l'université avec eux ? Il faisait peut-être même partie de l'élite de Durham… Ça ne serait pas illogique. Il a pu mettre en scène l'épisode du vin et de l'aspirine pour me faire croire que je deviens folle. Est-ce lui qui a tout saccagé chez moi ? Qui a tué le chat ? Il a pourtant été le premier à me convaincre que mes impressions étaient peut-être fondées ; il a soutenu mes idées, défendu mon innocence. Pourquoi se donner cette peine si c'était uniquement pour me faire peur ? Voulait-il se rapprocher de moi pour découvrir ce que je savais ? Juste quand on commence à entrevoir la vérité, Kristy Riley est assassinée, peut-être quelques minutes seulement après que j'ai laissé un message à Nick à son sujet…

Lorsque mon portable se met à vibrer, je me demande aussitôt si c'est lui, mais le nom ROB s'affiche à l'écran. *Comment ça va ?* Je remets le téléphone dans ma poche : je n'ai pas de temps à consacrer à Rob Howe.

J'ai envie de retrouver Nick chez lui pour le mettre au pied du mur, exiger des explications, mais il est peut-être dangereux, ou fou, voire les deux. C'est en tout cas un menteur, et pas des moindres. Cela dit, je n'ai jamais remis en question son identité ; je me demande même si ce n'est pas moi qui ai décrété qu'il était journaliste, lors de notre première rencontre… Bon sang, dans quel pétrin me suis-je fourrée ?

Je ne peux pas retourner chez lui. De toute façon, je n'ai pas laissé grand-chose là-bas, rien que je ne puisse sacrifier pour ma sécurité, et j'ai encore quelques vêtements et affaires de toilette dans ma voiture. Il faut que je trouve un endroit sûr. Impossible également de rentrer chez moi, Nick connaît mon adresse et s'il est de mèche avec Mark, il lui aura sûrement transmis l'information. Mon père ? Je ne pense pas que cela le dérangerait, mais l'idée de le mettre en danger ne m'enchante guère, et encore moins celle de lui raconter ce qui est arrivé à Kristy Riley et ce que j'ai découvert à propos de Nick. Je ne suis pas d'humeur à me faire sermonner sur mon manque de jugement à l'égard des hommes séduisants. La seule solution, c'est Cassie. Je m'en veux de l'avoir tenue à l'écart ces derniers jours, mais tout s'est enchaîné si vite ! Puis-je vraiment lui demander de m'héberger ?

Quand je pense à tout ce que nous avons vécu ensemble, je sais qu'elle sera d'accord. Cassie est ma meilleure amie ; une fois que je lui aurai raconté mes ennuis, elle saura quoi faire.

Pourvu qu'elle sache quoi faire.

53

Beth : 20 novembre 1992

La fille se déplaçait parmi les silhouettes vêtues de noir, remplissant leurs verres à l'aide d'une bouteille de vin rouge – Dieu merci, ce n'était pas du sang – et souriant aimablement à chacun d'eux. Une serveuse, donc, songea Beth avec soulagement. Ça ne l'étonnait pas de Jack. Il ne pouvait pas organiser une simple soirée poker, non, il fallait qu'il y ait des serveuses à moitié nues et des tenues de cérémonie. Au moins, Beth pouvait partir, maintenant. Dès qu'elle aurait réussi à détacher son regard de la jeune fille.

Celle-ci évoluait avec la fluidité d'une danseuse. Tandis qu'elle se penchait sur un des garçons pour le resservir, une grosse main émergea de sa robe et lui effleura les fesses, avant de disparaître sous l'étroite bande de tissu entre ses jambes. Beth se mordit la lèvre. Ce n'est pas Mark, se dit-elle avec fermeté. Mark t'aime, ce doit être un de ses gros pervers de copains.

La stripteaseuse – c'est ainsi que Beth en était venue à la considérer – tressaillit et s'écarta aussitôt. Un peu plus vite qu'auparavant, elle se dirigea vers le bout de table que présidait Jack. Si Beth avait deviné juste. Quand elle s'inclina pour le servir à son tour, il la prit par le coude et lui chuchota quelques mots à l'oreille. Malgré la distance, à travers le petit trou dans la planche, Beth vit les yeux de la jeune fille s'agrandir. Cette dernière secoua la tête, tenta de se dégager, mais Jack la retint fermement. Il lui parla à nouveau, plus insistant, le visage collé au sien, puis il la relâcha. Les traits de l'inconnue se décomposèrent. Alors même que l'expression de Jack n'était pas visible, tout son corps rayonnait d'une satisfaction triomphante. Les yeux rivés au sol, la jeune femme commença à descendre une des bretelles de son justaucorps. Toutes les têtes se tournèrent pour regarder son strip-tease. Elle bougeait lentement, comme si elle espérait qu'il s'agissait d'une plaisanterie, que quelqu'un allait bientôt crier : « Arrête, c'était une blague ! » Personne ne prononça un mot.

L'homme assis en bout de table se leva en repoussant brusquement sa chaise, attrapa la fille et lui arracha son vêtement d'un geste impatient, avant de jeter le justaucorps déchiré par terre. Dessous, la stripteaseuse ne portait qu'un petit slip, ce qu'elle devait regretter à cet instant. Cela allait trop loin. Fallait-il intervenir ? Beth pouvait-elle entrer dans l'entrepôt et en ressortir avec la jeune fille aussi simplement que ça ? Jack ne la laisserait pas faire. Et comment se justifierait-elle de les avoir espionnés tout ce temps ?

Peut-être devrait-elle prévenir la police. Un appel anonyme. Mais Mark ne risquait-il pas d'avoir des ennuis ? Beth n'était même pas certaine que les garçons faisaient quoi que ce soit d'illégal. Elle avait vu la jeune fille arriver avec Jack. La stripteaseuse n'avait pas été emmenée là de force, et elle s'était d'ailleurs remise à servir le vin, quoique avec un peu moins d'enthousiasme. Et s'il s'agissait d'un simple jeu ? Les policiers pourraient reprocher à Beth de leur faire perdre leur temps.

L'atmosphère dans la pièce s'était modifiée de façon palpable. L'attente et l'appréhension avaient laissé place à une ambiance plus détendue. Les garçons étaient heureux de voir une fille nue circuler parmi eux, et le vin commençait à faire son effet. En plus de s'assurer que les verres étaient toujours remplis, elle assumait un nouveau rôle à présent, celui de tenir les cigarettes pendant que les hommes fumaient et de porter les coupes aux lèvres des buveurs. Les petites tapes qu'elle recevait en douce sur les fesses se faisaient plus audacieuses, les mains sortaient des robes pour lui tâter la chair, pinçant et malaxant à leur guise. Les garçons étaient aux anges ; ce genre d'attitude qu'ils n'auraient jamais pu avoir en public était clairement encouragée autour de cette table.

Alors que la stripteaseuse se penchait pour prendre un verre, l'homme assis à côté d'elle la saisit brutalement par le bras. Elle se figea, un éclair de frayeur traversant son joli visage. La capuche s'approcha de sa poitrine. Lorsque le garçon releva la tête, le sein nu de la jeune fille portait une marque rouge vif, et sa peau brillait de salive. Est-ce que c'était Mark qui lui avait fait ça ? Beth ne pouvait plus supporter ce spectacle.

Sur un mot de la silhouette en bout de table, l'assemblée fit silence. L'ordre avait dû être adressé à la stripteaseuse, car elle vint aussitôt rejoindre le maître de cérémonie. Celui-ci l'empoigna par ses épais cheveux blonds, et Beth grimaça en entendant la joue de la jeune femme s'écraser contre le bois de la table. L'homme fit signe à son voisin de se lever et de venir se placer derrière la fille. Beth vit les pans de la robe s'entrouvrir, puis se refermer autour du corps frêle de la victime. Elle devinait la suite. La gorge nouée, le visage baigné de larmes, elle fit volte-face et s'enfuit dans la nuit.

54

La maison de Cassie lui ressemble beaucoup, toujours impeccable et resplendissante. Je ne sais pas où elle a trouvé l'argent, et je ne lui poserai jamais la question – connaître les détails me rendrait sans doute complice d'un crime – mais Cassie a réussi à devenir propriétaire d'une voiture et de ce magnifique pavillon moins d'un an après sa sortie. C'est la première fois qu'elle achète un logement sans l'aide d'un homme, et elle en est fière, même si je doute sérieusement qu'elle ait payé l'acompte grâce au seul salaire que lui rapportait son job à la cantine d'Oakdale.

Sa voiture est garée dans l'allée. Contrariée de me sentir si nerveuse à l'idée de voir quelqu'un avec qui j'ai passé trois ans de ma vie, j'inspire profondément et frappe à la porte.

— Susan ? Qu'est-ce que tu fais là ? me demande Cassie, méfiante.

— Je suis dans le pétrin, Cass. Je peux entrer ?

Elle semble réticente à m'accueillir. L'espace d'un instant, je me demande s'il n'y a pas quelqu'un chez elle. Nick, peut-être ? Mais elle finit par ouvrir complètement la porte, et je constate qu'il n'y a personne. Je deviens parano. *Comme si tu ne l'étais pas déjà…*

— Merci, murmuré-je en la suivant dans le salon.

— Alors, qu'est-ce qui se passe ?

Son ton glacial me fait regretter d'être venue. Rien n'est plus pareil entre nous, et je sais que j'en suis la seule responsable.

— C'est Nick, dis-je à contrecœur.

Ne ferais-je pas mieux de partir ? D'aller chez mon père lui avouer l'étendue de ma bêtise ? Bizarrement, je n'ai pas envie de parler de Kristy Riley à Cassie. La femme que j'ai devant moi n'est pas celle que je connais et en qui j'ai confiance.

— Qu'est-ce qui s'est passé, il a laissé la lunette des toilettes relevée ? Des miettes dans le lit ? Ou peut-être des chaussettes mouillées par terre dans la chambre ?

— De quoi tu parles ? Je ne couche pas avec lui, si c'est ce que tu sous-entends.

Elle laisse échapper un petit rire sarcastique.

— Je ne le sous-entends pas, Susan, je le dis. Et ça ne m'aurait pas dérangée si tu ne m'avais pas menti. Tu dois vraiment me prendre pour une imbécile.

— On est toutes les deux des imbéciles, Cass, répliqué-je avec lassitude. Je suis vraiment désolée.

— Attends, ne me dis rien… Il est marié ?

Je perçois une pointe de curiosité dans sa voix, par ailleurs toujours aussi froide.

— Aucune idée. Il est peut-être marié ou veuf, ou même homosexuel.

Je lui raconte alors comment j'ai découvert le vrai Nick Whitely, vieux et chauve, au journal. À la fin de mon récit, Cassie paraît encore plus furieuse qu'avant.

— Si je comprends bien, quand tout part en sucette et que le beau gosse se révèle être un sale menteur, tu reviens me voir en courant ? lâche-t-elle d'un ton venimeux. Et je suis censée ramasser les morceaux sans te dire que je t'avais prévenue ?

Sa colère me surprend. Je peux comprendre qu'elle soit agacée, mais là, elle exagère.

— Cassie, je te le répète une dernière fois : il n'y a rien entre moi et... peu importe son nom. Je suis navrée qu'on soit partis à Durham sans toi, je n'aurais pas dû t'exclure comme ça. Tout est arrivé si vite ! Si j'avais su que tu allais être jalouse... Je n'avais pas compris qu'il te plaisait.

— Je crois que tu ferais mieux de partir, siffle-t-elle avec dégoût.

Sa réponse me fait l'effet d'un coup de poing. Je n'ai nulle part où aller.

— Quoi ?

— Va-t'en, Susan. Je te souhaite de retrouver Dylan et de connaître ton *happy-end.*

Blessée, déroutée, je ramasse mon sac et repars. D'accord, j'ai fait une erreur ; cela mérite-t-il pour autant de gâcher une amitié de trois ans ? Je me sens tellement lasse que je rêve de m'effondrer sur un lit, n'importe quel lit, et de dormir. Mais c'est impossible, car je vais devoir me rendre à la police. Je raconterai tout ce que je sais sur Dylan, Mark et même Kristy Riley. Et au moins, en prison, je serai à l'abri des gens qui cherchent à me faire perdre la raison – ou pire. Le cœur lourd, je monte dans ma voiture et me dirige vers le poste de police le plus proche.

Alors que je roule depuis à peine dix minutes, mon téléphone sonne. Je sens mon pouls s'accélérer en voyant le nom de Nick s'afficher à l'écran. Sans quitter la route des yeux, je refuse la communication, qui va rejoindre les trois autres sur la liste des appels manqués. Mon portable rétorque en sonnant à nouveau. Cette fois-ci, c'est mon père.

— Salut, papa. Je suis au volant, je peux te rappeler plus tard ?

— C'est urgent, Suzie. Je viens d'avoir la visite de policiers. Ils... Ils veulent te parler.

La peur me serre le ventre.

— C'est à propos de Mark ?

— Oui et non. Ils m'ont dit qu'une femme était morte et qu'ils voulaient vous poser des questions, à toi et à Mark. Ils pensent que tu l'as tuée.

Merde. Merde, merde, merde !

— Je ne l'ai pas tuée, papa. Je n'ai rien à voir avec la mort de cette femme.

— Je sais, ma chérie, répond-il sans la moindre hésitation.

Une vague de soulagement m'envahit. Si mon père me croit, tout va s'arranger.

— Je voulais juste te prévenir, continue-t-il. Une femme a été tuée, je m'inquiète pour toi. Que comptes-tu faire ?

— Je ne sais pas, papa. J'ai peur.

Cela fait du bien de dire tout haut ce que je ressens. Même si je risque de retourner en prison pour un autre meurtre que je n'ai pas commis, je suis heureuse d'avoir renoué avec mon père.

— Je pense que je vais me rendre à la police, en espérant qu'ils croiront à ma folle histoire. Je te rappellerai, papa. Je t'aime.

— Je t'aime aussi. Prends soin de toi.

Je me gare dans une petite rue, en face d'un parc où des mamans jouent gaiement avec leurs enfants. Au toboggan, un petit garçon glisse jusque dans les bras de sa mère en riant aux éclats, avant de courir vers l'échelle pour recommencer. Je m'imagine à la place de cette femme, tendant les bras à Dylan. Seigneur, faites que je le retrouve sain et sauf ! Alors seulement je pourrai recouvrer mon intégrité, ne plus me sentir comme un puzzle auquel il manquerait une pièce, comme une bougie éteinte, une mère privée de son enfant.

La sonnerie stridente de mon téléphone m'arrache à ma rêverie. Numéro inconnu.

— Allô ?

— Susan ? prononce une voix féminine. Je suis Margaret. Margaret Webster.

Je sais qui est cette femme. Nous ne nous sommes jamais rencontrées, mais elle a été là, dans ma tête, durant toute ma vie d'épouse, elle qui a brillé par son absence à mon mariage, à la naissance de mon fils, puis à ses obsèques. Margaret Webster est mon ex-belle-mère.

— Que faites-vous en Angleterre ?

— J'habite ici, à Halifax. Je ne sais pas ce que Mark vous a raconté, mais je n'ai jamais quitté le pays. Je vous appelle parce qu'il a disparu.

— Mark a disparu ? répété-je avec colère. Quelle surprise. Dites-moi plutôt quelque chose qui m'intéresse.

— Il est parti chercher Dylan.

55

Mark : 27 novembre 1992

Qu'est-ce qu'il faisait là ?

Mark s'était posé cette question cent fois sur le trajet. Après ce qui s'était passé la semaine précédente, il avait réussi à convaincre Beth de ne pas aller voir la police, avec l'aide de Kristy. Beth l'avait menacé de rompre leurs fiançailles si elle le revoyait dans les parages.

Et il revenait quand même.

Toute la semaine, il avait essayé d'annoncer à Jack qu'il voulait quitter la confrérie, sans jamais en trouver le courage. Mais aujourd'hui, c'était décidé : à la fin de la réunion, il le lui dirait une bonne fois pour toutes.

La pièce sombre s'emplissait doucement de silhouettes encapuchonnées, un rituel auquel il avait fini par s'habituer au fil des derniers mois. Mark se souvenait encore du jour où Jack avait introduit les robes. C'est à partir de là que tout avait commencé à dégénérer, jusqu'à ce qu'ils en viennent à cette interprétation déformée de la confrérie à laquelle l'arrière-arrière-grand-père de Jack avait appartenu. Eleh Toledot : telles sont les générations…

Jack fut le dernier à arriver, comme d'habitude. Mark prit son verre de vin et le reposa, essuya ses mains moites sur son long habit noir. Ce soir plus que tous les autres, il lui était impossible de se détendre. Beth le croyait parti en week-end chez ses parents pour échapper à la réunion hebdomadaire, le temps de se préparer à faire ses adieux à la confrérie ; mais il était encore là, attiré par le bâtiment désaffecté comme un junkie par sa pipe de crack.

— Ça va ?

La voix de Matty le ramena brusquement à la réalité. Matt était le seul à savoir qu'il avait l'intention de partir, et Mark espérait qu'il le suivrait. C'était son meilleur ami depuis qu'il avait découvert la vraie nature de Jack. Kristy avait sans doute envie que Matt quitte la confrérie, elle aussi, mais son petit copain connaissait Jack depuis plus longtemps, et elle ne se montrait pas aussi insistante que Beth. Si elle connaissait l'existence de leur société secrète depuis le début, elle n'avait découvert l'étendue de sa perversion que lorsque Beth était venue la voir la semaine précédente, en larmes. Kristy n'avait pas bronché. Cette fille était l'archétype de la croqueuse de diamants ; Mark était prêt à parier qu'elle n'avait intégré cette université que pour se trouver un mari parmi l'élite de Durham. Elle était trop attachée aux privilèges que lui conférait sa relation avec Matt pour le forcer à faire un choix. Contrairement à Beth, elle n'avait pas de morale, pas de principes.

Dans l'entrepôt, l'atmosphère était tendue, saturée d'un mélange d'excitation et de peur. Sous les capuches, certains visages rayonnaient d'une joie puérile, tandis que d'autres semblaient sur le point de vomir. Mark savait qu'il n'était pas le seul à être horrifié par ce que la confrérie était devenue. Mais il savait aussi que personne n'aurait le cran de le suivre.

— Mark ? Je t'ai demandé si ça allait, chuchota Matty.

— Ça va.

— Tu as une sale gueule. Ressaisis-toi, sinon Jack va tout de suite voir qu'il y a un problème. Il faut juste que tu tiennes le coup ce soir, et on trouvera un moyen de lui dire que tu t'en vas.

Mark acquiesça.

« Juste » tenir le coup ce soir. Plus facile à dire qu'à faire.

56

Je mets un moment avant de comprendre ce que Margaret vient de me dire.

— Il est parti faire quoi ?

J'ai pourtant bien entendu. Mon ex-mari est devenu fou. Il a tué une femme innocente, et *il sait où est mon fils.*

— Je suis navrée, Susan. J'ai bien conscience que cela va vous faire un choc, mais je préfère ne pas vous en parler au téléphone. On n'a plus de temps à perdre. Richard est déjà parti à leur recherche.

— Richard ? Vous parlez de Richard Webster, le père de Mark ?

Le père *décédé* de Mark, aurais-je pu préciser.

— Oui, vous semblez surprise ? Pouvez-vous venir ici, Susan ? ajoute-t-elle sans me laisser le temps de répondre. Je crois que nous avons besoin de parler.

— C'est où, « ici » ? Où est parti Mark ? Où était Dylan pendant tout ce temps ?

— Je ne sais pas où est Dylan, et Mark non plus. Je vous dois des explications.

Elle me dicte son adresse à Halifax. Il va me falloir plus d'une heure pour y parvenir, et il peut arriver n'importe quoi à mon petit garçon entre-temps. Des images me traversent l'esprit, Mark dans sa voiture, vitres fermées tandis que l'habitacle s'emplit de gaz d'échappement... Mais ai-je le choix? Je n'ai aucun moyen de retrouver sa trace. Je ne peux rien faire à part appeler la police, et quelles sont les probabilités qu'ils me croient, moi qu'ils suspectent de meurtre, quand je leur dirai que mon ex-mari est parti à la recherche de notre fils mort, et que mon ex-beau-père décédé leur court après?

Ma décision est prise.

— J'arrive.

— Vous les avez retrouvés? demandé-je dès l'instant où Margaret Webster m'ouvre la porte, cinquante minutes plus tard.

J'ai dépassé les limitations de vitesse; entre les radars et les péages urbains, j'ai toutes les chances d'être privée de permis à vie. Sans attendre qu'on m'invite à entrer, et sans me donner la peine de me présenter, je pénètre dans l'immense maison digne d'un catalogue de décoration. En temps normal, je me serais imprégnée de tous les détails, mais, dans le cas présent, les murs pourraient être peints en or fondu, et un valet de pied aurait pu m'ouvrir tout nu, que je n'en aurais pas été troublée.

— Je n'ai aucune nouvelle pour l'instant, répond Mme Webster en regardant vers la porte toutes les trois secondes. Mon Dieu, quelle pagaille... Je suis vraiment navrée.

Elle me prend par le coude et m'entraîne vers le salon, où une théière et deux tasses attendent sur une table basse en verre. J'en déduis que, quand ça va mal, les très riches préparent du thé eux aussi.

Margaret me sert, puis me tend le pot de sucre. Les mains tremblantes, j'en verse quatre cuillerées dans ma tasse. La boisson chaude et sucrée m'apaise vaguement, sans parvenir à chasser l'angoisse qui m'étreint. J'ai beau essayer de me dire que Mark ne ferait jamais de mal à Dylan, je n'ai pas oublié que j'espérais la même chose concernant son ex-fiancée, et que ça ne l'a pas empêché d'assassiner la femme de son meilleur ami.

— Lorsque Dylan est né, cela faisait des années que nous n'avions pas vu Mark, commence Margaret.

— Pourquoi étiez-vous en froid ?

— Il ne voulait plus entendre parler de nous.

Je m'efforce de maîtriser ma colère. Malgré ce que ces gens m'ont fait subir, la sécurité de mon fils passe avant tout. Je me pencherai plus tard sur le bourbier de mes émotions.

— Tout a commencé à la mort de Beth.

— Vous êtes donc au courant ?

C'est une question stupide. Évidemment qu'elle l'est, Margaret est la mère de Mark, la femme qui l'a élevé, nourri, habillé, qui lui a chanté des berceuses pour l'endormir et l'a consolé quand il a tué sauvagement sa fiancée.

— Beth faisait presque partie de la famille, explique-t-elle.

Ça, ça fait mal…

— La nuit où elle a été tuée, Mark est arrivé ici vers deux heures du matin, complètement hystérique ; il bafouillait des choses incompréhensibles sur la confrérie. Richard l'a emmené dans son bureau où il pensait que je ne les entendrais pas, mais il se trompait, bien sûr. Mark a expliqué à son père qu'il avait tué Beth par accident, sans savoir que c'était elle. Il n'arrêtait pas de le répéter, qu'il l'ignorait. Il voulait se rendre à la police, mais Richard l'en a dissuadé et l'a renvoyé à Durham en lui promettant qu'il réglerait le problème. Le lendemain, quand le corps de Beth a été retrouvé, les policiers étaient partout ; ils nous ont interrogés, Richard, Mark et moi, puis un jour ils sont repartis. Au bout de trois semaines, l'enquête a été close, et c'est moi qui ai dû ramasser Mark à la petite cuillère.

— Comment avez-vous pu faire comme si vous ne saviez rien ?

— Ç'a été plus facile qu'on pourrait le penser. J'avais le choix entre prétendre que je n'avais rien entendu, ou déchirer ma famille, traîner notre nom dans la boue et envoyer mon fils unique en prison.

Présenté comme ça…

Margaret se lève et s'approche de la fenêtre, à l'affût du moindre signe de son mari ou de son fils.

— Mark a fait une dépression, continue-t-elle d'une voix chargée d'émotion. Il ne pouvait pas terminer ses études dans son état. Comme d'habitude, Richard est intervenu et s'est servi de son argent pour tout arranger. L'université a donné son accord pour que Mark finisse son diplôme par correspondance, et nous avons récupéré notre fils. Enfin, pas tout à fait, parce que le garçon qui est revenu chez nous n'était plus le même, et ne le serait jamais plus. Mark maudissait son père, il détestait la façon dont Richard avait pris les choses en main. Il lui en voulait surtout de l'avoir empêché de se livrer à la police, cette fameuse nuit. Il a déménagé et a raconté à tout le monde que Richard était mort. Moi, je m'en suis bien sortie, j'ai seulement émigré en Espagne.

Elle laisse échapper un rire sans joie.

— Richard espérait que Mark finirait par lui pardonner. Il a continué à lui verser son argent de poche tous les mois, jusqu'à ce que Mark le menace de révéler au monde entier ce qui était arrivé à Beth s'il n'arrêtait pas.

C'était donc de *l'argent de poche*, ces économies que j'ai découvertes sur le compte d'épargne de mon ex-mari ? Nom de Dieu, je savais que ses parents étaient riches, mais je n'avais pas imaginé à quel point. De l'argent teinté de sang. Le genre de fortune qui peut faire disparaître les cadavres et arracher des bébés à leur mère sans soulever de questions.

— Quel est le rapport avec mon fils et moi ? demandé-je dans un regain de colère.

Est-ce que cette femme s'attend à ce que je la plaigne ? Je viens d'apprendre que j'ai passé quatre ans de ma vie sans mon bébé alors qu'il était vivant, et elle se lamente parce que son précieux fiston refusait son argent de poche ?

— Nous n'avions pas eu de nouvelles de Mark depuis quinze ans quand il s'est présenté ici il y a quatre ans pour nous annoncer ce qui était arrivé à Dylan. Quinze ans ! Et il revient avec une photo du plus beau bébé que j'aie jamais vu… Il m'a pratiquement bousculée pour entrer, en aboyant qu'il devait voir son père. Quand ils sont ressortis une heure plus tard, Richard m'a demandé de taire la visite de Mark. Il m'a expliqué que la mère du bébé souffrait de dépression postnatale, qu'elle avait eu un épisode psychotique et qu'elle avait tué son fils.

— Jamais je n'aurais fait de mal à mon bébé, répliqué-je farouchement. J'aime Dylan.

— Je m'en suis doutée, répond Margaret en revenant s'asseoir en face de moi. Mark ne semblait pas avoir décoléré contre son père, bien au contraire. Il est revenu une nouvelle fois il y a une semaine, paniqué au sujet d'une photo que vous aviez reçue. C'est à partir de là que des hommes ont commencé à sonner à notre porte, des détectives privés, j'en suis sûre. Au début, je ne savais pas ce qui se passait, mais j'ai fini par en entendre assez pour comprendre : ils cherchaient Dylan.

— Ils ont dit que je l'avais tué, murmuré-je en sentant des larmes froides couler sur mes joues. Comment peuvent-ils le chercher, maintenant ?

Margaret me regarde enfin, les yeux emplis de pitié.

— Avec de l'argent, on peut tout, Susan. Même acheter le silence.

— Quel genre de personne êtes-vous ? Pourquoi n'avez-vous rien dit ?

— C'était trop tard. Je ne savais pas tout, du moins je n'en savais pas assez pour être sûre que Dylan était vivant et que vous étiez innocente. Une fois de plus, la vérité menaçait de nous anéantir. Pour être tout à fait honnête, j'ai agi de manière égoïste : j'avais enfin retrouvé mon fils, et il avait besoin de moi. Quand votre enfant a besoin de vous, Susan, vous ne l'abandonnez pas.

— Chez qui Mark pense-t-il trouver Dylan ? Où est-il allé ?

De toute évidence, Margaret préférerait s'arracher la langue plutôt que de poursuivre cette conversation, mais je m'en moque éperdument. Il y a tant de questions qui se bousculent dans ma tête, des questions auxquelles cette femme ne peut répondre.

Pourquoi, en voyant la photo du petit garçon, Mark a-t-il conclu que Dylan était en vie, alors qu'il est censé l'avoir retrouvé mort chez nous ? Qui a enlevé notre fils, et comment ? *Pourquoi quelqu'un m'a-t-il pris mon bébé ?*

— Je ne sais pas. Je suis navrée, Susan. Mark est arrivé ce matin complètement affolé, en disant que vous étiez sur le point de découvrir la vérité, qu'il savait où était Dylan et qui l'avait kidnappé. Avant qu'on ait pu le calmer, il est remonté dans sa voiture et il est reparti sur les chapeaux de roues. Richard a tout de suite essayé de l'appeler, mais son téléphone portable sonne dans le vide. Il a disparu.

— Comment a-t-il su où était Dylan, tout à coup ? Pour l'amour du ciel, Margaret, à qui a-t-il parlé ? Qu'a-t-il découvert ? Où est-il, nom de Dieu ?

À point nommé, mon téléphone se met à vibrer dans mon sac à main. Mon sang se glace dans mes veines lorsque je découvre le message de Rob : *Ai retrouvé Mark, il sait où est Dylan. Venez.* Il donne ensuite une adresse à Durham.

— Qu'est-ce que c'est ? demande Margaret, apeurée, lorsque je me lève d'un bond. Où allez-vous ?

— Je vais chercher mon fils.

57

L'adresse que Rob m'a indiquée se trouve à une heure et demie de la maison des Webster, et l'angoisse me vrille le ventre pendant toute la durée du trajet. Margaret voulait que j'attende Richard pour qu'il m'accompagne, mais je ne vois pas comment ces deux-là pourraient m'être d'un quelconque secours. Sans Nick ou Cassie sur qui me reposer, je suis seule. Cela ne me fait pas peur. Pendant longtemps, j'ai douté de moi, de ma santé mentale, de ma force de caractère. J'ai douté de moi en tant que femme, en tant que mère et en tant qu'être humain. Qui peut tuer son propre fils et aussitôt oublier son geste ? Mais les choses ont changé. Je ne suis plus ce monstre coupable d'un acte insensé ; je suis une femme à qui on a arraché son bébé, une mère qui ne reculera devant rien tant qu'elle ne l'aura pas de nouveau dans ses bras. Je n'ai pas peur pour moi : j'ai peur d'arriver trop tard pour mon fils.

En chemin, je m'interroge plus d'une fois sur la façon dont je réagirai si Mark a retrouvé Dylan et qu'il me demande de partir avec lui. Après tout ce qu'il m'a fait, je ne sais pas si je pourrai accepter de revenir en arrière à l'époque où nous formions une famille, d'oublier les quatre dernières années et de recommencer à zéro avec l'homme que j'aimais. J'ai honte d'envisager cette possibilité. Qu'il me ramène notre fils comme si de rien n'était, et que tout redevienne comme avant…

Le jour a laissé place à une épaisse obscurité quand j'arrive devant l'entrepôt désaffecté où Rob m'a demandé de le rejoindre. Dans un premier temps, je crois m'être trompée d'adresse. Le pointeur rouge de mon GPS clignote, indiquant que j'ai atteint ma destination, mais cela me laisse perplexe. Mark n'a quand même pas amené notre fils ici ?

Le gros bâtiment délabré se dessine au clair de lune. Sur la façade en brique grise, des plaques noires recouvrent les ouvertures des anciennes fenêtres, et la porte est assez grande pour laisser passer un camion. En scrutant les bosquets de chaque côté de la voie d'accès, je ne repère aucune voiture, aucun avocat ou ex-mari attendant mon arrivée. Rob a-t-il précisé que Mark serait là ? Je sors mon téléphone pour en avoir le cœur net. Le message est toujours affiché à l'écran, et le code postal est bien celui que j'ai programmé dans mon navigateur en sortant de chez Margaret. Je suis au bon endroit. Sur un coup de tête, j'appuie sur « Réexpédier » et fais défiler les noms de mon répertoire jusqu'à tomber sur celui de Cassie. Certes, elle est fâchée contre moi et se trouve à quatre heures de route d'ici, mais ce rendez-vous me paraît louche : hors de question d'entrer dans ce bâtiment sans avoir prévenu quelqu'un avant. Je sais comment ça se passe dans les films.

Quoi qu'il en soit, ma décision est prise. Si j'ai la moindre chance de découvrir ce qui est arrivé à mon fils en passant cette porte, je ne vais certainement pas faire demi-tour.

Le gravier crisse sous mes pas, et le bruit de ma portière annonce ma présence à tout le voisinage. Rob, vous savez que je suis là. Maintenant, à vous de jouer.

Mon souffle forme un petit nuage devant moi. Tout en me frottant les bras pour me réchauffer, je regrette de ne pas avoir davantage réfléchi à ma tenue. Mon pull est tellement fin que je vois mes poils se dresser à travers.

Au-dessus de la porte, une pancarte délavée m'apprend que l'usine appartenait jadis à un certain G. K. Sankey. Je me demande si M. Sankey était un adepte du chauffage par le sol… C'est peu probable.

— Il y a quelqu'un ? Rob ? Mark ?

Dans ce silence absolu, le son de ma voix paraît déplacé, comme quand on parle tout haut dans une bibliothèque. Après avoir fermé ma voiture, je m'avance rapidement vers l'entrée, n'ayant aucune envie de m'attarder dehors. Encore une fois, je sais comment ça se passe dans les films. La lourde porte en bois ne tient plus que par un gond, offrant ainsi une ouverture assez large pour se hisser à l'intérieur du bâtiment. Prenant appui sur le chambranle, je me laisse retomber de l'autre côté.

Des ombres dansent sur les murs du vaste entrepôt, derrière un feu qui brûle dans une poubelle en métal au milieu de la pièce.

— Rob ? Mark ?

Ma voix ricoche sur les chevrons et les poutrelles d'acier, sur le sol en béton poussiéreux, avant d'aller se perdre dans l'obscurité au-delà des flammes.

— Susan ?

Je sursaute et recule d'un pas contre la porte.

— Susan, je suis là, répète mon ex-mari en émergeant de l'ombre.

À la lumière vacillante du brasero, Mark me semble amaigri, les traits encore plus tirés qu'il y a quelques jours.

— Où est Dylan ? Pourquoi m'as-tu fait venir ici ? Où est Rob ?

J'ai du mal à concevoir que mon fils ait quatre ans – je m'attends presque à ce que Mark me remette un bébé de trois mois. Pourrai-je un jour rattraper ce temps perdu ?

Dans mon dos, je sens le bois humide de la porte déformée. Pour la première fois depuis que je suis arrivée ici, mon cœur bat follement dans ma poitrine et je peine à respirer tant j'ai la gorge serrée. La fumée me pique les yeux. Seigneur, épargnez-moi une crise de panique, à cet instant où je suis si près du but et où mon petit garçon a plus que jamais besoin de moi…

— Qui est Rob ? me demande Mark.

— Rob Howe, le patron de Rachael. Tu sais bien, de ZBH Avocats-Conseils. Il m'a dit que tu avais retrouvé Dylan.

— Rob Howe, répète Mark en fronçant les sourcils. À quoi il ressemble ?

— Des cheveux bruns à la Hugh Grant, des yeux bleus, une cicatrice dans le cou.

— Merde.

— Quoi ? Qu'est-ce qu'il y a ?

— Merde, merde, merde. Ce n'est pas Rob Howe, Susan, c'est… Oh, bon sang, non ! Il t'a dit qu'il avait Dylan ?

— Non, pas exactement. Qui est ce type, si ce n'est pas Rob Howe ?

Entre la panique et la colère, j'ai opté pour la deuxième option. Pour une fois, mon cerveau d'ordinaire défectueux a fait le bon choix. La rage me pousse vers l'homme auprès duquel je m'étais engagée à vivre jusqu'à ce que la mort nous sépare.

— Qui est-il, et qu'a-t-il fait de mon fils, bon sang ? Je te jure, Mark, si tu ne m'expliques pas ce qui se passe…

— C'est Jack.

Je ne connais pas de Jack.

— Il y a des choses que tu ne sais pas, Susan. Sur moi, sur Jack, sur…

— Je suis au courant pour Beth. Je sais ce qui lui est arrivé.

Ce nom le fait tressaillir.

— Tu entends ça, Mark ? Elle est au courant, intervient soudain une voix calme et familière.

J'ai beau fouiller l'endroit du regard, je ne vois rien derrière les flammes et la fumée. Le feu crépite, crache des étincelles et des cendres autour de la poubelle. Comme moi, Mark scrute l'obscurité pour tenter de repérer la femme qui nous a attirés ici.

— Ce n'est pas pareil sans la table et les chaises, pas vrai ? Désolée, Billy, j'ai hésité à recréer exactement la scène, mais je me suis dit que c'était un peu trop théâtral.

Il y a un mouvement dans un coin de la pièce. Une femme apparaît dans la lumière du feu.

— Jennifer ? s'étrangle Mark.

Il me faut quelques instants pour me rappeler où je l'ai vue. Jennifer… la bibliothèque… la meilleure amie de Beth.

J'ai l'impression de la rencontrer pour la première fois, et, en même temps, de la connaître depuis des années. Ses cheveux blond cendré ont été teints en rouge profond, et une main tremblante a appliqué de l'eye-liner autour de ses yeux. Je ne la vois pas ici, au milieu d'un nuage de fumée et de cendres virevoltantes, mais sur le seuil de la maison que je partageais avec Mark, sa silhouette se découpant dans la clarté d'un soleil éclatant. J'entends encore sa voix prononcer mon nom, en ce jour où ma vie s'est arrêtée.

— Vous êtes venue chez moi. Ce jour-là, vous étiez chez moi !

Ses lèvres minces esquissent un sourire.

— C'est un peu tard pour retrouver la mémoire.

— Qu'est-ce que vous faisiez là ? Et qu'est-ce que vous faites ici ? Où est Rob ? Où est mon fils ?

— Rob n'est pas Rob. Peut-être que rien n'est comme vous le croyez, Susan, l'idée ne vous en a jamais traversé l'esprit ? Peut-être que noir, c'est blanc, que le bas, c'est le haut. Peut-être que ZBH sont les initiales de Zara, Bratbury et Howe, et que l'homme que vous avez rencontré est celui qui tire les ficelles. Peut-être que vous n'avez pas d'enfant. Ou que vous l'avez tué.

Jennifer parle avec désinvolture, comme si tout cela n'avait aucune importance. Elle est folle. Est-ce elle qui a kidnappé Dylan ? Alors qu'elle s'avance vers nous, je perçois une odeur âcre de peinture fraîche. Dans sa main, elle tient un petit objet en argent. Un briquet.

— Nous savons tous les trois que je ne l'ai pas tué, répliqué-je.

J'essaie de maîtriser ma voix pour ne rien montrer de la terreur qui m'assaille. Une goutte de transpiration glisse entre mes omoplates jusqu'au bas de mon dos.

— Vous avez toute mon attention, Jennifer. C'est ce que vous cherchiez, non ? D'abord la photo, puis Kristy Riley, et maintenant… ça ?

Ils semblent aussi déconcertés l'un que l'autre. Tant mieux, ça change : je l'ai été pendant quatre ans.

— Quelle photo ? demande Jennifer.

— Qu'est-ce qui est arrivé à Kristy ? s'enquiert Mark en même temps.

— Ha ! On dirait que je ne suis pas la seule à ne pas être au courant de tout.

— Riley est morte, déclare Jennifer. Ils sont tous les deux morts, en fait. Tu te croyais malin, Billy, en aidant Matt à disparaître ? Si encore il avait attendu patiemment que Kristy et les petites princesses le rejoignent... Mais il a fallu qu'il s'embarrasse d'une crise de conscience et qu'il essaie de me retrouver. Jack ne pouvait pas le laisser faire.

— Matty est mort ?

Mark ferme les yeux, les traits tordus de douleur.

— Salope, grommelle-t-il en se ruant sur elle.

— Tout doux, mon garçon.

Jennifer brandit son briquet allumé, le visage éclairé par la flamme. Mark s'arrête net.

— Un de plus ou de moins, quelle importance ? Bethany, Kristy, Dylan, ce sont tous des victimes collatérales. « Telles sont les générations », ça te rappelle quelque chose ? Protéger la confrérie à tout prix. Protéger vos arrières, plutôt. Eh bien, pas cette fois. Je t'ai couvert à l'époque, Mark, mais c'est fini.

— Pourquoi ne m'as-tu pas dit que Matt Riley était ton meilleur ami ? demandé-je à Mark sans quitter Jennifer des yeux. Pourquoi ne m'as-tu jamais parlé de lui ?

— Matty et Kristy appartiennent à une période de ma vie que je voulais absolument dissocier de toi. Je ne voulais pas avoir à te fournir des explications compliquées à leur sujet, ni risquer que l'un de nous fasse une gaffe en parlant de… de ce qui s'est passé. Je voulais juste te protéger, Susan.

— Comme c'est mignon, raille Jennifer. Mais peut-être que Mark cache bien son jeu. Ça vous surprend, par exemple, si je vous dis qu'on était amants à la fac ?

— Non.

Cela devrait, pourtant. Comment étais-je au courant ?

— Évidemment, puisque je vous l'ai déjà dit. Je savais que vous finiriez par retrouver la mémoire, Susan. Ce n'est pas trop tôt.

Comment ça, elle me l'a déjà dit ?

— On n'était pas amants, fulmine Mark. J'ai fait une connerie, une seule fois. La plus grosse de ma vie. Ça a tout gâché.

Jennifer ignore son intervention.

— Elle va bientôt se souvenir de tout, Mark. Et là, elle te détestera autant que je te déteste. C'est dommage, tu ne seras plus là pour le voir, mais j'ai toujours su que ça finirait comme ça.

— Jennifer, s'il te plaît, glapit-il.

D'un regard, je le supplie de se taire. J'ai besoin de réfléchir, et, s'il continue, il va nous faire tuer.

Jennifer se tourne vers moi en grimaçant.

— Sérieusement, Susan, qu'est-ce qu'on a bien pu lui trouver, à ce garçon ? Vous êtes sûre que vous ne voulez pas vous en charger ? Je ne pense pas qu'on vous en voudrait. On pourrait même invoquer le principe de la double peine. Je sais que normalement, ça s'applique au même crime commis deux fois, mais œil pour œil, dent pour dent, pas vrai ? Et vous avez déjà fait de la prison…

Elle me tend le briquet, et j'hésite à le prendre. Cette femme est folle à lier. Croit-elle vraiment que je vais tuer Mark ? Va-t-elle réellement me remettre son arme ? Elle baisse le bras en riant. J'ai raté ma chance.

— Non, vous ne voulez pas ? Je vous comprends, à vrai dire. Tuer, ça vous transforme. Il faut vraiment être perturbé pour ôter la vie à quelqu'un, n'est-ce pas, Mark ?

Il se cache le visage dans les mains en gémissant.

— Allez, recule. C'est bien.

Elle ramasse quelque chose par terre, près du feu. Des menottes.

— Enfile ça, juste sur un poignet. Voilà. Maintenant, avance jusqu'au mur.

Comme Mark tarde à obéir, Jennifer l'attrape brutalement par le bras. Elle ne fait pas le poids face à lui, mais elle doit être plus forte qu'elle n'en a l'air, ou bien il ne cherche pas à résister, car il se met en marche. Je recule d'un pas, bien décidée à m'enfuir pour essayer de trouver de l'aide.

— N'y pensez même pas.

Comment a-t-elle pu me voir bouger, malgré l'obscurité et la fumée ?

— L'entrepôt explosera avant que vous ayez fait un pas. Quelque chose me dit que l'essence de ce briquet sera plus rapide que vous. Mettez-vous contre le mur, et vite. Quand votre prince charmant comprendra où on est, j'aurai autre chose à faire que de vous surveiller.

J'ai deviné qu'elle parlait de Nick, mais je me garde bien de l'informer qu'il ne risque pas de venir me sauver. En revanche, je prie pour que Cassie ait reçu mon message et qu'elle ait prévenu la police.

Mark me regarde avec une lueur d'espoir dans les yeux. Il la croit. Il croit vraiment que quelqu'un va nous sortir de ce pétrin ! C'est à cause de lui que nous en sommes là, et il pense que le salut va venir de moi ? Désolée de te décevoir, mon chéri, mais je suis nulle quand il s'agit de juger les hommes, tu t'en souviens ?

— Ici, ordonne Jennifer en montrant le sol près du mur en parpaings. Menotte-toi au tuyau. J'ai une autre paire de bracelets pour la dame.

Tandis que Mark s'exécute, je comprends, horrifiée, ce qu'elle a en tête. L'odeur que j'ai sentie quand elle est arrivée, ce n'était pas de la peinture fraîche. C'était du white-spirit. Elle va mettre le feu au bâtiment, et nous serons prisonniers des flammes.

— Je ne m'attacherai pas à ce tuyau.

Jennifer me fusille du regard.

— Oh, que si, et vous allez le faire tout de suite.

— Pas question. Il faudra me tuer d'abord.

— Comme vous voulez, soupire-t-elle, exaspérée.

Sans que j'aie eu le temps de m'y préparer, elle lève le poing et ma tête explose de douleur.

58

Mark : 27 novembre 1992

Quatre coups sonores annoncèrent l'arrivée de leur chef. Mark sentit son visage blêmir et sa poitrine le picoter. Était-ce à cela que ressemblait une crise cardiaque ? Le garçon le plus costaud du groupe, une montagne de muscles qui ne pouvait être qu'Adam Harvey, le bras droit de Jack, s'empressa d'aller ouvrir.

Un murmure s'éleva dans la salle : comme de coutume, Jack n'était pas venu seul.

— Bonsoir, messieurs, lança-t-il, sa voix rebondissant contre les murs de l'entrepôt. Vous vous demandez sûrement ce que je vous amène aujourd'hui. J'avoue que ça change un peu des offrandes habituelles.

Il poussa devant lui la forme prostrée qu'il avait soutenue jusque-là. L'inconnue, droguée, de toute évidence, s'effondra sur le sol. Cela n'était jamais arrivé avant : en règle générale, les filles que Jack invitait pour ses petits jeux étaient à peu près lucides et consentantes – au début, au moins. Ce n'était pas le cas de celle-ci. Elle portait une robe identique aux leurs, qui s'envola lorsqu'elle tomba par terre, laissant voir sa peau nue. La capuche sombre de l'habit recouvrait entièrement son visage.

— C'est quoi son problème, elle est moche ? demanda l'un des garçons.

Les autres ricanèrent. Jack se joignit à leurs rires.

— Bon, je reconnais que c'était un plan de dernière minute. Le premier est tombé à l'eau, et je n'allais pas laisser un de mes gars s'en aller sans marquer son départ, pas vrai ?

Les murmures reprirent de plus belle. Qui partait ? À quoi faisait-il allusion ? Mark eut l'impression de manquer d'air. Jack était-il au courant ?

Détends-toi, s'enjoignit-il. Jack pouvait parler de n'importe qui.

Jack enjamba la fille inconsciente, et tous les regards le suivirent tandis qu'il se dirigeait vers Mark, qui se tenait immobile, pétrifié de peur. Jack lui serra l'épaule un peu plus fort que nécessaire, avant de se pencher tout près de son visage.

— Tu croyais pouvoir me cacher ça ? siffla-t-il. Tu pensais vraiment que j'allais te laisser partir ?

Mark entendait son sang battre à ses oreilles. Sa bouche était trop sèche pour qu'il puisse prononcer le moindre mot.

— Tu n'iras nulle part, continua Jack à voix haute, sans des adieux dignes de ce nom !

Les rires fusèrent, et la tension retomba.

— En rang, messieurs, ordonna Jack, qui avait visiblement décidé de couper court aux amabilités. À toi l'honneur.

Il tendit à Mark un petit emballage en aluminium.

— Vous autres, installez-la sur la table.

Mark risqua un regard vers Matty, qui avait les yeux rivés au sol. Mécaniquement, il se dirigea vers la longue table sur laquelle la fille avait été allongée, les membres en croix. La capuche de sa robe lui masquait toujours le visage.

— Comment tu veux que je bande alors que je ne sais même pas ce que je vais baiser ? demanda-t-il d'une voix qui se voulait détachée, mais qui n'en tremblait pas moins.

— Ne sois pas ingrat, répliqua Jack. Je te signale qu'on attend notre tour, alors vas-y, et après tu pourras retrouver ta petite femme et nous oublier. Si tu refuses… Disons qu'Adam rêve de te refaire le portrait depuis nos quinze ans.

Mark aurait voulu se rebeller, répondre à Jack d'aller se faire voir. Il aurait voulu partir, regagner Trevelyan, et emmener Beth le plus loin possible de Durham. Mais il n'en fit rien. Il s'approcha de la fille.

C'est la dernière fois, songea-t-il. Ces mots sonnaient faux même dans sa tête. Il souleva sa robe et défit les boutons de son jean.

59

La puissance de son coup de poing me propulse contre le mur, que mon épaule et ma tête viennent percuter violemment. Une vive douleur se répand jusque dans mes doigts. Bon sang, jamais je n'aurais imaginé qu'une femme aussi menue pouvait cacher une telle force. J'aurais pourtant dû me méfier, après avoir rencontré Cassie… Le souffle coupé, je ferme les yeux et m'écroule par terre.

— Susan !

Le cri de Mark me parvient de très loin, comme à travers l'eau. Mon visage atterrit dans une flaque à l'odeur âcre. Du white-spirit. Quand Jennifer mettra le feu au bâtiment, je m'enflammerai comme un brandon.

— Tu l'as tuée !

— Mais non. Vous n'êtes pas morte, hein, Susan ? Elle est juste un peu sonnée.

Malgré l'impatience qui transparaît dans sa voix, je suis incapable de répondre. Ma bouche ne fonctionne plus, mon corps non plus, je n'ai plus d'énergie pour rien. Je veux juste rester allongée ici et me vider de ma vie.

— Elle s'est cogné la tête, insiste Mark. Regarde, elle saigne ! Ça va trop loin, Jen, il faut que tu appelles les secours. J'ai compris la leçon. Je regrette ce que je t'ai fait, ce que j'ai fait à Beth. Je suis désolé. Je suis désolé !

Des mains m'attrapent par le bras. On me traîne sur le sol. J'ai dû perdre connaissance, car lorsque je parviens enfin à entrouvrir les paupières, je me découvre assise contre le mur à côté de mon ex-mari, le poignet droit menotté à un tuyau de gaz.

— Ça y est, on se réveille ?

Oh, mon Dieu, elle est toujours là… *Je* suis toujours là. Où est Cassie ? Que fait la police ? J'ai l'impression d'avoir passé la nuit ici, alors qu'à peine vingt minutes ont dû s'écouler depuis mon arrivée.

— Susan, vous êtes avec nous ? Je veux que vous entendiez ça.

— Oui, je suis réveillée, dis-je dans un filet de voix.

Cette femme a-t-elle du plomb dans les mains, pour m'avoir frappée si fort ? Pourquoi ai-je toujours autant de mal à respirer ? Je m'aperçois alors que la fumée s'est épaissie, mes poumons en sont saturés. Je comprends mieux pourquoi j'ai la tête dans le coton.

— Ravie de vous revoir parmi nous, répond Jennifer. Je ne voulais pas que vous ratiez le dernier discours de Mark. Il va essayer de sauver sa peau ; peut-être la vôtre, aussi, mais surtout la sienne. N'oublions pas que notre Shakespeare a toujours été une couille molle, et ce ne serait pas la première fois qu'il envoie quelqu'un à l'échafaud pour s'en sortir. Pas vrai, Shakes ?

Shakes.

Je n'avais jamais entendu l'ancien surnom de Mark, et pourtant, prononcé par Jennifer, il me paraît étrangement familier…

— Vous l'avez appelé comme ça, quand vous m'avez rendu visite. Qu'étiez-vous venue me dire, Jennifer ?

Que m'avez-vous raconté de si horrible pour que mon esprit préfère le refouler pendant quatre ans?

— Parce que maintenant, vous voulez bien m'écouter? me renvoie-t-elle d'un ton haineux. Vous avez refusé de discuter, à l'époque, quand j'ai essayé de vous montrer quel genre d'homme était votre mari!

Une image me revient brutalement en mémoire, aussi claire que si la scène datait de ce matin. J'ai couché Dylan dans son couffin et me suis allongée sur le canapé, quand j'entends sonner. *Pitié, faites que ça ne l'ait pas réveillé.* Mais Dylan ne bouge pas, et je vais ouvrir la porte.

La femme qui se tient sur le seuil a des yeux bruns hagards et des cheveux blond cendré qui frisent autour de sa tête. Elle regarde par-dessus mon épaule, le visage empourpré, les yeux rouges et bouffis. Elle vient peut-être de pleurer. Comment ai-je pu ne pas la reconnaître, quand je l'ai revue à la bibliothèque?

Tu l'as reconnue, me souffle une petite voix. *Mais ton esprit a tellement lutté contre ce souvenir que tu as fait une crise de panique plutôt que de tout laisser resurgir. Maintenant, tu dois te battre ou t'enfuir si tu veux survivre.*

— Je n'aurais pas dû, je le regrette. Je ne voulais pas vous croire, car si vous disiez vrai, cela signifiait que ma vie et celle de mon fils étaient brisées. Je suis désolée.

— Tu entends ça, Mark? réplique Jennifer en riant. Elle est désolée. Encore une pauvre innocente que tu as attirée dans ton lit et à qui tu as gâché la vie, et c'est elle qui s'excuse! Qui devrait être désolé, Mark?

— Moi, souffle-t-il, la tête baissée, comme s'il n'avait pas le courage de me regarder en face.

Ma vision se trouble ; j'ai perdu beaucoup de sang. Je vais bientôt mourir, et je n'ai même plus la force de paniquer. Mes dents se mettent à claquer, des frissons parcourent mon bras valide. L'autre, je ne le sens plus.

— C'est lui qui devrait s'excuser ! s'écrie Jennifer. C'est lui qui a couché avec la meilleure amie de sa fiancée ! C'est lui qui n'a pas assumé ses responsabilités !

— Une seule fois ! explose Mark. J'ai commis cette erreur une seule fois, parce que j'avais bu ! C'est pour ça que tu m'as pourri la vie ? Parce qu'il a fallu que je sois bourré pour te donner ce que tu voulais depuis des années ?

— Je croyais que vous vous étiez rencontrés à l'université...

— Oh, non, on se connaît depuis plus longtemps. Hein, Jennifer ?

— Je t'aimais, riposte-t-elle. Je t'ai toujours aimé. Le jour où Jack t'a recueilli comme un petit chien mouillé, j'ai su qu'on était faits l'un pour l'autre. Je pensais que tu finirais par t'en rendre compte. Quand on a couché ensemble, j'ai cru que ce moment était enfin arrivé, jusqu'à ce que tu me dises, en te réveillant le lendemain, que tu avais fait une connerie. Tu t'étais engueulé avec cette petite pimbêche, tu avais bu, tu ne savais pas ce que tu faisais. Tu m'as fait promettre de ne jamais lui en parler, de ne pas gâcher votre merveilleuse histoire d'amour à cause d'une « erreur stupide ». C'est ce que j'étais pour toi, une erreur. Mais ça ne suffisait pas, n'est-ce pas ? Il a fallu que tu me détruises complètement.

— Il vous a obligée à avorter.

Je m'en souviens, maintenant. Je me souviens d'avoir entendu ces mots de la bouche d'une étrangère, il y a quatre ans, et d'avoir pensé : *Elle est folle. Elle est folle et elle ment.*

— Il m'a forcée à tuer mon bébé.

Son visage est baigné de larmes. L'espace d'un instant, je plains la jeune fille qu'elle était alors, amoureuse d'un homme qui la traitait avec un tel cynisme.

— Et un beau jour, il m'annonce qu'ils vont se marier. Je sortais de la clinique, j'étais en colère, seule, bouleversée par ce qu'il m'avait fait faire, et Mlle Je-me-la-pète revient de son dîner avec un iceberg de dix-neuf carats sur le doigt.

— Vous avez dû être effondrée.

— Effondrée ? J'étais furieuse. C'est à ce moment-là que j'ai décidé de la faire tuer.

60

Le vaste espace exposé à tous les vents me paraît à présent aussi exigu que ma cellule à Oakdale. L'épaisse fumée me prend à la gorge et me pique les yeux. Jennifer ne semble pas en souffrir ; quant à Mark, il est plongé dans un état catatonique, comme résigné à notre sort, l'esprit déjà ailleurs.

— Où est Dylan, Jennifer ?

— Alors, la mémoire vous revient, Susan ? me demande-t-elle sans répondre à ma question. Vous vous souvenez de ce qui s'est passé ensuite ?

Je fais l'effort de me concentrer, de revoir en esprit cette femme assise dans mon salon, en train de m'expliquer que le père de mon bébé a tué le sien. Ses lèvres forment deux mots.

— Eleh Toledot, murmuré-je.

Jennifer applaudit.

— C'est ça ! Vous y êtes presque. C'est bientôt fini, promis. Eleh Toledot.

Un grognement nous parvient de Mark. Jennifer s'avance vers lui et l'empoigne par les cheveux pour le forcer à relever la tête.

— Tu peux répéter, pour que tout le monde en profite ?

— J'ai dit : « Telles sont les générations. »

Mon Dieu, ça me revient. Je me souviens de tout. Une histoire atroce de sévices sexuels et de rituels d'humiliation, de garçons privilégiés qui se servaient de l'université comme terrain de jeu. Je n'en avais pas cru un mot. Je m'étais énervée, j'avais traité Jennifer de menteuse. Je l'avais poussée, frappée, lui avais crié de partir de chez moi et de laisser ma famille en paix. Elle avait levé les bras pour se défendre. Puis elle m'avait poussée à son tour, et j'étais tombée. C'est la dernière fois que j'ai vu mon fils.

— Vous vous êtes cogné la tête, précise-t-elle sur un ton dégagé. J'ai cru que vous étiez morte. Alors, je me suis dit qu'on me donnait une deuxième chance d'être mère, que Mark me rendait mon enfant. J'ai pris votre bébé.

— Vous l'avez emmené ?

Je me tourne vers Mark, au prix d'une douleur déchirante dans le bras et la tête. J'ai du mal à respirer à cause de la fumée, je sais que je n'en ai plus pour longtemps, mais il faut que je connaisse la vérité avant de mourir.

— Et quand tu es rentré à la maison…

— Je ne suis pas rentré, Susan. J'étais au boulot quand j'ai reçu un coup de téléphone de…

— … mon cousin Jack, termine Jennifer en souriant. Je lui ai demandé de régler le problème. Il est très doué pour s'occuper des situations délicates.

— Le garçon que Beth détestait, l'homme qui s'est fait passer pour le patron de Rachael, c'est votre cousin ?

— Eh oui. Et c'est aussi le patron de Rachael, mais pas celui qu'il prétendait être. Il est tellement malin…

Jack est l'un des associés principaux chez Zara, Bratbury et Howe, et Rachael fait ce qu'il lui dit de faire – comme se charger de votre défense, par exemple, ou garder un œil sur vous depuis votre sortie d'Oakdale. Je le répète, c'est toujours lui qui tire les ficelles. Enfin, presque toujours... Jack avait beau être intelligent et populaire, je connaissais un secret qui ne devait pas être ébruité. Je savais que lui et ses copains droguaient des filles pour s'envoyer en l'air avec elles. Pitoyable. Et j'étais aussi au courant pour Lucy.

— Lucy ? répète Mark, aussi surpris que moi. La gouvernante avec qui il couchait quand il avait quinze ans ?

— Ne sois pas si stupide, Mark ! Tu es censé avoir été le cerveau de la bande, mais tu as toujours avalé tout ce qu'il te racontait. Jack ne couchait pas avec elle. Tu te souviens, je t'avais dit que cette fille était une allumeuse. Eh bien ! mon cousin n'apprécie pas qu'on l'allume. Quand Lucy s'est refusée à lui, il se l'est faite quand même, que ça lui plaise ou non. Il se trouve que ça ne lui a pas plu, et l'oncle George a dû payer une fortune pour qu'elle se taise. Jack ne voulait pas que ses petits camarades de fac découvrent qui il était vraiment. Et j'étais la seule personne à savoir ce que lui et ses vilains copains avaient fait.

— Vous l'avez menacé de tout révéler s'il ne kidnappait pas mon bébé ? dis-je avec autant de virulence que mes forces me le permettent.

— J'étais déjà partie avec Dylan, Jack s'est occupé du reste.

Elle s'éclaircit la gorge.

— Il a eu envie de Beth dès l'instant où il a posé les yeux sur elle. Il l'a bombardée de fleurs, de bijoux, de toutes sortes de cadeaux de ce genre. Beth disait qu'il lui faisait peur, mais elle a toujours refusé poliment ses avances. Elle est restée très classe jusqu'à la fin. Et la fin était inévitable, du moment où elle a commencé à sortir avec Mark. Jack n'allait pas laisser passer ça.

— Pourquoi ? Il ne pouvait pas accepter la défaite avec dignité ? Et vous ?

Où est Cassie ? Où est la police ? *Où est Dylan ?*

— Je vais faire comme si vous n'aviez pas posé cette question, Susan. Quand Mark m'a abandonnée, quand il m'a forcée à avorter, je savais que, en m'y prenant bien, Jack ferait le boulot à ma place. En général, les gens en colère ne sont pas durs à manipuler. Plus ils se croient intelligents, plus ils se révèlent idiots. Jack est tellement arrogant qu'il n'a jamais pensé une seconde que ce n'était pas lui qui menait la barque.

Elle fait la grimace.

— Il a fallu supporter pendant des mois de voir Beth se pavaner avec son diamant, de l'entendre parler de son Mark en minaudant, avant que Jack se décide à passer à l'étape supérieure.

J'imagine Bethany Connors au comble du bonheur, feuilletant des magazines de mariage, téléphonant à ses amis et à sa famille pour s'épancher sur l'heureux événement à venir, et planifiant sa vie avec Mark, sans savoir que sa meilleure amie la détestait en secret depuis le début.

— C'est Jack qui a gardé Dylan ? Dis-moi que mon fils n'est pas avec Bratbury...

À l'entendre, il préférerait que Dylan ait été élevé par Ted Bundy. Jennifer se met à rire.

— Ça, ce serait pas mal ! Le cousin Jack s'occupant du fils de Mark Webster, ne serait-ce pas un juste retour des choses ?

Elle se tourne de nouveau vers moi.

— Je vous laisse imaginer ce qui s'est passé dans ce club-house. Quand Mark et Matt sont allés se débarrasser du corps, je les ai suivis pour m'assurer qu'ils avaient bien fait le boulot. Je prévoyais d'être là pour Mark, de pleurer avec lui lorsqu'on la retrouverait. J'allais enfin l'avoir pour moi toute seule, et on pourrait même faire un bébé, un bébé désiré, cette fois-ci. J'ai pris quelques photos avant qu'ils repartent, en guise d'assurance vie. J'ai récupéré les menottes, les mêmes que vous portez en ce moment. En les retirant à Beth, j'ai senti son souffle sur ma peau : elle était toujours vivante. Ces imbéciles l'avaient à peine écorchée ! Elle aurait fini par se vider de son sang, mais je ne pouvais pas prendre de risque. Il fallait que je termine le boulot. J'ai pressé mon sac sur son visage pour l'étouffer. Comme elle était déjà inconsciente, je n'ai pas vu la lumière s'éteindre dans ses yeux, mais j'avoue que c'était quand même satisfaisant. Bien plus que quand j'ai tué cette salope de Kristy. En tout cas, te tuer, Mark, ce sera vraiment très plaisant. Et vous, Susan, vous êtes une victime collatérale, malheureusement. Je vous aimais bien, on aurait pu être amies.

Après tout ce que j'ai entendu, et malgré la douleur qui m'accable, cette remarque manque de me faire vomir.

— Et le frère de Beth vous aimait bien, lui aussi.

— Le frère de Beth ?

— Le type qui s'est fait passer pour un journaliste. Décidément, vous devriez apprendre à mieux choisir les hommes que vous fréquentez, Susan !

Le frère de Beth... Depuis le début, celui que je prenais pour Nick savait donc qui était la jeune femme rousse sur les photos ; il connaissait l'histoire de sa mort. Le sort de Dylan ne l'intéressait pas, il s'est juste servi de moi pour découvrir la vérité à propos de sa sœur ! J'ignore si je lui en veux. Moi aussi je serais capable de mentir pour retrouver mon fils, mais cela ne m'empêche pas de me sentir trahie. Trahie, et bien naïve.

Un bruit de sirènes au loin m'arrache à mes pensées. Jennifer se tait brusquement ; je devine qu'elle cherche à savoir si la voiture de police se rapproche.

— Heureusement, je choisis beaucoup mieux mes amis, fais-je remarquer.

— Ça ne change rien, réplique-t-elle, déjà remise de son hésitation passagère. Ça ne fait qu'accélérer un peu les choses.

Sur ces mots, elle disparaît dans l'ombre.

— Le tuyau est cassé, me chuchote Mark aussitôt, sans bouger d'un pouce. À trois mètres environ sur ma droite.

Et moi qui le croyais sous le choc, paralysé par la peur, alors que, pendant tout ce temps, il cherchait un moyen de nous sortir de là !

— Quand je te dirai : « Maintenant », il faudra se déplacer le plus vite possible. Si elle nous voit, on est morts, mais on le sera aussi si on ne fait rien.

— Je ne suis pas sûre d'y arriver. J'ai la tête lourde, j'ai du mal à respirer. Je ne pense pas que je pourrai me lever.

— Tu en es capable, Susan. Tu es forte, plus forte que moi, bien plus que je ne l'aurais cru.

Je perçois dans sa voix un sentiment nouveau, quelque chose qui ressemble à du respect. Il me prend la main et la serre dans la sienne.

— Si on meurt, j'ai besoin de savoir, Mark. Est-ce que tu m'as aimée ?

— Oui, je t'aimais. Plus que tu ne pourras jamais le croire. Quand tu m'as donné Dylan, j'ai été si heureux ! Et si inquiet que ce bonheur ne dure pas.

— À cause de… ?

Je n'arrive pas à prononcer son nom.

— À cause de ce que tu pensais avoir fait ?

— À cause de ce que j'ai fait. N'en déplaise à Jennifer, j'ai bien tué Beth, et je savais qu'un jour quelqu'un reviendrait pour tout me prendre.

— Pourquoi ne m'as-tu rien dit ?

Il détourne le regard.

— Je crois que tu connais la réponse.

Il a raison. Je ne sais pas ce que j'aurais fait. L'obliger à se rendre ? Partir avec Dylan ? Ce qui est certain, c'est que ces quatre dernières années auraient été bien différentes.

— Quand Jack m'a téléphoné ce jour-là, il m'a expliqué que Jennifer était venue te voir et qu'elle t'avait tout raconté. Face à la violence de ta réaction, elle l'a appelé à l'aide, mais Jack est arrivé trop tard. Tu avais tué Dylan et tu t'étais cogné la tête sur la table basse en perdant connaissance. Je ne suis pas rentré à la maison : j'ai rejoint Matty sur le parking de l'hôpital, et je t'ai amenée aux urgences pendant que Matt accompagnait Dylan. Je n'ai pas vu notre bébé. Je n'ai même pas pu lui dire au revoir…

Sa voix se brise.

— Je pensais vraiment que tu l'avais tué, Susan. Jamais je n'aurais dû les croire, mais tu avais tellement changé depuis la naissance de Dylan ! Ce n'était pas difficile d'imaginer que tu t'en sois prise à lui. Dans mon esprit, la seule chose que je cachais à la police, c'était la raison de ton coup de folie.

Des larmes brûlantes roulent jusqu'à mes lèvres, mais je ne fais rien pour les chasser. Qu'il comprenne le mal qu'il m'a fait.

— Comment as-tu pu douter, Mark ? Comment as-tu pu le croire lui et pas moi ?

— Tu te croyais toi-même coupable, réplique-t-il, avant de se frotter le visage de sa main libre. J'ai pensé à te parler de Beth un million de fois. Quand j'imaginais la scène, tu me prenais dans tes bras en me disant que tout irait bien, qu'on surmonterait cette épreuve ensemble et que tu m'aimais encore. Mais je savais au fond de moi que cela n'arriverait jamais.

Mon cœur se serre à l'idée qu'il ait vécu avec la crainte permanente de tout perdre – je ne souhaiterais cela à personne, même à mon pire ennemi. Mais quand je pense à ce que j'ai ressenti chaque jour en croyant que j'avais tué mon fils, à ce que Mark m'a fait endurer à cause de l'acte terrible qu'il avait commis, j'ai envie qu'il paie.

— Je ne sais pas comment j'aurais réagi si tu m'avais parlé de Beth, dis-je, si bas qu'il est obligé de se pencher pour m'entendre. Ce qui est sûr, Mark, c'est que je vous aurais tués tous les quatre avant de laisser quoi que ce soit arriver à mon fils.

— Nous irons voir la police et j'avouerai tout, je te le promets. Nous retrouverons Dylan. Mais d'abord, il faut sortir d'ici. Tu peux faire ça pour lui ? murmure-t-il en me serrant de nouveau la main.

Je me contente d'acquiescer.

Le bruit des sirènes se rapproche, mais nos sauveurs arriveront trop tard. Car Jennifer revient vers nous, tenant à la main une petite bouteille transparente. Du white-spirit.

— Je savais que ça finirait comme ça, annonce-t-elle d'une voix posée. J'espère que tu es content, Mark. Ça, c'est pour Beth.

Et elle renverse la poubelle d'un coup de pied. Des flammèches s'échappent du rebord comme des doigts de squelette, cherchant à atteindre le liquide répandu par terre.

— Maintenant ! hurle Mark.

Au même instant, le mur s'embrase et la porte de l'entrepôt disparaît derrière un rideau de flammes.

61

Mark : 27 novembre 1992

La robe, la capuche, l'absence de mouvements et de bruits lui avaient presque facilité la tâche. D'accord, quand les filles étaient conscientes, il pouvait se dire qu'elles appréciaient le voyage, au moins un peu. Mais le fait de ne pas voir la peur dans ses yeux, de ne pas savoir si elle avait mal ou honte… Aussi sordide que cela puisse paraître, ça l'avait aidé.

La plupart des garçons étaient à présent affalés sur leur chaise et se soûlaient pour noyer leur culpabilité. En marge du groupe, Mark buvait plus que de raison, sans en tirer le moindre réconfort.

Jack se tenait à l'écart et le regardait ostensiblement engloutir les verres les uns après les autres. Ses paroles résonnaient encore aux oreilles de Mark : « Tu pensais vraiment que j'allais te laisser partir ? »

Est-ce qu'il l'autoriserait à s'en aller, maintenant ?

— À ton tour, patron, annonça Adam en posant une main sur l'épaule de Jack.

Celui-ci secoua la tête.

— Pas cette fois, mon pote. On n'a pas de temps à perdre, c'est l'heure du finale. Messieurs, dit-il en

haussant la voix, comme vous le savez tous, l'un des nôtres avait décidé de nous quitter ce soir.

Tout l'auditoire fut aussitôt captivé – et Mark le premier. Jack se tourna vers lui, le visage sinistrement éclairé par la lumière des bougies.

— Nous tous autour de cette table sommes issus de la classe privilégiée. Chacun de vous est ici parce que son père ou son grand-père l'a voulu. Telles sont les générations. Pourtant, l'un de vous ne voit pas cela comme un honneur. L'un de vous n'apprécie pas le pouvoir que je vous ai conféré, ni la générosité dont j'ai fait preuve en vous apportant, semaine après semaine, les meilleurs fruits que Durham ait à offrir. Peut-être ceci vous ouvrira-t-il les yeux.

Mark crut que son cœur allait éclater quand Jack s'avança vers lui en sortant un objet argenté de sous sa robe. Il lui fit signe de le suivre jusqu'à la fille qui était restée couchée sur la table. Elle respirait – sa poitrine se soulevait et s'abaissait légèrement sous l'habit noir – mais elle n'avait pas bougé durant toute l'heure qu'elle avait passée ici. Même sans voir son visage, on devinait aisément qu'elle était inconsciente.

— C'est quoi, ça ? demanda Mark quand Jack lui tendit le couteau qu'il tenait à la main.

— Ceci est ton héritage, déclara-t-il en désignant chacun des participants, puis la jeune fille. Tu crois que tu peux nous quitter comme ça ? Tu es des nôtres. Notre sang coule dans tes veines. Maintenant, il est temps que tu prêtes serment d'allégeance. Que tu fasses tes preuves. Tue-la.

Certains disciples ne purent retenir une exclamation de surprise. Jack se tourna brusquement vers eux.

— Cela pose un problème à quelqu'un que notre frère prouve sa loyauté envers le groupe ? Peut-être que l'un de vous préférerait le faire à sa place ?

Toutes les têtes se baissèrent. L'ordre de Jack les rendait muets de stupeur, et pas un ne protesta contre l'atrocité qui venait de leur être suggérée. Sauf Mark.

— Alors là, pas question. Je ne le ferai pas, Jack. Putain, t'es devenu fou ou quoi ? Tu réalises ce que tu viens de dire ?

— Fou ?

Le mot se répercuta à travers l'entrepôt.

— Fou ? Je fais en sorte que tu marches sur l'eau dans cette putain de fac, et c'est tout ce que je gagne en retour ?

— Je ne la tuerai pas !

— Personne ne le saura à part nous, répliqua Jack d'une voix douce, en lui tendant à nouveau le poignard. Quand ce sera fait, nous redeviendrons une confrérie. Mais si tu nous abandonnes maintenant, tu peux dire adieu à ta brillante carrière. Et à ton avenir avec Beth.

Beth… Que dirait-elle si elle découvrait la vérité ? Jack ne plaisantait pas : en refusant de tuer cette fille, Mark perdrait l'amour de sa vie – c'était ce que Jack voulait depuis le début. Il n'avait pas d'autre choix que de lui obéir. Pour Beth.

Il fit un pas en avant et s'empara du poignard. En entendant quelqu'un retenir son souffle, il releva la tête et croisa le regard de Matty qui détourna les yeux aussitôt.

— Tu fais le bon choix, Mark. Un très bon choix. Pour toi, pour Beth. Laisse-moi t'aider.

Jack souleva la capuche de la jeune fille, juste assez pour exposer son cou d'un blanc laiteux. Il montra le côté de sa trachée.

—Un geste net, de gauche à droite. C'est facile, vraiment.

Mark serra le manche dans sa paume.

—Allez, Mark, fais-le. Pour Beth.

Il sentait le souffle de Jack sur sa joue. « Fais-le pour Beth. »

Mark suivit les instructions de Jack. De gauche à droite, un geste net. Le sang s'écoula entre ses doigts, chaud et poisseux ; instinctivement, il l'essuya sur sa robe, mais ses mains restèrent tachées de rouge. Il sut qu'elles le resteraient toujours.

Lorsque Jack poussa un long soupir, Mark comprit soudain que leur chef ne s'attendait pas à ce qu'il aille jusqu'au bout. La portée de son geste le frappa alors de plein fouet. Il avait tué quelqu'un. Une fille qui avait des parents, peut-être un frère ou une sœur. Une jeune femme qui aurait aussi bien pu être Beth.

Jack se ressaisit rapidement et lui flanqua une grande tape dans le dos.

—Bien joué, mon pote !

Sa voix résonna dans le silence de mort. Mark tressaillit, avant de s'écarter brusquement.

—Arrête ! aboya-t-il. Ne me touche pas ! Oh, mon Dieu… ! Oh, mon Dieu… !

Il se détourna pour vomir un mélange de bile et d'alcool.

—Je comprends, dit Jack en reculant d'un pas, les mains levées. C'est ta première fois, ça fait beaucoup d'émotions. Applaudissez-le, les gars. J'ai dit : applaudissez !

Tandis que les autres s'exécutaient sans enthousiasme, Mark eut un nouveau haut-le-cœur. Il se laissa tomber sur le sol et se frotta furieusement les yeux, comme pour en chasser les images qui venaient de s'y graver.

— Lève-toi, ordonna Jack.

Comme il n'obéissait pas, Jack fit signe à Adam, qui releva Mark sans ménagement.

— Tu as prouvé ta loyauté envers la confrérie, mon ami. Maintenant, il faut nettoyer tes saletés.

Il montra la fille étendue sur la table. Le sang formait une flaque autour de sa tête et commençait à goutter par terre.

— Nettoyer…, balbutia Mark.

— Ne t'inquiète pas, Matthew va t'aider. Emballez-la là-dedans, dit-il en montrant sous la table un grand sac-poubelle noir que Mark n'avait pas remarqué jusque-là. Ensuite, abandonnez-la quelque part. Vous pourrez vous servir de la voiture d'Adam.

Machinalement, ce dernier chercha ses clés dans sa poche.

— Vous autres, vous pouvez partir, reprit Jack. Mais que les choses soient bien claires : on est ensemble sur ce coup-là. Chacun de vous a baisé cette fille et aurait pu tenir ce poignard. La confrérie doit se serrer les coudes dans des moments comme celui-ci. C'est à ça que servent les amis, ajouta-t-il en regardant Mark avec insistance. Donc, ce soir, nous étions tous au bar des étudiants. Toute la soirée.

Les garçons acquiescèrent, hébétés. Pas un mot ne fut prononcé tandis qu'ils sortaient, laissant Matthew, Mark, Adam et Jack seuls dans l'entrepôt.

— Je suis fier de toi, Mark, déclara Jack d'une voix douce. Quand j'ai appris que tu avais l'intention de nous quitter, ça m'a fait de la peine, parce que je croyais qu'on

était frères. Maintenant, je sais que tu es vraiment l'un des nôtres.

— L'un des vôtres ? articula Mark. Jamais.

Jack eut un petit rire.

— Et c'est le meurtrier qui dit ça… Oh, mais j'avais oublié, tu l'as fait pour Beth. N'essaie pas de me faire croire que tes intentions étaient nobles, Mark : tu m'as obéi pour sauver ta peau. Bon sang, tu n'as même pas voulu savoir à qui tu tranchais la gorge ! Tu aurais pu demander, au moins.

Quelque chose dans sa voix glaça le sang à Mark.

— C'était qui ?

Une lueur amusée passa dans ses yeux.

— C'était qui, Jack ? renchérit Matthew d'un ton pressant – les premiers mots qu'il prononçait ce soir-là.

À cet instant, Mark comprit. Et il lui sembla que Matt avait deviné, lui aussi.

— Bon Dieu, non… Jack…

Il se rua vers le corps inerte de la jeune fille, avec l'impression de se déplacer sous l'eau. Sa main s'approcha de la tête recouverte. Il n'avait pas envie de voir le visage de celle à qui il avait ôté la vie, ni la blessure béante qu'il savait cachée sous le tissu. Mais il le fallait, pour être sûr. Les doigts tremblants, il releva lentement la capuche. Une cascade de cheveux roux déferla sur la table, tandis que deux yeux verts éteints lui renvoyaient leur regard.

62

Sans me lâcher la main, Mark se jette sur le côté pour échapper aux flammes, m'entraînant brutalement dans sa chute.

Debout au milieu de la pièce, Jennifer regarde les langues de feu serpenter dans notre direction. Ses cris résonnent par-dessus le rugissement du brasier.

Une douleur cuisante me lacère le poignet lorsque mon bras entre en contact avec le tuyau de cuivre chauffé au rouge. L'odeur âcre de la chair brûlée m'emplit les narines. Mark m'aide à me mettre à genoux, et, ensemble, nous avançons vers le mur en feu.

— Il fait trop chaud, on va brûler vifs ! crié-je, terrorisée.

Mais il m'oblige à continuer. Aucun de nous ne sortira d'ici vivant.

Les flammes roulent vers le plafond à la manière d'un horrible torrent inversé. J'ai l'impression que ma peau se couvre de cloques sous l'effet de la chaleur ; j'imagine Mark prenant feu comme une torche humaine au bout de mon bras. Je sens encore le white-spirit sur mon visage. Un pas de trop et je meurs.

— Maintenant !

Mark se jette en avant, attrape le bout du tuyau et le tire violemment vers nous, l'arrachant du mur avec un craquement retentissant. Emportée par son élan, je tombe face contre terre sur le sol poussiéreux. Nous sommes libres.

Aux hurlements de douleur de Mark se mêle bientôt un rugissement primaire. J'ai les poumons saturés de fumée, je ne peux pas crier, je ne peux pas prévenir Mark que Jennifer est en train de se précipiter vers nous en brandissant son flacon de white-spirit. Je le tire par le bras, l'oblige à oublier un instant ses blessures pour qu'il voie la furie qui nous charge. Lorsque Jennifer bondit sur moi en nous aspergeant toutes les deux de liquide inflammable, Mark pousse un cri guttural et la saisit par les cheveux.

— Non ! l'imploré-je, mais il ne m'entend pas.

Il l'attrape à deux mains et, de toutes ses forces, se jette avec elle dans les flammes.

— Mark !

Je ne peux plus respirer. Je tombe à genoux, prise d'une violente quinte de toux. *Ils sont morts tous les deux. Mon ex-mari, et notre seule chance de retrouver notre fils.*

Puis je le vois resurgir et se traîner vers moi. Il est vivant !

— Susan, dit-il d'une voix rauque, un bras en travers du visage pour se protéger de la fumée. La porte…

Je fais volte-face. Elle a disparu derrière un rideau de flammes.

— Est-ce qu'il y a une autre sortie ? demandé-je tandis que nous nous tapissons au plus près du sol, où l'air est un peu plus respirable. Mark ? Est-ce qu'il y a une autre sortie ?

La fumée me pique les yeux, m'emplit la bouche et le nez, s'insinue jusque dans mes poumons. Je décide de m'allonger un instant, et Mark en fait autant.

— Je te demande pardon, Susan, me chuchote-t-il à l'oreille. Je t'aime tellement.

— Chhh… Imagine que nous sommes à la maison. Dylan est là, il est avec nous, et nous ne le quitterons plus jamais. Promets-moi, Mark, que nous ne le quitterons plus jamais.

J'attends sa réponse, mais elle ne vient pas. Mark a fermé les yeux.

Si je ferme les miens un instant, juste une minute, peut-être que tout s'arrangera. Je n'entends plus de sirènes, plus de cris, seulement le grondement du feu. Pour la dernière fois, je me blottis dans les bras de Mark.

63

Jack : 23 juillet 2009

— Je n'y peux rien si tu n'arrêtes pas d'embaucher des balances, Tony. Que veux-tu que je fasse, que j'enquête sur tes employés pour débusquer les informateurs ? Je suis avocat, pas consultant en recrutement. Tu le paies pour quoi, cet imbécile de Donaldson ?

Le téléphone de Jack se mit à biper, interrompant sa diatribe. Il écarta l'appareil de son oreille pour regarder l'écran. À l'autre bout du fil, Tony Wood continuait à se lamenter.

Jenny. Il ne manquait plus que ça. Qu'est-ce qu'elle voulait ?

— Tony, il faut que je te laisse. J'appellerai la prison demain pour demander un parloir. Écoute, tu n'es pas obligé d'être vulgaire. Choisis des fringues qui rendront les autres détenus jaloux.

Ignorant les protestations furieuses de son correspondant, Jack mit fin à la communication.

— Jennifer, ma jolie cousine, prunelle des yeux de Lucifer, que me vaut ton appel ?

— Tu dois aller chez les Webster. Tout de suite.

Voilà un nom qu'il n'avait pas entendu depuis longtemps.

— Qu'est-ce qui se passe ? Tu es chez eux, là ? Qu'est-ce que tu as fait ?

Un silence.

— J'ai tout raconté à sa femme.

Merde.

— Comment ça, tu lui as tout raconté ? Qu'est-ce qu'elle a dit ?

Jack n'avait vraiment pas le temps de réparer les conneries de sa psychopathe de cousine.

— Elle n'a pas voulu m'écouter ! Elle m'a agressée. Je l'ai poussée, et elle est morte. Par précaution, je l'ai bourrée de kétamine.

Jack poussa un juron.

— Je peux te mettre en contact avec un bon avocat, si tu veux, proposa-t-il d'un ton sardonique.

Le rire de Jennifer lui donna la chair de poule.

— Je n'ai pas besoin d'un avocat, Jack. Ce que je te demande, c'est de régler ce problème. Je m'en vais, je suis déjà en voiture. Tu vas venir ici et tout arranger.

— Qu'est-ce qui te fait croire que je vais essayer de régler tes petits problèmes ?

Jack tourna brusquement dans une petite rue, mettant le cap vers la maison de Mark.

— Oh, mais tu vas le faire, répliqua-t-elle. Parce que si tu refuses, je te fais plonger. Ça aura l'air de quoi, un des avocats les plus réputés du pays jugé pour meurtre ?

Jack poussa un soupir.

— Excuse-moi, Jen, mais ça fait bien longtemps que tu ne peux plus me faire chanter avec ça. Tu n'as aucune preuve, ce sera ta parole contre la mienne, et ma parole vaut bien plus que la tienne ces jours-ci. Tu es toute seule, sur ce coup-là.

Il entra le code postal de Mark dans son navigateur. Encore vingt kilomètres.

La ligne se brouilla un instant, si bien qu'il eut du mal à saisir la réponse de sa cousine. Lorsqu'il comprit ce qu'elle était en train de dire, il se sentit blêmir.

— Tu m'entends, Jack ? J'y étais. J'ai des preuves, des photos. Et j'y suis retournée plus tard, pour récupérer… quelques trophées, disons. Donc, soit tu m'aides à régler ce problème, soit on se revoit au tribunal. Et cette fois, tu seras du côté des accusés. Mais tu connais de bons avocats, n'est-ce pas ?

— OK, je vais m'en occuper. En revanche, c'est la dernière fois. Après, on sera quittes, tu auras tes preuves, j'aurai les miennes. Je ne veux plus jamais entendre parler de toi.

— Ça me va. Il y a quand même une chose que tu dois savoir avant d'arriver là-bas.

— Quoi ? Qu'est-ce qu'il peut y avoir d'autre ?

— J'ai pris le bébé. Le fils de Mark Webster. Et j'ai bien l'intention de le garder.

Il fallut moins de vingt minutes à Jack pour atteindre la rue où Mark Webster avait vécu ces six dernières années. Mark s'était appliqué à l'éviter depuis qu'ils avaient quitté Durham, tout ça pour s'installer finalement à un jet de pierre de son bureau. Quelle ironie…

Jack avait employé les dix premières minutes du trajet à passer des coups de fil pour démêler ce sac de nœuds. Dix minutes seulement. La veille au soir, il avait mis plus de temps à commander ses plats au chinois du coin.

En se garant devant la maison, il fut frappé de voir comme son ancien ami s'en était bien sorti. En vérité, il l'avait surveillé de loin, avait suivi ses affectations dans le journal et appris son mariage dans le bulletin des anciens élèves de Durham, mais il n'était jamais venu jusque chez lui. Il ignorait aussi que Mark avait un fils, un détail qui n'avait visiblement pas échappé à Jen. Cela l'avait sans doute mise en pétard de découvrir la petite vie parfaite de Mark, alors que sa propre situation s'était considérablement dégradée ces dernières années. Les parents de Jack avaient laissé échapper, lors d'un dîner bien arrosé avec leur fils et sa femme, que Jennifer était fragile psychologiquement depuis un bon moment. Lorsqu'elle avait appris qu'elle ne pourrait pas avoir d'enfants, elle avait rompu avec son fiancé et était retournée vivre à Durham, préférant loger dans un appartement pourri plutôt que d'accepter l'argent de son oncle et de sa tante. La réussite de Mark avait dû être la goutte d'eau qui avait fait déborder le vase.

Jack attendit au coin de la rue, assis dans sa voiture, que l'autre véhicule arrive. Le conducteur se gara devant lui et ouvrit sa portière.

— Qu'est-ce qui se passe, Bratbury ?

Même après toutes ces années, entendre cette voix, c'était comme rentrer au bercail. Jack éprouva une pointe de regret à l'idée que leurs vies aient pris des chemins si différents.

— Bien content de te revoir, Matty, lança-t-il en baissant sa vitre. Comment tu vas ? Comment va Kristy ?

— Ne l'appelle pas comme ça, grommela Matt Riley. Ne prononce même pas le nom de ma femme. À quoi tu joues, en me faisant venir ici ?

— On a un petit problème que seuls toi et moi pouvons résoudre. Jen a fait une connerie. Elle a tout raconté à la femme de Mark à propos de Beth.

— Quoi ? Comment ça, elle lui a tout raconté ? Comment a réagi Susan ? Elle est allée voir la police ?

Jack haussa les sourcils.

— Susan ? Tu l'appelles par son petit nom, toi ? Vous vous faites souvent des petites soirées entre copains, avec les Webster ?

— Arrête tes conneries. Mark a tellement peur qu'on fasse une bourde qu'il ne m'a jamais présenté sa femme. On est obligés de se voir en secret depuis dix ans. Qu'est-ce que tu attends de moi ? Que je persuade une nana que je n'ai jamais vue de ne pas parler aux flics ?

— Susan est morte, Matt.

Il lui fallut quelques secondes pour digérer l'information. Jack ne s'attendait pas à la réaction que cette nouvelle allait provoquer. Avec un cri étranglé, Matt se jeta sur sa voiture et tenta de l'en extirper par la vitre ouverte.

— Hé, calmos ! Ce n'est pas moi qui l'ai tuée.

« Cette fois-ci », aurait-il pu ajouter.

— Elle s'est battue avec Jen. C'était un accident. Mais il y a autre chose : Susan a pété les plombs, elle a essayé de faire du mal au bébé. Alors Jen l'a pris avec elle.

Matt resta muet de stupeur.

— Dis quelque chose, Matty. Il faut qu'on trouve une explication avant d'appeler Mark, sinon il va tous nous mettre dans la merde.

Le visage empourpré, les lèvres serrées, Matt ferma les yeux comme pour méditer.

— OK, finit-il par dire. Est-ce que tu sais où est Jennifer ? Il faut qu'on récupère le bébé avant que Mark rentre chez lui. Il n'est pas obligé de savoir qu'on est venus.

— On ne peut pas, Matt. Jen veut le garder.

— N'importe quoi ! On ne peut pas faire ça à Mark, il aime son fils plus que tout. Tu crois qu'il va accepter de s'en séparer juste pour faire plaisir à cette tarée ?

Jack soupira. Il s'était douté que ça n'allait pas être facile.

— Je crois que tu ne comprends pas. Jen nous fait chanter, elle a des photos de cette nuit-là à Durham. On est foutus si Mark va voir la police.

— Et que veux-tu qu'on y fasse ? Comment peut-on l'en empêcher ? Tu vas le tuer, lui aussi ?

Pour être franc, l'idée lui avait traversé l'esprit pendant le trajet, mais cela aurait compliqué les choses. Le plan qu'il avait élaboré était beaucoup plus ingénieux.

— Pas exactement, répondit-il à Matt. Écoute, Susan est morte et on ne peut rien y changer. Pour que Mark lâche l'affaire, la seule solution c'est de lui dire que le petit est mort aussi. Il fera son deuil, il s'en remettra.

— Et comment tu règles le problème du corps ? Et la question de savoir qui les a tués ?

— Je me suis occupé du cadavre. Ça prendra quelques heures, c'est pour ça que j'ai besoin de ton aide. Pour le reste, c'est simple. On dira à Mark que Susan a étouffé son bébé, puis qu'elle est tombée dans les pommes et qu'elle s'est cogné la tête contre la table, quelque chose dans le genre. Elle a fait une overdose de kétamine, donc ça ressemble déjà à un suicide.

— Tu t'es « occupé du cadavre » ? répéta Matt, avant de frapper la portière de la voiture. Putain, Jack ! Tu te crois dans un film de gangsters, ou quoi ? Comment on s'occupe d'un cadavre, dans la vraie vie ? Comment tu peux dire une chose pareille ?

Jack éclata de rire.

— Oh, je t'en prie ! Je connais la moitié des criminels du Yorkshire – bon sang, je travaille pour eux ! Tu crois que ce genre de chose n'arrive jamais en vrai ? Il faut que tu sortes de ta bulle.

Quand Matt se pencha vers lui, Jack crut qu'il allait le frapper.

— Je remercie Dieu chaque jour de ne pas vivre dans ton monde.

— Ouais, eh bien je te conseille de prier ton Dieu pour que Jennifer n'aille pas déballer aux flics tout ce qu'elle sait sur toi, quand on la retrouvera et qu'on ramènera le bébé à Mark. Parce que, si elle parle, ce ne sera plus seulement mon monde, mais aussi le tien, celui de Kristy et celui de Tori et Terri.

Matt écarquilla les yeux en l'entendant prononcer les prénoms de ses filles.

— Qu'est-ce que tu veux que je fasse ?

— Je veux que tu ailles attendre Mark sur le parking de l'hôpital, répondit Jack en se retenant de sourire. Tu auras Susan avec toi dans la voiture, et quelques couvertures de bébé roulées en boule. Laisse Mark accompagner Susan aux urgences ; toi, tu t'occupes de « Dylan ». Tu le transportes directement en salle d'opération, où quelqu'un t'attendra avec le cadavre dont je t'ai parlé. Ne traîne pas sur le parking, ne laisse à personne le temps de poser des questions.

Jack avait sciemment employé le mot « cadavre » pour le seul plaisir de voir Matt grimacer. Quelle fiotte.

— Qu'est-ce que tu vas dire à Mark pour qu'il accepte de me rejoindre à l'hôpital ?

— Juste ce qu'il a besoin de savoir. Que Jennifer s'est pointée chez lui pour raconter à Susan l'histoire de Beth. Susan a pété un câble, c'est pour ça que Jen m'a appelé

à l'aide. Je t'ai prévenu parce que tu es médecin. Je vais dire à Mark de raconter à la police que c'est lui qui a transporté Susan et leur fils à l'hôpital – comme ça, on ne posera pas de questions sur la présence de Jen dans cette maison, ni sur ce qu'elle a bien pu dire à Susan pour la mettre dans cet état. Nous deux, on n'est jamais venus ici. Tu as retrouvé Webster sur le parking de l'hôpital et il t'a supplié de l'aider. Compris ?

Matt poussa un soupir et se frotta le visage.

— Compris. Appelle Mark, je vais chercher Susan.

64

Prise de nausées, je crache de la bile épaisse et noire dans l'herbe mouillée. Mes poumons s'emplissent d'air frais comme ceux d'un nouveau-né ; à chaque inspiration, ma poitrine est secouée de violents spasmes.

De l'herbe ?

Je voudrais rouvrir les yeux, mais mon corps ne m'obéit pas. On me soulève, quelqu'un me plaque un objet froid sur la bouche. Enfin, mes paupières s'entrouvrent. Je suis dans une boîte en métal… non, ce doit être une ambulance. À côté de moi, une femme tient un masque sur mon visage. L'oxygène afflue dans mes poumons. Claquement de portières. L'ambulance se met en route, toutes sirènes hurlantes.

— Mark… Où est Mark ?

La femme ignore ma question. Elle me caresse la tête, puis remplit une seringue d'un liquide clair.

— Où est Mark ?

Je comprends alors pourquoi elle ne me répond pas : les mots ne sortent pas comme ils le devraient. En fait, ils ne sortent pas du tout. À bout de forces, je laisse mes yeux se refermer.

Le premier visage que je découvre en rouvrant les paupières est celui de mon père. Sous mon dos, le sol n'est plus froid et humide, mais moelleux. Je suis à l'hôpital. Je suis vivante. Le haut de mon corps me fait mal comme si on s'était acharné dessus à coups de batte de base-ball, mes jambes me paraissent aussi inertes que deux morceaux de carton, mais je suis là.

— Dylan, dis-je dans un souffle.

Des flashs me reviennent, comme les images d'un film d'action : Jennifer fonçant sur nous, Mark l'attrapant par les cheveux et la jetant dans les flammes, anéantissant ainsi notre dernier espoir de retrouver Dylan.

— Ne parle pas, ma chérie. Il faut que tu te reposes. La police cherche Dylan, ils fouillent tous les lieux où Jennifer est passée, interrogent toutes les personnes avec qui elle a été en contact.

— Elle seule sait où il est, réussis-je à articuler.

Et elle est morte. Je l'ai vue brûler.

— Ils n'ont pas encore retrouvé son corps, m'informe mon père d'un air peiné. Ils ne pensent pas qu'elle ait survécu.

— Et Mark ?

— Je suis désolée, ma puce, Mark était mort à leur arrivée. Ton ami Josh n'a pas pu le sauver à temps.

Il me prend la main et la serre dans la sienne, tandis que les larmes s'échappent de mes paupières closes. J'ai beau vouloir détester Mark pour ce qu'il a fait, je n'oublie pas que je l'ai aimé et qu'il s'est sacrifié pour moi, employant les dernières minutes de sa vie à racheter toute une existence de lâcheté.

— Qui est Josh ?

— Heureusement qu'il était là, Susan. Il est arrivé en même temps que la police, avant les pompiers. Ils lui ont dit de ne pas y aller, mais il ne les a pas écoutés et il vous a sortis tous les deux des flammes.

Josh Connors, le grand frère de Beth. *Nick*.

— Il faut trouver Dylan.

— Je sais, ma chérie. Les enquêteurs font leur possible pour reconstituer le puzzle. Ils sont allés dans l'appartement de Jennifer.

— Et ils n'ont rien trouvé ? Pas de vêtements, pas de jouets, rien ?

Mon père secoue la tête.

— Je suis navré. Je vais prévenir l'infirmière que tu es réveillée.

On m'accorde une seule autre visite, celle de quelqu'un qui est arrivé à l'hôpital une heure après mon admission et qui se morfond depuis dans la salle d'attente. Lorsqu'on la fait entrer dans ma chambre, je me rends compte qu'il n'y a personne d'autre au monde que j'aie plus envie de voir.

— Susan !

Cassie se précipite vers mon lit et jette comiquement ses bras autour de mes jambes – sans doute pour éviter de toucher mon épaule blessée.

— J'ai bien cru que tu allais y rester !

J'essaie de rire, mais c'est impossible. Je parviens à peine à sourire.

— Merci pour ta confiance, dis-je faiblement. Tu as prévenu la police… Tu m'as sauvé la vie.

— Après t'avoir envoyée au casse-pipe sans protection, réplique-t-elle, soudain sérieuse. Tu n'aurais jamais dû y aller seule, Suze, pardonne-moi. Je m'en suis voulu après ton départ. J'aurais dû t'appeler.

— C'est aussi ma faute. Je suis nulle comme copine.

— Tu n'as jamais été nulle ! C'est moi qui ai merdé.

Un grand sourire m'illumine de l'intérieur, mais je ne suis pas sûre qu'il atteigne mon visage.

— Merci, Cassie… Alors, comme ça, tu pensais que le beau mec t'avait volé ta meilleure amie ?

— Tais-toi, gronde-t-elle en me tapant le bras, ce qui m'arrache une grimace. Merde, excuse-moi. Sans rire, Susan, tu es tout ce que j'ai, et j'ai eu l'impression de te perdre pour un mec qui met trop d'after-shave. J'avais peur que tu n'aies plus besoin de moi.

— Tu ne me perdras jamais. Surtout pas pour un mec qui met trop d'after-shave. Où est-il ? Mon père m'a dit que…

— Oui, c'est lui qui t'a sortie de cet entrepôt. Un vrai héros. Je l'ai appelé tout de suite après avoir prévenu la police, et il m'a tout expliqué. Il a toujours pensé qu'il y avait un lien entre ton histoire et celle de Beth, sa sœur, mais il voulait d'abord vérifier ce que tu savais à propos de Mark. Je lui ai donné l'adresse que tu m'avais envoyée par texto ; Josh est arrivé deux secondes après les flics. Il a même pris la peine de me rappeler pour me préciser dans quel hôpital tu avais été emmenée. Il attend de pouvoir te parler.

Bon sang, on croirait presque qu'elle l'adore, maintenant.

— Pourquoi m'a-t-il dit qu'il était journaliste ?

— D'après lui, il ne l'a jamais dit ! répond Cassie en riant. C'est toi qui t'es mis cette idée en tête, et quand tu l'as recontacté pour discuter de son article, il a décidé de jouer le jeu.

Merde. J'essaie de me remémorer notre première conversation – si l'on peut qualifier ainsi la scène pendant laquelle je lui ai crié dessus alors qu'il bafouillait dans sa voiture – mais cela me donne la migraine. Josh Connors. Pour moi, c'est encore Nick Whitely.

— Et Rachael ?

— Envolée. Elle, Bratbury et sa femme, ils ont tous disparu de la circulation. Quand la police s'est présentée chez Rachael, il manquait la moitié de ses vêtements et son passeport. Ils sont à peu près sûrs qu'elle est partie avec Jack de son plein gré. Ils essaient toujours de joindre les autres associés du cabinet.

— Ça ne me surprend pas.

— Je serais prête à l'étrangler, cette garce. Les flics ont retrouvé ses e-mails. C'est elle et Bratbury qui ont saccagé ta maison, qui ont payé des gars pour te suivre et tuer ton chat. Ils ont mis ton téléphone sur écoute dès ta sortie d'Oakdale. Rachael est mouillée dans cette affaire depuis le début, et elle ne voulait surtout pas que tu le saches. Après vous avoir vus chez ZBH, Jack Bratbury s'est introduit chez Josh en pensant que vous étiez sortis tous les deux. Quand il t'a trouvée endormie sur le canapé, il a déchiré tous tes papiers et a mis en scène ta tentative de suicide.

Cassie et moi parlons pendant deux heures, puis une infirmière entre dans ma chambre et demande à Cassie de me laisser seule. Apparemment, j'ai besoin de repos. Comme si je n'avais pas déjà dormi dix-huit heures d'affilée ! Après m'avoir promis de revenir en douce avec un hamburger-frites, Cassie me demande si j'ai un message à faire passer à Josh. Il y a un millier de choses que je voudrais lui dire, mais je ne trouve pas les mots. Alors je réponds non.

Épilogue

Cassie me touche le bras :

— Est-ce que tu es sûre d'être vraiment prête ?

Aujourd'hui, ses ongles sont rose vif, et elle a teint ses cheveux en rouge sombre et leurs pointes en bleu. Cassie est d'avis qu'une nouvelle coiffure peut soigner tous les maux. Je trouve que celle-ci lui va bien.

— Non, je ne suis pas prête.

Mes mains tremblent légèrement. Je les coince sous mes cuisses pour que l'inspecteur principal Harrison ne remarque rien.

— Contentez-vous d'écouter ce qu'elle a à vous dire, me conseille-t-il. Je préfère que vous l'appreniez de sa bouche.

Comme je lance un coup d'œil vers Nick, assis à côté de moi sur le canapé – dans ma tête, c'est toujours Nick –, il m'adresse un sourire d'encouragement.

Mark ne reviendra plus. J'ai versé beaucoup de larmes depuis que mon père m'a appris sa mort : des larmes de chagrin pour l'homme que j'ai aimé, des larmes égoïstes pour tout ce qu'on aurait pu vivre ensemble. Son dernier geste a été de me sauver la vie, et j'ai essayé de garder cela à l'esprit lorsque les enquêteurs m'ont expliqué qu'ils avaient exhumé le cercueil de mon fils, et qu'ils y avaient trouvé les restes d'un autre petit garçon.

Un signe de tête de l'inspecteur m'indique qu'elle est arrivée. J'ai le cœur dans la gorge et les joues en feu. Heureusement, la rencontre a lieu chez moi. Au moins une chose que j'ai pu décider.

Mme Matthews n'a pas changé depuis la dernière fois que je l'ai vue, chez Rosie puis devant la bibliothèque. C'était il y a à peine quelques semaines, le jour où j'ai reçu la photo de Dylan. Aujourd'hui, ses longs cheveux blonds sont tirés en arrière, mais elle a le même air agité, comme si elle portait le poids du monde sur ses épaules. Cette fois-ci, je sais pourquoi. Je sais qui elle est.

Cassie se lève et fait signe à Nick ; ils me sourient tous les deux, avant de quitter la pièce. L'inspecteur principal Harrison m'a promis que je pourrais rester seule pour écouter cette histoire – après tout, il la connaît déjà – mais je n'en suis pas moins surprise lorsqu'il s'éclipse à son tour.

Mme Matthews et moi restons assises un moment en silence, sans trop savoir par où commencer.

— J'ai perdu ma fille, dit-elle soudain, les yeux rivés sur l'ongle de son pouce dont elle triture un bout de peau. Elle avait vingt-deux ans quand elle a disparu. Elle était malade. Ça ne devient pas plus facile avec le temps, vous savez ? Évidemment que vous le savez. J'avais fini par accepter l'idée qu'elle ne reviendrait pas. Mon mari était anéanti ; il ne comprenait pas pourquoi notre petite fille chérie nous avait quittés sans même un mot d'adieu. Mais elle était majeure, elle avait le droit de faire ce qu'elle voulait. Elle n'était pas officiellement portée disparue, c'est juste qu'elle ne voulait pas qu'on sache où elle était.

Je vois de la souffrance dans ses yeux. Mme Matthews se confie à moi, une parfaite étrangère, mais je l'imagine faisant bonne figure pendant des années, souriant malgré son chagrin quand ses amies évoquaient les réussites de leurs propres enfants.

— Continuez, murmuré-je en réprimant mon impatience.

Elle ne semble pas m'entendre, perdue dans un monde que je ne peux atteindre, un monde de douleur. Au bout d'un moment, néanmoins, elle inspire brièvement et reprend :

— Après quatorze ans sans nous donner de nouvelles, notre fille s'est présentée à notre porte comme si elle n'était partie qu'une semaine. Elle nous a expliqué qu'elle s'était mariée et qu'elle avait eu un bébé, mais que le père était mort. Elle avait besoin de notre aide pour s'occuper de lui. Un magnifique petit garçon de trois mois.

— Vous avez dû être ravie, dis-je en sentant les battements de mon cœur s'accélérer.

Son visage s'éclaire d'un grand sourire.

— Et comment ! C'est un enfant superbe, beau comme tout, et tellement vif ! Il a quatre ans, maintenant. Mais vous êtes au courant, j'imagine. Je voulais juste vous le dire en face. Vous demander pardon.

Oui, je suis au courant. La police m'a informée dès l'instant où le « fils » de Jennifer Matthews a été retrouvé chez les parents de celle-ci. Des tests génétiques ont été pratiqués, les résultats devraient bientôt être connus.

— Je ne pensais pas qu'il pouvait y avoir quoi que ce soit de suspect dans l'arrivée de Simon parmi nous, assure-t-elle d'un ton monotone, comme si elle lisait une déposition au tribunal. Je n'avais aucune raison de croire que Jenny nous mentait, que Simon n'était pas son bébé. Je ne savais pas.

J'essaie de ne pas me mettre en colère. D'abord parce que la moindre émotion m'est encore physiquement douloureuse, mais aussi parce que je sais ce qu'il en coûte à Rebecca Matthews de se séparer de son petit-fils.

— Au début, Jenny nous laissait Simon les week-ends. Puis les week-ends se sont allongés, et il a fini par vivre chez nous – c'est elle qui venait le voir à la maison. Au bout d'un moment, ses visites se sont espacées. On avait de la chance si on la voyait une fois par mois.

Elle m'a volé mon enfant juste pour l'abandonner ?

— Il y a un mois, un homme est venu, il cherchait Jennifer. Il m'a posé des questions sur son fils, mais il l'a appelé Dylan. Simon était sorti avec mon mari ; je ne sais pas pourquoi, mais j'ai dit au type que nous n'avions pas vu Jennifer depuis des années. J'ai peut-être senti que cela ne présageait rien de bon.

J'ignore si le sang peut vraiment se glacer dans les veines, mais c'est exactement l'impression que j'ai. Tous les poils se dressent sur mes bras. Sans se rendre compte de rien, Rebecca Matthews poursuit son récit, une expression déterminée sur son joli visage. Ainsi donc, Matthew Riley s'est présenté à l'adresse où vivait mon fils. À quelques minutes près, il aurait pu rencontrer le petit garçon qu'il cherchait, et lui et sa femme seraient peut-être encore en vie.

— Que s'est-il passé ensuite ? demandé-je avec le moins d'hostilité possible.

— L'homme m'a expliqué qu'il était un ami de Jennifer et qu'il connaissait le père du bébé, Mark Webster. Dès qu'il est reparti, j'ai tapé ce nom sur Internet, et je suis tombée sur votre histoire. Dans l'euphorie de me découvrir grand-mère, je n'avais même pas vu passer l'information au journal télévisé ; et quand bien même, je crois que je n'aurais pas fait le rapprochement. Jennifer ne nous avait jamais parlé de Mark. Je n'étais encore sûre de rien, jusqu'au jour où j'ai retrouvé une photo de Dylan dans un vieil article en ligne. J'aurais dû aussitôt me rendre à la police, mais j'avais peur de la réaction de Jennifer, et de celle de mon mari. Il aime tellement Simon, je ne pouvais pas supporter l'idée de le trahir. Ensuite, quand Jennifer est morte, je n'ai pas eu la force d'aller au bout de ce que j'avais commencé. Simon est notre petit garçon, il est tout ce qui nous reste de notre fille. J'ai été soulagée quand la police nous a retrouvés.

— C'est vous qui m'avez envoyé la photo ?

— Je ne savais pas quoi faire, avoue-t-elle en se tordant les mains. J'attendais une visite des policiers à tout instant, mais ils ne sont jamais venus. Mon mari me tuerait s'il apprenait ce que j'ai fait, mais je ne pouvais quand même pas prétendre ignorer qui était Simon ! Je suis une mère, madame Webster, et il y a certaines choses que seules les mères peuvent comprendre. Il fallait que je vous amène à découvrir la vérité par vous-même. Je n'avais aucune idée de ce que les garçons avaient fait subir à ces filles à l'université.

Je la laisse pleurer en silence. Il n'y aura pas de *happy-end* à son histoire.

— Et la brosse à cheveux ? Et la couverture ?

— Simon avait cette couverture lorsque Jennifer nous l'a amené la première fois. Il ne s'en est jamais séparé. Ce n'est que l'an dernier qu'il a cessé de dormir avec.

L'idée qu'une petite partie de moi ait accompagné mon fils pendant toutes ces années m'emplit de joie.

— Je vous ai vue, au café. Et devant la bibliothèque. Vous êtes venue me trouver à Ludlow.

— Oui. J'ai dit à mon mari que j'allais voir Jennifer pour lui demander de nous rendre visite plus souvent. En fait, la photo déposée sur votre paillasson et l'article glissé dans votre sac à main, c'étaient des indices qui pouvaient vous aider à découvrir la vérité.

— Comment m'avez-vous retrouvée ?

— Mon père était inspecteur de police ; certains de ses anciens collègues sont toujours en vie.

— Votre fille et mon ex-mari le seraient aussi, si vous vous étiez contentée d'avouer.

Elle a beau fermer les yeux très fort, les larmes réussissent à s'échapper.

— Mon Dieu, je sais… Je suis navrée.

Pour la troisième fois, je chasse de mon pull des peluches imaginaires. Je m'apprête à vivre le jour le plus important de ma vie, et je n'ai jamais été aussi nerveuse.

— Ça va ? me demande Josh en posant une main protectrice sur mon épaule.

Son regard envoûtant m'apaise aussitôt. J'aime l'effet que cet homme produit sur moi, la certitude qu'il ne peut rien m'arriver quand je suis avec lui. J'acquiesce, avec plus d'assurance que je n'en ressens réellement.

Josh tourne mon visage vers le sien.

— Susan, j'ai quelque chose à te dire.

Nous sommes dans sa voiture, devant la maison où va se jouer mon destin, et c'est maintenant qu'il a *quelque chose à me dire* ?

— Je dois t'en parler maintenant, au cas où Rebecca aborderait le sujet, précise-t-il comme s'il avait deviné mes pensées. Après tout, c'est son neveu.

Jack Bratbury. L'homme qui tirait les ficelles dans la farce malsaine qu'a été la vie de mon mari. Son nom suffit à me faire trembler, alors que je ne l'ai croisé qu'une seule fois. Depuis qu'il a disparu avec Rachael, j'ai très peu entendu parler de lui. Je sais que le cabinet ZBH a mis la clé sous la porte quand le scandale a éclaté, mais Bratbury avait pris soin auparavant de vider tous les comptes. Il semble que, une fois de plus, il s'en soit tiré comme une fleur.

— Eh bien ?

— Il s'est fait prendre, m'annonce Josh avec un grand sourire. Ils l'ont cueilli alors qu'il revenait en Angleterre avec un faux passeport. Ce connard a eu l'arrogance de croire qu'il pouvait rentrer comme si de rien n'était.

— Pourquoi est-il revenu ?

— Pour l'enterrement de Mark.

Cette réponse me coupe le souffle. J'ai choisi de ne pas assister aux funérailles de mon ex-mari – une décision difficile à prendre, mais qui, j'en suis sûre, était la bonne. Comment cet homme, qui a causé la ruine de mon existence parfaite et détruit la vie d'on ne sait combien de jeunes filles et de leurs familles, a-t-il eu le culot de penser qu'il pouvait se montrer à l'enterrement de Mark et jouer les innocents ?

— Que va-t-il lui arriver ?

— Il va aller en prison, Susan. Pour un bout de temps, je te le promets.

Josh pose les mains sur mes épaules pour me soutenir. Ce n'est pas la première fois qu'il fait ça. Je me demande comment je réagirais s'il lui prenait un jour l'envie de m'embrasser.

— Depuis que l'histoire de Beth a été rendue publique, de nombreuses femmes se sont manifestées pour témoigner de ce que Jack et ses copains leur avaient fait subir. Certaines affaires remontent à 1990.

Jack et ses copains. Mon mari.

Je m'arme de courage et sonne à la porte. Quand j'entends de petits pieds dévaler l'escalier, je suis à deux doigts de laisser Josh planté là et de m'enfuir en courant.

Une semaine s'est écoulée depuis que j'ai reçu la visite de Rebecca. Elle m'a semblé aussi longue que mes trois ans à Oakdale. L'enveloppe blanche qui avait le potentiel de changer ma vie à jamais est restée quatre heures sur le plan de travail, dans la cuisine de mon père, avant que je craque et que j'appelle Josh. Je n'aurais pas été surprise qu'il refuse de me voir après avoir failli mourir pour moi, mais il m'a rejointe chez mon père et a attendu patiemment que je sois prête à découvrir les résultats des tests génétiques. Puis il m'a serrée dans ses bras pendant que je pleurais. Je ne sais pas ce qui va advenir de notre relation quand tout sera fini ; ce qui est sûr, c'est que je ne suis pas prête à me passer de lui.

Durant la médiation, les Matthews n'ont opposé aucune résistance tandis que les services sociaux réfléchissaient à la meilleure façon de nous réunir, mon fils et moi. Rebecca a seulement demandé qu'on leur permette de rester impliqués dans la vie de Simon. Comme leur fille a kidnappé mon bébé et tué mon ex-mari, entre autres personnes, sa requête a été rejetée, malgré mes démarches pour qu'elle soit acceptée. Néanmoins, je leur ai promis qu'ils garderaient contact avec leur « petit-fils ». Dylan les aime : ce ne serait pas juste pour lui qu'il ne puisse plus les voir. J'ignore en revanche si je me montrerai aussi souple avec ses grands-parents paternels. Le procureur n'a pas encore décidé s'il allait poursuivre Margaret et Richard pour entrave à la justice dans l'affaire du meurtre de Beth.

Aujourd'hui, je vais revoir mon fils pour la première fois depuis quatre ans. Nous sommes tous convenus que le mieux pour lui était d'organiser la rencontre chez lui, et de lui laisser autant de temps qu'il en aurait besoin.

En ouvrant la porte, Rebecca me serre brièvement dans ses bras, avant de me conduire au salon où Michelle, notre assistante sociale, nous attend avec Christopher Matthews. Je leur présente Josh ; Michelle nous salue chaleureusement, tandis que Christopher se contente d'un bref signe de tête. Il a beau ne pas faire de vagues, se séparer de Simon lui brise le cœur. Sans compter qu'il vient sûrement d'apprendre l'arrestation de son neveu.

— Vous êtes prête ? me demande gentiment Michelle.

J'acquiesce, même si ce n'est pas vrai. Bien que j'attende ce moment depuis une éternité, je crois que rien n'aurait pu m'y préparer complètement. Après un bref coup d'œil à Rebecca, Michelle s'éclipse dans le couloir, où je l'entends parler à voix basse à un enfant. Mon enfant.

Quand la porte s'ouvre, je retiens mon souffle en voyant apparaître un adorable petit garçon, qui regarde ses pieds, intimidé. Rebecca l'encourage d'un signe de tête ; il s'avance de quelques pas dans la pièce, puis lève les yeux vers Josh et moi.

— Salut ! lance-t-il gaiement.

— Bonjour, murmuré-je, malgré la boule qui me serre la gorge.

Je souris à l'enfant que j'ai mis au monde, que j'ai bercé dans mes bras quand il pleurait.

— Je m'appelle Susan. Et toi ?

— Simon, répond-il.

Il nous montre fièrement un petit camion.

— Tu l'aimes, mon camion ?

— Il est magnifique, dis-je, les larmes aux yeux. Absolument magnifique.

Remerciements

Merci d'abord à mon formidable agent, Laeticia Rutherford. Sans ta passion pour l'histoire de Susan et ton soutien indéfectible, je ne serais pas là à écrire ces mots. Grâce à toi, mon rêve est devenu réalité.

À Vicki et à Darcy, ainsi qu'à toute l'équipe de Headline. Vous avez fait d'une pierre un diamant, et c'est un grand privilège d'avoir été accueillie parmi vous. Merci pour votre travail, vos conseils, et pour m'avoir traitée comme quelqu'un qui sait ce qu'il fait, tout en sachant que ce n'était pas le cas.

Aux amis les plus bienveillants qu'une petite fille puisse avoir, pour toutes les fois où vous vous êtes enthousiasmés à ma place quand j'étais trop effrayée pour l'être moi-même, pour toutes les fois où vous m'avez répété que je pouvais le faire, sans exprimer le moindre doute quant à mes chances de réussir. À Sarah, ma toute première lectrice, pour m'avoir dit quand j'avais vu juste et surtout, quand j'avais tout faux, à Lorna, Jo et Laura pour avoir toujours été présentes – ça fait plus de sept ans, les filles, maintenant vous ne pouvez plus vous débarrasser de moi. À Emma et aux filles de JN qui étaient là quand je me suis lancée dans ce projet, et aux collègues du SFRS qui l'étaient quand je l'ai terminé. Vous n'imaginez pas à quel point c'est étrange, et totalement génial, quand l'un de vous me demande : « Alors, ce livre, ça avance ? »

Aux relecteurs dévoués du site YWO : sans votre contribution, mon manuscrit serait parti directement aux oubliettes. Un remerciement spécial à Notley – le premier relecteur de tous les auteurs en herbe – non seulement pour avoir disséqué mon livre, mais pour m'avoir aidée à le reconstruire. À Kay Leitch, Siobhan Daiko et Fred Hebbert pour votre soutien constant, et pour m'avoir fait croire que je pouvais être « un vrai écrivain ».

Merci enfin à la meilleure famille dont une petite fille puisse rêver. À ma mère et à mon père, qui m'avez appris que je pouvais tout faire, pour peu que je le veuille, et qui m'avez encouragée par votre simple présence ; et à mon grand petit frère, que j'aime pour de vrai. J'espère que vous êtes tous aussi fiers de moi que je le suis de vous. Je vous aime.

À Ash, pour tous tes mots d'encouragement, d'amour et de soutien ; pour notre fils merveilleux et notre enfant à naître ; pour les conversations nocturnes dans l'appentis, où tu m'as dit un jour, avec tant de nonchalance, de « tenter le coup » ; et pour être toujours resté l'homme que j'ai épousé. Je vous aime, toi et le petit, au-delà des mots.

Composition :
Soft Office - 5 rue Iréne Joliot-Curie - 38320 Eybens

Achevé d'imprimer par N.I.I.A.G.
en février 2015
pour le compte de France Loisirs, Paris

N° d'éditeur : 80236
Dépôt légal : décembre 2014
Imprimé en Italie